Knaus

K

GREGOR WEBER

STADT
der verschwundenen
KÖCHE

ROMAN

Knaus

MIX
Papier aus verantwortungsvollen Quellen
FSC® C014496

Verlagsgruppe Random House FSC® N001967
Das für dieses Buch verwendete FSC®-zertifizierte Papier
Super Snowbright liefert Hellefoss AS, Hokksund, Norwegen.

1. Auflage

Satz: Uhl + Massopust, Aalen
Druck und Bindung: GGP Media GmbH, Pößneck
Printed in Germany
ISBN 978-3-8135-0605-1

www.knaus-verlag.de

Nun bleiben Glaube, Liebe, Hoffnung, diese drei.
Die Liebe aber ist die Größte unter ihnen.

Yorkshire 1915

Dass er jemals wieder die sanfte Wärme eines Frühlingstages auf der Haut spüren, mit geschlossenen Augen lächeln und nichts als den Augenblick fühlen würde, hatte er sich lange Zeit nicht vorstellen können.

Nach der Dunkelheit. Nach dem Rauch und dem Feuer. Nach der eisigen See. Nach der Angst. Nach dem Schmerz.

Nachdem sein Herz gebrochen war.

Aber hier war er.

Saß auf der grün gestrichenen Holzbank, hinter sich die hohe Feldsteinmauer, vor sich Beete mit Kohlrabi, Spinat, Radieschen, Kopfsalat und jungen Kräutern. In den nächsten Tagen würden sie die ersten Erdbeeren ernten können. Er roch Erde, die Wildblumen, die am Fuß der Mauer sprossen.

Kaum ein Lufthauch. Stille.

Nur leise verwehte das Klappern von Geschirr. In der Küche wurde der Nachmittagstee vorbereitet.

Im Garten hatte er seit Ende des Winters oft geholfen. Das tat ihm gut. Ab und zu kochte er jetzt auch wieder. Doktor Blakesley, der eigentlich Major Blakesley war, wertete das als großen Fortschritt.

»Willkommen zurück im Leben, Petty Officer Mulrooney«, hatte er lächelnd gesagt und dabei die Hand auf seine Schulter gelegt,

»Koch ist doch ein schöner Beruf. Ich wünschte, ich könnte vernünftig kochen. Oder besser gesagt, meine Frau wünscht sich das.«

Sein Lächeln war noch breiter geworden. Der akkurat getrimmte Schnurrbart, rot mit ersten weißen Haaren, hatte sich links und rechts der Nase nach oben gebogen.

Er hatte genickt. Ja. Ein schöner Beruf.

Das fand er noch nicht so lange.

Viele Jahre lang hatte er gar nicht darüber nachgedacht. Es war einfach das, was er tat. Hier, im Wharncliffe War Hospital, wurde man von Doktor Blakesley und anderen Ärzten immer wieder mal gefragt, was einem zu Begriffen als Erstes einfiel. Vor ein oder zwei Jahren – vielleicht auch vor einem halben Jahr, dass er das nicht so genau sagen konnte, war ein Teil dessen, was ihn hierhergebracht hatte – wären ihm zu dem Wort »Koch« zuerst die vielen Prügel eingefallen, die Schnittwunden und Verbrennungen. Der schmerzende Rücken beim Putzen am Abend.

Heute dachte er an betörende Düfte aus Töpfen und Pfannen. An die Gesichter der Gäste, wenn das Essen zum Tisch kam. An die wilde Freude, mit der sie zu sich nahmen, was eigentlich gar nicht existieren durfte.

Würde einer der Ärzte ihn jetzt fragen, was ihm als Erstes einfiele, würde er so etwas sagen müssen.

Aber er würde es niemals sagen.

Weil es zwei sehr unterschiedliche Auffassungen darüber gab, was zwischen den beiden Schiffbrüchen geschehen war. Tatsächlich konnte es überhaupt nur einen der beiden Schiffbrüche gegeben haben. Entweder den ersten, dann war seine Erinnerung richtig, so unglaubhaft sie auch erschien. Oder den zweiten, dann hatte die Royal Navy recht.

Dann war er Petty Officer Harold P. Mulrooney, Kochsmaat auf HMS »Good Hope«. Überlebender des Seegefechts bei Coronel, bei dem die Royal Navy am 1. November 1914 eine vernichtende Niederlage gegen die Kaiserliche Deutsche Marine erlitten hatte.

Über all das wusste er nichts.

Das hieß aber nicht, dass er ohne Erinnerung war. Er war zum Platzen voll mit Erinnerungen. An das Leben vor dem Tag, an dem er zuerst in eisiger See versank, um dann vom Himmel zu fallen. An einen Ort, an Menschen, an Ereignisse, so rätselhaft und fremd, dass sie gut ein Fiebertraum sein konnten, ein flirrendes, trügerisches Bild. Aber die Erinnerung daran war so stark und lebendig, und sein Herz sehnte sich so sehr, dorthin zurückzukehren, dass es doch wahr sein musste. Er träumte Tag und Nacht von diesem Ort, den es nach Meinung aller anderen nicht gab, nicht geben konnte.

Aber wenn es diesen Ort doch gab, wenn er dieser Mann war, dann war der Tag, von dem alle hier sagten, dass es doch sein glücklichster sein musste, in Wahrheit der unglücklichste. Weil sein Leben an diesem Tag jede Bedeutung eingebüßt hatte, jeden Sinn. Und weil er sich selbst vollständig verloren hatte.

Der Navy galt er als vom Schicksal erkorener Überlebender, der Einzige von mehr als tausendsiebenhundert Männern, der gerettet wurde. Er selbst sah sich jedoch als in dunkler See treibend, blind, hoffnungslos. Er wusste, wer er war, wie es schließlich jeder gesunde Mensch wusste, aber alle Welt wollte ihm beweisen, dass er sich irrte. Und erklärte ihm, jemand zu sein, den er nicht kannte.

Er kannte Harold P. Mulrooney nicht.

Er kannte nur Carl Juniper.

Untergehen

Carl Juniper war kein Decksmann. Keiner, der bei brüllendem Sturm steifgefrorene Leinen bändigte oder mit eiserner Hand das Ruder gegen wütend schlagende Brecher hielt. Er war auch kein Heizer, der in brennender Hitze unermüdlich Kohlen schaufelte oder mit fauchendem Schweißbrenner Dampfkessel flickte. Juniper war kein Wachoffizier, der mit eisblauem Blick den Himmel und die See las. Und er war kein Steuermann, der mit dem Sextanten die Gestirne maß und die Position und den richtigen Kurs bestimmte.

Carl Juniper war Schiffskoch.

Aber er fuhr lange genug zur See, um zu wissen, dass es mit der »SS Birmingham«, einem bald zwanzig Jahre alten, völlig heruntergekommenen Dampfer, zu Ende ging. Weil sie nur noch vom Rost zusammengehalten wurde. Weil ihre Spanten nicht ächzten, sondern sterbend schrien. Weil der Kapitän ein rotpockiger Säufer war, der jetzt totenbleich aus dem Ruderhaus in die gischtige Hölle starrte, das Maul bis zum Herz aufgerissen, aber kein Ton kam heraus. Weil Tiny Tam, der narbengesichtige Rudergänger, seine Lippe blutig gebissen hatte, während seine Adern zum Platzen geschwollen waren. Weil Juniper am Schott zum Kesselraum gesehen hatte, wie der zweite Ingenieur seine Leute mit einem Eisenrohr den Niedergang herunter und zurück auf Station prügelte. Sie trugen schon Korkwesten, und ihre Augen rollten wirr. Die Heizer kamen immer als Letzte aus sinkenden Schiffen. Und wenn das Schiff schnell sank, meistens gar nicht.

Die »Birmingham« würde sinken wie ein Stein. Ihre Laderäume waren voll Getreide. In Valparaiso sollten sie Guano aufnehmen. Pinguinscheiße. Um in Europa Getreidefelder zu düngen. Ein Kreislauf, an dem die Existenz von jämmerlichen Reedereien wie der »Clapham & Wilkes Steamboat Company« hing. Und die der armen Schweine, die auf ihren schwindsüchtigen Kähnen die Weltmeere befuhren.

Valparaiso war noch weit weg. Hinter Kap Hoorn. Juniper wusste nicht genau, wo sie jetzt waren. Irgendwo zwischen South Georgia und den Falklands. Traurige, karge Felsen im kalten Südatlantik. Aber bewohnt. Mit Häusern und warmen Öfen. Unsinkbar. Man saß in der Stube und ließ den Sturm über die Dächer jagen. Dachte mit leisem Schaudern an die Schiffe draußen im Ozean.

Das Vorschiff der »Birmingham« hob sich wieder in den grellgrauen Himmel, das Wasser verschwand. Juniper krallte sich in die Messingleiste, die unter den Seitenfenstern des Ruderhauses entlanglief. Der Kapitän stöhnte laut. Sealgrave, der am Maschinentelegrafen stand, stierte auf den Messinghebel, und Tiny Tam am Ruder sog seine blutende Unterlippe wieder zwischen die noch verbliebenen Zähne.

Als die »Birmingham« den Kamm der Dünung erreicht hatte, die Füße der Seeleute nicht mehr vom Aufwärtsflug auf die Decks gepresst wurden, alles zu schweben schien, hörte Juniper trotz des brüllenden Sturms, des knarrenden Holzes und des ächzenden Stahls hinter sich Stiefeltritte, Atem, das Knarzen von Ölzeug.

Seeleute drängten sich im Längsgang unter der Brücke und schoben sich die Stufen des Niedergangs herauf. Auch sie trugen Korkwesten. Ihre Augen waren weißblinkende Fenster der Furcht.

Sogar die der Chinesen, die sonst immer so geheimnisvoll schmal und unleserlich schatteten.

Die »Birmingham« verlor das Wasser unter sich, das Deck schwand unter den Füßen der Besatzung, und das dreieinhalbtausend Tonen große Schiff stürzte zu Tal. So schnell, so jäh, dass die Männer auf dem Niedergang, dem Fall des Schiffes gehorchend, durch das schmale Schott nach oben flogen und Juniper mit sich rissen.

Die arme »Birmingham« wollte zurück in die See, aufschwimmen und sich retten, neigte dazu ihren Bug nach unten, dem höllischen Grau und Weiß entgegen. Der Kapitän, Tiny Tam und Sealgrave stemmten ihre Seestiefel gegen den Fall, lehnten sich hintüber, während Carl Juniper und weitere vier Mann ineinander verkrallt nach vorn kugelten. Carl warf seine Arme in beide Richtungen und fasste nach Halt, den er am Schott zur Steuerbordnock auch fand. Die Schiffskameraden stürzten schreiend vorbei, und zwei schlugen so heftig auf eine Frontscheibe des Ruderhauses, dass diese zersprang.

Die »Birmingham« stürzte, die wütende See stieg. Der Rumpf zitterte, der Stahl weinte, als aus dem freien Fall mehr und mehr ein Gleiten wurde. Die See sog die »Birmingham« wieder an sich und hinab ins Dunkle. Gischt und grünes Sturmwasser schossen durch das zersprungene Glas.

Juniper wurde von der hereinbrechenden Woge aus der Brücke gespült und stürzte den Niedergang hinunter. Das Letzte, was er hörte, bevor seine Welt schwarz wurde, war der Schrei des Kapitäns.

»Alle Mann von Bord. Rette sich, wer kann.«

Carl Juniper schlief stets traumlos und tief. Dafür ging sein Geist am Tag auf Reisen, was ihm in den ersten Jahren manche Backpfeife von älteren Köchen eingebracht hatte.

Dieser Schlaf war anders. Er war voller verschwommener Bilder, wirrer Laute, starker Gerüche. Die Rohrleitungen an der Schiffsdecke, der tanzende Orkanhimmel. Nasser Filz und brettsteife Leinwand. Holz und ein zarter Duft von Rum. Nasse Hanftaue. Und immer wieder kaltes Salzwasser. Vielleicht war das der Übergang der Seemannsseele in die andere Welt. Juniper glaubte zu lächeln, während er sich vorstellte, in der sanfthügeligen Heide bei Bristol zu erwachen, wo er aufgewachsen war. Oder an einem Südseestrand, inmitten dunkelbrauner Mädchen.

Tatsächlich sah Juniper dann das verzerrte Gesicht von Billy Bunkston, dem Ersten Offizier. Was Bunkston brüllte, konnte Juniper nicht verstehen, der Sturm war lauter, das Geschrei der anderen Seeleute. Aber Juniper merkte, dass er festgebunden war. Bunkston brüllte weiter, nickte und stierte wild, dann wurde das, worauf Juniper lag, hochgehoben und über Bord geworfen. Juniper schrie jetzt auch, dachte aber zugleich, dass es wenig Sinnloseres geben könnte, als gegen einen außer sich geratenen Ozean anzuschreien.

Die kochende See schlug salzig über ihm zusammen, er glitt wieder zurück in die seltsamen Träume, die jetzt nur noch aus Gluckern und Rauschen bestanden, aus heulendem Wind und eiskaltem Wasser. Und leiser wurden. Und grauer. Und dann Dunkelheit.

Und dann nichts mehr.

Als Carl Juniper dann doch noch erwachte, war die See fast glatt. Der Wind wisperte nur noch. Die Sonne schwebte über dem Horizont, doch Juniper konnte nicht sofort sagen, ob sie gerade aufoder unterging. Ihre Strahlen waren unendlich weit weg und wärmten nicht.

Er lag auf einem der Rettungsflöße, die an Deck der »Birmingham« verzurrt gewesen waren. Die Kameraden hatten ihn wohl festgebunden, damit keine Welle den Ohnmächtigen einfach mit sich reißen konnte. Die Kameraden.

Wo waren sie?

Juniper drehte den Kopf von links nach rechts. Nur Wasser. Leicht steigend und fallend, von sanftem Wind bewegt. Er konnte nur in zwei Richtungen sehen, daher bewegte er Arme und Beine, wand den ganzen Körper und befreite sich von den rettenden Tauen. Kauerte sich auf angezogene Knie und nahm Rundumblick.

Niemand. Nichts. Nur Ozean.

Er war allein.

Die Flöße hatten an Oberdeck gelegen, um bei schnellem Sinken des Schiffes aufzuschwimmen. Warum man ihn mit dem Floß schon vorher in die See geworfen hatte, wusste Juniper nicht, und so wie die Dinge lagen, würde er das auch nicht herausbekommen. Ob noch Kameraden auf dieses Floß gelangt und dann heruntergespült worden waren oder ob er von Beginn an einsam und alleine durch den Südatlantik getrieben war – nur Neptun konnte diese Frage beantworten. Und Neptun kannte Juniper bloß von den Äquatortaufen, wo er meistens vom Bootsmann dargestellt wurde.

Juniper wusste nicht annähernd, wo er war und wie die Strömungen liefen. Und wenn, hätte es ihm ja auch nichts genützt, denn das Floß verfügte weder über Ruder noch Segel. Er war ganz den Launen von See und Wind ausgesetzt und einem Schicksal, das ihn vielleicht bei Tageslicht in Sichtweite eines anderen Schiffes treiben ließ.

Mit einem Wort, Carl Juniper war so gut wie verloren.

Das Floß war eine einfache Konstruktion. Leere Fässer, zusammengebunden und mit Holzbrettern umbaut. Aber in der Mitte des Decks befand sich eine kleine Klappe, wohl abgedichtet und mit einem Messingriegel verschlossen. Darunter war ein Hohlraum, in dem ein kleines Fass Frischwasser, ein Vorrat Schiffszwieback und eine Flasche Rum bewahrt wurden. Billy Bunkston, ihr Erster Offizier, war im Chilenischen Bürgerkrieg auf einem Schmuggler gefahren und hatte dort die Vorzüge der Flöße gegenüber den nur schwer und oft zu langsam zu Wasser zu bringenden Booten kennengelernt.

Bunkston. Ein guter Offizier. Davon gab es Junipers Erfahrung nach nicht viele und jetzt wohl wieder einen weniger.

Juniper trank etwas Wasser und schöpfte dadurch die Kraft, nicht gleich das ganze Fass auszusaufen. Obwohl es vermutlich gleichgültig war, wie gut er sich das Wasser einteilte. Entweder würde er in den nächsten zwei Tagen gefunden oder sterben. Wenn nicht verdursten, dann erfrieren, von Haien gefressen werden, ertrinken. Was auch immer.

Es gab keinen Zweifel mehr, die Sonne ging unter.

Er hob die Rumflasche gegen das schwindende Licht. Echter Jamaika. Braungolden. Genau das Richtige, um sich die letzten Stunden zu versüßen. Wenn er dann wissen würde, dass es die letzten waren.

Rum hatte ihn überhaupt erst auf die »Birmingham« gebracht. Und Absinth. Und Lagerbier. Und Isobel aus dem »Madame Abigail's«. Sie hatte sich in der dunkelplüschigen Ecke an ihn geschmiegt, seine Hand genommen und an den Träger ihres Kleids gelegt.

»Mach schon, Carl Juniper, und schau genau hin.«

Er hatte den leichten Stoff von ihrer Schulter geschoben, die heiße Haut gestreift und sich darübergebeugt.

Eine Rosenranke schlang sich um Isobels helle Brust. Zartgrün der Zweig, so rot die Blüten.

»Willst du sehen, wo sie wächst?«, hatte sie ihm ins Ohr gelispelt und dabei seinen Schenkel gestreichelt.

Und Carl Juniper hatte den nicht unbeträchtlichen Rest seiner letzten Heuer auf den Tisch des Etablissements gelegt, um auf Isobels Haut zu lesen und Champagner aus ihrem Mund zu trinken.

Was sollte er auch mit dem Geld? Am nächsten Morgen würde er als Chef Entremetier auf dem nagelneuen Passagierdampfer »SS City of Rio de Janeiro«, dem Stolz der »British American Atlantic Line«, in See stechen und schon in New York wieder doppelt so viel Geld besitzen, als ihn dieses Vergnügen kostete. Und das würde nur der erste Hafen einer langen Reise sein.

Weil Isobels Arme so weich und die Bilder auf ihrer Haut so schillernd und schön waren, weil auch die zweite Flasche Champagner so kühl war und vielleicht auch, weil Juniper sich von Isobel ein Pfeifchen Opium aufschwatzen ließ – aus all diesen Gründen lief die »City of Rio de Janeiro« am 15. Februar 1913 mit seinem Seesack und seiner feschen Uniform für den Landgang, aber ohne den neuen Chef Entremetier aus Liverpool aus.

Und Carl Juniper musste, um bei der Reederei die Strafe für sein Fernbleiben zu zahlen und überhaupt ganz allgemein wieder über Geld zu verfügen, die erste Heuer annehmen, die man ihm bot.

Und so fuhr er nicht mit zwei Dutzend anderen Köchen auf einem schwimmenden Luxushotel, wo sie erlesene Menüs für verwöhnte Gaumen bereiteten, sondern als einziger Smutje auf der armen verrosteten »Birmingham«, wo er für rund fünfzig hart arbeitende und fluchende Seeleute versuchte, aus miesem Proviant nicht ganz so mieses Essen zusammenzurühren.

In Santos hatten sie Frischwasser, Kohle und neuen schlechten Proviant aufgenommen, dann waren sie Richtung Kap Hoorn gedampft. Es war nicht die allerschlimmste Jahreszeit für eine Umrundung, und mit dem Dampfer war es wohl weit weniger grauenhaft als auf einem Segler, aber dennoch hatten alle Seeleute Respekt vor dem Kap und seinen Stürmen.

Und nun hatte es die »Birmingham« noch nicht mal bis dorthin geschafft.

Dunkelheit fiel über das unendliche Wasser. Juniper fror erbärmlich. Er aß zwei Stück Schiffszwieback und fand, dies sei ein guter Moment, um zu weinen. Doch es wollte keine Träne kommen. Er konnte sich den Tod nicht vorstellen, genauso wenig seine Rettung. Er sah sich auf ewig treiben und mit sich selbst reden. Die Sonne würde aufgehen und untergehen, ebenso der Mond. In jeder Dunkelheit würde der südliche Sternenhimmel über ihm erstrahlen, den er nicht lesen konnte, was er jetzt sehr bedauerte. Juniper hatte sich nie für Nautik interessiert. Immer nur für die Freiheit der Seefahrt, den frischen Wind und die in Schnaps und wilde Küsse getränkten Häfen.

Immerhin. Liverpool war ein würdiger Abschied gewesen, auch wenn Juniper damals natürlich gedacht hatte, es würde noch Hunderte solcher Nächte geben. Juniper fühlte ein Lächeln, doch es ließ sich nicht zeigen, sein Gesicht war zu eisig. Es wäre in tausend Stücke zersprungen. Er sicherte sich wieder – so gut es eben ging – mit den Tauen und wollte sich von der See in den Schlaf wiegen lassen. Seine Augenlider wurden schwer, er war dankbar. Bitte, wer auch immer da oben, lass mich schlafen. Weck mich mit der Sonne oder gar nicht. Amen.

Juniper schlief ein, nicht tief, dann tauchte er wieder knapp über die dünne Oberfläche, nahm den Ozean wahr. Und sank wieder zurück. So ging es eine Weile, schließlich sank er tief und tiefer und blieb am Grunde seiner Seele.

Und schreckte hoch, ohne zu wissen, wovon. Lauschte angestrengt. Die See sang ein neues Lied. Wo sie seit Stunden in kurzer Dünung gekabbelt hatte, rauschte sie jetzt geschwind an Junipers Floß entlang. Wind war aufgekommen. Juniper löste seinen Oberkörper aus dem Tauwerk, drehte sich auf den Bauch und schlang seine Unterschenkel fester in die Seile.

Er hatte keinen Anhaltspunkt für seinen Blick, konnte keine Peilung nehmen, wie die Decksleute immer sagten. Dennoch war er sich nach einigen Minuten sicher: Eine Strömung hatte sein Floß erfasst. Und sie wurde schneller. Die See trieb oder zog ihn. Der

Mond war noch nicht aufgegangen und der Himmel von Wolken verhangen. Nur ein schwacher Widerschein der Sterne glomm hie und da kalt auf den Wellen.

Eine Strömung auf offener See, bei wenig Wind, das musste doch Land bedeuten, oder? Juniper verfluchte, dass er in zehn Jahren auf See nichts über diese Dinge gelernt hatte.

Aber er spürte es genau. Ja. Das Floß trieb nicht mehr, es fuhr.

Juniper kniff die Augen zusammen und spähte nach vorn. Jeder Kamerad wäre ihm in dieser gottverlassenen Einsamkeit lieb gewesen, aber Jeremiah Olsson wäre jetzt fraglos der beste Mann an seiner Seite. Jerry Olsson konnte mit seinen eisblauen Augen bis über den Horizont schauen. »Der sieht schon am Tag vorm Einlaufen, wie die Weiber im Puff aussehen«, hatte Tiny Tam gepoltert und Olsson dabei so auf die Schulter gehauen, dass es krachte. Olsson war eigentlich Walfänger und aus ähnlichen Gründen wie Juniper auf der »Birmingham« gelandet.

Olsson könnte jetzt sehen, was vor ihnen lag, gleich wie schwarz der Himmel war.

Juniper schnüffelte in die Luft, Land konnte man manchmal riechen. Aber da war nur Salz. Schade, dass es Nacht war, am Tag würden Möwen und Schwalben nahes Land ankündigen.

Das Floß wurde schneller und schneller. Und dann drang Rauschen an Junipers Ohren. Brandung. Ja. Das musste die Brandung sein. Dort voraus schlug der kalte Atlantik an Felsen oder feinen Sand. Was genau es war, war Juniper gleichgültig, er würde sich mit Händen und Zähnen daran klammern, wenn die See ihn dagegenwarf.

Juniper lachte laut in den Wind und dem Zischen und Brodeln entgegen. Er stemmte sich so hoch hinaus, wie er nur wagte. Dann sah er es.

Gischt. Aufwogende See. Nicht mehr weit. Gar nicht mehr weit.

Aber …

Wo war das Land?

Wo die schroffen Felsen, an denen die See zerschellte?

Wo der sanfte Strand, auf den der Ozean mit Wucht brandete, um schließlich vor den Dünen leise auszurollen?

Wo?

Da war nichts außer Wasser.

Das Wasser schlug an nichts als sich selbst. Es kochte und wogte nur in sich.

Ein Strudel.

Das Floß begann, sich um sich selbst zu drehen, und Junipers Lachen erstarb. Eine Welle schlug über das Floß, und Juniper bekam noch gerade eben ein Tau zu fassen. Er kroch unter das Seilgeflecht, wand seine Arme und Beine hinein. Nur nicht das Floß verlieren, nur nicht in die See stürzen.

Juniper starrte ins graue Dunkel, Streifen von Gischt brachen weiß heraus, das Floß drehte sich schneller um sich selbst und um eine brüllende Finsternis, die er nur hörte, aber nicht sah. Welle um Welle raste über ihn, prügelte seinen Körper auf das dünne Deck, kroch eiskalt in ihn hinein. Wind und Wasser verstopften seine Ohren, nur ein Rauschen und Gurgeln blieb. Salzige See krachte in seinen Mund, strömte in seine Nase. Immer weniger Luft erreichte Junipers Lungen, und Lichtblitze hinter den Augen kündigten die kommende Schwärze an. Und bevor der Schiffskoch Carl Juniper irgendwo im Südatlantik das Bewusstsein verlor, merkte er, dass er weinte.

Fallen

Dunkelheit.

Das Toben der See hat Carl Juniper in seinen eisigen Krallen und dreht und zerrt und schlägt ihn. Ist er noch bewusstlos? Das muss er wohl sein, denn er ist unfähig, sich zu bewegen, seine Augen zu öffnen. Wie lange geht das schon so? Ist er schon tot? Wo ist er?

Sein Unterleib fühlt den Fall, den Sog in die Tiefe, aber die Finsternis, die in seinen Augen beginnt und sich unendlich dehnt, gibt nicht preis, woher er fällt und wohin.

Juniper kennt die Ohnmacht. Sie stand schon am Ende so vieler Räusche. Und immer liebte er sie, ohne zu wissen, warum. Jetzt weiß er es. Ihre gnädige Leere verschlingt Furcht und Schuld.

Denn das ist das Schrecklichste – so in Dunkelheit und Kälte und wütender See zu treiben, zu stürzen und jeden Augenblick zu leben. Jede Sekunde, jede Minute, jede Stunde, jeden Tag, jedes Jahr, jedes Jahrhundert, die das hier dauern wird, wird Juniper nichts um sich haben als Dunkelheit, Kälte, wütende See.

Er sehnt sich zurück. Noch vor wie langer Zeit – einer Minute? Einer Stunde? Einem Tag? – wollte er verzweifeln angesichts der Unendlichkeit von Himmel und See? Aber jetzt, in diesem Höllenstrom, scheint ihm dieses sanfte Dahintreiben ein Paradies.

Und plötzlich Stille. Kein tobendes Wasser mehr. Für einen

Augenblick schwebt Juniper im düsteren Nichts. Dann spürt er einen Sog, jäh reißt es ihn nach unten. Er will die Augen öffnen, will schreien, um sich schlagen, sich irgendwo festhalten. Aber er bleibt stumm. Regungslos. In seinem Herz wächst das Grauen, wächst die Furcht, steigt in seinen Kopf. Er wird den Verstand verlieren.

Das ist es. Er verliert den Verstand. Das wird der letzte klare Gedanke sein, den er je haben wird. Jetzt. Jetzt. Jetzt. Und dann …

… packte etwas Carl Juniper aus dem rasenden Fall, riss ihn heraus in klare Nachtluft. Juniper öffnete die Augen und schrie. Seine Glieder flogen wie die einer Puppe in alle Richtungen, er sah einen Sternenhimmel unter sich, eine dunkelblau schimmernde Wiese, dann wieder die Sterne, schließlich raste die Erde auf ihn zu, und Carl Juniper, der Seemann, der Schiffskoch, der irgendwo im Südatlantik in die abgrundtiefen Schlünde der See geschleudert worden war, schlug mit krachenden Knochen auf nasses Gras, überschlug sich noch ein paar Mal und blieb schließlich mit ausgepumpten Lungen auf dem Rücken liegen.

Stierte mit weit offenen Augen in den nächtlichen Himmel, der jetzt endlich dort blieb, wo er hingehörte, nämlich über ihm, und fürchtete für einen grauenhaften Moment, dass er so sterben würde. Endlich an Land gespuckt würde er ersticken und nicht verstehen, warum.

Doch da löste sich der Fels, der scheinbar auf seiner zerschlagenen Brust gelegen hatte, in Staub auf, und Junipers Kehle riss köstliche Nachtluft in sich. Seine Brust hob, sein Bauch blähte sich, und er atmete.

So lag er eine Weile. Sah in den leuchtend dunklen Himmel und atmete. Spürte das Gras unter sich, die nasse Kleidung. Fror ein wenig, aber nahm das als geringen Preis dafür, hier friedlich zu liegen. An Land. Welches auch immer. Irgendwann würde die

Sonne aufgehen und seine Kleidung trocknen. Er würde Menschen finden und Essen und Wasser und vielleicht einen guten Schluck Branntwein. Oder Rum. Oder Whisky. Was immer sie hier tranken, wenn sie froren oder schwitzten oder traurig waren oder vor Freude nicht wussten, wohin mit sich. Und er würde sagen: »Mein Name ist Carl Juniper, ich stamme aus Bristol und bin Untertan Seiner Königlichen Hoheit, King George V., Gott schütze den König. Ich bin achtundzwanzig Jahre alt und war Koch auf der ›SS Birmingham‹ mit Heimathafen Liverpool. Wir sind am 17. März auf der Reise nach Valparaiso in einem wütenden Orkan zwischen South Georgia und den Falklands gesunken. Ich fürchte, außer mir hat keiner an Bord überlebt.«

Und sie würden ihn bedauernd ansehen und ihm den Weg zur nächsten Hafenstadt weisen. Dort würde er entweder einen britischen Konsul oder Botschafter, auf jeden Fall aber einen Reedereiagenten finden, und so käme er schon bald wieder auf ein Schiff.

Sein Seemannsbuch hatte er stets bei sich. In einem schmalen Beutel aus Ölzeug, der an einer geteerten Schnur um seinen Hals hing. Das hatte er auf seiner ersten Reise von einem alten Seemann gelernt. »Das darfst du nie verlieren, Junge. Hörst du? Damit kannst du auf der ganzen verdammten Welt beweisen, dass du ein anständiger britischer Seemann bist.«

Carl Juniper fasste auf seine nasskalte Brust und spürte das kleine Päckchen unter der Jacke. Ja. Alles würde gut werden. Alles.

Sein Verstand sagte ihm, dass er aufstehen und sich einen geschützten Ort für den Rest der Nacht suchen sollte. Vielleicht konnte er sogar Lichter irgendwo sehen, Häuser. Aber er war dafür gleichermaßen zu erschöpft und zu erleichtert. An das Frieren hatte Juniper sich jetzt gewöhnt, es war nicht allzu schlimm. Er drehte sich mühsam auf die Seite, rollte sich ein wenig zusammen. Dann fielen seine Augen zu. Und endlich, endlich kam das Nichts über seine Seele.

»Wach auf.«

Ein Traum.

»Hey. Wach auf. Du zitterst am ganzen Leib.«

Im Traum wurde Juniper geschüttelt und gerüttelt.

»Du. Verreck mir hier nicht. Wach auf, verdammt.«

Immer wilder wurde Juniper geschüttelt, was zum Teufel sollte das? Schließlich fasste der Klabautermann oder Nachtalb oder was immer das für ein scheußlicher Kerl war, ihm sogar ins Gesicht, quetschte seine Backen zusammen und schlenkerte Junipers Kopf von rechts nach links und wieder zurück, als wollte er ihn vom Hals abdrehen.

Ob Traum oder Wirklichkeit – das ging jetzt zu weit, Juniper war kein dünner Tampen, sondern ein ordentlicher Klotz von Schiffskoch. Er schlug nach dem Störenfried, traf aber in Traum oder Wirklichkeit nur Luft. Der Klabautermann lachte und ließ Juniper los.

»Hey. Da ist also doch noch Leben in dem nassen Sack.«

Juniper beschloss, seine Augen zu öffnen.

Es war immer noch dunkel, aber ein Dämmerstreif erhellte den Himmel schon ein wenig. Ein Mann grinste auf ihn herab. Carl Juniper stemmte sich mit Mühe hoch, dann streckte der Mann ihm seine Hand entgegen. Juniper nahm sie, und mit einer Kraft, die er dem eher schmalen Kerl nicht zugetraut hätte, zog der ihn auf die Füße.

Der Mann war nicht nur schmaler, sondern auch kleiner als Juniper. Soweit er bei dem noch fahlen Licht sehen konnte, war er fraglos jünger als er selbst und von bleicher Gesichtsfarbe. Breite Koteletten und ein sichtbarer Bartschatten zeigten, dass er unter seiner Schirmmütze offenbar dichtes, sehr dunkles Haar hatte. Helle Augen und freundliche, aber leicht ausgezehrte Züge. Er trug einen altmodisch geschnittenen Rock aus grobem Stoff, eine Tweedweste, ein dickes Baumwollhemd und derbe Arbeitshosen. Dazu festes Schuhwerk.

»Ich bin Bren. Was ist denn mit dir passiert? Zu viel Ale kann es ja wohl kaum sein.«

Der Mann lachte.

Wieso denn nicht?, fragte sich Juniper, der aus genau diesem Grund schon sehr häufig an Orten aufgewacht war, die zu betreten er sich nicht hatte erinnern können.

»Carl Juniper mein Name. Wie ich genau hierhergekommen bin, weiß ich nicht, um ehrlich zu sein. Noch weniger, wo ich hier bin. Mein Schiff ist untergegangen, die ›Birmingham‹. Von Liverpool nach Valparaiso. Ich war auf einem Rettungsfloß, das trieb in der See und geriet in einen riesigen Strudel. Da sind mir die Lichter ausgegangen, und irgendwann krachte ich hier auf den Strand. Tja. Das ist alles, was ich weiß.«

Bren hatte ihm mit wachsendem Erstaunen zugehört. Als Juniper fertig war, sah der junge Mann ihn ernst an. Zog eine Augenbraue hoch. Schüttelte dann den Kopf und fasste Carl an der Schulter.

»Hör zu, es geht mich nichts an, wer du bist und woher du kommst. Bislang habe ich keinen Grund, etwas anderes zu denken, als dass du ein anständiger Kerl bist. Aber mit dieser Geschichte wirst du eine Menge Ärger kriegen, mein Freund. Die Tanned Necks lassen sich nicht gerne für blöd verkaufen.«

Juniper wusste nicht, was er dazu sagen sollte. Alles an Brens Rede stieß ihn in tiefste Verwirrung. Wer oder was waren Tanned Necks?

Wo verdammt noch mal war er hier gelandet?

»Ich versichere dir, dass ich …«

»Schschscht«, Bren legte den Zeigefinger auf seine Lippen, »du hast sicher gute Gründe, dich hinter so einer Geschichte zu verstecken. Da bist du hier nicht der Einzige, bei allen alten Königen, wirklich nicht. Aber schau dich doch mal um.«

Er wischte mit dem Arm unbestimmt über die Umgebung. Juniper folgte mit dem Blick.

Wiese. Rechter Hand, etwas entfernt, eine Baumgruppe. Ein Weg. Eine Gaslaterne. Sie waren in einer Art Park. Wenn Juniper sich weiter umdrehte, sah er Lichter. Eine Stadt. Zwar waren nur wenige Fenster erleuchtet, aber man konnte sofort erkennen, dass die Stadt riesig war und ihre Wohnhäuser höher als alles, was er bisher gesehen hatte.

Kein Strand.

Kein Meer.

Nichts.

Wie zur Hölle war er hierhergekommen?

»Ich kann mir das nicht erklären«, flüsterte er vor sich hin. »Das alles hier.«

Er sah Bren hilflos an. Der redete sanft weiter.

»Gut. Wie auch immer. Stellt sich nur eine Frage: Hast du ein Quartier?«

Carl schüttelte den Kopf.

Bren schnaufte schwer, dachte nach. Dann streckte er plötzlich seinen Rücken durch.

»Ich hab das noch nie gemacht. Unterschlupf gewähren.«

Er sah Juniper aus seinen hellen Augen offen und doch skeptisch an.

»Es ist gefährlich. Ist dir das klar?«

Carl wollte ja sagen, aber das wäre eine Lüge gewesen.

»Mir ist gar nichts klar. Ich weiß nicht mal, wo ich hier bin. Ich begreife nichts.«

»Hast du einen Quartierschein? Eine Arbeitskarte? Irgendwas vom High Council?«

Juniper griff nach der geteerten Schnur um seinen Hals, zog den Ölzeugbeutel hervor und entnahm ihm sein Seefahrtsbuch.

»Hier.«

Bren nahm das salzfleckige Buch, las den Umschlag. Guckte Carl an, las wieder. Schlug das Buch auf, blätterte darin. Schüttelte wieder und wieder den Kopf. Schlug das Buch zu und gab es zurück.

»Was, bitte schön, soll die British Merchant Navy sein? Und King George V.? Und all diese Länder? Das ist doch völlig verrückt. Wenn du das einer Patrouille zeigst, werden die Tanned Necks dir kommentarlos den Gewehrkolben unters Kinn donnern, und du wachst im Dead Man's Inn auf. Zwei Tage später tanzt du mit der Seilerstochter auf dem Tower Hill.«

Carl starrte Bren an, sein Seemannsbuch in beiden Händen.

»Bren. Um Himmels willen, wo bin ich hier?«

»Wo du bist? Meine Güte. Du bist in London. Das ist der Greenwich Park. Da drüben fließt die Themse, es ist die Mitte der zweiten Stunde im ersten Kreis am Fünftag der siebten Woche im Jahr dreihundertsiebenundvierzig des High Council, falls du es genau wissen willst.«

Why can't we have the sea in London – Warum kann London nicht am Meer liegen? Das war letztes Jahr ein Gassenhauer in allen Music Halls von Liverpool bis Brighton gewesen. Die verwehte Melodie berührte für einen Augenblick Junipers Herz, dann wurde ihm eiskalt.

Carl Juniper hatte eine harte und kurze Kindheit gehabt. Er war im Pub eines entfernten Verwandten seiner früh verstorbenen Mutter aufgewachsen und mit zwölf Jahren dort in die Kochlehre gegangen. Sein Vater hatte in der Royal Navy in kleinen und großen Seekriegen des Empires auf der ganzen Welt gedient, und wenn er mal in Bristol war, um das Kostgeld zu bezahlen, soff er den Laden des Verwandten leer. Juniper hatte nichts von ihm geerbt außer der Liebe zum Meer und einer eisenharten Konstitution. Er war von älteren Köchen grün und blau geschlagen worden, er hatte auf See Stürme erlebt und nun einen Schiffsuntergang. Straßenräuber in Singapur hatten ihm ein Messer in den Rücken gerammt, in San Francisco war er angeschossen worden. Er hatte

Opium geraucht und Schnäpse gesoffen, die einem den Magen verbrannten und wüste Halluzinationen heraufbeschworen. Ein durchgedrehter Bootsmannsmaat hatte ihn im Streit um Spielschulden beinahe erwürgt, und in Port Elizabeth war er um ein Haar von Russen shanghait worden.

Juniper hatte also schon einiges erlebt und das meiste davon eher ungerührt über sich ergehen lassen. Aber was Bren ihm da gerade gesagt hatte, ließ sein Mark gefrieren. Er begann zu schlottern, seine Zähne klapperten, und sein Gehirn schien sich in rasender Geschwindigkeit um sich selbst zu drehen.

Bren sah ihn mitleidig an.

»Komm jetzt. Ich kenne die Schleichwege. Eines nur musst du mir versprechen: Wenn ich sage ›renn‹, dann rennst du. Und wenn sie dich kriegen, hast du mich nie im Leben gesehen. Ist das klar?«

Carl Juniper zwängte einen heraufkriechenden Klumpen aus Angst wieder die Kehle hinab, blinzelte die ersten Tränen weg und nickte.

»Gut, dann komm.«

Bren drehte sich um und ging los. Nach ein paar Metern wandte er den Kopf und rief noch mal.

»Komm jetzt.«

Bei Junipers ersten Schritten schwappte Wasser aus den Seestiefeln.

Die Stadt

Sie waren keine fünf Minuten über feuchte Wiesen und gekieste Pfade gelaufen, als sie ein Tor erreichten. Oder das, was davon übrig war. Einer der schmiedeeisernen Flügel fehlte ganz, der andere hing nur noch in der unteren Angel.

Eine breite Sandstraße führte an dem Tor vorbei, auf der gegenüberliegenden Seite war eine hohe Backsteinmauer.

»Meine Güte«, Juniper war schon außer Atem, »warum rennen wir denn so?«

»Weil wir den nächsten Dampfgleiter nicht verpassen wollen.« Bren zeigte auf die Mauer. »Sonst müssen wir nämlich eine Stunde warten. Oder laufen. Und bei deinem Tempo kommen wir dann nie im Quartier an.«

Dampfgleiter?

Bren schwenkte nach links und lief wieder schneller. Der Mond kam gerade hinter den Wolken hervor, und Juniper versuchte, sich zu orientieren.

Er kannte sich in London nicht sehr gut aus, und wenn, dann eher in den Pubs, Music Halls und Bordellen von Whitechapel oder Soho. Mit Greenwich Park aber verband er die vielleicht einzige schöne Erinnerung an seinen Vater.

Der zehnjährige Carl war mit seiner Tante Hetty von Bristol nach London gereist, weil das Schiff seines Vaters, die HMS »Rodney«, dort für eine Woche vor Anker lag. Seaman Gunner Ian Juniper diente auf dem Schlachtschiff als Kanonier in einem der riesigen Geschütztürme. Sie durften nicht an Bord, aber sein Vater, der ausnahmsweise nüchtern und guter Laune war, trug ihn auf dem Arm an der Pier entlang und erzählte über das Schiff und die mächtigen Kanonen, mit denen er die Feinde des Empires »in den Grund bohrte«. Die »Rodney« lag damals direkt vor dem Royal Naval College, und dahinter war der Greenwich Park mit dem Observatorium. Sie waren zu dritt durch den Park spaziert, wie eine richtige Familie. Junipers Vater in seiner Ausgehuniform mit Orden, seinen Sohn an der Hand. Ian Juniper hatte ihm erklärt, was es mit dem Zeitball auf dem Mast des Observatoriums auf sich hatte. Wenn Carl später mit einem Schiff in London eingelaufen war, was selten genug vorkam, hatte er immer die Gelegenheit genutzt, um ein Uhr mittags dabei zu sein, wenn der Wachoffizier den Schiffschronometer nach dem am Mast herabfallenden Lederball stellte, damit er wieder exakte Greenwich-Time zeigte. Dann dachte er an diesen einen schönen Tag mit seinem armen Vater.

Er wollte sich gerne umdrehen, um zu schauen, ob er das Observatorium im Mondlicht sehen konnte, aber Bren lief jetzt so schnell, dass Carl fürchtete, dabei auf die Nase zu fallen.

Am Ende der Straße bogen sie nach rechts ab. Auch die Backsteinmauer lief hier entlang. Und gut einhundert Yards voraus konnte man die Themse sehen. Juniper wusste nun, dass sie in nördlicher Richtung liefen, fast genau auf die Pier zu, an dem ihn seinerzeit sein Vater stolz vor der »Rodney« hin und her getragen hatte. Links ein überdachtes Marktgebäude, an das er sich noch dunkel erinnerte. Aber dann müsste rechts, hinter dieser Mauer, die Anlage des Naval College sein.

Plötzlich zog Bren eine Uhr aus seiner Tasche und verlangsamte nach einem Blick darauf das Tempo.

»Gut. Wir haben jetzt Zeit. Pass auf«, er steckte die Uhr zurück und fingerte eine Münze aus der linken Westentasche, »da sind gleich zwei Durchgänge. Du nimmst den rechten und kaufst dir am Schalter ein Billett nach Stepney Green. Kannst du dir das merken?«

Carl nickte.

»Ich habe eine Arbeitskarte und gehe damit durch den linken Gang.«

Bren drückte Carl die Münze in die Hand.

»Du kriegst noch was raus, nicht verlieren.«

Jetzt sah Carl ein Tor in der Backsteinmauer. Und Menschen, die hindurchgingen. Männer und Frauen in eher praktischer, derber Kleidung, so wie Bren. Manche hatten schwere Taschen umgehängt.

Bren schien etwas zu überlegen, dann hielt er Carl kurz am Arm fest.

»Falls der Beamte am Schalter fragt, warum du nicht mit deiner Arbeitskarte fährst, sagst du, du hättest deinem schusseligen Quartierbruder seinen Kabinettschlüssel in die Fabrik nachgetragen. Wellstone & Sykes«, er wies nach Westen, »drüben am Deptford Creek. Das ist eine Waffenfabrik. Nur für dich, die kennt jeder.«

Carl sah Bren verständnislos an. Der zählte an seinen Fingern auf.

»Deinem Quartierbruder den Kabinettschlüssel zu Wellstone & Sykes am Deptford Creek. Und du willst nach Stepney Green.«

Er hob den Zeigefinger vor Carls Nase.

»Nicht vergessen. Und jetzt los.«

Sie reihten sich in den rasch dichter werdenden Menschenstrom ein. Ums Haar wäre Carl in die linke Reihe geraten, aber Bren schob ihn rechtzeitig durch das andere Eisengatter.

In diesem Durchgang war nicht viel Publikum. Carl mühte sich, die durcheinanderwirbelnden Fetzen zu klaren Gedanken zu formen. Mit einer Arbeitskarte konnte man offenbar einen »Gleiter« benutzen. Er hatte keine Arbeitskarte, also musste er blechen. Das könnte nun allerdings einem Beamten auffallen. Was wiederum hieß, dass mitten in der Nacht normalerweise nur Leute mit Arbeitskarten unterwegs waren. Aha. Das ergab einen Sinn.

»Wohin, Trödelmatz?«, blaffte eine ungeduldige Stimme. »Du bist nicht der Einzige, der den Gleiter erwischen will.«

In einem kleinen eisernen Verschlag saß ein älterer Mann mit gewaltigem Backenbart und schwarzer Uniform. Auf dem Kopf trug er eine Schirmmütze mit einem Messingemblem und blitzende Knöpfe an der Jacke.

»Äh. Stepney Green. Bitte.«

Carl schob seine Hand gerade so weit durch die Öffnung, dass er die Münze vor den Beamten legen konnte. Der sah ihn an, dann auf die Münze. Carl wiederholte sich stumm und panisch noch einmal die Ausrede. Quartierbruder. Schlüssel. Kabinett. Wolesley & Sykes. Nein, Wellstone & Sykes.

»Der Nächste. Husch.«

Der Beamte machte eine unwirsche Handbewegung.

Carl wollte schon weitergehen, da sah er gerade noch das kleine Billett aus Pappe auf dem Tresen liegen. Er griff danach und auch nach den zwei kupfernen Münzen daneben und ging weiter.

Hinter einem zweiten Tor lag ein großer Hof, von dem zwei eiserne Treppen nach oben führten. Beide endeten jeweils an einer langen Plattform.

»Hey, nicht einschlafen. Weiter geht's.«

Bren zog ihn am Arm vorwärts.

Die vielen Füße erzeugten gewaltigen Lärm auf der Treppe. Juniper wurde übel, er merkte jetzt, wie erschöpft und hungrig er war. Als sein linkes Bein einknickte, bekam Bren ihn gerade noch zu fassen.

»Vorsicht, Mann.«

Die Plattform war eine Art Bahnsteig. Aber wo waren die Gleise? Am Rand der Plattform war ein Geländer, mit mehreren schmalen Toren. Vor dem Geländer war nur Abgrund. Auf der anderen Seite des Abgrunds eine identische Plattform, auf der sich aber nur sehr wenige Leute befanden.

Die Menschen auf der Plattform standen teilnahmslos herum. Manche redeten miteinander, aber so leise, dass man sie schon wenige Schritte entfernt nicht mehr verstehen konnte.

»Auf was warten wir?«

Carl hatte sich nah an Brens Ohr gebeugt. Bren zeigte nach oben. Dann nach rechts.

Über dem Abgrund befanden sich zwei gewaltige vierkantige Stahlbalken. Carl sah nach links und rechts und konnte sehen, dass sie in großen Abständen von Masten gehalten wurden.

Als er nach rechts schaute, erkannte er außerdem den Greenwich Park. Der Mond war jetzt so hell, dass er den Park gut überblicken konnte. Er suchte das Observatorium, aber er konnte überhaupt kein Gebäude in dem Park erkennen. Nichts. Nur Wiesen, Wege und einzelne Bäume. Ein Teich.

Plötzlich hörte Carl einen singenden Ton, der immer lauter wurde. Der Stahlbalken vibrierte. Und hinter dem Greenwich Park schwebte eine Dampfwolke im Himmel. Sie entsprang etwa auf der Höhe, wo der Stahlbalken laufen musste, wenn er bis dort hinten reichte.

Carl spürte eine Hand an seiner Schulter, und gleichzeitig schallte es aus einem Sprachrohr »Zuuuuu-rück-treteeeeen!«.

Ein Mann in der gleichen Uniform wie der Billettverkäufer stand auf der Plattform und rief in eine gewaltige Flüstertüte aus Messing.

Bren zog Carl einen Schritt zurück, und der Dampf kam schnell näher. Jetzt sah Carl zwei Lichter und erkannte, dass eine Art Eisenbahn an dem Balken hing und schnell auf die Plattform zuflog.

Carl Juniper kannte natürlich die Londoner Underground und war auch in Liverpool, Istanbul und Athen schon mit Stadtbahnen über und unter der Erde gefahren. In Chicago gab es eine Hochbahn, aber die fuhr auf Gleisen. Und fast alle diese Bahnen wurden längst mit Elektrizität betrieben, nicht mit Dampf.

So etwas wie hier hatte er noch nie gesehen und auch noch nie davon gehört. War das etwas Neues, das es nur in London gab? Carl war schon zwei oder drei Jahre nicht mehr hier gewesen. Hatte man tatsächlich das Observatorium, das Naval College und all die anderen alten Gebäude abgerissen, nur für diesen seltsamen Bahnhof?

Ein Windstoß fuhr fauchend über die Plattform, mit eisernem Kreischen bremste der schwebende Zug ab, die Dampfventile pfiffen hell und laut.

Die Räder der Lokomotive waren nicht unter, sondern über dem Dampfkessel angebracht und rollten über den eisernen Balken, waren ein Stück in ihn versenkt. Außerdem war es nur eine Reihe Räder, mittig angeordnet und – wie bei einer normalen Lok – mit Pleuelstangen verbunden. Auch die Waggons hatten solche Räder, und somit hing der gesamte Zug an dem Balken und schwebte über die Erde. Fantastisch. Und beängstigend.

Der Zug blieb so im Bahnhof stehen, dass seine Türen sich genau an den kleinen Toren im Geländer befanden. Die vorn Stehenden öffneten die Tore und dann die Türen der Waggons, wenn diese nicht von Aussteigenden schon geöffnet worden waren.

»Achten Sie auf die Lücke«, schallte es wieder aus der Flüstertüte, und schon begannen die ersten Fahrgäste einzusteigen. Bren schob Carl auf einen Waggon zu.

»Vorsicht, nicht runterfallen.«

Carl war als ganz junger Kerl noch auf einem Clipper gefahren und häufig in die Takelage aufgeentert, er hatte keine Angst vor Höhen. Trotzdem war ihm jetzt der kurze Schritt über den Abgrund, mit dem Fauchen der Dampflok im Ohr, in den leicht hin und her schwankenden Waggon etwas unheimlich. Er gab sich einen Ruck und stieg ein.

Im Wagen erwarteten ihn zwei Reihen Holzbänke, auf denen je zwei Leute sitzen konnten. Bren schob ihn nach rechts, in Richtung Heck des Waggons, dann in die letzte Reihe auf der in Fahrtrichtung rechten Seite. Carl saß am Fenster.

Draußen schrillte eine Trillerpfeife, drei Mal kurz. Daraufhin schlossen Passagiere die Türen, erneut ertönte die Trillerpfeife – nun schallgedämpft und langgezogen –, und auch die Lok pfiff. Ein Zittern ging durch den Waggon, und langsam setzte sich der Gleiter in Bewegung. Zunächst verstärkte sich das leise Schwanken des Waggons, was wiederum ein heftiges Ziehen in Carl Junipers Eingeweiden verursachte. Wie seltsam, dachte er, der auf hohen Rahen gelegen und Stürme durchfahren hatte. Es war wie Fliegen. Oder so, wie er sich fliegen vorstellte. Ein Gefühl von Bodenlosigkeit.

Der Gleiter beschleunigte rasch, bald schwebten sie über die Themse. Carl sah nach unten. Atemlos sah er das Mondlicht auf dem Wasser der Themse glitzern, doch etwas irritierte ihn. Da waren weder Docks noch Schiffe. Er beugte sich zu Bren und fragte mit gesenkter Stimme: »Wo sind denn die Schiffe? Hier war doch immer alles voll.«

Bren sah ihn verständnislos an. »Es gibt nur hier und da mal Lastschuten, die zwischen den Fabriken fahren. Aber sonst …?« Er schüttelte den Kopf.

Carl sah noch mal nach unten. Es war gespenstisch. Die Themse war sonst ein einziges Gewimmel von Masten und Schornsteinen, Boote und Schiffe aller Größen bevölkerten die schmutzigen Wasser des Flusses. Und jetzt – nichts. Er wandte sich wieder leise an Bren.

»Aber das ist doch der Port of London hier. Alle Seeschiffe ankern an der Themse. Bis hoch zur Tower Bridge und weiter den Fluss runter.«

Bren sah Carl lange an. In seinen Augen flackerten Unverständnis, Verwirrung, Misstrauen.

»Lass uns im Quartier darüber reden.«

»Aber …«

»Nein«, unterbrach ihn Bren, »nicht hier. Nicht jetzt.«

Carl Juniper nickte ergeben.

Wo war er hier hingeraten? Und wie? Was war mit ihm passiert?

Der Gleiter war über die Isle of Dogs geschwebt, hatte einige Male gehalten, Menschen ausgespuckt und neue aufgenommen. Eine sich mit einem Klingeln stetig weiterdrehende Anzeige, die wohl aus der Lok heraus bedient wurde, gab immer die nächste Station an. Im Zentrum kreuzten jetzt auch Bahnlinien aus unterschiedlichen Richtungen, und zwar nicht auf gleicher Höhe mittels Weichen, was schlecht möglich gewesen wäre, sondern über- und untereinander. Diese Kreuzbahnhöfe hatten dann zwei oder sogar drei Plattformpaare übereinander.

Alle, die mitfuhren, sahen nach Arbeitern aus. Dass London nie schlief, wusste Carl Juniper. Er kannte an Land überhaupt die Nächte viel besser als die Tage. Aber heute sah er keine Nachtschwärmer, keine Betrunkenen, keine kichernden Weiber mit roten Wangen.

Nur graue Gesichter, derbe Kleidung und Müdigkeit. Wer jetzt unterwegs war, kam von der Arbeit. Die sie abgelöst hatten, waren wohl vor einer Stunde durch die ganze Stadt gefahren.

In einem langgezogenen sanften Linksbogen war die Bahn ins East End geschwebt. Oder vielmehr darüber.

»Gleich steigen wir aus.«

Bren hatte ihm einen leichten Knuff gegeben. Der Gleiter bremste schon.

Sie standen auf, hielten sich an Stangen in der Nähe der Türen fest, die vom Boden an die Decke reichten. Der Gleiter hielt. Bren öffnete die Tür, von draußen hörte man gerade noch »... auf die Lücke!«, beide machten einen großen Schritt und standen wieder auf einer Plattform. Die Station hatte zwei Ebenen, sie standen auf der oberen. Carls Knie zitterten. Ob von dem ungewohnten Verkehrsmittel, seinem Hunger oder der wilden Wirrnis in seinem Kopf – das konnte er kaum sagen. Wahrscheinlich alles zusammen.

Bren zeigte nach links.

»Da runter.«

Hinter den Durchgängen unten erwartete sie eine breite Straße mit nur durch Kreuzungen unterbrochenen Blöcken riesiger Wohnhäuser. Carl konnte sich nicht erinnern, in England je so hohe Wohnhäuser gesehen zu haben. In Chicago hatte er solche Bauten gesehen, aber das waren eher Bürohäuser als Wohngebäude. Niemand war unterwegs. Alles wie ausgestorben. Schnell überquerte Bren mit Carl, der kaum Schritt halten konnte, die Straße, schwenkte auf der anderen Seite nach links und eilte bis zur ersten Kreuzung. Dort hielt er an und stoppte den japsenden Carl, indem er seine Hand auf dessen Brust legte. Vorsichtig spähte Bren um die Ecke. Die Straßen waren gut erleuchtet. Heller, als Carl es kannte, obwohl es offenbar immer noch das gewohnte Gaslicht war. Die Lampen waren riesig, vermutlich lag es daran. Carl befahl seinen Gedanken, einfach stehen zu bleiben. Er würde mit Bren in Ruhe über all das reden. Und schlafen. Aber zuallererst musste er etwas essen und trinken. Er konnte sich kaum noch auf den Beinen halten.

»Los.«

Bren rannte über die Straße. Carl war völlig unvorbereitet. Das kam vom Grübeln und der Müdigkeit. Er folgte Bren so schnell er konnte, aber schon in der Hälfte der Straße sah er kreisende Sterne.

Wankend fiel er Bren auf der anderen Seite in die Arme, versuchte, etwas zu sagen, konnte aber nur nach Luft schnappen.

»Ist gut. Wir haben es gleich geschafft. Die Patrouille ist offenbar schon durch, das ist gut. Sehr gut.«

Bren sah Carl an, dessen Atem sich langsam beruhigte.

»Alles gut? Kannst du weiter?«

Carl nickte. Sie liefen nach rechts, die abzweigende Straße hinunter. White Horse Lane, das hatte Carl auf dem Schild lesen können. Sie passierten eine Ernest Street und bogen einen Block weiter nach links in die Shandy Street ein.

Am dritten Haus hielt Bren.

»Hier ist es. Geschafft.«

Carl lächelte dankbar. Bren zog seine Uhr aus der Tasche, an der Kette baumelte ein Schlüssel. Den steckte er in eine Öffnung neben der Tür und drehte ihn. Mit einem leisen Zischen verschwand die Tür nach links in der Wand. Sie traten in eine regelrechte Halle. Sie lief rund um eine Art Schacht, in dem sich drei Aufzüge befanden. Bren drehte wieder seinen Schlüssel in einer Öffnung neben dem Aufzugkorb ganz rechts und schob das Gitter auf, das mit einem hörbaren Klacken links einrastete.

An der linken Wand befand sich eine Art Maschinentelegraf mit Zahlen von minus eins bis fünfzehn. Bren schloss zuerst das Gitter wieder, dann drehte er den Hebel des Telegrafen, genau wie auf einem Schiff, zuerst ganz bis hinter die Fünfzehn, dann, nach einem kurzen Klingelton, auf null und von dort auf die Elf. Der Aufzug ächzte und setzte sich dann nach oben in Bewegung.

Als die Elf im Telegrafengehäuse aufleuchtete, blieb der Aufzug stehen. Bren öffnete die Tür, sie traten auf den Hausflur, Bren schloss die Tür wieder.

Der Hausflur war von Gaslicht sanft beleuchtet und lief offenbar um den Aufzugschacht herum. Alle paar Meter ging eine Tür davon ab, offensichtlich die Wohnungen. Alles kühl und schmucklos, aber sehr sauber und ordentlich. Carl kannte aus dem East End nur lausige Behausungen, in denen sich die Leute zu Dutzenden in schimmelige Räume quetschten und Kohlerauch die Luft zu Staub werden ließ.

Aber was bedeutete überhaupt noch das, was er kannte oder erinnerte? Man konnte nicht im Südatlantik verschwinden, danach in London aus dem Himmel stürzen und dann glauben, die Welt wäre noch die, die man kannte.

Bren war stehen geblieben und schloss eine Tür auf. Er griff nach innen, drehte einen Schalter, und schon wurde es hell in der Wohnung. Dann ließ er Carl den Vortritt.

Während Bren die Tür hinter ihnen schloss, sah Carl sich um. Ein kleiner Flur mit Kleiderhaken und niedrigen Schränken. Drei Türen gingen von dem Flur ab. Eine links, eine rechts, eine geradeaus. Ein einfacher, aber sauberer Holzboden. Dunkelgrüne Stofftapete mit feinen Streifen.

Bren zog seine Schuhe aus, Carl schlüpfte endlich aus den klammen Seestiefeln. Er hatte sich Blasen gelaufen, Seestiefel waren nun mal nicht für Fußmärsche gemacht. Schon gar nicht, wenn man klatschnasse Strümpfe hatte.

Bren öffnete die Tür zur Rechten.

»Mein Zimmer.«

Dann zeigte er nach links.

»Da kannst du dann schlafen. Aber komm erst mal hier rein.« Wieder ließ er Carl den Vortritt.

Brens Zimmer war klein, aber sauber und gut ausgestattet. Ein Bett, ein Tisch mit zwei Stühlen im Alkoven, Fenster zur Straße. Ein Regal, ein schmaler Schrank. Ein kleiner Kamin.

»Möchtest du Wasser?«

Carl nickte.

»Ja. Und etwas zu essen, bitte. Egal was, ich habe furchtbaren Hunger.«

Bren sah ihn mit zusammengezogenen Augenbrauen an.

»Essen?«

Carl nickte.

Bren lächelte besorgt.

»Was soll das denn sein? Essen?«

Carl wollte sich noch am Tisch festhalten, aber seine Beine versagten so schnell den Dienst, dass er den Aufschlag am Boden gar nicht mehr mitbekam.

Unterschlupf

Ein weiteres Mal binnen zwei Stunden holte Bren Carl aus einer Ohnmacht. Diesmal jedoch sanfter und besorgter als im Greenwich Park.

»Trink«, sagte er leise, als Carl Juniper seine Augen endlich geöffnet hatte, und hielt ihm ein Glas mit Wasser an die Lippen. Carl trank es gierig aus und bat um mehr.

Bren half ihm auf und bugsierte ihn auf den Sessel, verließ kurz das Zimmer und kam mit dem frisch gefüllten Glas zurück. Jetzt trank Carl langsamer, er erholte sich.

Bren nahm das leere Glas und stellte es auf den Tisch.

»Noch etwas?«

Carl schüttelte den Kopf.

»Danke. Später.«

Bren nickte, dann weiteten sich plötzlich seine Augen, und er sagte: »Wann hast du zum letzten Mal eingenommen?«

»Eingenommen?«

»Ja.« Bren machte eine Geste zum Mund.

»Ach, so nennt ihr das? Davon sprach ich doch vorhin. Essen.« Carls Stimme zitterte jetzt ein wenig. »Es ist ewig her, zwei Tage, vielleicht mehr, ich weiß es nicht genau.«

Bren lachte und schüttelte den Kopf.

»Meine Güte, wir sprechen doch eigentlich dieselbe Sprache.

Wie kann das so schwierig sein? Pass auf, ich fertige eine Einheit für dich.«

Fertigen? Einheit? Carl Juniper sagte sich, dass er aufhören solle, sich zu wundern, und die Dinge einfach hinnehmen musste. Bren öffnete einen niedrigen Schrank, entnahm ihm nacheinander eine Suppenschüssel, einen Messbecher, eine Pappschachtel, eine Blechdose, ein Tablettenröhrchen und einen Löffel.

Er stellte alles auf den Tisch, verließ das Zimmer mit dem Messbecher, kam zurück, öffnete die Schachtel oben an der Schmalseite und schaufelte drei Löffel eines bläulichen Pulvers in die Schüssel. Dann goss er einen genau bemessenen Teil des Wassers darauf und ließ die Mischung stehen.

Den Rest des Wassers schüttete er in das Glas und schraubte das Tablettenröhrchen auf, entnahm eine Tablette und warf sie ins Wasserglas. Zischend explodierten Hunderte Luftbläschen im Glas, langsam färbte sich das Wasser blassgrün. Als die Tablette ganz aufgelöst war, nahm Bren den Löffel und begann, das mittlerweile aufgequollene Pulver in der Schüssel umzurühren, bis ein glatter Brei von hellblauer Farbe entstanden war. Danach öffnete er die rechteckige Blechdose und nahm zwei etwa ein achtel Inch dünne, zwei Inch breite und fünf Inch lange rötliche Streifen heraus, die nach Trockenfleisch aussahen, aber überhaupt keinen Geruch verbreiteten. Bren brach sie in kleine Stücke, warf sie in den blauen Brei und rührte wieder um.

»Bitte.«

Er drehte sich zu Carl und wies mit der Hand auf das Essen. Oder wie auch immer man es hier nannte.

Carl stemmte sich aus dem Sessel hoch, sein Magen schlug, jetzt wo etwas in greifbarer Nähe war, einen Salto.

Er musste an Tante Hetty denken. Sie stammte aus Manchester, ihr Vater, alle Onkel, alle Brüder hatten dort in den Baumwollspinnereien geschuftet. Oft mussten sie hungern.

»Wenn du mal ein paar Tage nichts gegessen hast und dann kommt wieder was auf den Tisch – du lieber Himmel. Da musst du dich am Riemen reißen, Junge, sonst brennt dir das Essen den Bauch aus.«

Obwohl also in seinem Mund der Speichel zusammenlief und sein Magen sich gerade auf doppelte Größe aufzupumpen schien, tauchte er den Löffel langsam und gesittet in den Brei. Die Konsistenz erinnerte an Porridge. Carl roch, aber der Duft des Essens war sehr schwach und erinnerte ihn an nichts, was er kannte. Nicht unangenehm. Einfach nichtssagend.

Wenn es nicht schlecht roch, konnte es eigentlich auch nicht schlecht schmecken, das sagte Carl Juniper seine Erfahrung als Koch. Er schob sich also mutig den Löffel in den Mund und aß den Brei.

Kaute auf den roten Stückchen herum, die tatsächlich die Konsistenz von Trockenfleisch hatten. Kaute und schob die Masse im Mund umher, ließ sie mal hier, mal da auf seiner Zunge liegen, um irgendetwas herauszuschmecken.

Aber da war fast nichts.

Eine ganz leichte Ahnung von Getreide, aber doch auch anders, ein Hauch Süße, eine leichte Bitternote. Die roten Streifen schmeckten ein wenig salzig, aber weder nach Fleisch noch nach Fisch.

Es widerstrebte ihm nicht, das zu essen. Das Gefühl im Mund war angenehm, es schluckte sich leicht, die roten Stückchen waren gut zu kauen. Aber sobald die Masse den Mund verlassen hatte, die Kehle hinabrutschte, hatte man sie vergessen. Nichts blieb an Gaumen oder Zunge zurück. Carl probierte das Getränk. Etwas Säure, ansonsten auch hier nichts, was ihn an bekannte Aromen erinnerte. Es hatte eine erfrischende Wirkung, und auch hier vergaßen Gaumen und Zunge beim Schlucken schon, was da gerade im Mund gewesen war.

Bren schien sich nicht im Geringsten dafür zu interessieren, ob das Essen Carl schmeckte. Er hatte die Decke seines Bettes angehoben und einen einfachen Pyjama darunter herausgezogen.

»Ich dusche jetzt, danach zeige ich dir deinen Raum.«

»Du hast eine Dusche? In der Wohnung? Ich kenne das nur vom Schiff oder der Badeanstalt.«

Bren lächelte.

»Du und deine Schiffe. Darüber reden wir gleich. Und über ein paar andere Dinge, die in den nächsten Tagen zu bedenken sind.«

Carl nickte. Bren ging nach nebenan, und kurz danach hörte Carl Wasser prasseln.

Er aß die Schüssel leer und trank das Glas aus. Er war satt. Tatsächlich sogar sehr satt. Dafür, dass er womöglich tagelang nichts gegessen hatte, war es eigentlich eine nicht sehr große Menge Essen gewesen.

Oder wie hatte Bren es genannt. Einheit?

Wo er zu Anfang noch an den Rat von Tante Hetty gedacht hatte, war ihm jetzt klar, dass er sich gar nicht hatte bremsen müssen. Diese Nahrung war sehr sättigend, nicht unangenehm in Konsistenz und Aroma, aber sie hatte keinerlei Wirkung auf seinen Geschmackssinn oder sein seelisches Empfinden. Man würde sie vermutlich nur dann gierig in sich hineinfressen wollen, wenn man dem Hungertode nah war.

Carl Juniper hatte in seinem Leben hart gearbeitet und schon unzählige Male Essen erschöpft in sich hineingelöffelt. Aber nie war ihm gleichgültig gewesen, ob und wie es schmeckte. Er kannte Essen aus aller Herren Länder und hatte schon Zubereitungen genossen, von denen er lieber nicht genau wissen wollte, aus was sie bestanden. Hatte sie überhaupt nur genießen können, *weil* er nicht genau wusste, was darin war. Es gab Gerichte, nach denen er sich manchmal sehnte, wenn er sie lange nicht gegessen hatte. Oder wenn er in trüber Stimmung war. Als Koch hatte er deftiges, einfaches Essen für schwer arbeitende Seeleute genauso zubereitet wie feine Speisen für verwöhnte Passagiere. Er wusste, was man einer übellaunigen Schiffsbesatzung vorsetzen musste, wenn man sie aufheitern wollte. Sogar, wenn die Besatzung aus unterschiedlichen Erdteilen stammte.

Bren betrat das Zimmer, sein dunkles Haar noch feucht, er trug den blauen Pyjama und hatte seine restlichen Kleider unterm Arm. Carl zeigte auf die leere Schüssel.

»Es war gut, vielen Dank. Was isst, äh, was nimmst du sonst noch so ein?«

Bren lachte wieder, während er seine Kleidung sortierte. Hose und Weste hängte er an den Kleiderständer, dann roch er an seinem Hemd und hängte es anschließend daneben. Strümpfe, die lange Unterhose und das langärmelige Unterhemd stopfte er in einen runden Weidenkorb. Dann sah er Carl an.

»Was meinst du mit ›sonst noch‹? Es gibt nichts anderes. Das«, er zeigte auf die leere Schüssel vor Carl, »ist eine Einheit. Wir nehmen zwei Einheiten pro Tag ein. Eine vor oder nach der Arbeit, das hängt davon ab, welche Schicht du hast. Und eine in einer Einnahmezeit dort, entweder der zu Beginn oder der am Ende der Schicht. Wasser, so viel du eben brauchst.«

Er nahm eine Packung Zündhölzer vom Kaminsims und bückte sich, um die gläserne Feuerklappe zu öffnen. Dahinter befanden sich drei Röhren. Bren drehte ein kleines Rad rechts neben der Brennkammer, ein Zischen ertönte. Dann riss er ein Streichholz an, hielt es nacheinander über jede der Röhren und entzündete so Gasflammen. Danach schloss er die Klappe, drehte wieder an dem Rad, was die Flammen vergrößerte, und tatsächlich hatte das Gasfeuer jetzt durchaus Ähnlichkeit mit einem kleinen Holzfeuer.

Bren setzte sich Carl gegenüber an den Tisch und sah ihn mit leicht schief gelegtem Kopf an.

»Entweder, du bist von hier und hast sehr gute Gründe, mir all diese seltsamen Dinge zu erzählen, oder du bist tatsächlich ein Fremder. Ich weiß noch nicht mal, ob ich wissen muss, was nun die Wahrheit ist.«

Carl wollte beteuern, dass er nicht log, doch Bren hob die Hand und schüttelte sanft den Kopf. »Wenn du tatsächlich von woandersher stammst, muss es ein seltsamer und von dieser Welt sehr verschiedener Ort sein. Es lässt sich ganz gut hier leben, aber es ist gefährlich, die Regeln nicht zu kennen. Anders zu sein. Ich denke also, ich muss dir einige Dinge erklären, wenn wir nicht beide in große Schwierigkeiten kommen wollen.«

Carl nickte ergeben.

»Erstens: Du darfst das Quartier nicht verlassen, wenn ich nicht da bin. Auch niemandem die Tür öffnen. Das ist wichtig. Das zweite Zimmer«, Bren wies in Richtung Flur, »ist leer, das kannst du vorerst nehmen. Mein Quartierbruder hat sich zu den Republican Foot Guard Provosts gemeldet und ist angenommen worden. Die nächste Quartierverteilung ist erst in zwei Mondphasen. Es sind auch noch seine Einheiten für beinahe drei Mondphasen da, deine Einnahmen sind also vorerst kein Problem.«

Bren gähnte, dann schüttelte er sich kurz, stand auf und zog einen grauen Jumper unter der Bettdecke heraus. Während er ihn überstreifte, sprach er weiter.

»Ich gehe bald schlafen, ich habe heute Kurzruhe und muss in ein paar Stunden wieder in die Fabrik. Das Wichtigste für die nächsten Stunden weißt du ja. Aber wir müssen an die Zukunft denken. Deinen Aufenthalt hier irgendwie legal machen. Dazu brauchst du Papiere und eine Arbeit. Dann bekommst du Quartier und deine Einheiten. Und Lohn.«

»Aber ich will nicht lange bleiben, Bren. Ich muss einen Weg zurück finden. Es muss eine Möglichkeit geben.«

Bren unterbrach ihn.

»Hör zu, Carl, darüber können wir reden, wenn ich Normalruhe habe. Nach der nächsten Schicht. Das ist … Meine Güte, du kannst nur verrückt sein oder tatsächlich ein Fremder.«

Er schloss die Augen und holte Luft. Dann sah er wieder Carl an. »Nach allem, was sie uns in der republikanischen Schule beibringen, gibt es nichts außerhalb von London. Jedenfalls nichts, wo man leben kann. Es gibt bloß die Kolonien weit weg.«

Er beugte sich vor.

»Und sehr, sehr vielleicht gibt es irgendwo das Green. Aber darüber redet man nicht. Offiziell existiert es nicht. Und das ist alles, was ich weiß.« Er machte eine Geste, die andeutete, dass er seinen Mund verschloss.

»Du kannst von hier aus nirgends hin, nur an Orte, an denen du völlig dir selbst überlassen bist, der Natur und der Gnade aller, denen du dort begegnest. Du kannst vorerst hierbleiben, aber wir müssen eine Lösung finden, die für länger taugt.«

»Kommt dein Quartierbruder denn gar nicht mehr zurück?«

»Ich sagte dir ja, dass er zu den Tanned Necks gegangen ist, was bedeutet, er lässt sein bisheriges Leben hinter sich und verschwindet in der Armee.«

»Was genau sind die Tanned Necks?«

»Offiziell das Republican Foot Guard Provosts Corps. Die Militärpolizei. Aber alle nennen sie nur die Tanned Necks, weil ihre grünen Uniformen Stehkrägen aus lohfarbenem Leder haben; das und die roten Deckel ihrer Mützen unterscheidet sie von den anderen Armeeeinheiten. Die kontrollieren hier alles. Und vor denen musst du dich in Acht nehmen, die machen kurzen Prozess.«

»Und dein … Quartierbruder ist da freiwillig hin?«

Bren zuckte mit den Achseln.

»Er wollte immer zur Armee. Hat seine drei Pflichtjahre in der Produktion abgeleistet und sich bei Erreichen der Mindestfrist sofort gemeldet.«

»Holt er seine Sachen nicht?«

»Die braucht er nicht mehr. Wer zur Armee geht, bricht alle Brücken ins alte Leben ab. Seine Einheiten kriegt er natürlich dort, sein Quartier wird auch von der Armee gestellt, und zwar wo immer sie ihn einsetzt. Bei der nächsten Quartierverteilung bekomme ich dann einen neuen Bruder.«

»Den kannst du dir nicht aussuchen?«

»Nein. Es kommt normalerweise jemand aus derselben Fabrik, die haben ja auch das Haus bezahlt. Aber wenn da gerade niemand ein Quartier braucht, kann es sein, dass einer von woanders reingesetzt wird. Das wird dann aber alle drei Mondphasen wieder überprüft.«

Bren gähnte wieder, diesmal länger, rieb seine Oberarme mit den Händen.

»Ich bin auch müde, Bren«, sagte Carl, »und du musst ja bald wieder arbeiten.«

Bren nickte. Und lachte erschöpft.

»Du bist also von einem Schiff? Übers Meer gekommen …?«

Carl zuckte mit den Schultern.

»Ja. Wie ich dir sagte.«

Er holte tief Luft, spürte, dass seine Stimme trotzdem zittern würde, also hob er nur die Arme zu einer hilflosen Geste. Aber es drängte aus ihm heraus.

»London hat keinen Hafen mehr. Das … Das begreife ich nicht. Nichts begreife ich.«

Jetzt schluchzte Carl Juniper. Der wilde Schiffskoch, Überlebender unzähliger Raufereien in wüsten Hafenkneipen, der Herzensbrecher, der mit einem Lachen all seinen Liebchen den Rücken kehrte, um hinauszufahren, weinte sich das Herz aus dem starken Leib.

Bren legte seine Hand auf Junipers Unterarm.

»Das wird schon. Wir reden über alles, nur jetzt nicht. Hör zu, ich muss wissen, was du kannst. Als Arbeit. Nur Seemann?«

Carl Juniper schüttelte den Kopf.

»Eigentlich bin ich kein Seemann. Also, ich fahre schon zur See, aber ich bin kein Seemann, ich bin Schiffskoch.«

»Aha. Und was macht ein Schiffskoch?«

Carl sah Bren verwirrt an.

»Na, was alle Köche machen. Bloß auf dem Schiff.«

»Aber was macht ein Koch?«

Carl spürte bodenlose Angst aufsteigen. Er nahm sich zusammen.

»Ein Koch macht Essen. Also Einheiten.«

Bren lächelte erschöpft.

»Dafür braucht man doch keinen, der das als Beruf macht. Das kann doch jeder, eine Einheit zubereiten. Ich weiß nicht viel über Schiffe. Hier in London gibt es nur die, die auf der Themse hin und her fahren. Die nehmen ihre Einheiten für den Tag mit, denke ich. Und nach der Schicht gehen die auch alle nach Hause, und eine neue Mannschaft kommt. Die Schiffe verlassen London ja nie.«

Carls Brust hob und senkte sich heftig und in rascher Frequenz. Er hörte das Blut in seinen Ohren rauschen.

»Aber warum esst, äh, nehmt ihr nur das ein?« Er zeigte wieder auf die leere Schüssel. »Warum gibt es nichts anderes? Man kann doch aus allem Möglichen … Einheiten machen.«

Bren schaute ihn verständnislos an.

»Aus was denn?«

»Fleisch. Fisch. Gemüse. Obst. Mehl. Milch. Wasser. Wein. Salz. Pfeffer. Kräuter. Meine Güte, Bren.«

Er hatte immer schneller aufgezählt und immer lauter gesprochen.

»Also das Einzige, was ich davon kenne, ist Wasser.«

Brens Gesicht zeigte tiefen Zweifel am Geisteszustand seines Gastes.

»Die Einheiten kommen aus einer Fabrik. Die Leute, die dort arbeiten, haben mit niemandem Kontakt, genau wie die Soldaten.«

Carl war schon wieder den Tränen nah. Aber er bezwang seine Angst. Was half es auch? Er war hier – wo immer das war –, er war am Leben, er hatte einen Kameraden, der ihm half.

Wenn man alles zusammen betrachtete, hatte er unfassbares Glück gehabt. Er war satt. Er hatte keinen Durst. Er war trocken und warm. Er hatte ein Bett.

»Zeigst du mir das Zimmer?«

Bren nickte und stand auf.

Das Zimmer des Quartierbruders sah genauso aus wie das von Bren, nur spiegelverkehrt. Dieselbe Einrichtung. Bren öffnete den größten Schrank, darin hing und lag Kleidung.

»Seine Sachen dürften dir passen. Es ist alles sauber. Ob ich deine Sachen hier in die Wäscherei bringen kann, muss ich mir genau angucken. Ich weiß nicht, ob es so was Ähnliches hier gibt. Nicht, dass wir Verdacht erregen.«

Er nahm einen Pyjama wie seinen eigenen aus einem Fach, bloß war dieser grün. Dann schloss Bren den Schrank, zog die Schublade einer Kommode auf und nahm ein Handtuch heraus. Gab beides Carl.

Im Bad zeigte er ihm, dass er mit zwei Hähnen die Temperatur des Wassers regulieren konnte, das aus der Dusche kam.

»Warmes Wasser? In der Wohnung?«

Bren nickte und lächelte. Dann ließ er Carl alleine.

Eine Viertelstunde später fühlte sich der durch einen Ozean und einen Himmel hindurch von einer Welt in eine andere geworfene Schiffskoch zumindest sauber und warm. Er war nicht müde, er war zu Tode erschöpft. Brens Tür war schon zu, vermutlich schlief sein Retter schon. Wenn Carl das richtig verstanden hatte, musste Bren schon in wenigen Stunden zur Arbeit. Offenbar in weniger Stunden als gewöhnlich.

Carl schloss die Tür des Badezimmers so leise wie möglich und schlich vorsichtig in sein Gastzimmer.

Er warf seine salzfleckige Seemannskleidung auf den Sessel. Dann dimmte er das Gaslicht und legte sich in das fremde Bett. Es war bequemer als eine Schiffskoje. Trocken und kühl. Es roch sehr sauber. Von draußen kam ein sanfter Lichtschein ins Zimmer, vermutlich von den riesigen Straßenlaternen und dem Mond, der wohl gerade nicht durch eine Wolke verdeckt wurde.

Carls Geist war wie eine offene Wunde. Sein Körper so taub, als wäre er schon in tiefen Schlaf gefallen. Er kannte diesen Zustand genau andersherum von tagelangen Stürmen. Da war der Kopf schon weit über jede Grenze hinaus ermüdet, aber der Körper schmerzte und war überreizt.

Er würde sicher irgendwann schlafen können, er konnte ja auch so lange liegen bleiben, wie er wollte. Oder bis Bren wieder hier war. Genug Zeit auf jeden Fall.

Er entspannte sich, sein Geist wurde ruhiger. Er durfte über all das nicht nachdenken, nicht jetzt. Das war wichtig. Er hatte Seeleute verrückt werden sehen auf langen Reisen. Manchmal von tagelang brennender Sonne, manchmal von endloser Nässe und Kälte. Man musste sich von der Finsternis fernhalten, durfte nicht zweifeln und hadern, sondern einfach arbeiten und essen und ruhen und hoffen. Und das würde er auch jetzt tun.

Seine Atemzüge wurden länger, seine Lungen füllten sich tiefer mit Luft. Seine Lider wurden schwer. Dann glitt sein Kopf zur Seite. Er zog mit schon schwachem Griff die Decke etwas höher.

Schon im Halbschlaf hörte Carl Schritte auf dem Flur. Dann das Geräusch eines Schlüssels in seinem Schloss. Er wurde herumgedreht, und dann entfernten sich die Schritte.

Bren hatte ihn im Zimmer eingeschlossen.

Bren

An seine Eltern dachte Bren selten. Nicht, weil er sie nicht liebte, sondern weil er, wie alle hier, nur wenig Zeit mit ihnen verbracht hatte. Alle Großaltrigen arbeiteten, und die Unterjährigen kamen schon wenige Wochen nach der Geburt in republikanische Einrichtungen. Man sah seine Eltern an deren Ruhetagen, also drei Mal pro Mondphase. Jeder hatte zwei Ruhetage, aber Paare bekamen einen davon zusammen. Ein Unterjähriger sah also ein Mal pro Mondphase die Mutter, ein Mal den Vater und ein Mal beide zusammen. Natürlich gab es auch Paare, die ihre Kinder seltener besuchten oder nie. Aber Brens Eltern hingen an ihrem Sohn. Doch seit Bren selbst großjährig war, also seit fünf Jahren, hatte er sie nicht öfter als drei Mal getroffen, denn sie hatten so gut wie nie zusammen Ruhetage.

Dass er seit gestern ihr Bild immer wieder vor sich sah, hatte mit dem laut schnarchenden Mann in Ruperts ehemaligem Zimmer zu tun. Carl Juniper.

Brens Vater war vor vielen Jahren in Schwierigkeiten geraten, weil er jemandem Unterschlupf gewährt hatte. Einem früheren Quartierbruder, der aus der Armee desertiert war. Die Tanned Necks hatten ihn nachts auf der Straße aufgegriffen, und in den Verhören hatte er verraten, wer ihn versteckt hatte. Brens Vater musste für fast ein Jahr ins Gefängnis. Damals war Bren fünf Jahre alt gewesen und seine Mutter hatte bei jedem Treffen geweint, aber ihm nie gesagt, wo sein Vater wirklich war. Sie sagte immer nur, er sei bei einer anderen Arbeit und könne nicht kommen. Als er älter war, hatte sein Vater es ihm bei einem Besuch erzählt.

»Ich will, dass du weißt, was ich getan habe. Und dass ich, auch wenn es hundert Mal gegen irgendein Gesetz verstößt, es jederzeit wieder tun würde. Man lässt einen Mann in Not nicht im Stich. Und man trägt die Folgen.«

Bren hatte ihn gefragt, ob er nicht wütend gewesen sei, dass der alte Quartierbruder ihn verraten habe. Sein Vater hatte lange nachgedacht, bevor er antwortete.

»Ich war wütend, dass er auf die Straße gegangen war, auch wenn ich verstehen konnte, dass er es alleine nicht mehr aushielt. Aber in den Verhören sagt jeder irgendwann, was die hören wollen. Das übersteht keiner, ohne zu reden.«

»Haben sie dich auch verhört?«, hatte er seinen Vater gefragt, ohne ihn anzusehen. »Ich meine … so verhört wie ihn?«

Die Hand seines Vaters hatte sein Kinn angehoben und ihn so gezwungen, ihn anzusehen.

»Nein, Junge. Ich habe alles sofort zugegeben. Weil es wahr war. Weil ich stolz darauf war. Und weil ich nicht wollte, dass sie deiner Mutter oder dir etwas tun. Ich gab ihnen, was sie wollten, sie sperrten mich ein. Ich saß meine Zeit ab, nahm die miesen Jobs in den ersten Jahren danach an, und jetzt ist alles vergessen. Den armen Kerl haben sie damals sofort nach seinem Urteil im Gefängnishof erschossen.«

Wer immer Carl Juniper war und wo immer er auch herkam, gleichgültig, ob seine Geschichte wahr oder erlogen war – er war ein Mann in Not. Und Bren Roach, der Sohn Cuthberts, würde einen Mann in Not nicht im Stich lassen.

Trotzdem war er vorsichtig, hatte den schlafenden Carl eingeschlossen. Nach einer Weile würde er wissen, ob er Carl wirklich trauen konnte. Nach dem Aufstehen wusch er sich, zog sich an und sperrte die Tür leise wieder auf. An seiner eigenen Tür befestigte er einen Zettel, auf dem er Carl beschrieben hatte, wo Ruperts Einheiten lagen, und zur Sicherheit noch mal, wie er sie zubereiten konnte. Und dass er sich genau an die Mengen halten musste. Er erinnerte Carl daran, dass er auf keinen Fall das Haus verlassen durfte und niemandem die Tür öffnen. Und dann fiel ihm ein, dass er sich auch nicht am Fenster blicken lassen durfte, weil die Armee in Luftbooten über der Stadt patrouillierte. Ob Carl Juniper wohl Luftboote kannte? Ob da, wo er herkam, Fliegen möglich war? Bren nahm das Papier wieder ab und schrieb noch dazu: »Geh nicht zu nah ans Fenster. Ob du es glaubst oder nicht, sie haben Geräte, die fliegen können. Damit gucken sie in die Häuser!«

Er befestigte den Zettel wieder an der Tür. Carl musste ihn sofort sehen, wenn er die Tür öffnete. Bren nickte zur Bestätigung für sich, dann verließ er sein Quartier.

Er zog die Uhr aus der Westentasche und beschleunigte seinen Schritt. Er würde zwar auch noch mit den beiden nächsten Dampfgleitern pünktlich zur Schicht kommen, aber er hasste es, auf der Plattform herumzustehen.

Am Einlass war nicht viel Betrieb, und er passierte zügig die Kontrolle, lief mit schnellen, langen Schritten die Eisentreppe hinauf. Kaum oben angekommen, hörte er schon das Fauchen des Gleiters.

Die Fahrt nahm Bren kaum noch wahr, er fuhr die Strecke seit fünf Jahren. Er war in »Sedgwicks Blackheath Foundry« zum Eisengießer ausgebildet worden und hatte noch nie woanders gearbeitet.

Er stieg nicht am Greenwich Park aus, sondern fuhr bis zur Station Blackheath High, unmittelbar bei der Gießerei. Nach der Schicht ging er jedoch gerne zu Fuß durch den Park zur weiter entfernten Station, das klärte den Kopf und befreite die Lungen von der stickigen, schwefligen Luft der Eisengießerei. Sogar bei Kurzruhe nahm Bren den Umweg gerne in Kauf, weil er ohne diesen Gang meist nicht gut einschlief. Und der Park war eigentlich immer leer. Niemand hielt sich dort auf, und jeder hätte es seltsam gefunden, dass Bren dieses Bedürfnis verspürte. Wer weiß, ob Carl Juniper überhaupt gefunden worden wäre, wenn er nicht so wäre.

Am Werkstor reihte Bren sich in die Masse der anderen Arbeiter ein und grüßte hier und da Bekannte. Wenn sich nichts geändert hatte, würde er heute in der Putzerei arbeiten. Nach Kurzruhe wurde man auf jeden Fall nicht in die Gießhalle oder die Schmelzerei gestellt, um dort zu arbeiten, musste man ausgeruht sein, sonst war das lebensgefährlich. Nach Kurzruhe machte man, wenn man nicht gut qualifiziert war, einfache Arbeiten; ausgebildete Gießer kamen jedoch entweder in die Putzerei oder arbeiteten an Modellen oder Formen.

Bren ging, wie alle anderen, zuerst an der großen Tafel in der Vorhalle vorbei, um nachzusehen, wo er heute eingeteilt war. In der Putzerei, mit dem alten Wyck zusammen. Das traf sich bestens, denn erstens hatte er genau mit Wyck reden wollen, und zweitens bot sich das Putzen dazu an. Es war eine vergleichsweise ruhige Arbeit, bei der man sich gut unterhalten konnte, aber der Geräuschpegel war hoch genug, dass Kameraden, die an anderen Werkstücken arbeiteten, nicht unbedingt mithören konnten.

Der breite Strom der ankommenden Arbeiter schob sich durch ein Portal, dann eine kurze Treppe hinab in eine Art Tunnel. Links und rechts gingen Türen ab in Waschräume und Umkleiden. Bren betrat den dritten Raum auf der rechten Seite, dort stand sein Kabinett: ein schmaler hoher Schrank aus Eisenblech für das Aufbewahren der Arbeitskleidung. Brens war, wie das aller rechtschaffen geprüften Gießer, etwas breiter als das der einfachen Arbeiter, weil die Gießer darin, zusätzlich zum normalen Arbeitskittel, noch

Schutzkleidung aus weichem, aber kräftigem Leder sowie steife Lederschürzen aufbewahrten. Ein breitkrempiger Filzhut und eine Schutzbrille mit sehr dunklem Glas komplettierten die Ausrüstung. Das alles musste man tragen, wenn man in der Gießhalle mit den Pfannen voll flüssigem Eisen hantierte, das heiß wie die Sonne selbst war. Hier flogen Funken und wabernde Tropfen, wenn man das gleißende Eisen in die Tümpel goss, bis der Kamerad mit der Hand bedeutete, dass die Form voll war. Traf das flüssige Eisen auf Haut, fraß es sich sofort hindurch, manchmal bis auf die Knochen. Eisengießer konnten Gliedmaßen verlieren, das Augenlicht oder das Leben.

Aber heute hängte Bren lediglich seinen Überrock ins Kabinett und nahm einen dunkelblauen Kittel aus sehr festem Stoff heraus, den er über den Kopf zog wie einen Pullover. Der Kittel reichte ihm bis über die Oberschenkel. Vom Halsausschnitt bis etwa zwei Handbreit nach unten konnte man den Kittel mit drei Knöpfen verschließen. Direkt darunter befand sich eine geräumige Tasche für Dinge des persönlichen Bedarfs, damit man nicht immer unter dem Kittel in Westen- oder Hosentaschen kramen musste. Bren hatte darin immer ein Schnupftuch, ein altes Klappmesser, ein Notizbuch und einen Bleistift.

Auf dem Weg in die Putzerei traf Bren den alten Wyck.

»Na, mein Junge? Das wird eine gute Schicht, ich hab schon mal gespickt.«

Wyck war ein zäher Mann, etwas größer als Bren. Früher musste er ziemlich breit gebaut gewesen sein, aber heute wirkte er ausgezehrt. Er war ein guter Eisengießer, Bren hatte viel von ihm gelernt.

»Ist 'ne ganze Ladung neue Geländer für die Gleiterplattformen gekommen. Sind schon sandgestrahlt, und wir zwei beiden dürfen die Angüsse abschlagen und entgraten. Ruhige Arbeit, Junge.«

Bren nickte.

»Das ist gut, Wyck.«

Bren schob sich ein wenig näher an Wyck ran und senkte seine Stimme.

»Ich muss mit dir reden. Über etwas Heikles.«

Wyck sah ihn nicht an, aber antwortete ebenfalls leise.

»Etwas, das die Tanned Necks nicht wissen sollten?«

»Ja.«

Für einen Moment stieg Panik in Bren auf. Was, wenn er Wyck falsch eingeschätzt hatte? Oder was, wenn der alte Mann am Ende seiner Arbeitsphase einfach keinen Ärger mehr riskieren wollte? Er konnte nicht mehr weit von der Ruheversetzung entfernt sein, und die wollte wohl niemand in einem Gefängnis verbringen.

Aber dann spürte er Wycks raue Hand leicht sein Handgelenk umfassen und kurz zudrücken. Bren fiel ein Stein vom Herzen. Wyck würde Rat wissen.

Allerdings dauerte es fast fünf Stunden, bis sie endlich offen reden konnten. Sie hatten sich zuerst in der Putzerei die vorgestern gegossenen Geländer angesehen. Kameraden hatten am Vortag mit dem Sandstrahler die Werkstücke schon von Formsand und anderen Rückständen befreit. Dann hatten sie ihre Werkbank vorbereitet und waren danach zur Einnahme gegangen. Wyck hatte das, ebenso wie Bren, nicht im Quartier erledigt. Danach begannen sie Geländer um Geländer auf die Werkbank zu hieven, wo sie abwechselnd einer von beiden hielt, während der andere mit der dampfgetriebenen Maschinenfeile die Angüsse einschnitt und dann mit dem Hammer abschlug. Danach mussten mit dem Dampfschleifer alle Grate entfernt und schließlich mit Schleifpapier die gesamte Oberfläche geglättet werden. Die ganze Zeit über arbeiteten Kameraden in der Nähe, und nie fühlte Bren sich sicher genug, um seine Geschichte zu erzählen.

Dann hatte sich die Putzerei endlich so weit geleert, dass sie ausreichend Abstand zur nächsten Werkbank hatten und der Lärm der Arbeiten gerade laut genug war, um sie gut abzuschirmen.

Wyck kam umstandslos zur Sache.

»Also, was gibt es?«

»Ich gehe doch nach der Schicht immer durch den verfallenen Park. Du weißt schon, bessere Luft, Kopf freikriegen und so.«

Wyck nickte und lachte leise.

»Bessere Luft? Allein dafür würden dich die verdammten Lederhälse schon schief angucken.«

Bren seufzte.

»Gestern habe ich jemanden im Park gefunden. Einen Mann. Er war bewusstlos und klatschnass. Ich habe nach ihm geschaut, wie es ihm geht, und ihn wieder wach gekriegt.«

Sie fassten beide das Geländer, an dem sie gerade arbeiteten, und drehten es auf der Bank so, dass Bren an einer anderen Stelle weitermachen konnte.

Wyck hielt es und sah Bren auffordernd an.

»Er behauptete, ein Seemann zu sein, der einen Schiffsuntergang überlebt hat und dann mitten im Greenwich Park aufgeschlagen ist.«

Bren schaute auf seine Hände und schliff mit viel mehr Kraft als notwendig. Wyck schnalzte mit der Zunge.

»Tja. Was soll man erwarten, wenn einer bewusstlos im Park rumliegt?«

Das klang belustigt, aber auch neugierig.

»Mein Quartierbruder ist seit einer Weile bei den Tanned Necks, sein Zimmer steht noch bis zur nächsten Verteilung leer.«

Jetzt musste Bren Wyck in die Augen schauen. Der hatte eine Braue hochgezogen, und sein Mund stand ein kleines bisschen offen.

»Ich hab ihm Unterschlupf gewährt.«

Wycks Augen glitten wie unbewusst durch den Raum, ohne dass er seinen Kopf bewegte, dann fixierte er Bren.

»Das ist eine sehr ernste Sache, Junge.«

»Ich weiß, Wyck. Deswegen rede ich mit dir. Ich brauche Rat.«

»Hast du eine Rationskarte für heute?«

Bren schüttelte den Kopf.

»Dann hol dir gleich eine. Wir gehen ins ›Republican Arms‹. Da finden wir eine ruhige Ecke.«

»Gut.«

»Dann geben wir mal wieder ein bisschen Tempo beim Arbeiten. Los, Junge.«

Nach Schichtende ließ Bren sich im Kontor eine Rationskarte geben und traf sich dann vor dem Tor mit Wyck. Sie fuhren nach Whitechapel. Dort gab es eine kleine Glockengießerei, die für die Gebäude des High Councils und die großen Fabriken Glocken goss und in der Wyck viele Jahre gearbeitet hatte. Nahe der Gießerei, in der Adler Street, befand sich das »Republican Arms«, dem sie sich jetzt näherten. Vor dem Pub standen zwei Männer der City Yeomanry, um die Arbeits- und Rationskarten zu kontrollieren.

Sie zeigten die Papiere vor und durften eintreten. Es war nicht allzu viel Betrieb, und Wyck deutete auf eine kleine Nische.

»Da ist gut. Wenn wir uns zu weit nach hinten verkriechen, zieht das nur die Lauscher an.«

Sie zeigten die Rationskarten am Tresen vor, legten ein paar Münzen auf die nasse Ablage, der Ausschenker gab ihnen zwei Ale und stempelte ihre Karten ab. Dann setzten sie sich an einen runden Holztisch, auf dem eine Kerze brannte.

»Zum Wohl.«

»Zum Wohl, Wyck.«

Sie stießen an, tranken, wischten sich den Schaum vom Mund und genossen beide für einen Moment den etwas bitteren Geschmack. Dann hob Wyck sein Glas, hielt es gegen das Licht der Kerze und schüttelte den Kopf.

»Dass eine Flüssigkeit einem solchen Trost geben kann. Ist doch verrückt, oder? Und ich weiß nicht, ob es daran liegt, dass es einfach mal anders schmeckt als Wasser oder das Einheitenzeug. Oder daran, dass man so ein bisschen schwindlig davon wird.«

Wyck sah Bren an und grinste von einem Ohr zum anderen.

»Würde mich echt interessieren, wie die das herstellen. Oder bist du schon mal jemandem begegnet, der in einer Alefabrik arbeitet?«

Bren grinste auch und schüttelte den Kopf.

»Nein, verdammt. Da hast du recht.«

Sie tranken wieder und starrten dann eine Weile stumm vor sich hin. Die Gespräche im Pub waren gerade laut genug, um es unmöglich zu machen, Einzelheiten zu verstehen, wenn man nicht direkt mit am Tisch saß.

»Er sagt also, er sei Seemann?«

Bren nickte.

»Glaubst du ihm?«

Bren zuckte mit den Schultern.

»Er redet von Dingen, von denen ich noch nie gehört habe, und ihm scheinen wiederum eine Menge Sachen völlig fremd zu sein, die für uns selbstverständlich sind. Seine Kleidung ähnelt unserer, sieht aber doch auch wieder anders aus. Er trug eine dicke blaue Jacke, so übereinandergeknöpft, und schwere Stiefel aus Leder, die bis an die Knie reichen.«

Bren trank von seinem Ale.

»Ich kann mir keinen Reim auf all das machen. Er schien verwirrt. Er hat sich mir einfach anvertraut. Und er machte den Eindruck, überhaupt kein schlechtes Gewissen zu haben. Ich glaube, wenn ich auf eine Patrouille gezeigt und gesagt hätte, er solle die doch um Hilfe bitten, er hätte das ohne Zögern getan. Und sich ziemlich über den gebrochenen Kiefer und die ausgeschlagenen Zähne gewundert, nehme ich an.«

Wyck nickte, nahm auch einen langen Zug von seinem Ale, wischte sich den Schaum aus dem Schnurrbart.

»Es gibt wohl Seeleute, Bren. Sie fahren zu den Kolonien, da bin ich mir ziemlich sicher. Aber ich lebe ja nun schon ziemlich lange und habe noch nie einen kennengelernt. Die werden vielleicht genauso für sich gehalten wie die Soldaten, die Yeomen und Constables und die Kerle, die das hier«, er klopfte an sein fast leeres Glas, »machen. Vielleicht ist der, der da bei dir gerade schläft, einer aus den Kolonien. Und hat deswegen tatsächlich keine Ahnung von unserem Leben hier. Hast du daran mal gedacht? Wenn es die Kolonien gibt, dann gibt es ja dort vielleicht auch Leute, die nicht von hier stammen?« Wyck sah Bren mit einem Leuchten in den Augen an, als habe er ihm gerade eine alles Bekannte umstürzende Erkenntnis mitgeteilt. Und Bren musste zugeben, dass der Gedanke an in den Kolonien geborene Menschen und an Reisen über ein riesiges Wasser tatsächlich etwas Umstürzendes hatte.

Die Kolonien.

Plötzlich sah er Carl Juniper in einem ganz neuen Licht. Weder als Verwirrten und Verlorenen noch als gehetzten Flüchtling oder Deserteur, der ständig über seine Schulter blickte und log, was er konnte, um seinen Hals zu retten.

Er sah ihn als Boten einer fremden Welt. Als Fenster zu einem Leben, das so ganz anders war als das, das sie hier führten.

Bren hatte sich nie schlecht gefühlt mit diesem Leben. Überhaupt kam es sehr selten vor, dass jemand Unmut äußerte oder sich beklagte. Die Tage gingen mehr oder weniger gleichförmig dahin. Man ging zur Schicht, man sah die Eltern oder später die Kinder. Man ruhte. Saß ab und zu im Pub.

Carl Juniper schien jedoch völlig anderes zu kennen. Seine Augen, wenn er Bren zuhörte, wenn er selbst sprach oder versuchte, sich das alles zu erklären, zeigten nichts Gleichförmiges oder Ruhiges. Auch nichts Strenges oder Interessiertes. Bren hatte kein Wort dafür. Aber er spürte: Dieser Zustand, in den Carl Juniper geriet, war dunkel. Er stellte Fragen an das Sein. Verlangte Antworten. Wollte etwas, das einem keiner geben konnte. Forderte etwas, das niemandem zugestanden wurde.

Carl Juniper schien keiner, der einfach so zur Schicht ging. Und dann ruhte. Er schien eher so zu sein, wie Bren sich den Jungen vorstellte, für den sein Vater ins Gefängnis gegangen war. Der von der Armee weggelaufen war. Warum meldete sich einer zur Armee und lief dann weg?

Weil er etwas anderes wollte als das, was er dort bekam.

Und als Bren das dachte, wurde ihm eiskalt.

In seiner Welt, in Wycks Welt gab es das nicht, etwas anderes zu wollen. Es fühlte sich gefährlich an.

Und wunderschön.

Yorkshire 1915

»Er wirkt eigentlich sehr zufrieden. Ausgeglichen. Wenn ich das mal so … laienhaft konstatieren darf, Major Blakesley.«

Doktor Blakesley lächelte. In dem Lächeln lag Zuneigung, aber auch Trauer. Ein Wissen um Unabwendbares.

»Er ist sehr ausgeglichen, Lieutenant Commander. Ein ausnehmend ruhiger Patient, aber nicht apathisch. Aufgeweckt, nimmt am Gemeinschaftsleben teil. Hält sich tadellos. Ist hilfsbereit. Freundlich.«

Doktor Blakesley drehte sich vom Fenster weg, an dem er und Lieutenant Commander Jellicoe seit geraumer Zeit standen und über den Gemüsegarten hinweg den Mann auf der Bank vor der Mauer beobachtet hatten. Blakesley setzte sich wieder hinter seinen Schreibtisch. Jellicoe schaute weiter zu der Bank hinüber.

Von unten hörte man Geschirrklappern aus der Küche. Es war bald Teezeit.

Der Marineoffizier Jellicoe war aus London angereist; er diente in der Admiralität und gehörte zur Abteilung des Second Sea Lord and Chief of Naval Personnel, der für alle Soldaten und Offiziere der Royal Navy zuständig war.

»Also wäre Petty Officer Mulrooney ohne weiteres tauglich für den Dienst, sehe ich das richtig, Major?«

Lieutenant Commander Jellicoe straffte den Rücken, seine blaue Marineuniform spannte über der Brust. Er war ein kantiger Offi-

zier, der schon zu Beginn der Unterhaltung deutlich gemacht hatte, dass er so schnell wie möglich wieder ein Frontkommando wollte. Er fühlte sich unbehaglich bei der Stabsarbeit. Man sah seiner Haut die Jahre auf See an. Sein Händedruck war kräftig und rau. Ein Seemann durch und durch. Mit einer festen Kommandostimme, die sich fraglos auch in einem Sturm oder unter Geschützdonner an Deck durchsetzen konnte. Er nahm wieder Doktor Blakesley gegenüber Platz und sah ihn an. Der Doktor verengte für ein paar Momente seine Augen, dann schaute er zur Decke.

»Wenn man lediglich den mentalen und körperlichen Zustand des Patienten betrachtet«, jetzt erwiderte er Jellicoes Blick, »dann könnte man sagen, ja.«

Jellicoe nickte.

»Ich höre ein Aber, Major.«

Doktor Blakesley lächelte.

»Natürlich ist da ein Aber. Ein sehr großes sogar.«

Er zeigte auf das Fenster.

»Er weiß nicht, wer er ist. Beziehungsweise, seine Meinung über seine Identität unterscheidet sich drastisch von der unseren. Genauer gesagt, der Ihrer Abteilung, Lieutenant Commander. Sie sagen, er sei Petty Officer Harold P. Mulrooney. Er sagt, er sei Carl Juniper.«

Jellicoe hob beide Augenbrauen, griff mit der Rechten nach dem Aktenordner, den er aus London mitgebracht hatte, und schlug ihn auf.

»Wir haben alles akribisch überprüft. Es gab auf der ›Good Hope‹ und der ›Monmouth‹ insgesamt drei Männer unter dem Kombüsenpersonal, die etwa im mutmaßlichen Alter des Patienten waren. Zwei von ihnen haben noch lebende Angehörige, denen wir ein Foto von Mulrooney zeigten. Sie kannten ihn nicht. Die Familie von – Augenblick – Seaman Cook Meredith Bradshaw, der wie Mister Mulrooney zur Besatzung der ›Good Hope‹ gehörte, hatte nie einen seiner Schiffskameraden kennengelernt. Von Mulrooney selbst

konnten wir keine lebenden Verwandten mehr ausfindig machen. Es gibt nur wenige Unterlagen über ihn, doch keine widerspricht unserer Annahme, dass es sich bei diesem Mann«, jetzt zeigte Jellicoe aus dem Fenster, »um Petty Officer Harold Porter Mulrooney handelt, geboren am sechzehnten Oktober 1886 in Stow-on-the-Wold, Gloucestershire. Eltern beide Bedienstete, der Vater Stallknecht, die Mutter Köchin. Ausbildung zum Koch im Hotel ›Duke of Norfolk's‹ in Gloucester. Ein Jahr in der Merchant Navy, 1907 Eintritt in die Royal Navy. Seit April 1912 als Kochsmaat auf HMS ›Good Hope‹, Dienststellung: Deputy Chief of Galley. In der Nacht vom ersten auf den zweiten November 1914 wurde er von einem chilenischen Trampdampfer stark unterkühlt und entkräftet, aber lebend aus dem Südpazifik geborgen. Genau in dem Gebiet, in dem am frühen Abend des ersten November die ›Good Hope‹ und die ›Monmouth‹ nach knapp zweistündigem Gefecht gegen das deutsche Ostasiengeschwader mit Mann und Maus gesunken waren.«

Jellicoe schloss den Ordner und sah Doktor Blakesley an. Der nahm die gläserne Karaffe mit Portwein von dem Tablett auf seinem Schreibtisch, goss Jellicoe und sich selbst noch etwas davon ein und hob das Glas. Er roch an dem süßherben Getränk, trank aber nicht.

»Ich kenne die Unterlagen, Lieutenant Commander. Und ich schließe mich der Meinung an, dass der Mann dort draußen im Garten Petty Officer Mulrooney sein kann.«

Mit dem Wort »kann« hatte Blakesley seine Stimme gehoben.

»Aber seine Version der Ereignisse, die ihn auf diesen Trampdampfer führten, ist nun mal eine gänzlich andere.«

Jellicoe trank einen Schluck Port und zuckte dann mit den Achseln.

»Nun ja, er hat ein recht unangenehmes Gefecht überstanden, trieb ein paar Stunden alleine im kalten Wasser. Hat Freunde verloren und all das. Das kann einen Mann schon mal durcheinanderschütteln, nicht wahr?«

Die Art, wie Jellicoe das sagte, ließ keinen Zweifel, dass er es natürlich völlig unbritisch fand, sich von so etwas durcheinanderschütteln zu lassen.

Doktor Blakesley trank jetzt ebenfalls einen Schluck, behielt das Glas danach in der Hand und lächelte fein.

»Hat die Navy einen eklatanten Mangel an Schiffsköchen? Steht es im Kampf gegen die Kaiserliche Deutsche Marine so schlecht?«

Der Lieutenant Commander sah Doktor Blakesley verständnislos an. Dann bellte er nahezu heraus, was er zu sagen hatte.

»Natürlich nicht. Ich bitte Sie. Schiffsköche. Warum fragen Sie?«

Doktor Blakesley stellte sein Glas wieder auf den Tisch und begann, die vor ihm liegende Pfeife zu stopfen.

»Die Personalabteilung der Admiralität erforscht die Lebensgeschichte eines einfachen Unteroffiziers, schickt einen Marinestabsoffizier mit einem dicken Dossier über diesen Mann in ein Armeehospital. Und möchte unbedingt, dass ein verwirrter Patient genau dieser Unteroffizier ist, obwohl der Patient selbst dies mit aller Entschiedenheit bestreitet.«

Blakesley zündete die Pfeife an, paffte ein paar schnelle Wölkchen und sog dann langsam und sanft den Rauch ein.

»Da stellt sich mir natürlich die Frage nach dem Warum. Eine Antwort, und ehrlich gesagt die einzige, die mir einfällt, ist, dass die Navy so dringend Schiffsköche braucht, dass sie diesen einen Unteroffizier so schnell wie möglich wieder dienstfähig an Bord haben möchte. Und da wäre es natürlich günstig, wenn der Patient überhaupt dieser Unteroffizier wäre.«

Wieder lächelte Doktor Blakesley sein feines Lächeln.

Er war Auseinandersetzungen mit aktiven Offizieren gewöhnt. Als junger Mann hatte er vor seinem Medizinstudium in der Army gedient und im ersten Burenkrieg gekämpft. Als Militärarzt hatte er freiwillig den zweiten Burenkrieg mitgemacht. Danach hatte er sich niedergelassen und eine Praxis in Yorkshire eröffnet. Und mit Beginn des Krieges gegen Deutschland war er zum Leiter dieses Hospitals ernannt worden. Er kannte die Armee, aber er war die meiste Zeit seines Lebens Zivilist gewesen.

Lieutenant Commander Jellicoe räusperte sich, dann beugte er sich etwas vor.

»Wenn dieser Mann Petty Officer Mulrooney ist, dann ist er der einzige Überlebende unter mehr als tausendsiebenhundert Seeleuten Seiner Majestät. Das Seegefecht vor Coronel war katastrophal, das muss ich ja wohl nicht betonen. Die erste Niederlage der Royal Navy seit Plattsburgh im Jahr 1812. Wenn Prinz von Battenberg nicht schon von seinem Amt als Erster Seelord zurückgetreten gewesen wäre, hätte er es nach diesem Fiasko tun müssen. Churchill ist der Demission nur knapp entgangen, und für Admiral Craddock war es vermutlich eine Gnade, dass er als Kommandeur des Geschwaders mit seinem Flaggschiff bei Coronel untergegangen ist. Es ist uns, dem Himmel sei Dank, nur einen Monat später gelungen, die Schmach bei den Falklands wieder zu tilgen, indem wir von Scheer und sein verdammtes Geschwader in den Grund bohrten, aber bis heute ist nicht klar, wie es zu dieser Katastrophe kommen konnte. Weil es keine Überlebenden der beiden gesunkenen Schiffe gibt. Niemanden, der berichten kann, was für Entscheidungen Craddock fällte und was daran so fatal war. Wenn das da draußen Mulrooney ist, dann kann er uns womöglich wichtige Hinweise geben, was alles an diesem Tag falsch gemacht wurde.«

Blakesleys Pfeife hatte den Doktor in eine blaugraue, wohlduftende Wolke gehüllt.

»Sie erhoffen sich von einem Schiffskoch Aufklärung über taktische Fehler eines Admirals? Das kann nicht Ihr Ernst sein.«

Jellicoe mahlte mit den Kiefern.

»Mulrooneys Gefechtsstation war der Verbandsplatz in der Offiziersmesse. Er war dort Hilfssanitäter. Vielleicht hat er so etwas mitbekommen.«

Blakesley sah Jellicoe belustigt an. Jellicoe schlug die Augen nieder.

»Er ist alles, was wir haben, Major Blakesley.«

Blakesley nickte, legte die Pfeife auf den Schreibtisch, öffnete eine Schublade und entnahm ihr eine dicke Mappe voller Papiere.

»Das«, er hob die Mappe, »sind zum Teil Protokolle von ärztlichen Gesprächen mit unserem Mann. Zum größten Teil aber sind es seine eigenen Aufzeichnungen über die Zeit zwischen seinem Schiffbruch und der Rettung vor der chilenischen Küste.«

Der Marineoffizier schien nach der Mappe greifen zu wollen, doch Doktor Blakesley legte sie vor sich auf den Tisch und hielt schützend eine Hand darüber.

Jellicoe zeigte auf die Mappe.

»Er hat einen solchen Packen Papier vollgeschrieben über ein paar Stunden im Südpazifik?«

Doktor Blakesley lächelte wieder und schüttelte den Kopf.

»Nein. Laut allem, was er uns erzählt, ist sein Schiff, der Dampfer ›Birmingham‹ aus Liverpool, am 17. März gesunken.«

Blakesley beobachtete die Wirkung, die der Satz auf sein Gegenüber hatte. Jellicoe runzelte die Stirn.

»Und zwar am 17. März des Jahres 1913. Außerdem ging das Schiff nicht im Südpazifik verloren, sondern im Südatlantik, zwischen den Falklands und South Georgia.«

Der Lieutenant Commander sah den Arzt mit offenem Mund an.

»Und hier steht«, fuhr Blakesley fort, »was er in der Zeit zwischen diesem Untergang und dem Auftauchen vor Coronel erlebt hat.«

»Das glauben Sie doch nicht im Ernst. Der Mann ist verrückt.«

Blakesley schüttelte den Kopf.

»Ich glaube erst mal gar nichts. Ich bin Arzt. Aber auch wir haben ein wenig geforscht. Die SS ›Birmingham‹ der ›Clapham & Wilkes Steamboat Company‹ ging zwischen dem 15. und 23. März 1913 in genau dem bezeichneten Seegebiet spurlos verloren. Laut Heuerbüro sollte ein Koch an Bord sein mit Namen Carl Juniper, geboren am

7. September 1884 in Bristol. Tja. Und das ist genau der Name, den uns Ihr Petty Officer Mulrooney als seinen eigenen angegeben hat.«

»Kann ich diese Aufzeichnungen mal sehen, Major Blakesley?« Jellicoe streckte die Hand aus. Blakesley schüttelte den Kopf.

»Das sind die vertraulichen Aussagen eines Patienten. Ich habe Ihnen schon aus Goodwill mehr gesagt, als sich eigentlich gehört.«

Der Marineoffizier straffte wieder seinen Rücken und zog die Augenbrauen zusammen.

»Major Blakesley, der Mann steht in den Diensten Seiner Majestät. Er hat keine Geheimnisse.«

Doktor Blakesley lächelte wieder, aber diesmal kühl und abweisend.

»Das, mein lieber Lieutenant Commander, gilt nur, falls er Petty Officer Mulrooney ist. Carl Juniper hingegen ist nie Soldat gewesen. Er ist einfach nur mein Patient.«

Jellicoe starrte den Arzt wütend an. Der hob die Karaffe.

»Noch etwas Portwein?«

An die Arbeit

Carl Juniper hält die Augen geschlossen. Sonnenstrahlen kriechen in seine Nasengrübchen und lassen ihn lächeln. Das Schiff legt sich sanft von Backbord nach Steuerbord, überlegt für einen Moment, ob es da bleiben soll, und schwingt dann wie träumend wieder zurück.

Die See rauscht am Rumpf entlang. Im Takt der Pleuel stampfen die Maschinen. Wenn er sich ganz in den Augenblick fallen lässt, meint Juniper sogar freudiges Girren von neben dem Schiff springenden Delfinen zu hören.

Er liegt auf dem Peildeck oberhalb der Brücke. Die Kochjacke hat er zusammengeknüllt und unter seinen Kopf geschoben, die Hosenbeine hochgerollt, die Schuhe ausgezogen. Die Holzplanken wärmen seinen Rücken, die Sonne sein Gesicht, seine Brust, seinen Bauch, seine Beine.

Das ist es. Darum ist Carl Juniper zur See gegangen.

Stunden harter Arbeit fallen von ihm ab, und er möchte jetzt nirgendwo sonst sein. Er ist ein Seemann, sein Schiff bringt ihn an Orte, von denen alle Menschen träumen. Er fliegt dahin unter der südlichen Sonne, die so heiß und sinnbetörend ist, wie sie in England nie sein kann.

Das träge Rollen des Schiffs versetzt ihn in die Welt zwischen Schlaf und Wirklichkeit. Aus dem Wiegen der See wird in seinem

Kopf der Takt von Isobels Unterleib auf seinem. Auf der kühlen Seide des Sündenpfuhls im »Madame Abigail's« wälzen sie sich verschwitzt und berauscht. Da, wo Isobels Rosenranke wurzelt, sind ihre Leiber verbunden, und dort entspringt das Beben und Zittern, das Carl Juniper die Zeit vergessen lässt.

Die Sonne am Himmel und Isobels Hitze werden eins für Carl. Leise stöhnend liegt er jetzt unruhig auf dem Peildeck, unter sich die Brücke mit Wachoffizier und Rudergänger und Ausguck, doch die sind in einer ganz anderen Welt als der Schiffskoch.

Der sieht Isobels von Gott selbst geformte Brüste vor sich. Ihre über dem Kopf gekreuzten Arme mit den klimpernden Reifen, ihre in Verzückung geschlossenen Augen, und es ist Carl Juniper jetzt, auf dem Peildeck, genauso gleichgültig, ob sie ihre Leidenschaft nur spielt, wie es ihm in dieser Nacht gleichgültig gewesen war. Für ihn zählt nur diese Stunde. Die Woge von Lust und Vergessen, die ihn mit sich reißt. Damals und jetzt und bald wieder in irgendeinem Hurenhaus in irgendeinem Hafen. Carl Juniper hat abgelegt und treibt flimmernd hinaus auf die See der Freude, während das Schiff unter ihm ihn sicher über den wirklichen Ozean trägt.

Doch das Bild verdunkelt sich, als zögen plötzlich Wolken auf. Unsanft wird Carl Juniper an den Schultern gepackt. Hat er verschlafen? Will ihn da jemand in die Kombüse schicken? Zieht Unwetter auf? Oder kommt schlicht die Nacht?

»Hey, aufwachen. Verdammt, du liegst seit mehr als zwanzig Stunden hier, du musst doch mal ausgeschlafen sein.«

Hände rütteln weiter an Junipers Schultern, bis er sich fluchend löst von Isobel und seiner Lust und bereit ist, die Augen zu öffnen. Zu sehen, welcher seiner sogenannten Schiffskameraden ihn zurück in die Wirklichkeit zwingt.

Und er sah Bren.

Es traf ihn wie ein Schlag, dass er nicht auf dem Peildeck lag und die Sonne des Südens über ihm brannte. Dass kein Hafen wartete und kein Schnaps und keine schöne Hure.

Schweißgebadet lag er da und schämte sich, weil er nicht wusste, ob Bren ihn in seiner ganzen wilden Freude gesehen hatte.

»Ja. Ja, ich bin wach. Bin wach.«

Carl stemmte sich hastig hoch, obwohl seine Arme zitterten, so weit weg war er eigentlich noch.

Bren musste lachen.

»Das nennst du wach? Meine Güte, du fällst beinahe aus dem Bett.«

Juniper gähnte.

»Ein Tee würde helfen. Und ein paar gebratene Eier mit Speck.«

Er strich sich über den Bauch, der vernehmlich grummelte. Dann sah er Bren an.

»Oh. Entschuldige. Vergiss es. Eine Einnahme wäre nicht übel.«

Carl schwang die Beine über die Bettkante und streckte den Rücken durch. Dann stand er auf. Bren setzte sich an den kleinen Tisch und sah Carl zu, wie der die Einheit zubereitete.

»Entweder lernst du schnell, oder du hast mich angeschwindelt«, sagte er lächelnd und zeigte auf die Schüssel. »Das Zubereiten klappt ja bestens.«

Carl nickte. Er wollte sagen, schließlich sei er Koch, aber wie sollte er Bren erklären, dass er eigentlich gewohnt war, wesentlich schwierigere Mahlzeiten zuzubereiten als das hier? Der Messbecher hatte nur die zwei Markierungen für Brei und Getränk, und in den Löffel passte eben genau so viel hinein, wie hineinpasste. Was sollte man sich daran nicht merken können? Während das Pulver quoll, warf Carl die Tablette ins Wasser und wartete, dass sie sich auflöste. Dann rührte er den Brei um und setzte sich Bren gegenüber.

Während er aß, oder besser einnahm, erzählte Bren von seinem Gespräch mit dem alten Wyck.

»Er hatte eine gute Idee, wie wir dich zumindest für den Rest des Quartals einigermaßen berechtigen können. Wir besorgen dir eine Tagesarbeitskarte bei einem Marketeer. Die werden nie streng kontrolliert.«

Carl schluckte Brei herunter.

»Was heißt das, Tagesarbeiter?«

»Das sind Stellen für nur einen Tag. Du musst dir jeden Morgen oder Abend eine neue besorgen. In allen Fabriken gibt es Beschäftigungen, die nicht viel Können erfordern, aber unangenehm sind. Die machen die Tagesarbeiter. Die meisten von ihnen hatten Ärger. Meistens bei der Arbeit. Auch wenn man im Gefängnis war, muss man eine Weile Tagesarbeit machen, bis man wieder eine richtige Stelle bekommt. Je nachdem, wie lange man eingesperrt war. Es gibt aber auch Leute, denen das gefällt. Die zu keiner Fabrik gehören wollen. Mit der Karte kannst du den Gleiter benutzen und dich bei den Tanned Necks jederzeit ausweisen.«

Carl war mit der Einnahme fertig und legte den Löffel neben die Schüssel.

»Und wie kriege ich diese Karte? Und wie Arbeit?«

»Arbeit gibt es beim Marketeer. Jedes Ward hat einen. Unsrer ist gar nicht weit von hier. Dort kriegst du auch die Karte. Was wir«, er senkte die Stimme, obwohl sie allein im Quartier waren, »besorgen müssen, ist ein gefälschter Quartierschein. Wyck kennt jemanden, der so was macht. Das kostet natürlich. Wyck und ich legen das für dich aus, und du zahlst es uns von deinem Lohn zurück.«

»Das ist sehr freundlich von euch, Bren. Ich weiß gar nicht …«

Bren winkte ab.

»Schon gut, Carl. Irgendetwas sagt mir, dass du ein ehrlicher Kerl bist. Und verzweifelt. Deine Geschichte ist schwer zu glauben, und wahrscheinlich verschweigst du mir eine Menge, aber ich denke, dafür gibt es Gründe, die ich akzeptieren würde, wenn ich sie wüsste.«

Carl seufzte.

»Es ist wohl eher so, dass mir die Erinnerung fehlt, Bren. Das ist mir noch nie passiert, außer ich hatte eine besonders wilde Nacht.«

Er lächelte zaghaft.

»Aber jetzt? Ich weiß nicht, wie ich hierherkam. Wo ich hier bin. Nichts.«

Sie schwiegen eine Weile. Dann sprach Bren weiter.

»Solange das Zimmer frei ist, können wir es als Quartier auf der gefälschten Karte angeben. Wenn das Quartal dem Ende zugeht, müssen wir sehen, wo wir dich unterbringen. Die Marketeers haben ihre Büros in Wohnheimen für Tagesarbeiter, da bekommst du wahrscheinlich ohne große Nachfragen einen Platz. Oder ich kriege noch nicht sofort einen neuen Quartierbruder, dann kannst du hierbleiben.«

Carl Juniper nickte. Ihm schwindelte von allem, was Bren da gerade gesagt hatte. Nicht nur, weil Brens Welt ihm so fremd und bedrohlich erschien. Bedrohlich, gerade weil an ihr vieles seiner eigenen Welt ähnelte und doch ganz anders war. Ohne dass er dieses »Anders« hätte genau beschreiben können. Es fing schon mit der Sprache an. Bren sprach Englisch, Carl hörte sogar einen leichten Anklang an Cockney, dem Dialekt der echten Londoner Arbeiter und Ganoven. Aber dann waren da immer wieder Worte, Begriffe, die Carl nicht kannte. Wie Ward. Oder die anders gebraucht wurden, als Carl sie gebraucht hätte. Ein Marketeer war für ihn ein Markthändler. Mit der Vermittlung von Arbeitern hatte so jemand eigentlich nichts zu tun. Die Einheiten. Dass es das Wort »Essen« offensichtlich nicht gab. Dass diese Stadt London hieß, aber so ganz anders war als das London, das Juniper kannte. All das war verwirrend und beängstigend, doch als Seemann war er es gewohnt, mit befremdlichen Orten, nie gekannten Umständen und Beschwernissen oder mit Menschen, die in nichts ihm selbst ähnelten, zurechtzukommen, ja, sogar Freude zu empfinden, dass er etwas Neues sah. Doch hinter all diesen Merkwürdigkeiten in Brens Reden und seiner Welt lag das, was im Kopf des armen Schiffskochs jetzt eigentlich für Seegang sorgte.

Wo immer er hier war, es gab offenbar kein Entkommen. Bren, der doch eigentlich ein Interesse daran haben musste, dass Carl ihm möglichst bald nicht mehr zur Last fiel, hatte nicht ein einziges Mal davon gesprochen, ihn von hier fortzubringen. Bren redete nur über das Bleiben.

Carl Juniper fühlte Tränen aufsteigen, aber er schämte sich zu sehr, um ihnen nachzugeben.

Bren hatte ein paar Stunden geschlafen und war wieder zur Arbeit gegangen. Carl saß beinahe regungslos am Fenster und sah hinaus. Immer darauf bedacht, rechtzeitig zurückzuweichen, wenn Gefahr drohte, entdeckt zu werden.

Elf Stockwerke. Und damit war er noch nicht im höchsten Geschoss des Hauses. Aus einem Haus so tief hinunterzublicken war ungewohnt für Carl. Die Menschen, die auf den breiten Gehwegen hasteten, wirkten winzig von hier oben. Was er aber über Stunden nicht sah, waren Kutschen oder Pferde. Ab und an fuhr ein dampfender Wagen in recht hohem Tempo vorbei. In den großen Hafenstädten von Carls Welt verdrängten zwar Automobile mehr und mehr die Pferdekutschen, aber das waren eher klapprige, langsame, laut rappelnde und knallende Fahrzeuge, deren Insassen nahezu ungeschützt dem aufgewirbelten Staub und Straßenschmutz ausgesetzt waren.

Hier jedoch sah Juniper geschlossene Wagen mit schwarzen Scheiben. Auch die Form der Fahrzeuge war bemerkenswert. Flach, abgerundet, mit langen Vorderteilen, unter denen wohl der Antrieb saß. Sowohl die Chauffeure als auch die restlichen Passagiere waren im Wageninneren und nicht zu sehen. Diese Fahrzeuge – Carl hatte schon vier oder fünf gezählt – hatten auch keine Holz- oder Metallräder mit dünnen Gummireifen, sondern dicke schwarze Wülste. Von oben sah es aus, als würden sie eher gleiten als fahren, mit einer weißen Dampfwolke hinter sich. Carl war gespannt, wie sich diese Fahrzeuge wohl anhörten. Sie waren sicher nicht laut, denn wenn Fußgänger über die Straße wollten, dann blickten sie aufmerksam nach rechts und links, obwohl so wenig Verkehr war.

Was man öfter sah, waren Lastfahrzeuge und Omnibusse für den Personentransport. Auch diese wirkten wuchtig und waren eher rundlich und geschlossen. Sehr seltsam.

Ob er durch die Zeit gereist war? War das möglich? Auf einer Reise von Hamburg nach New York war Juniper einst ein Hilfskoch zugeteilt, der sich auf diese Weise die Überfahrt verdiente. Er war Sozialist und musste aus Deutschland weg, wie er erzählte. Der junge Mann verschlang die Bücher eines Franzosen, in denen es um die Zukunft ging, um nicht begreifbare Technik. Carl hatte sich von dem Hilfskoch beim Arbeiten vorlesen lassen, der Mann war für die meisten Küchenarbeiten ohnehin viel zu langsam. Aber das Vorlesen machte er gut. Der Franzose schrieb über Unterseeboote und Mondreisen. Und über die Stadt Paris im Jahr 1960.

Carl glaubte nur mäßig an Gott und machte sich wenig Gedanken über das Woher und Wohin der Welt und der Menschheit. Er hatte gelernt, im Hier und Jetzt zu leben, alles andere war seiner Meinung nach Zeitverschwendung. Aber nun hatte er nichts anderes zu tun als zu schauen und über das Gesehene nachzudenken. Wenn das da draußen London war, aber nichts mit dem London gemein hatte, das er einigermaßen kannte, dann musste es ein London zu einem anderen Zeitpunkt sein. Offenbar gab es keinen König mehr und keinen Hafen. Keine Pferde und Kutschen. Dafür fließendes Wasser in Wohnungen, die sich ein normaler Arbeiter leisten konnte. Hohe Häuser, dampfgetriebene Schwebebahnen und Automobile, die deutlich weiter entwickelt waren als die, die Carl kannte. Insgesamt schien die Welt Fortschritte gemacht zu haben und angenehmer geworden zu sein. Das Essen war zwar alles andere als großartig, aber es machte satt.

Ja. Das musste die Erklärung sein. Wie auch immer und warum auch immer, er, Carl Juniper, der Schiffskoch und Schnapstrinker, der freundliche Raufbold und herzwarme Hurenbock, war durch die Zeit gereist in eine bessere Zukunft. Das sollte er vielleicht einfach genießen. Sich entspannen, die Dinge auf sich zukommen lassen und die Wunder dieser neuen Zeit entdecken.

Der graue Himmel riss ein wenig auf, und die Sonne schien für einen Moment über den seltsamen und aufregenden Anblick.

Carl lächelte.

Dann merkte er, dass die Fensterscheibe vibrierte. Etwas brummte. Und das Brummen wurde schnell lauter. Carl rückte näher ans Fenster und sah nach links und nach rechts.

Er erschrak sich so, dass er beinahe vom Stuhl fiel, als er sich schnell vom Fenster zurückzog.

Ein Luftboot, wie Bren sie genannt hatte, näherte sich von rechts. Carl hatte schon Zeppeline von weitem gesehen und kannte Bilder aus Zeitungen. Aber das alles hatte nicht viel mit dem zu tun, was da in sechzig bis siebzig Yard Höhe über der Straße schwebte.

Eine zigarrenförmige Hülle, ungefähr fünfzehn Yard im Durchmesser und mit einer Länge von vielleicht hundertfünfzig Yard, sorgte für den Auftrieb der gesamten Konstruktion.

Darunter hing an Stahlstreben tatsächlich eine Art Schiff von gut fünfzig Yard Länge. Vom Oberdeck aus liefen auf beiden Seiten Antriebswellen zu riesigen Luftschrauben, die am Flugkörper aufgehängt waren. Das Schiff hatte eine Kommandobrücke und war offenbar bewaffnet. Ein kleines Geschütz sah Juniper auf der Back und eines achtern, dazu ragten Waffenläufe aus Scharten im

Rumpf des Schiffes. Diese konnte man aber offenbar auch einziehen, denn die Scharten waren mit Klappen verschließbar. Beide Geschütze waren bemannt, die Bedienungen trugen Gurtzeuge, mit denen sie gegen Absturz gesichert waren. Schiff und Flugkörper waren hellgrau gestrichen, und der Rumpf trug eine Nummerierung aus drei Buchstaben und vier Ziffern, APB-2365.

Juniper duckte sich ganz an den unteren Rand des Fensters und beobachtete das vorübergleitende Luftboot. Zwei Männer jeder Geschützmannschaft hatten kurze Fernrohre, die mittels metallener Halterungen an ihren Helmen befestigt waren und so ohne Hilfe der Hände vor einem Auge blieben. Damit sahen sie über die Stadt. Und die Brücke hatte, wie jede Schiffsbrücke, zwei Nocks steuerbord und backbord, auf denen auch jeweils ein Beobachter stand.

Eine dunkle Bedrohung ging von dem Luftboot aus, das spürte Carl Juniper bis in den letzten Nerv. Die Schrauben verursachten ein Brummen, das durch Mark und Bein ging. Die Soldaten trugen Helme und Schutzbrillen, wodurch sie alle gespenstisch gesichtslos wirkten. Als der Blick des einen Postens mit seinem Fernrohr über die Fassade der Häuser zu gleiten begann, warf Juniper sich schnell ganz zu Boden. Er schloss beide Augen, wie ein Kind, das hofft, es könne so verhindern, bei verbotenem Tun erwischt zu werden.

Das Fensterglas klirrte lauter, die Möbel im Zimmer vibrierten, und dann ebbten die düsteren Töne des Schiffes langsam ab. Es zog vorbei und entfernte sich.

Carl Juniper atmete aus und blieb noch lange auf dem Boden liegen.

Und dort fand ihn Bren, als er von der Arbeit kam.

»Meine Güte«, lachte er, als Carl sich mit wirrem Blick vom Boden erhob, »wie viel Schlaf kann ein Mann brauchen?«

Juniper streckte sich, gähnte und setzte sich dann an den kleinen Tisch. Bren nahm ebenfalls Platz und legte einen gefalteten Zettel vor seinen Gast.

»Es kann jedenfalls nicht schaden, wenn du ausgeruht zum ersten Arbeitstag antrittst.«

Er tippte mehrmals mit dem Zeigefinger auf den Zettel.

»Hier ist dein Quartierschein. Wyck hat ihn mir heute schon mitgebracht. Du schuldest uns drei Guinees, sieben Shilling und ein Sixpence. Den Sixpence kriegt Wyck, er musste ein Stück mit dem Omnibus fahren, da gilt die Arbeitskarte nicht. Der Rest geht halbe-halbe zwischen ihm und mir. Da du die Kleidung von Rupert tragen kannst und genug Einheiten da sind, hast du das in zehn bis zwölf Tagen verdient.«

Carl nickte. Bren schob den Zettel noch näher zu ihm.

»Guck mal, ob dein Name richtig geschrieben ist, wir waren uns nicht sicher. Juniper ist ein komisches Wort.«

Das rang Carl nur noch ein müdes Lächeln ab. Wer kein richtiges Essen kannte, der konnte auch die Wacholderbeere nicht kennen. Er faltete den Zettel auseinander und las. Dort stand: Carl Joonipper. Er nickte. Was machte das schon?

»Ja, das ist so richtig. Danke, Bren. Vielen Dank.«

»Wir tun es gerne, Carl. Aber nutz unser Vertrauen nicht aus, hörst du? Wir riskieren einiges.«

Bren sah ihn sehr ernst an, und Carl blickte ebenso ernst zurück.

»Ihr könnt euch auf mich verlassen.«

»Gut. Ich habe Wyck gesagt, dass ich dir vertraue. Und Wyck vertraut mir.«

Bren zog seine Uhr aus der Westentasche.

»Zieh dich an. Der Marketeer hat noch offen. Am besten besorgen wir dir gleich deine Arbeitskarte, dann geht es morgen früh schneller mit der Vermittlung.«

Eigentlich wollte Carl zuerst essen oder besser: einnehmen, aber er merkte, dass er gar keinen Hunger hatte. Diese Einheiten hielten offenbar wirklich ziemlich lange vor.

»Gut. Dann ziehe ich mich rasch an.« Er stand auf und zog sich dabei schon das Pyjamaoberteil aus. Warf es aufs Bett und zeigte auf die Schränke und Kommoden.

»Der rechte ist der Kleiderschrank, oder?« Er drehte sich zu Bren um.

Der sah ihn mit offenem Mund an.

»Was sind das für Bilder?«

Carl wusste für einen Moment nicht, was Bren meinte. Der zeigte auf seinen Oberkörper.

Dann lächelte der Schiffskoch und sah an sich herunter, auf die Tätowierungen, die seine Arme und seine Brust schmückten. Ein Dreimaster, eine Meerjungfrau, Herzen, Rosen, Dolche. Eine Rumflasche. Ein Adler. Ein Drache. Und zwei Sperlinge.

»Das sind Erinnerungen, Bren.«

»Aber warum sind die nicht abgewaschen? Du hast doch geduscht gestern.«

»Man kann sie nicht abwaschen, Bren. Sie sind mit Nadeln in die Haut gestochen. Sie werden immer auf mir sein.«

Bren ging auf ihn zu, strich mit dem Finger vorsichtig über den Dreimaster auf Carls linkem Oberarm, dann schüttelte er den Kopf.

»Du bist ein seltsamer Mensch, Carl Juniper. Aus einer seltsamen Welt. Ich habe keinen Zweifel mehr, dass du die Wahrheit sagst.«

Er sah Carl an. Juniper lächelte wehmütig.

»Aber das hier«, Bren zeigte auf die Tattoos, »lässt du wohl besser niemanden sehen.«

Saure Tage

Die Dämmerung setzte schon ein.

Sie gingen die Mile End Road hinunter in Richtung Whitechapel Road, wie Bren ihm erklärte. Ruperts Kleidung passte Carl tatsächlich wie angegossen. Nur die Schuhe waren etwas zu groß. Aber da es ohnehin kühl war, ließ sich das mit einem zweiten Paar Strümpfe leicht ausgleichen. Wieder und wieder schärfte Bren Carl ein, was dieser beim Marketeer sagen und was er unter allen Umständen verschweigen solle. Die meisten der riesigen Gebäude links und rechts der Straße waren reine Wohnhäuser, wie das, in dem Bren lebte. Doch je näher sie der Whitechapel Road kamen, desto öfter gab es in den Erdgeschossen kleine Läden oder Büros. Verkauft wurden hauptsächlich Kleider und Dinge des täglichen Bedarfs. Die Auslagen in den Schaufenstern sahen eigentlich überall gleich aus, und erst in dieser Häufung fiel Carl auf, was die Kleidung bei aller Ähnlichkeit zu dem, was er kannte, davon unterschied. Es war Kleidung, wie sie früher getragen wurde, vor vierzig, fünfzig Jahren. Wie er sie von alten Glasplattenbildern kannte. Auch die Haartrachten und Bärte der Männer waren altmodisch. Doch all das stand im starken Gegensatz zur Anmutung der Gebäude und zur Technik wie dem Dampfgleiter, den Luftbooten, den Dampfkutschen auf den Straßen und zu Gerätschaften, die er in den Geschäften liegen sah. Diese Dinge wirkten auf

Carl, als kämen sie aus der Zukunft. Nur Elektrizität war ihm hier bislang nicht begegnet. Alles, was er gesehen hatte, funktionierte mit Dampf oder Gas.

Carls Kopf dröhnte von all diesen Gedanken und von Brens wiederholten Anweisungen.

Doch nicht nur davon. Ihm fiel nach einer Weile auf, wie schlecht die Luft war. Das hatte er in der ersten Nacht nicht bemerkt, da hatte er natürlich auch andere Sorgen gehabt.

In Großstädten roch es in vielen Gegenden unangenehm, aber das hing in der Regel mit überfüllten Quartieren, schlechter Kanalisation, Müll auf den Straßen und im Winter mit den Kaminen zusammen. Und es gab immer die besseren Viertel, in denen alles gut funktionierte und die sauber waren.

Hier war alles blitzsauber, nur wenige Menschen waren auf den Straßen unterwegs, es gab keine offenen Kanäle, und trotzdem hing ein beißender Geruch in der Luft, die ein wenig nach Eisen und Kohle schmeckte. Die Bewohner waren offenbar daran gewöhnt, Carl hatte bei niemandem, auch bei Bren nicht, das Gefühl, er habe Atemprobleme, während es in seiner Lunge ziemlich stach und rasselte. Vermutlich gewöhnte man sich daran.

Dort, wo die Mile End Road schließlich in die Whitechapel Road überging, wechselten sie die Straßenseite. Linker Hand erhob sich ein riesiger, eingezäunter Backsteinkomplex.

»Das ist das London Republican Hospital«, sagte Bren und eilte weiter. Nach dem Krankenhaus bogen sie nach links in die New Road ein, an der ersten Kreuzung nach rechts in die Fieldgate Street.

Nach etwa fünfzig Yards erhob sich rechter Hand ein halbhohes Backsteingebäude mit Türmchen und Erkern. Schmale hohe Fenster, der Eingang ein einschüchterndes Portal aus Sandstein. Darüber stand »The Rowton Tower House«.

»Das ist das Wohnheim für Tagesarbeiter in unserem Ward, und da drin sitzt der Marketeer.«

Bren drehte sich zu Carl und legte eine Hand auf dessen Brust.

»Alles klar? Du weißt Bescheid?«

Carl holte tief Luft, hustete wild, beruhigte sich wieder und nickte dann.

»Gut. Auf geht's.«

Bren stieß die hohe Eingangstür mit Schwung auf.

»Nummer null null null eins vortreten.«

Der Ruf ging in unnatürlicher Lautstärke von scheinbar überallher im Raum auf Carl Juniper nieder.

Der Schiffskoch musste sich sehr zusammenreißen. Um nicht wütend zu werden einerseits. Um nicht in Lachen auszubrechen andererseits. Er und der Mann hinter dem Tresen waren nämlich die einzigen Menschen im »Marketeer's Office«.

Er war bei seinem Eintreten vor gut einer Viertelstunde in die letzten Augenblicke der Übergabezeremonie – so musste man das wichtigtuerische Gehabe, mit dem der neue Office Clerk den alten ablöste, wohl nennen – geraten und mit funkelnden Blicken der beiden dunkelblau betressten Männer in absolute Ruhe und Bewegungslosigkeit gebannt worden.

Dabei hätte Carl Juniper sich unter anderen Umständen niemals von solchen Hanswursten einschüchtern lassen. Sie waren sicher über fünfzig, mit schmalen Schultern, krummen Rücken und schütterem grauen Haar, das sie sich in altmodischer Manier über die kahlen Stellen onduliert hatten. Als Ausgleich hatte der eine einen ausufernden Backenbart, während der andere es mit einem Henriquatre versuchte, die Spitzen des Schnurrbarts aufgezwirbelt, der lange Kinnbart sorgfältig gekämmt. Ihre Körpergröße hatte Carl Juniper zunächst nicht einschätzen können, weil der Tresen geradezu absurd erhöht im Raum stand.

Als der Abgelöste – es war der Henriquatre – eine Schwingtür im Tresen geöffnet hatte und die Treppe heruntergekommen war,

war Juniper jedoch nicht überrascht, dass der ihm gerade mal bis zur Nase reichte und außerdem säuerlich und ungesund roch. Der andere Clerk war sogar eher noch kleiner, wie Juniper schon hatte sehen können, als sie hinter dem Tresen herumstolziert waren.

Der uniformierte Zwerg hatte seinen schwachen Rücken gestrafft, die Augen zu Schlitzen verengt und dem Schiffskoch: »Nehm Er sich ein Ticket, Halunke. Sonst steht Er hier bis zum Nimmerleinstag, das kann Er wissen«, zugezischt, um dann hocherhobenen Hauptes seine Wirkungsstätte zu verlassen. Im Vorbeigehen hatte er zwei Mal auf eine nahe der Tür stehende Säule aus Messing geklopft, sich dann einen Bowlerhat aufgesetzt, der höher als ein Zylinder war, und gereckten Kinns das Office verlassen.

Der zweite Clerk hatte, ohne Juniper eines Blickes zu würdigen, diesem den Rücken zugewandt und aufmerksam eine Art riesiger Tafel gemustert, die sich nahezu über die gesamte Wand erstreckte. Auf der Tafel standen unzählige Namen von Fabriken und Werkstätten. Von »Abe Wiseman Shoemaking Co.« bis zu »Zachary Treadning & Son., Coppersmiths«. Und hinter den Namen der Fabriken standen Zahlen. Zu Carls nicht geringer Überraschung und Faszination wechselten diese Zahlen unter fortwährendem Rauschen und Klappern. Das ging schnell vonstatten, und Carl konnte sich nicht erklären, wie. Der Clerk hatte einem Regalfach einen Stapel Zettel entnommen, sich wieder in Carls Richtung gedreht, dem Wartenden einen sekundenkurzen missbilligenden Blick zugeworfen, dann den Kopf geschüttelt und sich darangemacht, die Zettel zu sortieren.

Carl war mulmig geworden, er war sich im Augenblick nicht sicher gewesen, was hier von ihm erwartet wurde. Bis ihm wieder die Messingsäule eingefallen war, der er sich dann genähert hatte, um sie in genauen Augenschein zu nehmen.

Etwa in Brusthöhe befand sich ein schmaler Hebel, darüber ein Schild »Tickets«. Juniper hatte den Hebel gefasst und versucht, durch vorsichtiges Bewegen herauszufinden, in welche Richtung er zu betätigen war. Es war nur möglich, ihn nach unten zu kippen. Das hatte Carl getan, und in der Säule waren daraufhin ein metallisches Rumpeln und ein dumpfer Schlag zu hören gewesen.

In einer ovalen Öffnung etwa auf Höhe von Junipers Hüfte hatte sich ein weißes Kärtchen, ähnlich dem Billett für den Dampfgleiter, aus einem Schlitz geschoben und war in eine aus der Säule ragende Schale gefallen. Darauf hatte die Zahl 0001 gestanden. Juniper hatte das Kärtchen an sich genommen und sich angesehen.

Dann hatte er vom Tresen aus ein ungeduldiges Stöhnen gehört. Der Clerk hatte mit angewidertem Gesichtsausdruck die noch nicht sortierten Zettel abgelegt und sich unter leisem und unverständlichem Geschimpfe in die linke Ecke des Raumes verzogen, wo sich eine offenbar identische Messingsäule befand. Wegen der Höhe des Podestes konnte Carl sie nur teilweise sehen. Der Clerk hatte ihr jedenfalls eine kleine Karte wie die von Carl entnommen und sie gemustert. Dann war er kopfschüttelnd zurück zu seiner Sortierarbeit geschlurft, die er wieder aufgenommen hatte. Hinter dem Clerk ratterte und rauschte fortwährend die Anzeigetafel, er selbst hatte die Zungenspitze ein wenig herausgestreckt, um immer wieder Daumen und Zeigefinger der rechten Hand zu befeuchten; dabei hatte er nahezu lautlos vor sich hingebrabbelt.

Und gerade als Carl sich entschlossen hatte, einfach noch ein Ticket aus dem Automaten zu ziehen, um den kleinen vertrockneten Mann hinterm Tresen sowohl auf sich aufmerksam zu machen als auch zu ärgern, hatte jener die Zettel zu Ende sortiert, seinen Uniformrock durch Herunterziehen am Saum gestrafft, das Kinn gereckt und war gemessen zur Mitte des Tresens geschritten. Dort hatte er einen Knopf gedrückt und dann die dünnen Ärmchen auf den Tresen gestemmt. Noch während Carl überlegt hatte, ob das jetzt hieß, dass er vortreten solle, hatte sich der Clerk zu einem Messingsprachrohr gebeugt, das aus dem Tresen ragte, und die Nummer null null null eins hineingerufen.

Jetzt starrte das übellaunige Männlein ihn an und trommelte dazu mit den Fingern auf das Holz.

Carl räusperte sich, griff in die Tasche von Ruperts Rock, zog den Quartierschein heraus und trat an den Tresen. Er musste tatsächlich den Kopf ein gutes Stück in den Nacken legen, um den Clerk anzuschauen. Der streckte seine dürren und knotigen Finger aus. Carl hob die Hand mit dem Quartierschein und wollte ihn ihm geben, doch der Blick des Männleins verfinsterte sich schlagartig. Mit einer herrischen Handbewegung verweigerte er die Annahme und zischte »Seine Nummer, Kerl«.

Carl spürte eine Hitzewelle durch seinen Körper jagen. Schnell steckte er den Quartierschein zurück in die Rocktasche und suchte nach dem Ticket. Hatte er es auch eingesteckt? Und was fragte dieser Trockenfisch überhaupt nach der Nummer? War sonst noch jemand im Raum, meine Güte?

Jetzt zuckte der Clerk sogar noch ungeduldig mit dem Finger und beugte sich angewidert vor.

»Hört Er schlecht? Seine Nummer.«

Endlich bekam Carl das steife kleine Papierchen zu fassen und legte es dem unverschämten Gnom in die Hand.

»Aha. Er hört gut, aber Er denkt langsam. Na ja. Hier wird in dieser Hinsicht nicht viel von Ihm erwartet, es wird ja Gründe haben, dass Er da ist.«

Der Clerk hielt das von ihm selbst gezogene Kärtchen neben Carls und verglich die beiden Nummern. Was für eine schlechte Vorstellung, dachte Carl, dabei bemüht, möglichst unschuldig aus der Wäsche zu gucken. Immerhin hatte Bren ihn vorgewarnt, dass alle Office Clerks die Nase hoch bis zu den Wolken trügen, wenn sie mit einfachen Arbeitern zu tun hatten. Zumindest das war also offenbar in Brens Welt nicht anders als in seiner.

Der Clerk zerriss beide Tickets und warf sie hinter sich. Dann schob er sein fliehendes Kinn, so weit es möglich war, nach vorn, zwirbelte die Spitzen seines Backenbartes und funkelte Juniper an.

»Beim nächsten Mal achte Er auf die Anzeigen, wenn Er hier vorspricht.« Er zeigte mit dem hölzchendünnen Finger auf vier Metallkästchen, von denen zwei oberhalb der großen Anzeigetafel hingen, zwei weitere an der linken und rechten Wand des Raumes. Auf allen wurde die Nummer 0001 angezeigt.

Carl nickte unterwürfig.

»Verzeihung, Sir.«

Der Clerk nickte unwillig.

»Und? Was will Er nun?«

Carl brachte die lockere rechte Faust zur Schläfe, als würde er eine Hutkrempe fassen. Das war die altmodische Version des Grüßens bei der Royal Navy, und er fand, dass das sehr ehrerbietig wirkte. Tatsächlich meinte er, in den strengen Augen des Clerks ein gewisses Wohlgefallen zu entdecken. Carl senkte den Blick noch ein wenig und nahm die Hand wieder nach unten.

»Aye, Sir, mit Ihrer gnädigen Erlaubnis möchte ich eine Tagesarbeitskarte beantragen.«

Der Clerk hob eine Augenbraue.

»Das mag wohl sein. Hier bekommt Er schließlich nur Arbeit oder Arbeitskarten.« Der Mann beugte sich vor. »Und um nach Arbeit zu fragen, hätte Er den gänzlich falschen Zeitpunkt gewählt. Zu spät für die Nacht und zu früh für den Tag. Das weiß Er hoffentlich?«

»Sir, selbstverständlich, Sir.« Carl Juniper nickte eifrig.

Der Blick des Clerks funkelte wieder streng.

»Hat Er schon mal Tagesarbeit geleistet?«

Von Bren wusste Carl, dass das ein entscheidender Moment

in dieser Verhandlung war. Er gab seinem Gesicht eine schuldbewusste Miene, was seinem eigentlichen Wesen fremd war. Carl Juniper kannte viele Gefühle, heftige und sanfte, aber sich wegen irgendetwas Lässlichem schuldig zu fühlen, war keines davon.

»Nein, Sir. Es … ist das erste Mal, und ich schäme mich ein bisschen. Äh …« Er stammelte den Satz mit niedergeschlagenen Augen und hoffte, dass er nicht übertrieb.

Doch der Clerk war offenbar gar nicht zu sättigen mit Unterwürfigkeit seitens niederer Antragsteller. Wieder zwirbelte er seinen Backenbart und ließ ein sanftes Leuchten über sein gestrenges Gesicht schimmern.

»Arbeit ist niemals schändlich, merk Er sich das. Hat Er seinen Quartierschein?«

Jetzt bekam Juniper doch etwas schweißige Hände. Er rieb die Rechte kurz am Rock ab, griff in die Rocktasche und reichte dem Clerk den gefälschten Schein.

Der nahm ihn entgegen, faltete ihn auf und las.

»Shandy Street. Soso. Sedgwicks Blackheath Foundry, oder?«

Carl nickte.

»Na, dann ist Er ja hartes Arbeiten gewöhnt, und einen rauen Ton auch.«

Das war richtig, auch wenn diese Erfahrungen in Carls Fall aus einer gänzlich anderen Branche stammten. Er nickte eifrig.

»Aye, Sir, ich kann zupacken und scheue mich nicht vor Schmutz und Mühe.«

Der Clerk nickte, öffnete eine Schublade und nahm einen dünnen grünen Karton heraus, den man aufklappen konnte wie ein Buch. Dort hinein schrieb er die Angaben aus Carls gefälschtem Quartierschein, ohne diesen einer genaueren Prüfung zu unterziehen. Juniper oder besser Joonipper fiel ein Stein vom Herzen.

Der Clerk trocknete die Tinte mit einem Löschblatt, klappte den Karton zu und zeigte ihn Carl.

»So, Joonipper. Da hat Er seine Karte. Wenn Er in«, der Clerk zog eine Uhr unter dem Uniformrock hervor und ließ den Deckel aufschnappen, »exakt sieben Stunden wieder hier ist, bekommt Er einen Tagesschein, den Er dann hier«, der Clerk verstaute seine Uhr wieder, dann zeigte er auf einen Schlitz in der rechten Hälfte des Kartons, »einsteckt. Damit weist Er sich für den Tag aus und kann den Gleiter benutzen für die Fahrt zwischen Arbeit und Quartier. Aber nur bis zur vollen sechsten Stunde im jeweils nächsten Kreis nach Ende seiner Schicht. Rationskarten bekommt Er damit nicht, also kein Ale, solange Er Tagesarbeiter ist. Außer ein republikanischer oder metropolitanischer Auftraggeber erteilt eine Sonderrationskarte.« Er übergab Carl die Karte. Auf die Außenseite war in Silber »Republic of London, Metropolitan Worker's Authority, East End, Whitechapel Ward Marketeer« geprägt.

Dann reichte der Clerk Carl seinen Quartierschein und ein zusammengefaltetes Papier, auf dem »London Steamglider's Map« stand.

»Studier Er den Plan gründlich. Damit Er lernt, welche Gleiterlinien ihn wohin bringen. Das wird Er nötig haben, wenn Er noch nie Tagesarbeiter war.«

»Jawohl, Sir. Danke, Sir.«

Juniper bedankte sich noch mal, tippte sich wie schon zuvor mit der Faust an die Schläfe, und nach einem gönnerhaften Nicken des Clerks wandte er sich in Richtung Ausgang. Kurz bevor er diesen erreichte, ließ sich der Clerk noch mal hören.

»Warte Er.«

Juniper blieb stehen, drehte sich herum, spürte Unruhe aufsteigen. Der Clerk hatte eine Haltung eingenommen, die sich für ihn selbst wohl herrisch anfühlte, aufgrund seiner geringen Größe jedoch eher komisch wirkte.

»Sei Er pünktlich und denke Er stets daran, dass dies eine Gelegenheit ist, sich zu bewähren und die Schmach des Fehltritts, welcher auch immer es war, zu tilgen.«

Juniper bemühte sich um Haltung.

»Selbstverständlich, Sir. Ich bin sehr dankbar.«

Der Clerk nickte und bedeutete ihm mit einer Handbewegung, dass er nun entlassen war.

Noch bei Dunkelheit weckte Bren ihn. Er hatte Carl zwar gezeigt, wie man den in jedem Quartier neben dem Bett angebrachten Wecker stellte, aber da Carl nicht an Wecker gewöhnt war, hatte er ihn prompt nicht gehört. Brens Schicht begann heute ohnehin früh, also machte es ihm nicht viel aus, Carl zu wecken.

Sie nahmen gemeinsam ein und gingen dann zur Gleiterstation Stepney Green.

»Ich fand gestern, ein kleiner Fußweg tut uns gut, und du lernst mal die Gegend etwas kennen, aber jetzt kannst du von der anderen Seite eine Station bis Whitechapel fahren.« Er zeigte in die Richtung, in die sie am Vorabend gelaufen waren. »Mit der Karte ohne Tagesarbeitsschein darfst du zwischen Marketeer und Quartier fahren. Von der Station aus gehst du rechts die Whitechapel Road runter, biegst wie gestern links in die New Road und dann rechts in die Fieldgate Street ein. Das ›Rowton Tower House‹ wirst du ja nicht verfehlen, oder?«

Carl schüttelte den Kopf.

»Gut. Soweit ich weiß, werden die Tagesarbeiter, die in weit entfernten Fabriken landen, an einer der großen Stationen von Company Bussen aufgesammelt und nach der Schicht auch wieder dorthin gebracht. Du musst also dann nur auf dem Plan schauen, wie du zur Sammelstation und von dort wieder nach Stepney Green kommst. Alles klar?«

Carl nickte. Ihm war zumute wie vor dem ersten Auslaufen als blutjunger Schiffskoch. Auf der »Cairo Rose« nach Bombay. Sie hatten Dynamit für den britischen Eisenbahnbau in Indien an Bord gehabt, und die altgefahrenen Seeleute hatten immer schlechte Witze mit Zigarettenkippen über den Ladeluken gemacht.

»Ja. Wird schon.«

Bren lachte.

»Du schaust, als wollten sie dich an den Galgen hängen. Mit deinen Armen und deinem Kreuz findet sich so schnell kein Job, der dich kleinkriegt. Noch nicht mal als Tagesarbeiter.«

Bren schlug ihm auf die Schulter und ging flotten Schritts auf die Gleiterplattform zu. Juniper sah nach rechts und nach links, dann überquerte er die Mile End Road.

Nur zehn Minuten später verließ er den Gleiter an der Station Whitechapel und fand trotz Dunkelheit ohne Mühe das Tower House wieder.

Im Marketeers Office herrschte jetzt Andrang. Vierschrötige Kerle mit zerschlagenen Visagen und dürre Ganoven, verzweifelt wirkende alte Männer und trotzige junge Kerle warteten mit ihren Tickets in der Hand. Spärliches leises Geraune. Finstere Gesellen war Carl aus der Seefahrt gewohnt, das schreckte ihn nicht. Er selbst konnte, wenn er ehrlich war, ziemlich beängstigend wirken, obwohl er recht gut aussah. Er hatte, bis auf eine beachtliche Knollennase, angenehme Züge, und während die meisten Seeleute mit Ende zwanzig wie Mitte vierzig aussahen, wirkte sein Gesicht trotz salziger Seeluft, brennender Sonne und eisigen Winden immer noch recht jugendlich. Doch Juniper hatte den bulligen Körperbau seines Vaters geerbt, und in Jahren der Plackerei am Herd waren seine Muskeln hart geworden. Seine Unterarme und seine Hände waren von Verbrennungsnarben übersät. Vor allem aber konnte Carl Juniper Wutanfälle von geradezu biblischer Wucht bekommen. Dann wurden seine sonst so lebensgierig blinkenden blauen Augen dunkel und klein. Seine freundliche Stimme brüllte wie ein Orkan, und wer sich nicht schnell von selbst duckte, konnte von umherfliegenden Pfannen und Töpfen zu Boden gebracht werden. Bei Schlägereien im Hafen war Juniper ein gefürchteter Gegner und begehrter Kamerad.

Was ihn jedoch hier, im Marketeer's Office, irritierte, war das gedämpfte Reden. Das Geduckte. Eine Versammlung von Lumpen und Straßenschlägern wie die hier wäre in Carl Junipers Welt laut, übellaunig und grob. Man würde einem Neuankömmling finstere Blicke zuwerfen, ihn knuffen, ihm in den Weg treten und um Tabak anschnorren. Ihm klarmachen, dass er sich hinten anzustellen und schön brav zu sein habe.

Hier, wie auch auf der Straße bisher, rauchte niemand, und niemand priemte. Tabak schien unbekannt.

Juniper wurde, ohne dass ihm weiter Beachtung geschenkt wurde, eine schmale Gasse zur Ticketsäule frei gemacht. Er zog eine Nummer, es war die 0114. Er sah nach den Anzeigen und fand dort die 0089, die aber sofort in die 0090 wechselte, worauf ein großer Kerl steifbeinig nach vorne ächzte und dem Clerk, von dem Carl am Abend auch seine Karte bekommen hatte, die seine vorzeigte. Von diesem bekam er nach kurzem Suchen in den Stapeln einen Zettel, den er mit einem ergebenen Nicken in seine Karte steckte, und schon drückte der Clerk wieder den Knopf.

Es geht flott voran, immerhin, dachte Carl, blieb mit seinem Ticket in der Nähe der Tür stehen und beobachtete das Geschehen.

Es war jetzt noch ein zweiter Clerk anwesend, der mit dem Rücken zum Raum an einem Stehpult mit einer Art Schreibmaschine stand, in die jedoch kein Papier eingespannt war. Dieser Clerk beobachtete die große Anzeigetafel und tippte immer wieder etwas in die Maschine. Carl brauchte eine Weile, um zu verstehen, dass immer nach Ende eines Tippvorgangs bei dem ersten Clerk ein Zettel aus dem Tresen gespuckt wurde, den dieser aufnahm und nach kurzem Prüfen auf einen Stapel ordnete.

Offenbar zeigte die riesige Anzeigetafel freie Stellen für Tagesarbeiter in allen möglichen Betrieben der Stadt an, und mit dieser Maschine buchte der Clerk Tagesarbeiter dieses Marketeer's Office ein. Der andere Clerk verteilte die belegten Stellen dann an die Aspiranten. Carl war fasziniert. Wie wurden alle diese Angaben übertragen? Wo liefen sie zusammen? Nicht, dass Carl Juniper, der Schiffskoch und Schnapstrinker, ein großes Interesse an Technik hatte. Unter Deck interessierten ihn nur seine Lagerräume. Aber die Funkerei hatte ihn von Anfang an begeistert. Auf Schiffen gab es erst seit gut zehn Jahren die Möglichkeit, Botschaften weiter zu übertragen, als man mit dem Auge blicken konnte. Die Funkoffiziere waren für die meisten anderen Seeleute so etwas wie Magier. Ihre summenden und blinkenden Anlagen, an denen man sich elektrische Schläge einfangen konnte. Das Rauschen in den Ohrhörern, das Klackern der Morsetaste und das dürre Piepen aus dem Äther, aus dem diese Männer lange Nachrichten von der anderen Seite der Welt lasen.

»Null eins eins drei« explodierte es plötzlich über den Köpfen der Arbeiter. Carl riss sofort erschrocken sein Ticket vors Auge, um zu prüfen, ob er selbst der Übeltäter war. Heavens, nein. Sein Herz klopfte immer noch wild, und er beobachtete mit echtem Mitleid, wie ein alter, gebeugt gehender Mann sich mit hochrotem Kopf zum Tresen vorschleppte. Offenbar war er bekannt hier, der Clerk nahm ihn gnädig auf und überreichte ihm mit sanft mahnender Miene einen Zettel, den dieser mit zittrigen Fingern in seine Arbeitskarte steckte.

Der Clerk drückte den Knopf, und dann flatterte die Anzeige auf Carls Nummer. Er trat mit erhobenem Ticket an den Schalter.

Der Clerk nahm das Ticket, führte die Prüfprozedur durch, aber bevor er die beiden Tickets zerriss und hinter sich warf, zwinkerte er Juniper freundlich zu.

»Pünktlich und ausgeruht. So gefällt Er mir.« Dann suchten die Augen des Clerks in den Zettelstapeln. »Hier, für den Anfang zur Gewöhnung.« Er nahm zwei Zettel auf, einen reichte er Carl, auf dem anderen notierte er etwas und legte ihn auf einen anderen Stapel. Carl sah auf den Schein. »Stratford Machine Factory, 48, Warton Road. MCoS.« Er nickte, dann sah er den Clerk hilfesuchend an.

»Noch nie dort gewesen?«

Carl schüttelte den Kopf.

Der Clerk suchte kurz in einem Zettelstapel, dann beugte er sich zu dem Messingsprachrohr, und dann donnerte »Mister McRaer zum Schalter« durch den Raum.

Ein dürrer, ungesund aussehender Bursche von vielleicht zwanzig Jahren trat an den Schalter.

»Si-ir?«

»McRaer, das ist Mister Joonipper. Er hat seinen ersten Tag. Sorge Er dafür, dass er zur Arbeit findet. Danke.«

Mit diesen Worten drückte der Clerk den Knopf, und die Anzeige sprang zur 0115.

McRaer, oder Sebastian, wie er mit Vornamen hieß, erwies sich als weit weniger missmutig, als er aussah. Allerdings hatte er eine sehr hohe Stimme und eine seltsame Art zu sprechen. Er sang seine Sätze ein wenig, stotterte manchmal oder zog Worte willkürlich in die Länge. Immer wieder rutschten ihm kleine Kiekser heraus, die sich wie eine Mischung aus Kichern und Schluckauf anhörten.

»Stratford ist gu-hut, mhihii. Da kommen wir mit dem Glei-iter hin. Umsteigen Mi-ile End.«

In der Station Stratford High Street stiegen sie aus und liefen ein gutes Stück zurück auf einen Flusslauf zu. Dort strömten sie mit Dutzenden anderer Arbeiter auf das Gelände der Maschinenfabrik. Carl stellte sich vor, dass er irgendwelche Eisenteile herumtragen musste, oder riesige Werkshallen aufräumen und fegen. Sebastian zeigte auf ein niedriges Ziegelgebäude auf dem Hof, über dessen Eingang »Daily Workers« stand.

»Da-a müssen wir hin, mhihii.«

In dem Häuschen drängten sich ungefähr zwei Dutzend andere Tagesarbeiter. Auch hier nur leises Reden. An der Längsseite fand sich ein hölzerner Tresen, hinter dem aber niemand stand.

»Zei-ig mal deinen Schei-in.« Sebastian beugte sich neugierig vor, als Carl die Karte aus seiner Tasche zog. »Oh. Mhihii. Oh je.«

»Was?« Carl sah ihn an. Sebastian zeigte auf den Schein.

»Hi-ier. MCos. Metro-opolita-an Co-commissi-ion of Sewers. Mhihii. Du mu-usst in die Schei-iße.«

In die Kanalisation? Zur Hölle, dachte Carl Juniper. Und in diesem Augenblick wurde schon eine Tür hinter dem Tresen aufgerissen, und zwei kräftige Männer mit Kladden in den Händen traten ein.

»Ruhe, ihr Halunken«, brüllte der größere der beiden, obwohl praktisch keiner etwas sagte. »Als Erstes treten mal alle Kanalbuddler raus. Wir sehen uns auf dem Hof.«

Sebastian gab Carl einen Stoß in die Seite.

»Ja, ja, schon gut. Ich hab's ja kapiert.«

Mit Carl traten noch fünf weitere Männer auf den Hof. Der Vorarbeiter rief ihre Namen von einer Liste auf seiner Kladde auf, und jeder meldete sich mit »Hier, Master«, so auch Carl. Er fragte, ob sie schon mal Kanäle gereinigt hätten, und alle außer Carl nickten. Dann marschierten sie im Gänsemarsch in eine Halle. Und dort in einen Verschlag. An dessen hinterer Wand hingen Gummihosen, die in Stiefel ausliefen und oben bis über die Brust reichten. Dazu halblange Mäntel, Handschuhe und Südwester aus demselben Material. Sie wurden angewiesen, diese Kleidung anzulegen, dann öffnete der Vorarbeiter einen Gully am Boden.

Als sie alle über glitschige Eisensprossen hinabgeklettert waren, reichte der Vorarbeiter von oben drei Lampen, drei Schaufeln, einen Rechen und zwei große Eimer nach unten, anschließend stieg er selbst ein.

Sie verteilten die Werkzeuge und gingen stumm hinter ihm durch die unterirdischen Kanäle. Es stank entsetzlich nach Exkrementen und Fäulnis. Nach zwei Abzweigungen erreichten sie eine Stelle, wo sich das Wasser staute. Die übel riechende Brühe gurgelte und spritzte.

»So. Hier muss gereinigt werden. Wenn ihr in dieser Richtung weitergeht, findet ihr nach zwanzig Yards einen Abzweig nach links. Da ist ein Kanal mit Schwallspülung. Ihr kippt das Zeug vor die Schwalltür und spült nach jedem fünften Eimer kurz durch. Ach ja, und Ohren auf wegen der Beben. Alles klar, ihr Gauner?«

Die anderen fünf nickten stumm, und Carl fragte sich, was mit »Beben« wohl gemeint war. Der Vorarbeiter tippte an seinen Südwester und stapfte durch den Kanal davon.

Carl und ein zweiter Mann, der sich als Oryn vorstellte, bekamen die Eimer, Oryn dazu eine Lampe. Die anderen machten sich daran, den Schlick und Schlamm, von dem Carl sich lieber nicht genau vorstellte, aus was er bestand, aus dem Wasser zu holen und in einen Eimer zu schaufeln. War der voll, schleppten Carl und Oryn ihn zu der angegebenen Stelle und kippten das Zeug in einen tiefer gelegenen Kanal.

Nach jedem fünften Eimer stieg Oryn hinter die Schwalltür, öffnete sie mit einer Kurbel, woraufhin gestautes Wasser den Schlamm mitnahm. Sobald die Masse einigermaßen aufgelöst war, schloss Oryn das Tor, und sie setzten ihre Touren fort.

Das Schleppen bereitete Carl keine allzu große Mühen, so etwas war er gewöhnt. Auch der glitschige Grund im Kanal und daneben war zwar unangenehm, und er glitt einige Male beinahe aus, aber das war erträglich.

Doch der Gestank war kaum auszuhalten. Die ungewohnt schlechte Luft draußen nahm Carl ohnehin mit, aber das stundenlange Arbeiten in den stickigen Röhren, angefüllt mit den Ausdünstungen wochenalter Exkremente und weiß der Deibel was für

Abfällen aus der Fabrik, stellte sein Durchhaltevermögen auf eine echte Probe. Jede Stunde durften zwei Mann raus, mussten aber nach Ablauf einer Viertelstunde wieder vor Ort sein. Mit Laufweg, Aus- und Einsteigen blieben da kaum fünf Minuten oben. Und man war nur alle drei Stunden dran. Immerhin, die Kameraden waren in Ordnung, wenn man auch wenig miteinander sprach.

Bei einer Tour blieb Oryn plötzlich stehen, sagte »Absetzen« und stierte leer ins Dunkel. Carl wollte fragen, was los sei, da hörte er plötzlich ein dumpfes Grollen. Und schon begann der Boden zu zittern. Oryn stützte sich an der Kanalwand ab, und Carl tat es ihm instinktiv nach. Das Zittern wurde stärker, das Grollen lauter, dann schwächte sich beides wieder ab und verging.

»Was ist das?«

Oryn zuckte mit den Achseln.

»Beben. Kriegt man oben kaum mal mit, aber hier unten schon. Ist nicht schlimm. Musst bloß aufpassen, dass du nicht in die Scheiße fällst.«

Er nickte Carl zu.

»Weiter geht's.«

Zehn Stunden dauerte die Schicht, und die brauchten sie auch, um den Kanal frei zu bekommen. Oryn und Carl spülten die letzten Eimerladungen weg, während die anderen schon zum Ausstieg liefen, oben die Werkzeuge und sich gegenseitig mit einem Schlauch abspritzten und dann auf Carl und Oryn warteten. Auf dem Weg zur Kantine schnupperte Carl an seinen Kleidern, die er unter dem Gummizeug getragen hatte. Sie dünsteten Schweiß und Kautschukgeruch aus. Das war alles. Gottlob.

Nach der Einnahme wurden sie im Schuppen ausbezahlt, bekamen einen Stempel auf ihren Tagesschein, dann konnten sie gehen. Alle fuhren mit demselben Gleiter, Oryn stieg in Mile End in eine andere Richtung um, und in Stepney Green verabschiedete sich Carl. Die anderen nickten nur müde.

Im Quartier schlief Bren schon. Carl duschte und fiel dann erschöpft ins Bett. Nur sieben Stunden später stand er wieder im Marketeers Office.

Der Duft in der Gasse

Die Wochen gingen grau und mühsam dahin. Carl Juniper schulterte, schaufelte, schleppte, räumte und fegte in Fabriken und auf Baustellen, die sich über ganz London verteilten. Er lernte die Gleiterlinien auswendig, fuhr auf klapprigen Holzbänken in dunklen Company Bussen. Er arbeitete tagsüber und nachts. Manchmal ließ er zwei Schichten ausfallen und schlief einen ganzen Tag und eine ganze Nacht, manchmal fuhr er zwei hintereinander, weil er ohnehin nicht schlafen konnte, so erschöpft er auch war. Ein Mal landete er sogar in Brens Arbeitsstätte, der Gießerei, wo er half, Schrott in riesige Schmelzöfen zu bugsieren. Und immer wieder stand auf seiner Karte »MCoS«, und er schlüpfte irgendwo in die Gummikleidung, stieg in die finsteren Röhren, räumte ekelerregenden Schlamm aus dunklen Brühen und hielt sich an der Wand fest, wenn es mal wieder bebte.

Bren hatte ihm zwischenzeitlich einen Schlüssel zum Quartier gegeben, so konnte er allein kommen und gehen. Er nahm zwei Einheiten am Tag ein und vergaß langsam, wie Essen geschmeckt hatte. Hatten ihm zu Beginn noch täglich Gedanken an Eier mit Speck, an Irish Stew oder wenigstens getoastetes Roggenbrot mit Salzbutter täglich Tränen in die Augen getrieben, verblasste jetzt langsam die brennende Sehnsucht nach richtigem Essen. Die Einheiten machten satt. Und satt zu werden war doch der einzige Sinn von Essen, nicht wahr? Keine Sehnsüchte mehr, keine Ängste. Carl Juniper gewöhnte sich an die bedrohliche Allgegenwart der Tanned Necks, an die brummenden Luftboote mit ihren grimmigen Besatzungen und an Geschütze, die aus den Kuppeldächern mächtiger Türme überall in den Himmel ragten. Er verlor fast alle Freude, manchmal den Mut und völlig die Lust. Er dachte nicht mehr an Isobel und all die anderen schönen Huren. Alles, was ihm blieb, war die Freundschaft mit Bren und die flüchtigen Momente der Kameradschaft zu anderen Verdammten der Tagesarbeit. Sebastian McRaer traf er noch drei Mal, und diese Tage waren heller als die übrigen, einfach, weil sie sich schon kannten und manchmal plauderten. Carl lächelte über jedes »Mhihii«, jeden Stotterer und jeden Kiekser.

Nach einer Kanalschicht unter der »London Authority of Transport« bekamen alle, die Unrat geräumt hatten, die berühmte Sonderrationskarte für Ale, an deren Existenz Juniper schon nicht mehr geglaubt hatte.

Für den Fall hatte er mit Bren vereinbart, dass sie ins »Old Ironside's Inn« gehen würden, ein Pub nicht weit von ihrem Quartier. Wochen war Carl nun schon hier, und als sie sich dem Pub näherten, merkte er erst, wie sehr ihm das gefehlt hatte. Einfach in einer Kneipe sitzen und langsam betrunken werden. Nichts müssen. Nichts sollen. An nichts denken außer an den nächsten Schluck und was die Nacht noch bringen mochte.

Wobei er von zwei Ale wohl kaum einen Rausch bekommen würde, dachte er, als sie den Yeomen ihre Karten zeigten.

Das Pub sah zunächst aus wie jedes andere, das Carl kannte. Dunkles Holz, grobe Tische und Stühle, Kerzen, ein Kamin an der Längswand. Was fehlte, war das Regal mit den Schnapsflaschen. Kein Whisky, kein Gin, kein Rum. Nur ein einzelner Zapfhahn im Tresen. Sie legten ihre Karten vor, bekamen jeder ein Pint Ale. Und hatten das Anrecht auf ein zweites. Besser als nichts.

Der erste Schluck ging Juniper durch und durch. Es war gut temperiert und genau richtig bitter. Wie stark es war, konnte er nicht bestimmen. Es schmeckte eigentlich nicht sehr stark, aber die Wirkung war beinahe wie von einem Schluck Schnaps. Das musste daran liegen, dass er so lange keinen Alkohol mehr getrunken hatte.

»Es ist gut«, schmatzte Carl und leckte sich den Schaum von der Oberlippe. Bren nickte ohne große Anteilnahme.

»Findest du es nicht gut?«

Juniper strich mit dem Finger durch das Kondenswasser außen am Glas.

Bren sah ihn verständnislos an.

»Es ist Ale.«

»Ja. Aber es könnte doch auch nicht gut schmecken.«

Bren lachte.

»Was meinst du mit ›schmecken‹?«

Juniper spürte seinen Nacken steif werden, es kribbelte überall, und dann bildete sich feiner Schweiß auf seiner Stirn. Er streckte die Zunge heraus und tippte mit dem Zeigefinger darauf.

Bren lachte wieder und schüttelte den Kopf.

»Du bist ein so seltsamer Mensch, Carl Juniper. Ale ist Ale. Einheiten sind Einheiten. Da gibt es nicht gut oder schlecht. Es ist immer dasselbe.«

»Aber es muss doch auch anderes Ale geben. Oder Bitter, Stout, von mir aus auch Lager. Und Whisky.«

»Was soll das alles sein, Carl?« Bren klang müde. Sie hatten lange nicht mehr über Dinge gesprochen, von denen Carl glaubte, dass es sie hier doch auch geben müsse. Es war ja auch sinnlos.

»Andere Biersorten, Bren. Das hier«, er hob das Glas, »ist Bier. Die Sorte heißt Ale, aber es gibt noch andere Sorten. Bitter, Stout, Lager. Und auf dem Kontinent Pilsener. Sie sind alle aus Gerstenmalz, Hopfen und Wasser gemacht. Und wenn es Gerste gibt, dann gibt es auch Whisky. Das ist Schnaps.« Er redete sich in Rage. »Viel, viel stärker als Bier. Ein Whisky hat so viel Alkohol wie zwei Ale, aber es ist nur ein kleiner Schluck.« Er zeigte mit dem Finger am Glas, wie groß etwa ein Whisky war. »Er brennt in der Kehle und schmeckt süß und scharf, und wenn du danach einen Schluck Bier nimmst, ist es, als ob ein frischer Wind durch dich bläst. Deine Gedanken fliegen in den Himmel, und du schöpfst Kraft, und du bekommst Appetit auf Rauchfleisch und Brot und auf Küsse.« Ihm stiegen Tränen in die Augen. »Verdammt, Bren, über was freut ihr euch eigentlich hier?«

Bren machte ein erschrockenes Gesicht und legte Carl eine Hand auf den Unterarm.

»Leise, mein Freund. Du redest krudes Zeug und bist sehr aufgeregt. Es gucken schon Leute her.« Er sah Carl ernst und gesammelt an. »Beruhige dich. Bitte. Wenn die Yeomen reinkommen, nehmen sie dich mit.«

Carl atmete schwer. Sein Herz tat weh. Er nahm einen Schluck Ale und noch einen. Er war so müde.

»Wenn du mal einen Ruhetag hast, könnten wir doch aufs Land fahren. Zu den Bauern. Man kommt doch sicher mit dem Gleiter und irgendwelchen Bussen raus aus der Stadt?«

Bren schüttelte den Kopf.

»Es gibt nichts außer der Stadt. Und es gibt keine Bauern, was immer du dir darunter vorstellst.«

»Bauern bauen Getreide an und ziehen Tiere groß. Eure Schuhe und Gürtel, die Transmissionsriemen in den Fabriken sind aus Leder. Leder ist aus Tierhäuten gemacht, Bren, irgendjemand muss diese Tiere schlachten und häuten, und jemand anders muss diese Häute gerben und zu Leder machen. Was heißt, dass es auch Fleisch geben muss und Speck und Würste. Die Kleider sind aus Baumwolle. Jemand muss diese Baumwolle anbauen und ernten, und dann kommt sie in die Spinnereien. Fragst du dich nicht, wie die Baumwolle in die Spinnereien kommt?«

Bren mahlte mit den Kiefern und vermied jeden Blickkontakt zu Carl.

»Gerste ist Getreide, Bren, sie wächst auf Feldern. Aus der Erde. Wie die Baumwolle. Bauern müssen sie pflanzen und düngen und ernten und dreschen. Was denkst du, aus was Ale gemacht wird?«

Bren zuckte mit den Schultern.

»Es wird in einer Fabrik gemacht, Carl. Genauso die Schuhe und Gürtel und Riemen und die Kleider. Das Leder und die Baumwolle sind einfach da. Ich habe keine Ahnung, woraus Ale gemacht wird. Und ich frage auch nicht, weil ich noch nie jemanden gesprochen habe, der in einer Alefabrik arbeitet. Es gibt haufenweise Leute, die Arbeiten machen, über die sie mit niemandem reden. Das ist eben so.«

»Du fragst dich nicht viel, oder?«

Carl war klar, dass er sich wütend anhörte. Dass er wütend war. Er hatte unbändige Lust, mehr und mehr Ale zu trinken und eine Schlägerei anzufangen. Er atmete mehrmals tief ein und aus, trank noch einen großen Schluck Ale, und dann beugte er sich nah zu Bren. Fasste ihn um die Schulter.

»Die haben euch nichts von Bauern erzählt und von Feldern und Tieren, und ich frage mich, warum. Was ist daran schlimm, wenn man weiß, wo das alles herkommt?«

Brens Blick zeigte Angst und Erregung gleichzeitig. Carl rückte noch näher an ihn heran.

»Weil sie euch dann sagen müssten, was es noch so alles gibt zum ›Einnehmen‹. Ich verstehe nur nicht, warum sie euch das nicht sagen wollen. Und ich frage mich, was sie euch noch alles verschweigen. Und warum sie euch mehr schuften lassen als einen Chinesen bei der Eisenbahn.«

Brens Augen schwammen in Tränen. Er zitterte in Carls Arm. Sie bemerkten, dass mehr und mehr Leute von den anderen Tischen zu ihnen herüberschauten. Brens Rücken versteifte sich, und er wand sich aus Carls Griff. Sie saßen eine Weile schweigend da und tranken kleine Schlucke. Bis der Rest der Gäste sich wieder abwandte und sie vergaß.

»Carl …«

»Es tut mir leid, Bren«, unterbrach Juniper ihn.

»Nein. Das muss dir nicht leidtun. Es ist … Du hast recht. Ich stelle mir oft Fragen, aber es gibt keine Antworten. Und irgendwann muss man aufhören, sich zu fragen, sonst wird man verrückt. Die Dinge sind, wie sie sind.«

Carl fühlte sich elend. Warum bedrängte er den armen Bren so? Er nahm noch einen Schluck, dann wischte er den Schaum weg.

»Du siehst das wohl richtig. Ich bin Seemann geworden, um vor den Dingen, wie sie sind, wegzulaufen. Aber dann trifft man nur auf andere Dinge, die so sind, wie sie sind.«

»Carl. Ich bin … wie soll ich sagen? Es ist gut, dass ich dich im Park gefunden und mitgenommen habe.«

Brens Gesicht war in hellem Aufruhr, seine flirrenden Augen, seine tanzenden Augenbrauen, das sagte mehr, als dass es »gut« sei, aber ihm schien ein Wort dafür zu fehlen.

»Du bist froh darüber?«

Bren zuckte mit den Achseln.

»Was heißt ›froh‹?«

Carl riss seine Augen so weit auf, wie er konnte, und seinen Mund von einem Ohr zum anderen. Dazu hob er die Fäuste und schüttelte sie. Bren musste lachen.

»Das ist Freude, Bren.«

»Gut. Verstanden. Ich habe also Freude, dass du bei mir bist. Ich bin froh.«

»Ich auch, Bren. Sehr. Ich wüsste nicht, was aus mir hier geworden wäre.«

»Aber gleichzeitig ändert das so viel in meinem Leben. In mir. Carl. Ich … es verwirrt mich alles, was du erzählst.«

»Und mich verwirrt alles, was ich hier erlebe, Bren. Aber es ist, wie es ist.«

»Möchtest du noch ein Ale?« Sie hatten beide ausgetrunken.

Carl überlegte einen Moment.

»Ich denke, ich möchte noch zwanzig Ale.« Er lachte. »Aber da ich die nicht kriegen kann, werde ich jetzt ins Quartier laufen, um den Kopf freizubekommen.« Bren machte Anstalten aufzustehen, aber Carl drückte ihn auf den Stuhl. »Wir sehen uns dort. Ich möchte alleine laufen. Trink du noch etwas.«

»Gut. Wenn du es so willst. Wir sehen uns später.«

Carl nickte und brachte das leere Glas zum Tresen, setzte seine Mütze auf und verließ das »Old Ironside's Inn«.

Er wusste den Weg nach Hause, aber er ließ sich ein wenig treiben und hing seinen Gedanken nach. Das Quartal musste bald zu Ende sein, Bren hatte noch nicht erfahren, ob er einen neuen Quartierbruder bekommen würde. Carl musste sich wohl mit dem Gedanken anfreunden, in ein Wohnheim zu ziehen. Im »Rowton Tower House« war er mittlerweile so bekannt, dass er sich wenig Sorgen machte. Er würde dort schon unterkommen. Und dann hatte er sogar einen echten, von der Behörde ausgestellten Quartierschein.

Doch es fühlte sich nicht schön an, womöglich nicht mehr bei Bren zu wohnen. Im Wohnheim würde er auch kein Zimmer mehr für sich alleine haben. Herrjeh, was für eine Knochenmühle. Immerhin war er seine Schulden bei Bren und Wyck los. Den Alten hatte er kurz kennengelernt, als er in der Gießerei gearbeitet hatte.

Etwas riss ihn aus seinen Gedanken. Carl Juniper blieb kurz stehen und sah sich um. Es war dunkler als gewohnt. Er war irgendwie in eine kleine Gasse geraten, die er nicht kannte.

An der nächsten Kreuzung bog er rechts ab. Wenn er sich nicht irrte, musste er so zur Mile End Road zurückkommen. Am Ende der Gasse war eine helle Straßenlaterne. Im Weitergehen sah Carl im Schein der Lampe etwas glänzen.

Gewehre. Eine Patrouille der Tanned Necks. Carl Juniper konnte sich zwar ausweisen, aber sein Quartierschein war und blieb gefälscht. Einer strengen Befragung würde er kaum lange standhalten. Noch hatten die Soldaten ihn nicht bemerkt, es war zu dunkel an dieser Stelle, aber sie kamen rasch näher.

Carl bemerkte einen schmalen Durchgang zwischen zwei Häusern, und ohne nachzudenken, schlüpfte er hinein. Es war stockfinster. So schnell und vorsichtig wie möglich tastete er sich weiter hinein. Ganz von Dunkelheit eingehüllt, drückte er sich gegen eine Hauswand und sah zurück zur Gasse, aus der er gekommen war. Stiefel knallten aufs Pflaster, Ausrüstung klapperte. Carl hielt die Luft an. Die Patrouille marschierte vorbei. Die Tritte verhallten.

Kalter Schweiß stand ihm auf der Stirn. Morgen würde er nicht arbeiten gehen. Er brauchte eine Pause. Carl atmete aus und wieder ein. Schloss die Augen, obwohl er hier im Finsteren sowieso nichts sah.

Und dann roch er es.

Unverkennbar.

Der Geruch von gebratenem Fleisch. Geflügel. Eine Ente oder ein Truthahn. Bildetet er sich das ein? War es so weit, dass er den Verstand verlor?

Er schnupperte weiter.

Nein. Das war keine Einbildung. Der Duft kam aus der Tiefe des winzigen Korridors. Er tastete sich weiter, der Geruch wurde intensiver. Und jetzt roch er Pudding. Pflaumen. Starken Alkohol. Pflaumen in Cognac. Ja. Und die Geflügelsauce mit rotem Port und schwerem Wein.

Junipers Magen grummelte. Wasser lief ihm im Mund zusammen. Er hastete, stolperte über einen Stein, ging weiter.

Sah einen schmalen Streifen Licht.

Eine Tür.

Er legte das Ohr an die Tür.

Klappern von Eisen auf Eisen. Wasser lief. Das leise Ploppen, mit dem sich Alkohol in Pfannen an Herdflammen entzündete. Männer redeten. Der Duft war jetzt dicht und schwer.

Juniper tastete die Tür ab. Fand eine Klinke.

Das plötzliche Licht blendete ihn. Die Hitze traf ihn mit Wucht.

Dann sah er.

Drei Köche mit fleckigen Schürzen. Einen riesigen Herd. Feuer. Pfannen. Töpfe. Öfen. Zwiebeln. Roch. Hörte Blubbern und Zischen.

»Oh.«

Er war so glücklich.

Die gusseiserne Pfanne traf ihn an der Stirn, und ohne einen Mucks sank Carl Juniper zu Boden.

Die Gang

Wieder mal trieb Carl Juniper im grauen Meer. Eisige See fegte über seinen Kopf. Ihre Schläge trafen ihn links und rechts, ließen seine Wangen brennen wie Feuer.

»Verdammicht noch mal, Sean, eine Sauteuse hätte gereicht. Ich glaub, du hast dem Furz mit der Pfanne das Licht ausgeblasen.«

Eine Stimme, tief und gurgelnd, aus einem rauen Hals gequetscht.

»Herrjeh, Lemmy. Ich hab's Erste gegriffen, was da war. Guck dir den Ochsen an, der stirbt nicht so schnell. Der atmet noch.«

Näselnd, unangenehm scharf.

Und wieder traf eiskaltes Wasser Junipers Schädel, gefolgt von einer Serie Maulschellen, die der edle Spender vermutlich für Klapse hielt.

»Hey, du Lump. Wach auf.«

Carl Juniper hatte schon alle Arten von Schädelbrummen gehabt. Vom Schnaps natürlich, aber auch von Krügen, Stühlen und Tischen, die ihm jemand übergezogen hatte. Vom leisen Ziehen, das den ganzen Tag anhielt, bis zu brüllendem Stechen war alles dabei gewesen. Diesmal würde es eher zur letzten Sorte gehören, das war Juniper selbst in dem halbbewussten Zustand klar, den er gerade erreichte. Also konnte er jetzt auch einfach die Augen öffnen und sich Lemmy und Sean genauer angucken, bevor die ihm in ihrem freundlichen Bemühen, ihn zu wecken, alle Zähne ausschlugen.

»Ha.«

Was Carl Juniper leider nicht klar war, war der Umstand, dass entweder Lemmy oder Sean – man würde sich ja gleich vorstellen müssen – ihn mit einer Hand am Kragen gepackt hatte, um ihn mit gehörigem Schwung mit der anderen ohrfeigen zu können. Dass er die Augen aufmachte, also lebte, war dann Anlass, nicht nur »Ha« zu brüllen, sondern auch sein Hemd loszulassen, worauf Junipers klatschnasser Kopf mit einem dröhnenden Knall auf den Boden schlug.

»Himmel, Lemmy, jetzt haben wir ihn gerade gehabt, da lässt du ihn fallen.«

Lemmy knurrte, und schon hagelte es wieder Ohrfeigen, bis Juniper endlich in der Lage war, seine Arme zu heben, um sein Gesicht zu schützen. Direkt vor sich sah der Schiffskoch zwei Gesichter. Oder besser Visagen. Das eine gehörte einem rot geschwitzten Mann etwa in seinem Alter. Er war sehr kräftig, um nicht zu sagen dick. Die kleinen Augen verschwanden beinahe in den Wülsten seiner Wangen. Seine blonden Haare waren verklebt, darauf eine schmutzige Kochmütze. Ein speckiges Tuch war um seinen Hals geschlungen. Von seinen Händen ging schwerer Fleischgeruch aus.

Neben dem Dicken sein genaues Gegenteil. Ein ausgemergelter, ungesund aussehender Galgenvogel mit kurz geschorenem dunklen Haar, unter dem gewaltige Henkelohren aus seinem Kopf wuchsen. Er hatte allerdings breite Schultern und sehnige Unterarme, die zu einem Drittel aus den hochgewickelten Ärmeln seiner Kochjacke ragten. Seine Augen waren dunkel und lagen tief in den Höhlen.

Juniper ächzte.

»Sse … vernnt.«

Der Dicke sah ihn verständnislos an.

»Was?«

Juniper hielt die Arme immer noch vor sein Gesicht und holte tief Luft.

»Sauce verbrennt.«

Der Dicke sah den Dürren an, dann wieder Juniper.

»Du weißt doch einen Dreck von Saucen, du Stinkfisch.« Er packte Juniper wieder am Kragen und riss ihn hoch. Juniper griff nach seinen Handgelenken und spannte seine Halsmuskeln an, damit ihm nicht der Kopf vom Rumpf flog. Obwohl dann vielleicht wenigstens die Schmerzen nachlassen würden. Er wurde langsam sauer.

»Wenn ihr zwei Knilche mal eure Nasen benutzt, anstatt mich umzubringen, könntet ihr ja vielleicht etwas unternehmen, bevor die gute Entensauce völlig verschmurgelt ist.«

Der Dürre riss seine Augen auf und legte dem Dicken die Hand auf den Arm.

»Lemmy, der Lump hat recht, riech mal.«

Lemmy drehte sich um und schnupperte.

»Rory Biggott«, brüllte der Dicke, »hol deine dreckigen Griffel aus der Nase, und zieh die verdammichte Entenjus vom Feuer. Oder bist du im Stehen eingepennt, du nichtsnutziger Bastard?«

»Oh. Ja, Chef. Ja. Entschuldigung, Chef.«

Es klapperte und rumpelte. Rory Biggott schrie »Au«, woraufhin die beiden Köche bei Juniper die Augen verdrehten und gleichzeitig »Touchon, Idiot« riefen.

Junipers Kopf brummte entsetzlich, sein Nacken schmerzte, seine Augen brannten, und bislang gab nichts zur Hoffnung Anlass, dass er unbeschadet hier rauskäme, aber er fühlte sich glücklich. Zum ersten Mal, seit er hier in dieser Welt gestrandet oder gelandet war. Köche.

Laute, gemeine, stinkende, übellaunige Köche. Die brutzelten und schmurgelten, die sich die Pfoten verbrannten, weil sie kein

Touchon benutzten, wenn sie einen heißen Pfannenstiel anfassten.

Und Essen. Richtiges, heißes, in schweren Saucen gebadetes Essen.

»Alles klar, Chef. Jus gerettet.«

Lemmy und Sean nickten, dann wandten sie ihre Blicke wieder Carl Juniper zu. Der dicke Lemmy griff wieder fester in seinen Kragen.

»Und jetzt zu uns, Freundchen. Wer bist du? Was machst du hier? Bist du ein verdammichter Spion von Hash?«

Juniper schüttelte vorsichtig den Kopf.

»Nein. Ich … meine Güte. Das ist ein bisschen schwierig zu erklären.«

»Hältst du uns für zu blöd, hä?« Der Dürre kam mit seinem Gesicht sehr nah an das von Juniper ran. »Dann gib dir besser Mühe mit der Erklärung. Sonst …« Er zog einen gestreckten Zeigefinger über seine Kehle.

»Kann ich vielleicht erst mal aufstehen?«

Die beiden sahen sich an, dann stemmte sich der Dicke hoch und zog Juniper auf die Füße, als wöge der alles andere als schmächtige Schiffskoch nicht mehr als ein halber Sack Kartoffeln.

Sie standen in einer geräumigen und gut ausgestatteten Restaurantküche. In der Mitte ein großer Gasherd mit Glühplatte und zwei Waschbecken, darüber ein Abzugskamin. Drum herum Arbeitsflächen, Regale, Schränke. Töpfe, Pfannen, Sauteusen, Messer, Beile, Schöpfkellen, Rührlöffel. Es war alles da. Am weniger heißen Rand der Glühplatte stand der Kupfertopf mit der leise blubbernden Jus.

Dann klopfte der dicke Lemmy mit übertriebener Geste imaginären Staub von Junipers Schulter, die in Wirklichkeit völlig staubfrei, da klatschnass war, und baute sich dann mit verschränkten Armen und verlogenem Grinsen vor ihm auf.

»So, mein Hase. Was ist deine Geschichte?«

Juniper überlegte fieberhaft, wie er in wenigen Sätzen – und dass Lemmy und Sean nur Geduld für *sehr* wenige Sätze aufbringen würden, ließ sich unzweifelhaft aus ihren Gesichtern ablesen – glaubhaft machen konnte, wo er herkam.

Sean hob die Augenbrauen und spitzte den Mund. Dann sah er zu Lemmy. Der nickte ein paarmal.

»Dachte ich es mir. Am besten wird sein, wir donnern dir noch mal eine übern Schädel und lassen nachher den Boss entscheiden.«

Lemmy langte nach einem Regal, unter dem Pfannen und Sauteusen an Haken hingen. Zwischen Sean und Lemmy konnte Juniper sehen, wie sich Rory Biggott mit schmerzverzerrtem Gesicht Wasser am Waschbecken über seine beiden Hände laufen ließ.

»Ihr braucht noch einen Koch.«

Der Dicke und der Dünne guckten ihn an. Juniper deutete mit dem Kopf in Biggotts Richtung. Beide drehten sich um, und im selben Augenblick hob Biggott mit dämlichem Grinsen seine Hände. Sie waren rötlich weiß aufgedunsen.

Lemmy sagte fassungslos: »Beide Hände? Was zum Henker …?«

Rory Biggott hielt sie wieder unters Wasser.

»Na ja. Hab, wie Sie gesagt haben, den Topf aus der Mitte weggezogen, Chef, und dann hab ich halt gemerkt, dass der ganz schön heiß ist. Und dann hab ich eben schnell die andere Hand genommen.«

Rory Biggott lächelte das Lächeln, mit dem alle Einfältigen die Welt besänftigen wollen, das aber in Küchen meist dazu führt, dass einem mindestens ein stinkender, nasser Lappen ins Gesicht fliegt.

Lemmy blieb ruhig, obwohl Carl an seinen Nackenrollen zu sehen meinte, dass Rory Biggott gleich im Schweineeimer landen würde.

Der Dicke drehte sich zu Juniper um.

»Du bist also ein Koch. Ja?«

Juniper nickte.

»Die wachsen hier nicht auf Bäumen, Junge. Koch wird man nur in einer Gang. Zu welcher gehörst du?«

Juniper holte tief Luft.

»Zu keiner. Ich kann euch jetzt lang und breit vorspinnen, wie ich hierhergeraten bin. Also nicht nur in eure Küche, sondern überhaupt hierher. Nach London. Und wo ich herkomme. Wahrscheinlich werdet ihr mir aber nicht glauben. Und dann sind wir kein Stück weiter als jetzt gerade. Ihr müsst mir dann immer noch eins überziehen und warten, bis der Boss kommt, wer auch immer das ist. Inzwischen geht es aber mit eurem Menü hier kein Stück vorwärts.«

Juniper merkte, dass es in Lemmys Kopf arbeitete. Er und Sean hörten deutlich interessierter zu als bisher. Carl sprach jetzt mit fester Stimme.

»Ich hab, ohne einen Blick darauf zu werfen, nicht nur gerochen, dass da gleich eine Sauce verbrennt, ich hab sogar genau gewusst, was für eine Sauce. Ich rieche die Enten im Ofen. Und ihr habt Yorkshire Pudding gemacht. Außerdem standen bis eben eingemachte Pflaumen auf dem Herd, die hab ich von draußen riechen können.«

Jetzt verschränkte Juniper die Arme und konnte sich angesichts der unverhohlenen Verblüffung in den beiden Kochgesichtern vor ihm ein leises Lächeln nicht verkneifen.

»Es ist also egal, wo ich gelernt habe. Ihr müsst nur wissen, dass ich das seit mehr als fünfzehn Jahren mache. Ich hab's drauf. Und er«, Juniper zeigte auf den armen Rory Biggott, »hat's ja möglicherweise drauf, aber sicher nicht so wie ich. Und ohne Hände schon gleich gar nicht. Also. Sind wir im Geschäft?«

Lemmy sah ihn mit seinen kleinen Schweinsäuglein lange an. Sie waren smaragdgrün, wie Juniper jetzt sehen konnte. Dann drehte er seinen Kopf ein klein wenig in die Richtung, wo Rory Biggott stand.

»Rory, zieh deine Schürze aus. Du hast Feierabend.«

»Aber Chef«, sagte Rory mit Zitterstimmchen.

»Mach schon. Du kriegst deine Stunden bezahlt. Ruh dich aus und kurier deine Pfoten.«

Rory tat, wie ihm geheißen. Er legte die fleckige Schürze ordentlich gefaltet auf eine Arbeitsfläche.

Lemmy wandte sich wieder ganz Juniper zu.

»Wie heißt du?«

»Carl Juniper.«

Er grinste. Lemmy zog eine Augenbraue hoch.

»Willst du mich vergackeiern?«

Juniper lachte laut los.

»Nein, Chef. Aber ich bin froh, jemanden zu treffen, der weiß, was Wacholder ist.«

»Dann an die Arbeit, Wacholderboy. Ich werde dir genau auf die Finger gucken. Und wenn du Mist baust, fliegst du durch die geschlossene Tür raus auf die Gasse, aus der du hier reingestolpert bist.«

Carl wusch sich die Hände, legte Rock und Weste ab, krempelte seine Hemdsärmel auf und band sich Rorys Schürze um.

Lemmy und Sean starrten auf seine Unterarme.

»Was?«

Mit einem schnellen Schritt, schneller, als man es von einem so dicken Mann erwartet hätte, war Lemmy bei Juniper und packte sein rechtes Handgelenk.

»Zeig mal her.«

Sean näherte sich von der anderen Seite und griff sich Junipers linken Arm. Sie besahen sich Carls Tätowierungen. Drehten seine Arme hin und her wie Fleischstücke und guckten sich dann an.

»Kennst du irgendeins von denen?« Lemmy klang erstaunt.

Sean schüttelte den Kopf.

»Noch nie gesehen.«

Lemmy nickte.

»Wo hast du die her?«

Juniper grinste.

»Die Seejungfrau ist aus Rotterdam. Das Schwanzende da gehört zu einem Drachen, den hab ich mir in Yokohama machen lassen. Die Rumflasche …«

»Quatsch kein Öl.« Lemmy packte fester zu. »Was für Gangs sind das? Und warum so viele?«

Carl Juniper versuchte, sein Handgelenk aus Lemmys Griff zu winden, aber der Fettsack hatte ganz schön Kraft. Juniper wurde wütend. Mit einer schwungvollen Drehung befreite er sich und stieß Lemmy die flache Hand vor die wabbelige Brust.

»Jetzt ist es aber mal genug. Ich bin ohne böse Absicht in eure verfluchte Küche gestolpert. In den letzten Monaten hab ich mehr durchgemacht, als du Schwabbel dir überhaupt vorstellen magst.«

Sean versuchte, Juniper festzuhalten, aber der hielt dem hageren Koch nur seine Faust vor die Nase. Sean trat einen Schritt zurück.

»Sehr klug von dir, du grüne Bohne. Wenn ich jetzt mal in Ruhe zu Wort komme, muss hier weiter nichts passieren.«

Lemmy schnaubte verächtlich, woraufhin Juniper ihm ansatzlos einen Haken unter alle zwei Kinne donnerte. Während der Küchenchef rückwärtstaumelte, sagte Carl ruhig: »Ich hab's gesagt. Schön zuhören.«

Lemmy konnte gerade noch einen Sturz verhindern, knallte aber mit seinem Arm mitten in ein Blech ausgekühlte Yorkshire Puddings, die in alle Richtungen flogen. Seine kleinen Augen wurden jetzt sehr groß.

Juniper redete weiter.

»Ich hab's vorhin schon gesagt: Wo ich herkomme, tut jetzt

nichts zur Sache. Und auch nicht, wo die hier«, er klatschte mit der Hand auf seine Meerjungfrau, »herkommen. Sie haben nichts mit irgendwelchen Gangs zu tun. Ich hab mein gottverdammtes Handwerk nicht in dieser gottverdammten Stadt hier gelernt. Wo ich herkomme, sind Köche so normal wie nur was, und wir stopfen uns den ganzen Tag richtiges Essen in die Mäuler, anstatt irgendwelcher Einheitenpampe. Sogar der Labskaus, den ich zusammenrühre, schmeckt hundert Mal besser als dieser Rotz. Ihr braucht einen Koch, ich bin Koch. Was noch? Wir können über all das in Ruhe reden, wenn das verdammte Essen steht.«

Lemmy wischte sich Puddingstücke vom Arm, nahm das Blech mit den kümmerlichen Resten und feuerte alles in den großen Schweineeimer.

»In Ordnung, Carl Juniper. Wir reden später über alles. Auch über das hier.« Er zeigte mit dem Finger auf die geröteten Kinne. »Aber jetzt wird geackert.«

Er streckte Carl seine Pranke hin. Der zögerte kurz, dann nahm er sie.

»Ich heiße Lemuel McFay und bin Küchenchef in Black Ralphs Gang, den Qualtringhams Colonial Spicers.«

Lemmy schob seinen rechten Ärmel nach oben und enthüllte eine Tätowierung. Ein Totenschädel, der Carl an Voodoo der West Indies erinnerte, mit Kochmütze und zwei gekreuzten Messern. Zwischen den Messern die Buchstaben »Q.C.S.«.

»Und der Vogel hier«, er wies auf Sean, »heißt Sean O'Reilly und ist mein Souschef.«

Sean tippte sich mit zwei Fingern auf die Stirn, und dann zeigte er ebenfalls sein Tattoo. Lemuel McFay zupfte den Ärmel wieder zurecht und lachte Carl an.

»So, Juniper. Das Menü. Erster Gang – Austern à la Angels on Horseback. Danach Wildconsommé. Hauptgang – Zweierlei von der Ente, Cognacpflaumen, Maronen, geschmorte Karotten,

Rosenkohl und«, er verzog das Gesicht, »Yorkshire Pudding. Dessert – Soufflé Chartreuse. Fragen?«

Juniper grinste. Küchenprüfung. Aber das machte er im Schlaf.

»Wie viele Gäste? Wie viel Zeit?«

»Achtzehn Personen. In zweieinhalb Stunden schicken wir die Austern.«

»Was fehlt noch?«

Sean zählte trocken auf.

»Toast, Bacon, Wildconsommé zweites Mal klären, neues Blech Pudding«, Juniper meinte, ein winziges Grinsen über das Gesicht des Souschefs huschen zu sehen, bevor er wieder streng wurde, »Rosenkohl putzen, Karotten putzen und schneiden, Enten zerlegen, Soufflémasse. Und dann alles fertig machen zum Schicken.«

Juniper nickte.

»Gut. Mir ist alles recht.«

Sean guckte Lemmy an. Der zeigte auf Carl.

»Du bist für die Austern verantwortlich. Überlass ich ganz dir. Drei pro Gast. Yorkshire Pudding ist auch deins. Ebenso Karotten und Rosenkohl. Und natürlich alles, was Sean oder ich dir sonst noch anschaffen, klar?«

Juniper nickte.

»Glasklar. Darf ich zum Rosenkohl was vorschlagen?«

»Hm.« Lemmys Gesicht blieb ausdruckslos.

»Die Blätter zupfen und in wenig Öl kurz und scharf braten. Salz, Pfeffer, Muskat.«

Lemmy sah Sean an, der nickte.

»Gut, Juniper. Dann los.«

Carl spürte eine mächtige Welle von Freude durch seinen Körper rauschen. Seine Kopfschmerzen schienen wie weggeblasen.

Er griff sich ein großes Messer und schrie laut:

»Hip, hip – hoooooraaaaaayh.«

Yorkshire 1915

Major Blakesley hatte den Lieutenant Commander nach draußen begleitet. Doch schon an der Tür zum Vorzimmer hatte der Marineoffizier sich knapp und wenig freundlich verabschiedet.

Miss Hughes sah ihm mit hochgezogener Braue nach und schenkte Major Blakesley dann einen amüsierten Blick.

»Haben Sie die Royal Navy verärgert, Sir?«

Blakesley lächelte.

»Wir sollten das bei einer Tasse Tee besprechen, Miss Hughes. Oder besser: den Tee nehmen und schweigen.«

»Ich habe Baker schon losgeschickt, Herr Doktor.« Miss Hughes wusste, dass er die Anrede »Doktor« dem Dienstgrad Major weit vorzog.

Fünf Minuten später klopfte es an der Bürotür des Doktors.

»Immer herein«, rief er.

Private William Baker, ein schüchterner rothaariger Bauernjunge aus der Gegend, balancierte ein Tablett zum Tisch des Doktors. Tee, Milch, Zucker, zwei Gurkensandwiches, ein kleiner Teller mit Scones, ein Schälchen Clotted Cream.

»Wunderbar, Baker. Vielen Dank. Haben Sie auch Tee?«

Baker nickte und bekam purpurrote Wangen.

»Miss Hughes deckt für uns wie immer im Vorzimmer, Sir.«

Baker sprach leise und atemlos.

»Sehr gut. Dann halte ich Sie nicht auf, ich komme gut zurecht.«

Baker nahm Haltung an und grüßte unbeholfen.

»Sir.«

Er machte eine Wendung und bemühte sich um einen militärischen Abgang, der nicht wirklich gut gelang.

Doktor Blakesley seufzte, als die Tür sich hinter dem Jungen schloss.

Baker war vor drei Monaten mit der Diagnose »shell shock« eingeliefert worden. Das war natürlich Blödsinn. Es waren nicht die Druckwellen der Explosionen, die die Soldaten zittern und apathisch werden ließen. Es war das nackte Grauen der Gräben. Das tagelange Trommelfeuer. Die deutschen MG-Garben, wenn Kompanien weit auseinandergezogen über Hunderte von Metern vorrückten und niedergemäht wurden wie Weizen im August. Es waren die Mann-zu-Mann-Kämpfe in den schlammigen Gräben. Bajonette, die man zwischen Rippen stieß. Klappspaten, die Schädel spalteten oder Hälse aufrissen und Blut meterhoch spritzen ließen. Männer, die man erwürgte. Ihr Flehen und Röcheln.

Baker war von zartem Gemüt, aber tapfer und treu. Er redete immer von den Kameraden, die er »im Stich gelassen« hätte, und Doktor Blakesley gab sich alle Mühe, ihm diesen Unsinn auszureden. Vergeblich.

»Verzeihung, Sir, aber es ist nicht richtig, dass ich hier bin. Mir fehlt ja nichts.«

Seine Stimme war wackelig, sein Blick flatterte, aber er riss sich zusammen.

Doch, hätte der Doktor da gerne gesagt, dir fehlt alles, was eine gesunde Seele von gerade achtzehn Jahren braucht. Sicherheit. Zuversicht. Liebe. Alles hast du in Flandern verloren, und du wirst es dort nicht wiederfinden. Das Zittern war Baker losgeworden, aber nachts schrie und wimmerte er oft im Schlaf. Wie so viele andere hier auch.

Aber die Army sah die Dinge selbstverständlich so wie Baker: dass ihm ja nichts mehr fehlte. Und so erwartete Doktor Blakesley täglich einen Gestellungsbefehl für den armen Jungen.

Zurück in die Hölle.

Der Doktor stellte die Teetasse zurück aufs Tablett. Die Sandwiches sahen wundervoll aus, die Scones dufteten. Der Assam war stark und rauchig. Draußen zwitscherten Vögel, wenn er das Fenster öffnete, konnte er Blumen riechen und Kräuter. Ein Frühlingstag in Yorkshire, wie Gott ihn sich für diesen Landstrich ausgedacht haben mochte.

Kämpfte man dafür? Fiel einem das ein, wenn man sich frierend und durchnässt in den dunklen Unterstand verkroch und die deutschen Granaten sich im Sekundentakt mit ohrenbetäubendem Krachen in die Erde über einem bohrten, dass die Decke schier bersten wollte? Und man wusste, wenn die Kanonen endlich schwiegen, kam der Feind. Kroch aus seinen Löchern, schüttelte seine Furcht ab und rannte über den Acker, um zu töten.

So wie man selbst es tat, wenn man die Deutschen anzugreifen hatte.

Dieser Krieg war so anders als die Kriege, die der Doktor selbst an der Front erlebt hatte. Nicht, dass es in Afrika nicht grausam zugegangen wäre. Aber es war ein Krieg für das Empire. Um Einfluss und Wohlstand Britanniens. In Flandern ging es um alles. Um Freiheit und Leben des ganzen Königreichs. Um die Freiheit Europas.

Er konnte nicht verhindern, dass arme Teufel wie Baker wieder zurückgeschickt wurden. Letztlich brauchte man jeden Mann an der Front. Das deutsche Heer war stark, seine Soldaten zäh. Auf den Dardanellen rangen Briten und Australier den Türken jeden Meter staubigen Boden mühsam ab und erlitten hohe Verluste.

Auch Mulrooney – respektive Juniper – konnte er nicht ewig von der Front weghalten. Der Besuch von Lieutenant Commander Jellicoe gab Blakesley zu denken. Er glaubte nicht an die Erklärung des Offiziers, warum Mulrooney so interessant für die Navy war. Das war fraglos Blödsinn. Offiziell gab es nach wie vor keinen Überlebenden des Seegefechts, das jetzt beinahe ein halbes Jahr her war. Wenn dieser Patient wirklich Mulrooney war, dann wäre das eine sensationelle Nachricht. Die Zeitungen würden sich überschlagen.

Blakesley hatte einen Gedanken. Er bewegte ihn eine Weile in seinem Herzen. Dann stand er auf und öffnete seine Tür.

»Baker? Heavens, trinken Sie in Ruhe Ihren Tee aus, aber würden Sie mir dann bitte Petty Officer Mulrooney holen? Danke sehr.«

»Wie geht es Ihnen? Möchten Sie eine Tasse Tee?«

Doktor Blakesley hob die kleine Kanne und sah Mulrooney – oder Juniper? – fragend an.

»Danke, Sir. Ja, es geht mir gut, und nein, ich möchte keinen Tee mehr. Ich hatte reichlich. Vielen Dank. Sir.«

Der Doktor lächelte. Das Bemühen seines Patienten, so etwas wie militärische Förmlichkeit an den Tag zu legen, berührte ihn. Seine Ungeschicklichkeit dabei sagte dem Offizier in Blakesley eigentlich, dass dieser Mann niemals sieben oder acht Jahre in der Royal Navy verbracht haben konnte. Sicher war er seelisch erschüttert, aber diese Formen, die Hierarchien, das verinnerlichte jeder, der in der Army oder Navy diente. Und so rau und ungehobelt der durchschnittliche Seemann Seiner Majestät auch sein mochte – er blieb immer noch Soldat.

Außerdem waren ihm ja auch seine Fähigkeiten als Koch nicht abhandengekommen. Sobald er in einer Küche stand, handelte Mulrooney – oder Juniper? – überlegt, planvoll, schnell und geschickt. Er war sicher in jeder Handhabung und garte, würzte und servierte auf hohem Niveau, wie Misses Parsons, die Leiterin der Krankenhausküche, in ihrem singenden Manchesterenglisch begeistert bestätigt hatte.

Den Seemann glaubte Doktor Blakesley ihm unzweifelhaft. Mulrooneys – oder Junipers? – Haut war auch jetzt noch von Jahren in Sonne und Salz gezeichnet, was für einen Koch, der immer an Land gearbeitet hatte, wohl ungewöhnlich wäre. Außerdem zierten wilde Seemannstätowierungen seinen ganzen Oberkörper. Er benutzte seemännisches Vokabular und hatte den leicht schwankenden Gang des an unsicheren Grund gewohnten Mannes.

»Sie haben etwas zugelegt, Mister Mulrooney. Das begrüße ich als Arzt.«

»Danke, Sir.«

Er streichelte fast unbewusst seinen jetzt wieder sichtbaren Bauch. Seine Wangen waren immer noch etwas eingefallen, aber längst nicht mehr so hohl wie noch vor einigen Wochen.

Doktor Blakesley lächelte und begann, sich wieder seine Pfeife zu stopfen.

»Wenn Sie rauchen möchten, Mister Mulrooney, nur zu.«

Mulrooney – oder Juniper? – schüttelte sanft den Kopf.

»Danke, Sir. Ich hab's mir abgewöhnt, Sir. Also, ich meine, ich hab's mir zuerst wieder angewöhnt und dann gemerkt, dass Essen einfach besser schmeckt ohne Tabak. Na ja. Dann hab ich's eben gelassen. Das Priemen auch, Sir.«

Doktor Blakesley paffte genüsslich.

»Ich hatte gerade Besuch von der Admiralität. Ihretwegen.«

»Oh, Sir. Ich hoffe, keine Unannehmlichkeiten für Sie, Sir.«

Der Doktor lehnte sich zurück, schmauchte ein paar Züge und sah sein Gegenüber freundlich, aber nachdenklich an.

»Die Navy möchte wissen, wann Sie wieder einsatzfähig sind. Was denken Sie?«

Das Gesicht des Kochs zeigte Schmerz, aber ohne die Bitte um Mitleid.

»Was soll ich sagen, Sir? Ich fühle mich gut. Gesund. Also so im Allgemeinen.«

Er suchte offenbar nach den richtigen Worten. Doktor Blakesley nickte ihm auffordernd zu. Mulrooney – oder Juniper? – sah zur Decke, dann sprach er weiter.

»Es ist mein Kopf, Sir, der mir Sorgen macht. Wenn man mich fragt, ob ich zur See fahren kann, würde ich sagen, ja. Zwar ungern, weil ich doch ein paar sehr unangenehme Stunden im kalten Wasser zugebracht habe. Aber natürlich kann ich das. Und kochen auch. Wie das allerdings mit der Navy ist und dem Krieg, das weiß ich nun mal nicht. Ich kann mich nicht erinnern, dass ich je in der Navy war. Mein Vater war in der Navy. Aber ich nicht, soweit ich weiß. Tja.«

Zum Wer-weiß-wie-vielten-Male dachte Juniper, dass er an dem Abend, an dem sie zu ihrer abenteuerlichen Reise aufgebrochen waren, einfach nur seinen Wachstuchbeutel hätte umhängen müssen. Dann hätten sie ihn wohl im Südpazifik mit seinem Seemannsbuch aus dem Wasser gezogen, und alles wäre geklärt.

Aber vielleicht hatte es diesen Beutel ja nie gegeben?

Doktor Blakesley goss sich etwas Tee ein und sah Mulrooney – oder Juniper? – wieder fragend an.

»Ach Sir«, antwortete der. »Vielleicht doch. Danke, Sir.«

Der Doktor schenkte ihm Tee in die Tasse, die Baker beim Eintreten Mulrooneys – oder Junipers? – für diesen auf das Tablett gestellt hatte.

»Wir haben viel darüber gesprochen, Mister Mulrooney. Über Ihre Erinnerungen und über das, was die Navy und – das muss ich sagen – auch die Army für das hält, was tatsächlich passiert ist.«

Der Koch nickte.

»Ja, Sir.«

»Ich spreche jetzt mit Ihnen nicht als Major, Mister Mulrooney, ich spreche als Ihr Arzt. Verstehen Sie, was ich damit meine?«

»Ich … bin nicht sicher, Sir.«

Doktor Blakesley hatte seine Stimme gesenkt, was ihm selbst jedoch sofort albern vorkam, und so redete er mit normaler Lautstärke und einem Lächeln weiter.

»Mir geht es nicht vornehmlich darum, der Royal Navy um jeden Preis einen Schiffskoch zurückzugeben, damit wir den Krieg gewin-

nen«, er zwinkerte, »sondern ich denke jetzt an Sie. An Ihre Genesung und daran, wie es mit Ihnen am besten weitergehen sollte.«

»Danke, Sir. Das ist … sehr freundlich.«

»Ich habe ein wenig nachgeforscht. Und habe einen Carl Juniper gefunden. Schiffskoch, keine lebenden Verwandten. Vater hat in der Navy gedient.«

Mulrooney – oder Juniper? – machte große Augen.

»Sir?«

Blakesley beschwichtigte ihn mit einer Handbewegung.

»Juniper sollte im Februar 1913 auf dem Passagierdampfer ›City of Rio de Janeiro‹ von Liverpool nach New York fahren. Aber er ist am Auslauftag nicht erschienen, das Schiff fuhr ohne ihn. Er meldete sich im Heuerbüro, und dort vermittelte man ihm die ›Birmingham‹. Deren Schiffskoch war ebenfalls verschwunden. Zwei Tage nach Auslaufen der ›Birmingham‹ wurde seine Leiche im Hafenbecken entdeckt. Er war an den Folgen eines Schlaganfalles verstorben.«

»Ja, Sir. Sehen Sie, genau so war's. Also das mit dem Koch der ›Birmingham‹ wusste ich nicht. Nur, dass der nicht aufgetaucht war. Aber ich hatte in der Nacht vor dem Auslaufen … na ja … ich hatte sehr viel getrunken. Und da war ein Mädchen, und … Sie wissen schon.«

Mulrooney – Juniper! – war vom Stuhl aufgesprungen und stützte sich mit beiden Fäusten auf den Schreibtisch.

Doktor Blakesley musste die Pfeife weglegen, weil er einen kleinen Hustenanfall bekam. So musste er lachen.

»Mister Mulrooney. Ich bleibe jetzt erst mal bei dem Namen, weil Sie nun mal so registriert sind. Es bleiben bei der Sache zwei … ich sage mal Haken.« Seine Stimme war vom Husten immer noch rau, der Doktor trank einen Schluck Tee. »Erstens hat die ›Birmingham‹ ihrer Reederei nie bestätigt, dass sie einen Carl Juniper an Bord genommen hat. Und zweitens …«

Mulrooney – Juniper! – unterbrach ihn aufgebracht.

»Der Kapitän war ein Säufer. Der wusste doch meistens noch nicht mal, dass er selber auf der vermaledeiten ›Birmingham‹ war. Der dachte, er sitzt immer noch in Liverpool im Puff. Verzeihung, Sir.«

»Schon gut, Mister Mulrooney. Schon gut.«

Der Doktor lachte immer noch leise. Im Stillen beschloss er, Mulrooney Juniper zu nennen, aber nur, wenn sie alleine waren. »Der zweite Haken ist das hier.«

Er legte seine Hand auf die dicke Akte.

»Alles, was Sie über die Zeit zwischen dem Untergang der ›Birmingham‹ – der nach Lage der Dinge zwischen dem 15. und 23. Februar 1913 im Südatlantik geschah – und Ihrem Auftauchen am 1. November 1914 vor Coronel geschrieben haben. Ein überaus spannender und nicht schlecht geschriebener Bericht im Übrigen. Doch wenn ich ihm Glauben schenke, dann waren Sie nur wenige Monate in … dieser Welt. Aber zwischen Ihrem Verschwinden und Ihrem Wiederauftauchen lägen zwanzig Monate.«

Junipers Schultern sackten nach unten.

»Sir, darüber zerbreche ich mir schon lange den Kopf. Es können nicht mehr als vier oder fünf Monate vergangen sein dort. Und wo ist dann ein Jahr meines Lebens hin? Ich kann mich an nichts anderes erinnern.«

Doktor Blakesley sah Juniper ernst an. Sog an seiner Pfeife. Legte den Kopf in den Nacken und blies den Rauch in Ringen zur Decke. Die Uniform schien ihm plötzlich furchtbar eng und unbequem. Der breite Gürtel zwickte, obwohl der Doktor bemerkenswert schlank geblieben war.

»Ich glaube Ihnen. Mister Juniper.«

Er bekam rote Wangen, als er das sagte.

»Ja, zum Teufel noch mal. Das hier«, er schlug mit der Hand auf die Akte, »ist vollkommen verrückt und gleichzeitig so … interessant und beeindruckend, dass ich es furchtbar schade fände, wäre es nie

passiert. Und wenn das alles geschehen kann, dann kann auch ein Jahr Leben auf Ihren Reisen hin und her verschwinden, oder?«

Juniper dachte an alles, was er in dem Bericht verschwiegen oder verschleiert hatte. Bren. Lemuel. Black Ralph. Und Polly. Ach Polly. Und an all die Toten. Doch, er wünschte von vielem, es wäre nie passiert, aber das war es nun mal. Hatte er den Rest vergessen? Oder hatte Doktor Blakesley recht? Hatte er einfach ein Jahr verloren auf dem Weg hin und zurück? Spurlos, als hätte es schlicht nicht stattgefunden?

Der Doktor stopfte umsichtig seine Pfeife nach.

»Weder die Navy noch die Army und auch nicht unser guter König George V. – Gott schütze ihn und beschütze England – werden das glauben. Und deswegen werden sie auch nie glauben, dass Sie Carl Juniper sind. Sie sind und bleiben Petty Officer Harold Porter Mulrooney, einziger Überlebender des Seegefechts bei Coronel und daher – ob Sie es wollen oder nicht – ein Held.«

Juniper sah den Doktor mit schreckgeweiteten Augen an.

»Ein Held? Ich? Ich bin Schiffskoch. Das ist alles.«

Doktor Blakesley schüttelte den Kopf.

»Harold P. Mulrooney ist weit mehr als das, wenn es nach der Admiralität geht. Der Offizier, der heute bei mir war, sagte, man erhoffe sich Aufschluss über die letzten Stunden im Leben von Admiral Craddock, der das Gefecht führte und verlor und mit der ›Good Hope‹ unterging. Was ich für eine Ausrede halte. Deswegen habe ich dem Lieutenant Commander heute auch nicht die ganze Wahrheit gesagt über Sie und was ich von all dem halte. Ich denke, die Navy hätte Sie gerne als Vorzeigesoldaten. Eine Geschichte der Hoffnung für die gebrochenen Herzen der britischen Mütter und Väter, die ihre Söhne für diesen Krieg gaben und noch geben werden. Ein britischer Seemann, der Stunden in eisiger See überstand. Ein Symbol, dass die Niederlage bei Coronel nicht vollständig war. Dass einer widerstand. Sie.«

Juniper schüttelte den Kopf.

»Sir, das ist zu hoch für mich, davon verstehe ich nichts. Und außerdem bin ich ja nicht Harold Mulrooney. Ich bin nicht dieser Mann. Ich war nicht auf der ›Good Hope‹.«

»Aber Sie haben Stunden in eisiger See überlebt. Und Sie sind ein britischer Seemann. Das genügt.«

Doktor Blakesleys Pfeife erlosch. Er legte sie hin, damit sie etwas auskühlen konnte.

Sie schwiegen eine Weile. Juniper sah aus dem Fenster. Seine Augen schimmerten.

»Sir.«

Zittern in der Stimme.

»Ja?«

»Was soll ich denn jetzt machen?«

»Ich sehe zwei Möglichkeiten. Sie vergessen diesen Bericht und Carl Juniper. Sagen, dass Sie Mulrooney sind, und lassen sich als Held feiern. Ich könnte mir vorstellen, dass die Navy Sie auf eine Werbetour für War Bonds schickt. Vielleicht müssen Sie wieder an Bord eines Schiffes, aber ehrlich gesagt denke ich, die Navy hat Sie – also Petty Officer Mulrooney – lieber lebendig und sicher zu Hause.«

Juniper überlegte einen Moment.

»Und die zweite Möglichkeit?«

»Sie bleiben bei Carl Juniper. Ich gebe Ihren Bericht, samt einer ärztlichen Stellungnahme, weiter. Diese Stellungnahme wird nicht meine persönliche Meinung enthalten. Und die Navy wird aus beidem schließen, dass Sie Petty Officer Mulrooney sind und bei Coronel den Verstand verloren haben. Man wird Sie hier hocken lassen und ein Mal pro Jahr nachfragen, ob Sie wieder klar im Kopf sind. Ein Held, der im Wasser vor Angst verrückt geworden ist, ist kein Held. Nicht für die Navy. Wenn der Krieg vorüber ist, entlasse ich Sie als geheilt ins Zivilleben.«

Carl Juniper sah den Doktor lange an. Sehr lange. Dann gab er eine Antwort.

»Vielen Dank, Sir. Dass Sie so offen waren. Und dass Sie mir glauben. Ich muss darüber nachdenken, wissen Sie. Ich habe das Gefühl, es ist eine wichtige Entscheidung.«

Doktor Blakesley nickte.

»Das ist es, Mister Juniper.«

Er dachte an Baker. Der nachts weinte. Und bat Gott, dass er ihn wenigstens Carl Juniper retten ließ.

Kochen

Die Küche war heiß und dampfig. Es zischte und gluckerte und brodelte. Auf den Arbeitsflächen lagen Schneidbretter und Messer, standen kleine und große Schüsseln, Wasserbehälter mit Kräutersträußen und geöffnete Flaschen roten und weißen Weins, Port, Chartreuse, Wermut. Aus den Flaschen und von den frisch geschnittenen Zutaten stiegen Düfte auf, die sich mit den Schwaden aus Töpfen, Pfannen und Ofen zu einer dichten Wolke voller Verheißungen verwoben.

Carl Juniper arbeitete wie im Rausch. Sean und Lemmy waren erstklassige Köche, schnell und sicher. Aber in seiner wilden Freude wirbelte der Schiffskoch um sie herum, schnitt und hackte, grunzte und lachte, dass den beiden anderen schier schwindlig wurde.

Juniper säbelte Bacon in hauchdünne Scheiben, öffnete Austern und bettete sie bis zur weiteren Verwendung in Eis. Er rührte den Puddingteig an und soff gierig die Milch aus den Glasflaschen, dass sie an seiner Brust herunterlief. Ein Glas Portwein hatte Lemmy ihm genehmigt, »um in Schwung zu kommen«, und Juniper waren Tränen gekommen nach dem ersten Schluck.

Er schob drei Bleche voll Puddingformen, in die er bestes Rindernierenfett gegeben hatte, in den Ofen, um sie zu erhitzen, dann füllte er den Teig ein und buk die knusprigen Teilchen, die später das Ragout von Entenkeulen aufnehmen würden.

Er schnitt die Karotten in hübsche Rauten und blanchierte sie in gesalzenem Wasser. Er stopfte sich alles in den Mund, was übrig blieb und kaute stöhnend. Lemmy und Sean lachten sich scheckig über den so ausgehungerten Kollegen.

»Sean, ich glaube, wir müssen dem leeren Fass da«, Lemmy zeigte mit dem Filetiermesser auf Juniper, »nichts von Black Ralphs klingenden Münzen abgeben. Der arbeitet sich bucklig für ein Stück Pie.«

»Pie?« Juniper schaute von dem Bündel Petersilie hoch, das er gerade in rasender Geschwindigkeit in feinste Streifen schnitt.

Sean lachte.

»Was denkst du, was das hier werden soll?«

Er schob eine große Kupferkasserolle näher zu Juniper und öffnete den Deckel. Juniper beugte seinen Kopf darüber und sog den Duft ein.

»Entenherzen, Nieren, Mägen und Lebern. Karotten, Zwiebeln, Austernseitlinge, Petersilie, Thymian, Beifuß, Majoran, etwas Minze. Frischer grüner Pfeffer, Meersalz, dunkles Bier, Sherry, Entenjus.«

Sean und Lemmy applaudierten. Juniper grinste sie an.

»Was denkt ihr denn? Dass ich ein Halbaffe bin? Ich bin Koch.«

»Einen Toast darauf, Mister Juniper.« Lemmy unterbrach das Zerlegen der gebratenen Enten, wischte sich die von Entenfett triefenden Finger an seinem Touchon ab und langte in einen Kübel mit Wasser, der zu seinen Füßen stand. Mit drei Flaschen Bier kam seine Hand wieder zum Vorschein.

»Bestes Stout. Dunkel und malzig. Dasselbe wie in unserem Pie. Lasst es euch schmecken, ihr verdammichten Dreckskerle.«

Juniper und Sean ließen die Bügelverschlüsse aufploppen, und die drei rot geschwitzten Köche gossen sich das leicht gekühlte dunkle Bier in die ausgedörrten Kehlen.

»Apropos Toast«, lachte Juniper, »ich muss Brot rösten für die Austern.«

Er machte sich daran, helle Kastenbrote in Scheiben zu schneiden. Zwischendurch stellte er eine große Pfanne auf die Glühplatte und gab etwas Fett hinein.

Lemmy machte mit seinen Enten weiter, löste Brüste aus und stapelte sie auf einem Blech, legte die Keulen in eine Schüssel.

»Rory ist eigentlich Bäcker, weißte? Aber die Bäcker verdienen nicht so gut wie wir, deshalb lässt er sich von uns jetzt dauernd zur Kaulquappe machen, bis er es draufhat.«

Lemmy trank noch einen großen Schluck und stellte die leere Flasche hinter sich.

»Bloß fürchte ich, er wird's nie kapieren, der Tropf.«

»Aber backen kann er.«

Sean schnalzte mit der Zunge seinem letzten Schluck Stout nach und guckte, ob schon die Klärmasse aus fein gehackten Wildabschnitten, Gemüse und Eiweiß aus der langsam kochenden Consommé aufstieg.

»Er hat Blätterteig für den Pie fertig gemacht, wir essen mit den Kellnern, wenn der Hauptgang raus ist.«

Eine Weile arbeiteten sie stumm weiter, nur Zischen, Klappern und Hacken waren zu hören. Lemmy zupfte die gegarten Entenkeulen in schöne Stückchen für das Ragout, Sean bewachte seine Consommé, und Juniper legte Brotscheiben in das zischende Fett. Er hatte sich sein Stout gut eingeteilt und trank erst jetzt den letzten Schluck.

»Wem gehört das alles hier? Ihr redet immer von Black Ralph.«

Sean sah Lemmy an. Der zuckte mit den Achseln.

»Freund Wacholderbeerchen ist nun mal hier und arbeitet mit uns. Da kann er auch ein bisschen was über unseren dunklen Boss erfahren. Er wird ihn vermutlich eh bald kennenlernen.«

Lemmy zog die knusprige Haut einer Keule ab und schob sie sich in den Mund.

»Raphael Qualtringham. So heißt er richtig. Warum er Black Ralph heißt, wirst du noch früh genug sehen.«

Lemmy und Sean lachten.

»Dass man Essen, richtiges Essen, hier nicht an jeder Ecke bekommt, hast du schon kapiert. Die allermeisten Leute wissen gar nicht, dass es das überhaupt gibt. Sie kennen nur die Einheiten und erfahren ihr Leben lang nichts von dem hier.« Wieder schob er sich eine fetttriefende Entenhaut in den Mund. »Die armen Buckler.«

Er schüttelte wie ungläubig den Kopf. Dann sah er Carl Juniper mit zusammengekniffenen Augen an.

»Du komischer Hackklotz, du … Ich rede hier mit dir, als wüsstest du nicht Bescheid. Dabei habe ich keine Ahnung, wer du bist und wo du herkommst.«

»Ich sag's dir gerne noch mal, Lemmy. Ich komme nicht von hier. In den Wochen, die ich bisher hier verbringen musste, dachte ich, ich würde nie wieder was Richtiges zwischen die Kiefer kriegen. Brei bis zum Ende meiner Tage. Und mein guter Retter Bren, bei dem ich noch wohne, hat wirklich nicht die geringste Vorstellung von Essen. Nichts. Rien. Nada.«

Lemmy glotzte Juniper an. Sean ebenso. Carl breitete seine Arme aus.

»Was?«

Lemmy blies Luft aus dicken Backen, dann kicherte er.

»Du redest einen Auflauf zusammen. Meine Güte. Entweder bist du das verwirrteste und verlogenste Stück Küchenfett, das ich je gesehen habe, oder dahinter steckt eine ähnlich unglaubliche Geschichte wie hinter unserem obersten Boss und Antreiber, dem schwarzen Ralphie.«

Juniper spuckte ins Spülbecken.

»Denk, was du willst, Lemmy. Aber geh einstweilen doch einfach davon aus, dass ich über euer Leben hier in diesem … London nicht Bescheid weiß. Ich meine, ich komme im Alltag zurecht, ich bin ja nun nicht erst seit gestern hier. Aber was hier warum genau wie ist – davon verstehe ich so viel, wie Salat übers Braten weiß.«

Lemmy nickte.

»Tja. Es ist nun so, dass Essen hier nicht nur nicht so einfach zu kriegen ist. Nein. Es ist ver-bo-ten. Es gibt ein Gesetz, dass niemand etwas anderes zu sich nehmen darf als die vom Republican Board of Nutrition zertifizierten Einheiten. Das Gesetz kennen nicht so viele, weil die meisten ja ohnehin nicht wissen, dass es überhaupt was anderes gibt als diese Froschkotze.«

Sean lachte laut auf, während er die nach oben gestiegene Klärmasse vorsichtig von der Brühe abschöpfte. Juniper verzog sein Gesicht. Er fürchtete, nie wieder eine Einheit essen, nein – einnehmen, zu können, ohne an einen kotzenden Frosch zu denken. Lemmy gluckste.

»Was wir hier machen, mein lieber Brutzelkamerad Juniper, ist höchlichst verdammenswert und bringt jeden von uns locker für zwei bis vier Jahre nach Newgate. Und unser sauberer Mister Qualtringham als Organisator, Financier und Hauptnutznießer darf sich auf eine neue Krawatte freuen, die man ihm am Tower Hill in den frühen Morgenstunden enger anpassen wird, als ihm lieb sein kann. So sieht es aus. Deswegen genieß den Spaß, solange er dauert, sag ich immer.«

»Aber heute kommen doch Gäste, oder?«

»Klar kommen Gäste. Denkst du, Mister Ralph hat so ein gutes Herz und so gerne gute Freunde zu Besuch? Die blechen jeder ein Säckchen voll Sovereigns für die Verköstigung.«

Juniper hatte alles Brot goldbraun geröstet und wusch die Pfannen im Spülbecken aus.

»Woher wissen die denn, dass es hier heute mal was Ordentliches in den Magen gibt?«

Lemmy stellte eine mittlere Kasserolle auf eine Gasflamme und schaufelte die Entenstückchen hinein. Gab einen Zweig Thymian, etwas roten Portwein und einen ordentlichen Schluck Rotwein dazu und wartete, dass es aufkochte.

»Freundchen. Wo immer du herkommst – mal angenommen, es ist nicht von hier –, gibt es sicher auch das eine oder andere Späßchen, das nicht so richtig erlaubt ist, oder?«

Juniper nickte.

»Siehste. Und wenn du so was haben willst, kriegst du auch raus, wo du es herbekommst, oder?«

»Stimmt.«

»Und wenn einer mal Gast war von Sir Ralph und hat gut gezahlt, dann kommt er auf eine Liste. Und kriegt Bescheid, wann und wo die bösen Jungs vom schwarzen Qualtringham wieder schmoren und rühren. Das hier«, Lemmy machte eine Geste über die ganze Küche, »ist ein teurer Spaß, den sich nicht allzu viele leisten können. Und von denen konnten's meistens auch schon die Eltern und Großeltern. Da bleibt das Wissen in der Familie, verstehste? Und da müssen die Kinder auch nicht in Obhut. Die kennen Wege, die schön selber großzuziehen.«

Lemmy lachte gemein.

»Ja, ja. Die kennen immer Wege. Und Mister Black Ralph kennt auch immer Wege. Der ist nicht mit goldenen Löffeln im Maul geboren, das muss ihm der Neid lassen. Der kommt richtig aus dem Dreck. Aber er ist ein verdammt heller Kopf«, er klopfte grinsend mit dem Finger gegen seine Schläfe, »ha, das war ein verdammicht guter Scherz, oder Sean? He? Ein *heller* Kopf. Ich lach mich dünn, du.«

Und tatsächlich lachte Lemmy so dröhnend und wurde so puterrot dabei, dass Juniper fürchtete, er würde gleich umfallen.

»Was amüsiert Sie so, Master McFay? Ich würde gerne mitlachen.«

Eine tiefe und heisere, jetzt kühl amüsiert klingende Stimme drang aus dem Dunkel einer Ecke. Die drei Köche wandten sich ihr zu. Lemmy und Sean mit ehrerbietigem Gesichtsausdruck, Carl Juniper mit neugierigem.

Diagonal der Tür gegenüber, durch die Carl in diese dramatische Änderung seines Hierseins gestolpert war, musste sich, aller Logik eines Restaurants folgend, der Durchgang zum Gastraum befinden, allerdings erst hinter einem nicht allzu breiten Flur, in den kein Licht drang.

Aus diesem Dunkel trat ein hochgewachsener, schlanker Mann mit breiten Schultern. Er trug einen nachtblauen Gehrock mit dunkelrot schimmernden Revers und Aufschlägen, eine schmal geschnittene dunkelrote Hose mit schwarzen und nachtblauen Karos. Die Weste aus dunkelrotem Samt, ein schwarzes Hemd aus glänzender Seide mit steifem Kragen. Eine breite nachtblaue Krawatte mit roten Ornamenten. Auf dem Kopf trug er einen tiefroten Homburg mit nachtblauem Seidenband. Und über dem linken Auge eine nachtblaue Klappe mit rotem Herz in der Mitte. Seine rechte Hand ruhte auf dem silbernen Knauf eines schwarzen Stocks.

Doch das Auffälligste an ihm war seine Hautfarbe. Tiefdunkles, glänzendes Schwarz. Black Ralph. In diesem Augenblick wurde Carl bewusst, dass er in den vergangenen Wochen tatsächlich ausschließlich Weiße hier gesehen hatte. Was nach Junipers Erfahrungen in seiner eigenen Welt erstaunlich für eine so große Stadt war.

Black Ralph setzte schwarze Lackschuhe mit rotblauen Gamaschen lässig, aber achtsam zwischen die Küchenabfälle auf dem Boden und zeigte ein unergründlich feines Lächeln. Sein verbliebenes Auge, von einem Lid mit langen Wimpern halb bedeckt, wirkte schläfrig, aber die Spannung seines Körpers ließ keinen Zweifel, dass dieser Eindruck täuschte. Er hatte hohe Wangenknochen, sein kräftiges Kinn war von einem silberschwarzen, kurz gestutzten Bart bedeckt, der Schnurrbart fein ziseliert und schmal.

»Masters McFay und O'Reilly.« Qualtringham deutete ironisch eine Verbeugung an. »Wie weit sind die Vorbereitungen?«

Sean O'Reilly, der Souschef, verschwand plötzlich nach unten, kam mit einem Passiertuch in der Hand wieder nach oben, baute ein Sieb über einen frischen Topf, legte das Passiertuch hinein und begann mit eifrigster Konzentration, die zum zweiten Mal geklärte Brühe in das Tuch zu schöpfen. So entzog er sich dem Bericht, für den ja schließlich auch der Küchenchef zuständig war.

»Nun, Sir, Mister Qualtringham, wir sind bestens im Takt, würde ich sagen.« Lemmy schöpfte ein paar Kellen Entenjus über das Ragout und schnüffelte daran. »Alles wird stehen, wenn die Gäste kommen.«

»Soso. Wie immer also.« Qualtringham lächelte wohlwollend und ließ seinen einäugigen Blick über die Küche schweifen. An Carl Juniper blieb dieser Blick nicht eine Sekunde hängen, weswegen der sich flott und unauffällig daranmachte, Rosenkohl in seine Bestandteile zu zerlegen.

»Ich hoffe, der gute Mister Biggott ist nicht verloren gegangen. Meines Wissens nach sollte er hier sein, nicht wahr, Master McFay?«

Lemmys Äuglein flitzten zwischen Sean, Carl und seinen gerade unbeschäftigten Händen hin und her.

»Biggott hat sich die Flossen verbrannt, Sir. Beide. Ich hab ihn heimgeschickt, seinen Anteil kriegt er beim nächsten Mal.«

»Und Sie haben sehr schnell Ersatz gefunden, wie ich sehe. Selbstverständlich aus unserem Pool vertrauten und geprüften Personals, vermute ich.«

Qualtringham hatte sich lässig an eine Arbeitsfläche gelehnt, seinen Stock über den Arm gehängt und sich ein kleines Glas Sherry eingeschenkt. Nun hob er es gegen das Licht einer der Gasleuchten über dem Herd.

Carl Juniper ließ Rosenkohl Rosenkohl sein und sah Lemmy an. Er wollte auf keinen Fall, dass der dicke Küchenchef wegen ihm Ärger mit seinem Boss bekam. Doch Lemmy zwinkerte ihm beruhigend zu.

»Sir. Master Juniper war mir bis zum heutigen Abend unbekannt. Er ist hier reingestolpert, und wie Sie an seiner lädierten Vorderfront sehen können, haben Master O'Reilly und ich ihn dafür ordentlich Eintrittsgeld zahlen lassen. Das zog unsere Aufmerksamkeit ein wenig vom jungen Biggott ab, und so kam es zu dem bedauerlichen Unfall. Master Juniper hier hat sich uns glaubhaft als nach Brauch und Sitte fähiger Küchenlump anerboten, und bislang arbeitet er so, wie man's von einem solchen auch erwarten kann.«

»Wie beruhigend, Master McFay.« Qualtringham trank von seinem Sherry. »Meine teuer bezahlten Zutaten, die von Ihnen dreien in noch teurer bezahlte Gerichte für meine verehrten und wohlhabenden Gäste verwandelt werden sollen, sind also in guten Händen? Ganz so, wie ich es von Ihnen und Ihren Gentlemen gewohnt bin?«

Er sagte das so nebenher, aber es blieben wenig Zweifel, dass Raphael Qualtringham oder Black Ralph ebenso nebenher zu drastischen Mitteln greifen konnte, wenn man seine diesbezüglichen Erwartungen enttäuschte.

»Ja, Sir. Dafür lege ich meine miesen Griffel ins Feuer. Und wenn Sie wollen, auch noch die von Master O'Reilly.«

Qualtringham sah zu Sean O'Reilly.

»Master McFay spielt leichtfertig mit der Unversehrtheit Ihrer Hände, Master O'Reilly, nicht wahr?«

Sean hob gerade das Sieb mit dem Tuch und den darin liegenden Resten der Klärmasse vom Topf.

»Oh nein, Sir. Master Juniper hier«, er nickte in Carls Richtung, »ist 'n richtiger Herdgauner. Wir wissen nicht, wo er's herhat, aber er versteht sein Handwerk. Und er scheut sich vor nichts. Da der gute Biggott nu mal weg ist für heute, wären wir ohne ihn ziemlich aufgeschmissen, würde ich sagen.«

Qualtringham hatte seinen Sherry ausgetrunken und das Glas abgestellt.

»Es bestehen also seitens meiner Angestellten keine Zweifel an Ihrem Können und Ihrem Willen, hart zu arbeiten, Master Juniper.«

Das war eine Feststellung, keine Frage. Dennoch nickte Carl Juniper. Qualtringham hob die Braue über seinem gesunden Auge, aber sah Carl nicht an.

»Doch es gibt Fragen zu Ihrem Woher und Wohin. Und letztlich dazu, wer Sie überhaupt sind, Master Juniper. Und – nicht ganz unerheblich – wo Sie das zwar edle, nichtsdestotrotz verbotene und im Grunde nicht existierende Handwerk des Kochens erlernt haben.«

»Verzeihung, Sir«, meldete sich Lemmy zu Wort, »er hat kein Zeichen einer der uns allen bekannten Gangs.«

Qualtringhams Kopf fuhr blitzartig herum, und sein Blick stach in Lemuel McFays kleine, von Fettwülsten eingerahmte Augen.

»Wie lange kennen Sie Master Juniper? Ein, zwei Stunden? Und schon verhandeln Sie mit ihm wohlgehütete Geheimnisse unserer Zunft und«, Qualtringham stieß sich mit einer kaum wahrnehmbaren Bewegung von der Arbeitsfläche ab und ging auf Lemmy zu, »meines äußerst diskreten Geschäfts?« Am Ende des Satzes stand er auf Tuchfühlung mit dem Küchenchef. Qualtringham war einen halben Kopf größer als dieser, und trotz Lemmys Leibesfülle wirkte der Koch neben seinem muskulösen Boss wie ein freundlicher Tanzbär neben einem hungrigen Löwen.

Carl Juniper wollte und konnte sich das nicht mehr länger ansehen.

»Verzeihen Sie, Sir. Mister Qualtringham.«

Black Ralph starrte weiter Lemmy an.

»Ich höre, Master Juniper«, knurrte er aus dem Mundwinkel.

»Sir, also, Master McFay und Master O'Reilly haben mir wirklich ziemlich die Hölle heißgemacht, als ich hier reinkam. Um genau zu sein, haben sie mich beim Reinkommen sofort zu Boden geschlagen, und mein Schädel brummt immer noch wie ein Bienenstock. Die beiden verteidigen Ihr Geschäft mit allen Mitteln, Sir, und sie gehören außerdem zu den verdammt noch mal besten Pfannenschwingern und Messerschleuderern, die ich je getroffen habe.«

»Master Juniper, ich pflege meine Köche nach strengsten Anforderungen auszuwählen. Sie müssen mir nicht erklären, dass diese beiden Herren wissen, wie man Essen macht. Und einen Mann niederschlagen können. Das setze ich beides voraus.« Qualtringham hatte sich von Lemmy gelöst und tippte Carl mit der Spitze seines Gehstocks gegen die Brust.

»Mich beunruhigt, dass Sie diese Küche gefunden haben. Dass Sie einfach hineinspazieren. Und sich dann als fähiger Koch herausstellen, ohne eine glaubhafte Erklärung zu haben, wie es zu alldem kam.«

Jetzt stand der schwarze Löwe direkt vor Juniper. Seine Haut glänzte wie dunkle Schokolade, er duftete nach edlem Haarwasser. Seine Zähne waren blütenweiß und sein einäugiger Blick dunkel und durchdringend. Juniper schluckte. Qualtringham war die Art Gangster, der ohne Zögern und ohne dass man es überhaupt bemerkte, ein Stilett zog und es einem mit eiskalter Entschlossenheit in den Wanst rammte, wenn er es für geboten hielt.

»Sir. Ich werde mich bemühen, Ihnen für alles eine befriedigende Erklärung zu geben. Auch wenn ich nur schwer zu Glaubendes anzubieten habe.«

Qualtringham hob sein Kinn. Carl fand, da er ohnehin auf Gedeih und Verderb der Gnade des Gangsters ausgeliefert war, konnte er auch weiterreden.

»Und ich versichere Ihnen, dass von mir keinerlei Gefahr für Ihr Geschäft ausgeht. Ganz im Gegenteil. Hierhergeraten zu sein, darf ich als größtes Glück der letzten Monate meines Lebens bezeichnen, und ich werde alles tun, um mir dieses Glück zu erhalten, Sir.«

Juniper war plötzlich sicher, einen Hauch Wohlwollen in Qualtringhams bohrendem Blick entdeckt zu haben.

»Und das Erste, was ich dafür wohl tun kann, wäre, jetzt so geschwind und schwungvoll weiterzuarbeiten, wie ich nur irgend kann, um die durch mich verloren gegangene Zeit wieder aufzuholen.«

Qualtringham hielt den Blick noch für einen Moment, aber Juniper wusste, er hatte fürs Erste den richtigen Ton getroffen.

Und dann lachte Qualtringham. Schlug Juniper auf die Schulter und sah zu Lemmy.

»Nun denn, Master McFay. Offenbar haben wir hier einen Mann ohne Furcht. Und das brauchen wir, nicht wahr?«

Lemmy hob beide Augenbrauen und grinste.

»Nichts mehr als das, Sir.«

Qualtringham trat einen Schritt zurück, hängte sich seinen Stock wieder in die Armbeuge und streckte Carl seine Hand hin.

»Gut, Master Juniper. Sie sind heute auf Probe Mitglied in Black Ralphs Gang. Ich werde jemanden losschicken, Ihnen eine frische Uniform zu besorgen.«

Carl schlug ein, und Qualtringham schüttelte ihm lächelnd die Hand.

»Aber nachher haben wir ernsthaft zu reden. Sie sind hier in etwas hineingeraten, aus dem Sie unbeschadet nur herauskommen, wenn wir beide eine bindende Übereinkunft treffen. Ich hoffe, das ist Ihnen klar?«

»Ja, Sir. Und ich kann mir nichts Besseres denken.«

Qualtringham nickte.

»Gut, meine Herren. Dann weiter mit der Arbeit, die Gäste werden pünktlich hier sein.«

»Aye, Sir«, riefen die drei Köche hinter dem abgehenden Raphael Qualtringham her und grienten über beide Ohren.

Black Ralphs Gäste

Raphael Qualtringham ließ seinen Blick über die Tische schweifen. Einfaches, aber geschmackvolles Porzellan. Ungeschliffene Gläser, schweres Besteck, Leinenservietten und Leinentischtücher. Nicht zu luxuriös, aber gediegen. Dieser Abend war kulinarisch nicht sehr anspruchsvoll, auch wenn das Menü für die meisten Einwohner Londons eine nicht bezahlbare Versuchung darstellen würde. Ganz zu schweigen davon, dass sie sich noch nicht mal die Existenz dieses Essens vorstellen konnten. Aber der männliche Teil der heutigen Gäste kannte weit Raffinierteres. Sie waren Fabrikdirektoren und hohe Beamte, einer war Brigadier bei den Kolonialtruppen und nur zu Besuch in London.

Und sie kamen hier zusammen, um einen frivolen Abend mit Damen zu feiern, die ihnen nicht gesetzlich verbunden waren.

Was für ein böser Witz. Die normalen Bürger Londons würden einiges dafür geben, mit ihren gesetzlich Verbundenen zusammenleben zu können, und die, die es in ihren abgeschiedenen Stadtrandvillen und eingezäunten Innenstadtvierteln entgegen der allgemein gültigen Gesetze taten, hatten nichts Besseres zu tun, als sich heimlich mit anderen Frauen zu treffen.

Black Ralph empörte sich nicht moralisch darüber, das lag ihm völlig fern. Außerdem waren solche Abende – sei es als intimes Souper oder als größere Party – ein nicht unbedeutender Teil seines Geschäfts. Aber es sagte ihm einiges über die menschliche Natur und die Fehler in der Konstruktion der Gesellschaft dieser Stadtrepublik.

Dort, wo er herkam, gingen die Dinge ihren natürlichen Gang. Aber das war auch einer der Gründe, warum Raphael Qualtringham sich vor fünfundzwanzig Jahren von dort auf eine lebensgefährliche Reise gemacht hatte. An deren Ende er sich zwar nicht am helllichten Tag in dieser Stadt sehen lassen konnte, aber im Schutz von Nacht und Dunkelheit ein kleines Vermögen verdiente.

Gemessen an den Verhältnissen in seiner Heimat war Black Ralph sogar unermesslich reich. Märchenhaft mächtig und frei jenseits aller Vorstellungskraft seiner armen Brüder und Schwestern. Für seine Kunden war er ein Gangster, ein Unterhalter, einer, den man brauchte, aber nicht liebte. Ja, fürchtete. Weil Black Ralph seine Gäste stets daran erinnerte, wie verboten und offiziell geächtet die Gelüste waren, deren Befriedigung sie bei ihm kauften. Weil er ihre Namen und Gesichter kannte und wusste, was sie des Nachts trieben. Und sie hatten ihn, den dunklen wilden Mann, stets in Verdacht, für sich selbst noch weit wildere und köstlichere Arrangements zu treffen. Genüsse, die er ihnen vorenthielt.

Sie hatten keine Ahnung. Sie waren gierig und feist. Black Ralph kam aus einer Welt, von der die allermeisten Bewohner Londons ebenso wenig wussten wie von Essen, Wein und Ausschweifung und gegen die sich ihr tägliches Grau wie ein Paradies ausnahm.

Schließlich hatte er sich nicht alleine aus Unfreiheit und Elend bis hierher gekämpft, um dann in Trägheit zu verfallen und sich seinen Gelüsten zu überlassen. Er war kein Feind des Genusses. Ein Mann seiner Herkunft käme niemals auf die Idee, Geschenke des Lebens abzulehnen. Und da Genuss sein Geschäft war, musste er sich damit auch selbst auskennen.

Aber er wusste, dass man nie ruhen, nie unaufmerksam sein durfte. Nicht gegenüber den Kunden. Nicht gegenüber der Konkurrenz. Und die gab es. Allen voran Cyrus Hash und seine Shoreditch Roasters. Hash war in vielem das Gegenteil von Black Ralph. Er war käseweiß und rothaarig, hatte einen Bauch vom Saufen und Fressen, und sein ganzer Stil war nicht geschmackvoll extravagant, sondern protzig. Er war aufbrausend, lüstern und sentimental. Und er war brutal.

Aber er war auch schlau und geschickt. Von enormem Durchhaltevermögen und großer Weitsicht bei der Planung seiner Unternehmungen. Seine Köche waren keinen Deut schlechter als Qualtringhams Colonial Spicers.

Hash und Black Ralph hatten beide denselben Traum. Die anderen Gangsterbosse glaubten nicht an diesen Traum. Sie hätten über Hash und Black Ralph gelacht, wenn sie sich das trauen würden. So tuschelten sie hinter beider Rücken und nährten sich von dem, was da war. Mehr oder weniger solide Leistungen, aber in der Spitzenklasse kämpften dauerhaft nur der schwarze Gentleman und der Feuerkopf aus Hackney um die Gunst des solventen Publikums.

»Mister Qualtringham, Sir?«

Black Ralph ließ die Gedanken an Hash und den großen Traum hinter einem Lächeln verschwinden.

»Ja, Miss Polly?«

»Möchten Sie sich alles ansehen?«

»Ich *sehe* alles, Miss Polly. Wie immer perfekt.«

Polly McFay lächelte. Und das war stets ein Ereignis.

»Die Champagnernischen vielleicht?«

Black Ralph schüttelte sanft den Kopf.

»Sie hier, Miss Polly, und Master Lemuel in der Küche. Da kann nichts schiefgehen.«

Es fiel Black Ralph Qualtringham immer schwer, den dicken, rabiaten Koch und die vom Temperament eher feine und zarte

Polly so eng verbunden zu wissen. Polly McFay war zwar eine große Frau mit ausladenden Formen, aber dennoch schlank in der Hüfte und leicht in ihren Bewegungen. Ihr honigblondes Haar, ihre Sommersprossen und ihre helle, rosige Haut gaben ihr eine Frische, die in absurdem Gegensatz zum stets verschwitzten und entweder hochroten oder blassgrauen Lemuel McFay stand. Sie hatte überraschend kleine Hände und Füße, ihre Finger waren schmal und sehr geschickt im Arrangement von Tischdekorationen, dem Herrichten von Blumenbouquets und dem Falten von Servietten zu überraschenden Gebilden. Außerdem hatte sie ein sicheres Auge fürs Schöne und Schmeichelnde sowie ungekünstelte Freude am Genuss.

Was sie mit dem Küchenchef jedoch verband und in die für eine Frau ungewöhnliche Position einer Maître d' in Black Ralphs Gang gebracht hatte, war ihr strenges Urteil und dass sie niemals die kleinsten Abstriche an der Perfektion ihrer Arbeit machte. Dekor und Ablauf eines Abends waren von ihr ebenso minutiös geplant wie die Menüs in der Küche. Und genau wie Lemuel bei seinen Leuten am Herd keine Schwäche duldete, verfuhr Polly McFay im Gastraum. Kellner und Kellnerinnen unter ihrem Kommando hatten perfekt, aufmerksam und unsichtbar zu sein.

»Dass ihr da seid, darf höchstens bemerkt werden, wenn ihr irgendwo fehlt«, pflegte sie zu sagen, »aber wenn ihr irgendwo fehlt, habt ihr schon versagt.«

Kein Glas durfte leer bleiben, kein leer gegessener Teller zu lange stehen bleiben. Das Personal musste wissen, ob ein Gast noch ein Supplément wollte, bevor dieser seinen Blick suchend schweifen ließ. Und bei sündigen Soupers wie heute war es sehr wichtig zu wissen, ab wann man den Dienst am Tisch mehr oder weniger einzustellen hatte, weil die Gäste sich von den Genüssen des Tisches ab- und denen, die sie sich gegenseitig verschaffen konnten, zuwandten. Weibliche Bedienungen schickte Polly dann in der Regel weg, weil nicht wenige der männlichen Gäste mit zunehmendem Rausch zur Ansicht kamen, die jungen Damen seien Teil von Mister Ralphs Genussangebot.

Unter dem männlichen Personal hatte Polly feste Kandidaten für diskreten Service. Sie durften sich von keinem Anblick beeindrucken oder beschämen lassen und mussten unter allen Umständen Haltung bewahren. Sie selbst blieb immer bis zum Ende, hielt sich aber nahezu unsichtbar im Hintergrund.

Lemuel hatte damit kein Problem, für ihn war Polly vor allem die gleichgestellte Kollegin, die außerhalb der Küche dafür sorgte, dass die Teller, Schüsseln und Platten in perfektem Zustand zu den Gästen kamen. Dass am Tisch sachgerecht flambiert, tranchiert, vorgelegt und serviert wurde. Und die mit ihren Leuten ihren Teil dazu beitrug, dass die Gäste den Abend als unbezahlbar in Erinnerung behielten, was neue Aufträge und goldene Sovereigns in den Taschen von Black Ralph und allen seinen Leuten bedeutete.

Raphael dachte manchmal daran, wie eifersüchtig in seinem Land über die Frauen der Familie gewacht wurde. Und meist gab es auch sonst nichts zu verteidigen oder zu erhalten als deren Ehre.

Hier ging es allen gut und einigen sehr viel mehr als das, aber heiße Liebe, brennende Lust und wilde Gier kannten die Londoner nicht. Das war in ihrem Leben nicht vorgesehen. Auch keine Eifersucht, kein Neid, kein Kampf um Ruhm und Ehre.

Die wohlhabenden Kunden von Black Ralph und Cyrus Hash hatten natürlich von der Versuchung gekostet und gaben ihr, je nach Vermögen, mehr oder weniger häufig nach. Doch niemals hatte der schwarze Gentleman dabei erlebt, dass einer völlig die Haltung verlor oder nicht genug bekam. Man lebte einen mehr oder weniger durch die Geburt vorgegebenen Weg. Als begabter Wissenschaftler oder Ingenieur konnte man aus einem niederen Milieu aufsteigen, aber ansonsten blieben die Klassen unter sich.

Und fanden das auch völlig in Ordnung. Alle hier lebten mehr oder weniger ruhig vor sich hin.

Alle außer den Gangstern.

Seinen eigenen Ehrgeiz konnte sich Raphael Qualtringham aus seiner Herkunft erklären, aber ein Mann wie Cyrus Hash unterschied sich in allem von den übrigen Londonern. Seine Eltern waren brave Arbeitsbienen gewesen, soweit Black Ralph wusste. Hash selbst hatte es nur kurz in einer Fabrik ausgehalten. Er war, und das respektierte Qualtringham, der selber nicht viel vom Kochen verstand, sehr, von der einfachen Küchenschabe zum Boss der Shoreditch Roasters aufgestiegen, hatte seinen Vorgänger beerbt und eine mittelklassige Küchenbande zu einer der beiden Spitzencrews der Stadt gemacht.

Jedenfalls soweit er und Hash es wussten. Denn – und da begann der große Traum – es gab eine Schicht von Londonern, die sie beide nie zu Gesicht bekamen und für die keiner von ihnen je gearbeitet hatte. Sie saßen im High Council oder standen Konglomeraten von Fabriken vor, hatten Stimmen im Oberkommando der Streitkräfte, waren Members of the Board der Colonial Trading Company. Ihre Gäste sprachen von diesen Leuten nur mit gedämpfter Stimme.

Die Gangster waren sich einig, dass es mit diesen hochwohlgeborenen Persönlichkeiten und ihrem unermesslichen Reichtum, der so ganz dem Blick der restlichen Welt entzogen war, zu tun hatte, dass es die Dinge überhaupt gab, mit denen sie ihre Tische und Keller füllten. Die sie für Unsummen von Schmugglern heranschaffen ließen und über die sie doch nicht herausbekamen, wo sie wirklich herstammten.

Black Ralph wusste ein wenig darüber. In den Kolonien wurde das eine oder andere angebaut und geerntet, was hier in den geheimen Küchen landete. Aber es gab noch so viel mehr. So viele Fragen und so viele Rätsel.

Und Männer wie Cyrus Hash und Raphael Qualtringham gehörten zu den sehr wenigen Einwohnern dieser Stadt, die sich diese Fragen stellten und über diese Rätsel nachgrübelten.

»Meine liebe Miss Polly«, raunte Black Ralph seiner Maître d' ins zarte Ohr, während er seine Uhr aufschnappen ließ, »es ist wohl Zeit, dass wir uns nach unseren Gästen umsehen, nicht wahr?«

»Wann immer Sie sagen, dass es Zeit ist, ist es auch Zeit, Sir.«

Sie zwinkerte und schenkte ihm ein weiteres Mal das bezaubernde Lächeln, das so gar nicht fein und damenhaft, sondern lebenslustig, appetitverheißend und strahlend in ihrem Gesicht prangte.

Dann hakte sie ihren Boss unter, und beide gingen durch den Gastraum auf die Treppe zu.

»Ist alles im Zeitplan?«

»Selbstverständlich, Mister Qualtringham. Misses Boyd, Mister Finch und Mister Trafton sind für die Aperitifs abgestellt und warten nur auf mein Zeichen.«

»Nun denn.«

Mit einer leichten Verbeugung ließ Black Ralph der Zeremonienmeisterin den Vortritt, sie raffte ihr grün schimmerndes Kleid und eilte nach oben.

Die Straße vor dem Haus, in dem sich das Lokal befand, lag um ein Stockwerk höher als die auf der Rückseite, durch die Carl Juniper vor einigen Stunden in die Küche gestolpert war.

Raphael Qualtringham und Polly McFay schlenderten zum Anfang der Gasse und spähten dort nach links und rechts in die Bancroft Road, ob schon Wagen zu sehen wären. Und tatsächlich näherten sich drei große Wagen aus nördlicher Richtung. Leise rollten sie heran, nur sanft zischte der Dampf aus den schallgedämpften Ventilen. Black Ralph winkte, Polly McFay lächelte ihr umwerfendes Lächeln, und die dunkelgrünen Wagen bogen links ab. Polly und Black Ralph folgten den langsam rollenden Fahrzeugen bis zum nicht weiter gekennzeichneten Eingang des Lokals. Es waren Mietlimousinen eines sehr verschwiegenen Unternehmens. Die männlichen Gäste der Soirée kannten sich zwar nicht alle untereinander, aber jeder war mit mindestens zwei oder drei anderen verbunden, und alle waren schon häufig Gäste der Colonial Spicers gewesen, sonst hätte sich Qualtringham niemals darauf eingelassen, sie in einem seiner festen Lokale zu bewirten. Vertrauen und Diskretion waren hier alles. Qualtringham hatte die Abholung aller organisiert, und Polly würde gegen Ende des ausschweifenden Abends per Rohrpost Wagen für den Heimweg bestellen.

Die schweren Wagen hielten mit gediegenem Seufzen, die Fahrer stiegen aus und öffneten die hinteren Wagenschläge. Sie trugen dunkelgrüne Uniformen und farblose Gesichter.

In den Fahrzeugen herrschte schon beste Stimmung. Die Herren im Frack, bis auf den Brigadier, der Galauniform trug, die Damen in luftigen Abendkleidern mit Stolen über den Schultern gegen die kühle Luft. Alle hatten Champagnerkelche in den Händen, Black Ralph hatte dafür gesorgt, dass eisgekühlter Schaumwein in den Dampfkutschen vorrätig gehalten wurde.

»Ah, verteufelt noch mal, das ging schnell. Dabei haben wir uns gerade prächtig amüsiert, nicht wahr?« Ein rotgesichtiger alter Kauz fasste seiner kichernden Dame unter das rosige Kinn.

»Mister van Peebles, wann hätten Sie sich je nicht amüsiert?«, sagte Black Ralph. »Immer eine Freude, ein Fest für einen so genussfreudigen und geschmackssicheren Gentleman auszurichten.«

Mit den letzten Worten reichte Qualtringham van Peebles' Begleitung galant den Arm zum Aussteigen, während Polly dem Alten ihre Hand hinstreckte, vorgeblich zur Begrüßung, tatsächlich war es dem Mann aber nur so möglich, aus dem Wagen herauszukommen.

Peltham van Peebles III. war der Besitzer von »Van Peebles and Sons Ltd«, Hersteller von Uniformen für Streitkräfte und Polizei. Tatsächlich stellte sein Enkel mittlerweile den »Son« im Firmennamen dar, und dessen Vater, van Peebles' Sohn, leitete das Unternehmen. Van Peebles selbst schmiss bloß noch das Geld zum Fenster hinaus und wartete auf sein Ableben. Er würde einen guten Teil der heutigen Rechnung bezahlen und mit großer Sicherheit als Erster der Herren von der Chaiselongue rutschen.

Die wichtigsten Gründe, warum van Peebles so an der Gastgeberschaft lag, saßen mit ihm im Wagen. Brigadier Charles Lumley, ein kleiner, schwitziger Mann mit Bäuchlein, der sogar in seiner Uniform schlapp wirkte, saß im Befehlsstab der Third Colonial Army in Khor Ahgat und war dort für die Beschaffung von – natürlich – Uniformen zuständig. Lumleys Begleiterin war eine dralle Schwarzhaarige, die ihm offenbar schon so zugesetzt hatte, dass seine Brillengläser beschlagen waren und er sich beim Aussteigen den Kopf stieß.

Der Dritte im Bunde war der Right Honourable Spencer Berthwick, hoher Beamter im Bereich Beschaffungen des Kolonialministeriums und somit ziviler Vorgesetzter von Brigadier Lumley in London. Ein hagerer und streng wirkender Mann von Anfang fünfzig. Sein schmaler schwarzer Bart lief von Ohr zu Ohr über das Kinn hinweg. Kein Schnurrbart. Black Ralph hatte sich sehr gewundert, als Berthwick zum ersten Mal bei einem Souper erschien, er wirkte nicht wie jemand, der Genuss suchte. Aber auch wenn sich in seinem Gesicht selten eine andere Regung als skeptische Langeweile lesen ließ, war er ein regelmäßiger Gast. Seine Dame war eine kühle Blonde mit hochmütigem Blick, die ihn stets zu den Festen begleitete, während van Peebles wechselnde Gespielinnen hatte, die aber in aller Regel nicht mehr zu tun hatten, als den alten Schwerenöter zu unterhalten, bis er einnickte oder zu Boden plumpste. Für den Brigadier hatte van Peebles offenbar ein Arrangement getroffen. Die junge Dame kam Qualtringham bekannt vor, und er war sicher, sie schon mit sehr verschiedenen Galanen gesehen zu haben.

»Dann mal ran an den Speck«, gackerte van Peebles und prostete mit dem Glas in die Luft, wobei er fast den gesamten Champagner über seinen Zylinder goss. Seine Begleiterin wollte laut kreischen, schlug sich aber schnell die Hand vor den Mund. Man wollte ja kein Aufsehen auf der Straße erregen, auch wenn sich vermutlich niemand neugierig aus dem Fenster lehnen würde. Das tat man lieber nicht in London des Nachts, wenn man Ärger vermeiden wollte.

Auch aus den beiden anderen Limousinen waren je drei Pärchen gestiegen. Die sechs Herren waren zwischen Anfang vierzig und Ende fünfzig, vier von ihnen Fabrikbesitzer wie van Peebles, allerdings andere Branchen; ein weiterer Gast, Mister Phileas Barings, war im Vorstand der »Carrington & Parks Bank«, und der Letzte, Senior Counselor Isham Hallbutton, saß der Metropolitan Commission of Sewers vor. Jedes Mal, wenn Juniper in die Abwasserkanäle geklettert war, hatte er dies sozusagen im Auftrag von Counselor Hallbutton getan.

»Der Scheiße-Lord« pflegte van Peebles in fortgeschrittener Trunkenheit zu brüllen, was Hallbutton stets mit dröhnendem Lachen und »Der Flickschneider von Brockwell Park« quittierte. In der Nähe des Brockwell Park befand sich die Rekrutierungsstelle der Tanned Necks, und die Ausstattung der Militärpolizei war seit über achtzig Jahren der lukrative Dauerauftrag der van Peebles.

Polly McFay knickste artig und wies zur Eingangstür, die Trafton, den sie diskret angeläutet hatte, gerade öffnete. Mit ihrer glockenreinen Stimme und dem umwerfenden Lächeln verkündete sie: »Die Ladys und Gentlemen erwartet ein Abend voller Gastlichkeit, Genuss und ausgelassener Freude. Mister Qualtringham hat keine Kosten gescheut und wir als seine und Ihre ergebenen

Diener keine Mühen, um das Beste aus Küche und Keller in wohlgestalter Form und höchster Kunstfertigkeit auf die Tafel zu bringen.«

Black Ralph lächelte, wieder einmal beglückt, in Polly eine so ausgezeichnete Ergänzung zu Master McFay zu haben. Er sah auffordernd in die angeheiterte Runde.

Peltham van Peebles der III. nickte begeistert, goss sich den letzten Rest Champagner in den Rachen und warf das Glas hinter sich, das laut klirrend auf dem Dach der Dampfkutsche zerschellte. Dann fasste er seine kichernde Begleiterin um die Taille, und mit dem Ausruf »Dann wollen wir uns mal ordentlich die Nasen begießen und die Wänste stopfen, hab ich nicht recht?« stolperte er unter nun doch lautem Kreischen seiner Dame die Treppe hinunter.

Ein Fest

»Bereit für achtzehn Mal Angels on Horseback, Scherge? Gleich geht es los.«

Lemuel McFay war kurz draußen gewesen und stand jetzt mit straff durchgedrücktem Rücken und dementsprechend weit vorspringender Wampe am Pass.

»Yes, Chef! Austern fertig in fünf Minuten«, quittierte Juniper mit rauer Stimme die Annonce. Der Schiffskoch war nassgeschwitzt, der Rücken schmerzte, die Füße brannten. Kleine Schnitte an den Fingern, Verbrennungen an Händen und Unterarmen. Sein Herz schlug stark und schnell, er fühlte sich wie ein Boxer. So aufgewühlt wie vor dem Kampf und zugleich so erschöpft und zerschlagen wie danach. Chef de Cuisine Lemmy war der Ringrichter; die Zeit, die Gäste, die widerspenstigen Zutaten und das tückische Herdfeuer waren die Gegner. Wenn dem Chef die Gerichte zusagten, hatte man einen Treffer gelandet. Wenn er sie zurückwies, musste man sich auf ein wildes Gebrüll und Schläge gefasst machen, während man wie von Furien gehetzt arbeitete, um doch noch heil aus dem Gewitter herauszukommen. Wie die rasend klappernde Anzeige im Marketeer's Office, so flirrten und rasten die Gerichte des Abends durch Junipers jetzt wieder dröhnenden Schädel. Alle Handgriffe, die noch zu machen waren, was wo in welchem Zustand auf Weiterverarbeitung wartete, wie lange jede Zubereitung dauern würde, was alles schiefgehen konnte, wie man eben dies bestmöglich vermied. Carls Augen rasten durch die Küche, hoch und runter, von links nach rechts – und ein Unkundiger könnte meinen, ziellos. Doch jeder Blick galt einem bestimmten Detail, der Versicherung, dass alles so war, wie es Junipers Wissen nach sein musste. Und nicht nur seine eigenen Pflichten und Zubereitungen hatte er im Blick, sondern auch die von Sean O'Reilly, und selbst die Dinge, die in Lemuels Verantwortung gelegen hatten, prüfte Carl mit seinen wie wild springenden Blicken und merkte sich jede Einzelheit. Das wurde von einem Koch erwartet. Wenn der Service lief, musste alles rasend schnell geschehen und jede Handlung präzise wie die Zahnräder eines Uhrwerks in mindestens eine weitere greifen. Sonst geriet der ganze Ablauf ins Schlingern und Ruckeln, dann drohte der Untergang. Damit das nicht geschah, musste ein jeder Küchenknecht nicht nur vollste Aufmerksamkeit dem schenken, was er gerade tat, sondern auch die nächsten fünf Schritte so gestochen klar vor Augen haben, als seien sie getan.

Es war die Hölle.

Es war der Himmel.

Im Service zu kochen, war ein einziges Toben und Rauschen, so war es in allen Küchen dieser Welt, ob an Land oder zur See, und so würde es noch sein, wenn dereinst Küchen in fliegenden Fahrzeugen dampften und brüllten. Die Angst stand neben jedem Koch am Herd. Die Erschöpfung konnte jede Arbeit misslingen lassen. Zitternde Hände hatten katastrophale Folgen beim Anrichten. Versalzenes Essen gefror Kochseelen zu eisigem Feuer. Das Gebrüll und die Knüffe der Chefs, das Warten auf die Zulieferung eines am Boden zerstörten Mitkämpfers, der seine Tränen nicht zurückhalten konnte, während er in etwas herumrührte, was man selbst dringend brauchte und das hier offenbar gerade zuschanden ging.

Wie oft hatte Juniper Hände zu Messern greifen sehen, die damit nicht Gemüse schneiden, sondern den fettbeschmierten Stahl in den Leib eines Kollegen rammen wollten. Wie oft hatte Juniper selbst mit diesem Wunsch nach einem tödlichen Werkzeug gegriffen. Und es dann mit einem Tritt, einem Schlag oder einem Schrei gut sein lassen, die den Empfänger im ersten Moment nicht weniger tödlich trafen in ihrer demütigenden Wucht.

Doch immer geschahen Wunder. Im letzten Moment griff ein nervenstarker Koch ein und rettete die schon verloren geglaubte Zubereitung. Oder urplötzlich verstummte der Orkan aus dem Mund des Küchenchefs, weil man ihm schon das neu gefertigte Essen reichte, das man zitternd und schwitzend zusammengebrutzelt hatte, während er einem in düstersten Farben ausgemalt hatte, wie man nach Serviceende sterben würde.

Und es gab die magischen Abende. An denen alles, aber auch restlos alles gelang. An denen die Küche lief wie ein bestens geschmierter, funkelnagelneuer Bootsmotor. Tuckerte und puckerte, fauchte und zischte, dampfte und brodelte. Die Annoncen bestimmt, aber ruhig über die Herde schallten. Und fest und zuversichtlich quittiert wurden. Jeder zu jedem Zeitpunkt genau wusste, was zu tun war, und es auch tat.

Die Teller und Platten und Schüsseln von atemlosen Kellnern nach draußen gebracht wurden. Atemlos, weil die Küche ihnen keine Ruhepause gönnte, sondern ohne Unterlass Nachschub produzierte, den sie an die Tische zu schleppen hatten.

Das waren die Abende, an denen Carl Juniper glasklar wie eiskalter Schnaps war und so berauscht, als hätte er einen See voll von solchem ausgetrunken. Und nach denen man sich mit geschwellter Brust in den Armen lag und nichts anderes wollte, als dass der Rausch anhalten möge bis in alle Ewigkeit. Weswegen die eben noch wie Götter sich Fühlenden nur wenige Stunden später als lallende und torkelnde Ghule in Strömen von Alkohol ersoffen.

»Angels on Horseback stehen.«

»Ob die stehen, du Halunke, werde ich dir sagen, wenn ich sie gekostet habe.«

Juniper schob das Blech mit den servierfertigen Austern zu Lemmy. Der Küchenchef streckte seine fette Rechte aus und griff sich eine der in Bacon gewickelten und dann gebratenen Austern, von denen Juniper jede auf ein kreisrund ausgestochenes und knusprig gebackenes Toastscheibchen gelegt und mit einem eleganten Picker in Form eines kleinen Degens aus Silber fixiert hatte. Prüfte sie mit den Augen, drückte sie vorsichtig, roch daran.

Dann schob er sie in seinen Mund und lutschte an der Vorspeise. Schließlich kaute er sie gründlich und mit starrem Blick.

Endlich schluckte er sie hinunter. Schmeckte noch einen Moment nach, zeigte keine Regung.

Seine Schweinsäuglein lösten sich aus der Unendlichkeit und erfassten Juniper.

»Ha.«

Juniper hob fragend die Brauen.

»Das kann natürlich jeder Hohlkopf. Ist ja nichts dabei. Immerhin hast du dir mit dem Austernbrecher nicht die Hand durchbohrt, und die verdammichten Mollusken schmecken noch nach Salz und wildem Wasser. Das Brutzelscheibchen drum herum ist kross und hauchdünn.«

Er griff sich eine zweite Auster und schlang sie ohne langes Kauen hinunter. Er griente Juniper an.

»Genau so werden sie diese befrackten Wildsäue da draußen nämlich in sich hineinfressen. Und dabei ihren Ladys gierig in die Dekolletés starren.«

Juniper zuckte mit den Schultern.

»Solange du zufrieden bist mit dem Zeug.«

Lemmy glotzte erst ihn an, dann Sean. Dann holte er aus und ließ seine Fettpranke wuchtig auf Junipers Schulter krachen.

»Sean, ich glaube, ich liebe diesen Haderlump.«

O'Reilly lachte. Lemmy sah Carl an, kniff ein Auge zu und schnalzte mit der Zunge.

»Und ein paar Spritzer Sauce Mignonette hast du auch noch draufgehauen, du Schleckermäulchen.«

Juniper strahlte.

»Anrichten?«

Lemuel McFay zeigte auf einen Stapel winziger Tellerchen.

»Und zwar sofort.«

Und während Sean O'Reilly in Windeseile auf einen Teller nach dem anderen je drei Austern auf Toast drapierte, um die Juniper dann mit einem Löffel etwas von der Sauce kreiselte, haute Lemuel McFay auf eine Tischglocke und brüllte laut los:

»Serviiiiiiiiiice.«

Gleich darauf fiel zum ersten Mal an diesem Abend Licht in den Durchgang nach draußen, und eilige Schritte waren zu hören. Carl und Sean legten noch etwas Tempo zu, damit die ankommenden Kellner sofort mit den Tellern loslaufen konnten. Tief über die Arbeit gebeugt, nahm Juniper nur am Rande wahr, wie sie sich aufstellten.

Als er auch den letzten Teller mit Saucenkreis versehen hatte, ließ er seinen Blick noch einmal prüfend über die ganze Reihe schweifen.

Und dann riss der Vorhang, der seine Wahrnehmung von allem außerhalb des Essens, das er gerade angerichtet hatte, trennte, und er hörte eine weiche, samtige, glockenhelle und doch feste Frauenstimme. Sie war voll Lachen und Freude, obwohl sie nur eine Frage stellte.

»Das sieht gut aus. Können wir, Master McFay?«

Carl Juniper musste den Mund sehen, aus dem diese Stimme kam. Er war eher klein, mit schmalen, aber schön geformten Lippen und saß in einem hellen, rosigen Gesicht. Unter einer hübschen, aber charakterstarken Nase und hellwachen grünbraunen Augen. Sommersprossen und honigblondes Haar vervollständigten das Bild einer wahren Blume Britanniens. Sie war keine klassische Schönheit. Ihr Gesicht war ein bisschen aus den Fugen. Die Augen recht klein, das Kinn ausgeprägt. Man sah ihr an, dass sie klug war und die Welt mit einem Lächeln betrachtete. Die Frau war mindestens so groß wie Carl Juniper, vielleicht sogar etwas größer. Ein schöner Hals, starke Schultern, große Brüste und rasante Kurven, daran ließ das Kleid, das sie trug, keinen Zweifel. Doch ihre Haltung war tadellos, ihre Hüfte schlank. Feine Hände, fast zierlich. Eine stattliche Erscheinung, die dennoch Eleganz und Zartheit ausstrahlte. Und die ihn mit hochgezogener Braue und unverhohlener Neugier ansah.

Carl Junipers ohnehin schon schnell klopfendes Herz machte einen Salto. Ihm wurde beinahe übel und dann sofort sehr warm.

Es hatte eine Kinderliebe gegeben, Abigail Miller, in dem Dorf bei Bristol. Und mit ihr den ersten richtigen Kuss seines Lebens und das atemlose Staunen, dass dabei die Zungen tanzten und seine Hose eng wurde vor Lust. Und die Erkenntnis, dass es schmerzte, wenn die so Geküsste einen dann irgendwann nicht mehr liebevoll ansah, sondern gleichgültig. Seit er zur See fuhr, kannte er nur Huren und Liebeleien. Bei manchem Mädchen hatte es ein wenig in der Brust gezogen, wenn er aus dem Bett gestiegen war und in wenigen Stunden auslaufen würde. Aber kaum war er auf See, dachte er nur noch an die gehabte Lust und den Rausch und den nächsten Hafen, die nächste Schöne oder Wilde oder Sanfte oder Gierige.

Hier und jetzt geschah etwas, das ihn beunruhigte und doch auch schweben ließ; kalte Angst und sonnenheiße Freude wallten aus dem tiefsten Grund seiner wüsten Seele auf wie scharf gewürzte Suppe. Er sah diese Frau so, wie sie jetzt in der Küche stand, und zugleich in tausend anderen Gestalten.

Er sah sie tanzend, in einer Wiese liegend, essend, trinkend, lachend. Er sah sie untergehakt neben sich an Läden und Cafés vorüberschlendern. Er sah sie an einer Haltestelle warten. Er sah sie im Garten eines kleinen Cottages arbeiten. Er sah, wie sie mit einem Hund spielte und dabei Carl Juniper zulächelte. Er sah, wie sie Tee für sie beide kochte. Er sah sie weinend an einem Fenster und wusste, sie schaute dem Schiff nach, mit dem er in die Ferne dampfte. Er sah sie nackt. Lächelnd. Mit geschlossenen Augen. Er sah sie, wie er sie sähe, würde er vor dem Bett stehen und sich gerade ausziehen. Und dann ganz nah, als küsse er sie und wälze seinen schweren Leib zärtlich und doch voll Lust auf ihren, darauf achtend, sie nicht zu zerdrücken und doch die ganze Wucht seiner Leidenschaft spüren zu lassen. Er sah feine Tropfen Schweiß auf ihrer Stirn. Wie sie dann ihre Augen aufschlug und diese dunkelgrün schimmerten, tief und voll und unergründlich, obgleich sie nichts verbargen. Vor Glück leuchteten und vor Lust und von der Gewissheit, dass sie und Carl Juniper gerade einen Moment Unausweichlichkeit erfuhren, Schicksal, Ewigkeit. Und dann fiel eine Träne aus den Augen des Kochs auf ihre Wange. Und Junipers Blick verschwamm.

»Wer bist du?«, dachte er, nein, er hatte die Worte geflüstert. Atemlos.

»Selbstverständlich können wir, Madame McFay.«

Lemmy strahlte die Schönheit liebevoll an, und diese löste ihren Blick von Carl Juniper. Lächelte dem Küchenchef zu und klatschte in die Hände.

»Teller aufnehmen. Rücken gerade. Kinn hoch. Und auf geht's, Ladys und Gentlemen. Wir haben Gäste.«

Drei Männer und eine Frau griffen sich je vier Teller, während die schöne Madame McFay die letzten beiden aufnahm und hinter den anderen aus der Küche rauschte.

Juniper stand da mit offenem Mund. In seiner Magengegend

hüpfte ein schwerer Kloß von oben nach unten, von rechts nach links. Seine Augen brannten. Madame McFay. Wie kam dieser prachtvolle, aber alles andere als gut aussehende Schwitzriese Lemuel McFay zu einer solchen Frau?

Und schon lachte ihm genau dieser Lemmy dröhnend ins Gesicht, und dann krachte seine fette Pranke auf Junipers Schulter.

»Da bleibt dir die Luft weg, wie? Aber wir haben keine Zeit zum Glotzen. Auf geht's, auf geht's.«

Sean O'Reilly bückte sich zu einem Unterschrank und fing an, Suppenteller und Terrinen am Pass aufzustapeln.

»Wildconsommé geht in etwa fünfzehn Minuten raus. Service am Platz. Die schlucken das ratzfatz weg und saufen den Champagner dazu aus. Eine Stundenhälfte danach schicken wir die Hauptgänge.« Lemmy zählte an seinen feisten Fingern ab. »Das machen Sean und ich. Du, verehrter Master Maulaffe«, Juniper erschrak und klappte seinen Unterkiefer zu schnell nach oben, wobei er sich auf die Zunge biss, »kümmerst dich um unsere Pies. Die Kellner essen in zwei Schichten in der Küche. Danach Dessert, aufräumen, putzen, Geld kassieren und ab nach Hause. Ach ja. Und Schnaps gibt's dann auch.«

Carl Juniper schmeckte das Blut im Mund. Er nickte.

»Kann ich jetzt schon einen haben?«

Lemmy lachte lauthals.

»Erst die Arbeit, Freund Wacholder. Aber ein Stout kannst du dir meinetwegen noch hinter die Binde kippen.«

Kurz darauf stürzte Juniper das kühle dunkle Bier in seinen ausgetrockneten Schlund und machte sich daran, von Sean gebackene, dünne Pfannkuchen als Einlage für die Suppe in feine Streifen zu schneiden.

Das Menü lief reibungslos. Während Lemmy und Sean den Entengang vorbereiteten und schickten, legte Carl vier Pie-Formen mit dem vorbereiteten Teig aus, füllte das Ragout ein und bedeckte alles mit einer weiteren großen Teigplatte. Dichtete den Rand mit einer langen Rolle Teig ab und verzierte das Ganze mit Hilfe von Teigrädern und einem Messer, was Lemmy mit einem sehr wohlwollenden Lächeln bedachte.

»Gefällt mir, Schurke, dass du auch für uns mit Liebe kochst. So soll es sein.«

»Aye«, grinste Juniper. Ziemlich schief, denn er hatte mittlerweile nicht weniger als fünf Flaschen Stout in sich hineingegossen. Er bekam Lemmys Frau nicht aus dem Kopf. Wie auch, sie kam ja andauernd in die Küche. Sagte an, wie weit die Gesellschaft draußen wäre, besprach mit ihrem Mann den weiteren Ablauf, die nächsten Schritte, schnupperte in Töpfe und über Pfannen, wobei sie auch einige Male Juniper nah kam.

Sie roch wundervoll.

Frisch, ein leichter Hauch von Zitrus und Minze. Ein bisschen Sommerwiese. Ein Hauch Apfel. Sie hat wunderschöne Ohren, dachte Juniper und gleichzeitig, dass das wohl die erste Frau war, deren Ohren er sich überhaupt mit Interesse ansah. Was scherten ihn Ohren? Eigentlich …

Madame McFay wiederum musterte ihn unverhohlen neugierig und – wie Carl fand – etwas spöttisch. Aber was wusste er schon darüber, was in Frauenköpfen vorging? Und vor allem machte dieser Frauenkopf den eindeutigen Eindruck, einer von der sehr klugen und blitzschnellen Sorte zu sein.

Das hatte Carl Juniper immer schon weiche Knie verursacht. Dann fühlte er sich wie ein interessantes Tierchen, das gerade beobachtet wurde. Nicht unangenehm, aber er wusste dann überhaupt nicht mehr, was er machen sollte.

Beim Pie stand Madame McFay tatsächlich neben ihm. Bevor sie aß, hielt sie ihm ihre Hand hin.

»Polly McFay. Mit wem habe ich die Ehre?«

Das klang nicht wirklich so, als würde sie es für eine Ehre halten. Aber es klang immerhin so, als fände sie es vergnüglich.

»Carl Juniper. Ich bin hier so … reingestolpert.«

Ihre grünen Augen flackerten. Die rechte Braue hob sich um eine Winzigkeit.

»Reingestolpert? Das klingt interessant. Lemmy, ich wusste gar nicht, dass man hier einfach reinstolpern kann.«

Lemmy blökte.

»Juniper kann eine Menge, Polly-Darling. Auch stolpern.«

Sie wandte ihren Blick wieder Carl Juniper zu.

»Und einen Koch, der seine Berufung schon im Namen trägt, lerne ich auch zum ersten Mal kennen.«

»Ja.«

Mehr brachte Carl nicht heraus.

Polly gluckste, dann begann sie, mit großem Appetit ihren Pie zu verspeisen, wozu sie auch noch ein Stout trank. Aus der Flasche. Mit prall gefüllten Backen verputzte sie genüsslich das deftige Essen. Carls Herz schlug mit Macht an den engen Käfig seiner Rippen, und gleichzeitig machte sich tiefe Traurigkeit in ihm breit.

Dieser Abend hatte ihn geschüttelt und gerüttelt. War, seit er dem Duft von gebratener Ente aus der dunklen Gasse hierher gefolgt war, voller Wunder und Glück und Freude gewesen, auch wenn ihm der Schädel brummte. Er hatte neue Freunde, ja, mehr noch, er hatte Köche gefunden und eine Küche. Ein Restaurant, Gäste und richtiges, ehrlich gekochtes und köstliches Essen.

Und eine Frau, die auf eigenwillige Weise schön, überwältigend sinnlich und hellwach war. Ein bisschen schief und sehr frech dabei. Stark und zart zugleich. Witzig und weich und selbstbewusst.

Und verheiratet.

Mit Lemuel McFay, dem Mann, von dem Carl sich Errettung aus aller Not hier erhoffen durfte.

Es half nichts. Er musste das verscheuchen. Musste sich an dem freuen, was ihm geschenkt war, und auf das verzichten, was er nun mal nicht haben konnte.

»Ich helfe dann mal Master O'Reilly mit dem Dessert, Ma'am. Master McFay will die Soufflés à la minute schicken, wir haben noch nichts vorbereitet.«

»Wenn die ehrenwerte Saubande da draußen das mal überhaupt isst, Master Juniper. Die Herren knuspern schon recht haltlos an den Damen herum.«

Polly McFay mumpelte diesen Satz seelenruhig durch einen Bissen Pie. Ihre Augen glänzten amüsiert, als sie Carl ansah. Dem fiel nichts ein, als »Aye« zu sagen und den Mund offen stehen zu lassen.

Madame McFays Augen wurden plötzlich winzig, dafür ihr Mund so groß, dass er von Ohr zu Ohr zu reichen schien. Noch nie in seinem Leben hatte Carl Juniper eine Frau so lachen sehen. Als habe jemand in ewiger Finsternis endlich Licht entzündet. Ihm brach der Schweiß aus.

Polly griff sich das letzte Stückchen Pie von ihrem Teller, steckte es Juniper in den Mund und drehte sich dann zu ihrem Mann um.

»Lemmy, ich sagte gerade zu deinem Neuen, da draußen fliegen gleich die Strumpfbänder durch die Luft. Ich denke, die Desserts könnt ihr euch sparen. Habt ihr Petits Fours?«

Lemuel stemmte die Pranken in das, was seine Hüften wären, wenn er welche hätte, und zog ein entsetztes Gesicht.

»Polly McFay, soll ich mir hier vor deinen Augen das Herz rausreißen, oder genügt es, wenn ich mich später still und heimlich in der Themse ersäufe? Wofür hältst du mich?«

Polly winkte ab.

»Nicht so erregt, Master Lemuel. Ich werde die Lage draußen erkunden und gebe euch drei Schmierflecken Bescheid.«

»Yes, Ma'am.«

Lemmy grüßte mit der Hand an der Schläfe und schaufelte sich dann eine weitere Portion Pie auf den Teller.

Der Anblick, der sich Polly McFay im Gastraum bot, hätte die meisten Frauen Londons in sprachloses Entsetzen gestürzt. Sie war jedoch weit Wüsteres gewöhnt.

Die Tischdecke war schon voller Saucenflecken und Weinlachen. Peltham van Peebles III. hing mehr in seinem Stuhl, als dass er saß, und stöhnte röchelnd in die fast vollständig freigelegten umfangreichen Brüste seiner kreischenden Begleiterin. Polly gab dem Spielchen noch höchstens die Hälfte einer Stundenhälfte, dann würde van Peebles selig lächelnd entweder auf dem Boden oder auf einer Chaiselongue schlummern und seine Begleiterin sich zu einer anderen Paarung oder Gruppe gesellen.

Der Kolonialoffizier Lumley und der Ministeriumsmann Berthwick saßen linker und rechter Hand zu van Peebles, der am Kopf der Tafel residierte, jetzt allerdings in kaum mehr präsentabler Haltung. Ihre Unterhaltung verlief stockend. Lumleys Begleiterin schielte schon auffällig nach den anderen Paaren im Raum und langweilte sich offensichtlich, während die eisgekühlte Blonde an Berthwicks Seite nur mit ihren schmalen Schlangenaugen und ansonsten starrer Miene zwischen ihrem Begleiter, dem Briagadier und der drallen Dunklen hin und her blitzte.

Wenn van Peebles auf einen weiteren guten Geschäftsabschluss spekulierte, dann musste jemand die Stimmung zwischen den beiden Gästen in Schwung bringen. Der Kleiderfabrikant war dazu aber sicher nicht mehr in der Lage.

Der Banker Barings und der Herrscher der Kanäle Hallbutton hatten sich schon mit ihren Damen in eine Champagnernische zurückgezogen, aus denen eindeutige Geräusche davon zeugten, dass beide Herren offenbar noch in Besitz ihrer männlichen Kräfte waren. Wie Polly von früheren Soireen wusste, würde dieser Zustand jedoch nicht mehr lange anhalten.

Die vier Fabrikanten kannte Polly McFay nur unter falschen Namen. Sie nahmen höchstens zwei oder drei Mal pro Jahr an solchen Ausschweifungen teil, und zwar stets auf Einladung von van Peebles, jedoch auf eigene Kosten. Von ihrem Boss wusste sie, dass alle vier häufiger intime Diners buchten, nur jeweils sie und eine Dame. So etwas betreuten weder Polly noch Lemuel, das war ihnen zu öde.

Im Augenblick saßen die Herren noch bei schwerem Rotwein und mit nur leicht gelockerten Bindern zu Tisch, aber ihre Begleiterinnen hatten schon reichlich abgelegt. Hie und da wurden Küsse getauscht, es landeten Hände auf schneeweißen Brüsten oder verschwanden unter Unterröcken. Die Unterhaltung der Herren drehte sich um trockene wirtschaftliche Fragen, doch die Zungen wurden schon schwerer, die Blicke fahriger, und sie bekamen einen gierigen Glanz.

»Sie nennen es ein Fest, und doch scheint es sie ähnlich anzustrengen wie Arbeit.«

Black Ralph hatte sich unbemerkt hinter Polly in die kleine Nische geschoben, aus der heraus sie die Szenerie beobachtete. Sie lächelte.

»Das haben Sie treffend beschrieben, Mister Qualtringham. Aber zumindest Mister van Peebles verbindet hier das Angenehme mit dem Nützlichen. Womit er«, sie drehte ihr Gesicht zu ihrem Boss, »allerdings gerade scheitert, wie mir scheint.«

Qualtringham lachte leise und rau.

»Ich denke, Mistress Haymonia wird das schon in seinem Sinne regeln. Sie erhält, wie ich weiß, ein gehöriges Salär von Mister van Peebles, der um die sehr speziellen Bedürfnisse des Right Honourable Spencer Berthwick weiß. Unser alter Freund kann sich also in aller Ruhe dem seligen Schlummer hingeben. Mistress Haymonia wird später ihre Gerte schwingen, und wenn mich nicht alles täuscht, dann dürfte auch der Brigadier an Züchtigung Gefallen finden.«

Qualtringhams Atem kitzelte Pollys Nacken, und ein fast unmerklicher Schauder lief ihren Rücken hinab. Black Ralph war ihr nie zu nahe getreten, auch nicht mit Blicken oder Worten, doch er hatte eine starke und männliche Präsenz. Und Polly schätzte ihn für seine Offenheit, seine Großzügigkeit und seinen wirklich guten Stil.

»Sir, ich denke, wir können das Dessert auslassen, die Tischrunde befindet sich doch schon in Auflösung. Die Küche hätte noch Petits Fours und natürlich Käse und etwas Obst. Ich könnte das alles anrichten lassen, und die Gäste bedienen sich nach Belieben.«

»Ein ausgezeichneter Vorschlag, liebe Miss Polly.«

Polly nickte.

»Dann gebe ich das so weiter.«

»Tun Sie das, Miss Polly.«

Nachdem die Kellner mit den Etageren, Platten und Schüsseln nach draußen abgezogen waren, machten sich Lemmy, Sean und Carl daran, die Küche zu putzen und alle Waren wieder in Kühlraum und Schränke zu verräumen. Juniper musste die eigentlich Rory zugedachte Aufgabe übernehmen, Pfannen und Töpfe zu schrubben. Es machte ihm nichts aus. Er hatte endlich wieder richtiges Essen zubereitet und in sich hineingestopft. Er war voll Stout, und zum Abschluss hatte es noch einen ordentlichen Schluck Gin gegeben, den Polly McFay von draußen hereingebracht hatte.

Im einsetzenden Nebel aus Schnaps und Müdigkeit verblasste der gleißende Schein von Lemmys Gattin in Junipers Herz ein wenig, und das dämpfte den Sehnsuchtsschmerz, der sich schon in ihm ausgebreitet hatte. Es half ja auch nichts. Juniper tröstete sich in seinem kleinen Rausch. Wenn es in dieser verdammten Stadt Küchen gab, dann würde er auch herausfinden, wo die Bordelle waren. Früher oder später käme er auch in dieser Hinsicht wieder ins Lot.

Als die Küche blitzblank war und alle Gerätschaften dort verstaut, wo sie hingehörten, kam Lemuel mit einer Börse zurück, aus der er Sean und Carl auszahlte. Schon die Entlohnung für die paar Stunden seit Rorys Weggang überstieg die Wocheneinkünfte aus der Tagesarbeit, an die Juniper gewöhnt war, um einiges. Das war mal etwas. In seiner Welt gehörte Kochen zu den am schlechtesten bezahlten Arbeiten, wenn man nicht gerade Chef einer großen und bedeutenden Hotelküche war. Hier lagen die Dinge ganz anders.

Einer der Kellner brachte drei gut eingeschenkte Gläser Whisky.

»Von Mister Qualtringham, zum Dank und auf eure Gesundheit.«

»Auf Black Ralph.«

Lemmy hob das Glas. Die beiden anderen taten es ihm nach. Es war ein sehr milder und sanft brennender Whisky. Kein Fusel. Edler Stoff.

»Du kippst mir gleich aus den Latschen, Juniper. Schmeiß die Kochkluft in den Korb hinten, die wird gewaschen, und dann mach dich auf den Heimweg. Wir sehen uns wieder.«

Lemmy schlug Carl auf die Schulter und brachte die Gläser nach draußen. Sean schlurfte ihm nach.

Juniper band die Schürze ab und knöpfte die Kochjacke auf, ging nach hinten und warf alles in einen Korb, ähnlich dem in Brens Wohnung. Dann zog er sein Hemd, seine Weste und seine Jacke an, setzte sich die Mütze auf, und nach einem müden, aber glücklichen Blick in die leere, aufgeräumte Küche drehte er sich auf wackeligen Beinen um und öffnete die Tür, durch die er Stunden oder Jahre zuvor hier hineingestolpert war. Betrat die Gasse und schloss die Tür.

Die kühle Nachtluft traf ihn wie ein nasses Handtuch. Schlagartig wurde er klarer im Kopf, was nicht von Nachteil war. Mit jetzt etwas sichereren Beinen machte er sich auf den Weg in Richtung Gleiterstation.

Hinter sich hörte er, wie sich die Tür öffnete. Gleich darauf eilige Frauenschritte auf dem Pflaster.

»Master Juniper. Warten Sie.«

Das war doch Polly McFays wohlklingende Stimme? Er blieb stehen, sein Herz beinahe auch, denn schon hatte sie ihn erreicht.

Auf Absätzen war sie tatsächlich größer als er. Und wieder dieses spöttische Lächeln.

»Unser großer Küchenchef hat Ihre Anschrift nicht, der verdammichte Wirrkopf. Aber Mister Qualtringham wünscht, Kontakt mit Ihnen aufzunehmen, er hat etwas mit Ihnen zu besprechen.«

»Ah. Ja. Also … Ich wohne bei jemandem, es ist … nicht offiziell, verstehen Sie?«

»Ich verstehe nahezu alles, Master Juniper. Nennen Sie mir einfach die Adresse.«

»Warten Sie. Äh … Shandy Street. Aber ich weiß die Nummer nicht. Mist, verfluchter. Verzeihung. Äh.«

»Haben Sie eine Arbeitskarte?«

Juniper hätte sich ohrfeigen können. Ein Trottel war er ja schon, aber jetzt machte er sich auch noch zum Esel. Was ja egal war. Polly McFay war ohnehin nicht für ihn erreichbar.

Juniper fummelte mühsam die Karte aus seiner Jackentasche, klappte sie auf und zeigte sie Polly. Die notierte sich alles in einem kleinen Notizbuch.

»Gut, Master Juniper. Dann wissen wir das. Sie werden von Mister Qualtringham hören.«

»Ja. Gut.«

Sie standen einfach da. Juniper mit hängenden Schultern und ein klein wenig schwankend. Polly mit diesem Lächeln und geradem Rücken.

»Dann, also …« Juniper zuckte mit den Achseln.

»Herrjeh, was für ein Ochse«, lachte Polly McFay, beugte sich vor und gab Carl Juniper einen Kuss auf den Mund.

Junipers Kopf wollte zurückzucken, aber diese Lippen waren so süß und weich, und der Duft von Zitrone und Minze war so reizend, dass er einfach stehen blieb, als sei er wieder zwölf Jahre alt und Abigail Miller küsse ihn im Wirtsgarten.

Aber Polly McFay war nicht zwölf, und sie war auch nicht die süße kleine Abigail.

Polly McFay war eine lustvolle und selbstbewusste Frau, die offenbar unkonventionelle Vorstellungen von ehelicher Treue hatte. Sie drängte sich an Juniper, löste ihre Lippen für einen Augenblick von seinen und zischte: »Wenn du stinkender Kerl mich jetzt nicht sofort anständig küsst, dann bin ich beleidigt.«

Carl Juniper verscheuchte das Bild Lemuel McFays, seufzte und tat ganz, wie ihm geheißen.

Nächtlicher Ausflug

»Was hast du dir dabei eigentlich gedacht? Einfach zu verschwinden? Ich dachte, du bist den verdammten Tanned Necks in die Fänge geraten und liegst blutend in einem dreckigen Loch in Newgate.«

Bren stand mit hochrotem Kopf an Junipers Bett und unterdrückte mit größter Mühe seine Wut.

»Oh. Es … es tut mir leid. Ich …«

Juniper drehte sich vorsichtig im Bett um und wartete auf den stechenden Kopfschmerz als Nachwirkung seines kleinen Küchenbesäufnisses. Aber er kam nicht. Tatsächlich fühlte er sich ziemlich gut. Ein kleines bisschen wie ein leerer Weinschlauch, aber gut. Er rieb sich die Augen, holte tief Luft und schwang seine Beine aus dem Bett.

Draußen dämmerte es. Abenddämmerung, das sah Juniper am Sonnenstand.

»Hui, da hab ich aber ganz schön lange gepennt.« Er gähnte laut, streckte seine Arme und den Rücken, dann stand er auf.

»Sei nicht sauer, Bren. Es tut mir leid.«

Bren sah ihn ernst an.

»Ich hab mir Sorgen gemacht. Auch, dass du redest. Über mich. Über das Verstecken. Und dass sie dann herkommen.«

»Es ist ja nichts passiert. Und wie gesagt, es tut mir leid. Darf ich?« Carl zeigte in Richtung Badezimmer. Bren trat einen Schritt zur Seite.

»Ich erzähl's dir gleich. Ich muss was essen. Äh, einnehmen.«

Tatsächlich wurde Carl in dem Augenblick klar, dass er nach gestern Abend überhaupt keine Lust hatte, je wieder eine Schüssel Froschkotze zu essen. Froschkotze, Froschkotze.

Beim Pinkeln musste er lachen. Dann fing er an nachzudenken. Was sollte er Bren vom gestrigen Abend erzählen? Lemmy hatte klipp und klar gesagt, dass eine solche Küche behördlich verboten war. Dass Essen verboten war. Dass sie alle in den Knast müssten und Black Ralph sogar hängen würde, wenn es herauskäme.

Juniper glaubte nicht, dass Bren ihn verraten würde. Nein, sicher nicht. Aber könnte Bren mit dem Wissen ruhig leben? Wenn er sich schon so aufregte, weil er nicht nach Hause gekommen war? War das nicht eine Zumutung für den Mann, der ihm so viel geholfen, so viel schon für ihn riskiert hatte? Aber hatte er andererseits dafür nicht verdient, dass Carl ehrlich zu ihm war?

Und mit diesen Gedanken kamen gleich die nächsten.

Er würde wohl bald hier rausmüssen. Sollte er ins »Rowton Tower House« ziehen? Weitermachen mit Tagesarbeit, bis es wieder mal etwas zu kochen gab bei Black Ralph?

Oder würde er in die Gang einsteigen können? Machten Lemmy und Sean noch etwas anderes? Und wie war es dann mit Wohnung und Papieren?

Carl hatte vorsichtig nachgefragt, aber da waren beide Köche ausgewichen. Black Ralphs Mahnung, das Maul nicht zu voll zu nehmen, war angekommen.

Und dann dachte er an Polly McFays Kuss. Was war das nur für eine Frau? Sie tat, wonach ihr war. Und das sicher nicht, ohne nachzudenken. Aber was genau hatte sie sich dabei gedacht, einen ihr völlig fremden Kerl zu küssen, der zum ersten Mal mit ihrem Mann arbeitete?

Juniper wollte nichts so sehr, wie Polly wiederzusehen. Außer vielleicht, wieder mit Lemmy zu kochen. Herrjeh, war das ein Spaß gewesen. Viel besser als auf dem verfluchten Kahn, mit dem er abgesoffen war.

Sein Magen grummelte. Zum ersten Mal wieder, seit er hier gelandet war. Es half nichts, er würde nach all dem Kosten und Naschen, dem guten Bier und Schnaps und nach dem herrlichen Enten-Pie wohl wieder mit blauem Brei und grünem Wasser vorliebnehmen müssen. Carl beschloss, Bren nicht zu sagen, wo er gestern gewesen war. Er würde ihm wahrheitsgemäß erzählen, dass er vor einer Patrouille geflüchtet war, und dann lügen, dass er sich anschließend verlaufen habe.

Als Carl sein Zimmer betrat, war Bren gegangen. Seine Tür war geschlossen. Juniper klopfte leise, aber Bren reagierte nicht.

Carl zuckte mit den Achseln, drehte sich um, da fiel sein Blick auf den Boden vor der Wohnungstür. Dort lag ein Umschlag. Er hob ihn auf.

In einer schnörkeligen, edlen Schrift stand darauf:

»Für Master Juniper. Persönlich!«

Er besah sich den Umschlag von allen Seiten, aber es gab keinen Hinweis auf den Absender. Doch es war keine Frage, dass dieser Brief von jemandem aus Black Ralphs Umfeld kam. Wer wusste sonst, dass er hier wohnte?

»Na, da hab ich wenigstens etwas zu lesen, während ich das öde Zeug in mich reinmampfe«, murmelte Juniper und ging in sein Zimmer. Dachte kurz seufzend an eine heiße Tasse Tee, dann machte er sich an die Zubereitung einer Einheit. Schließlich öffnete er den Brief. Der Text war mit einer Maschine geschrieben.

Sehr geachteter Master Juniper,

Sie haben am gestrigen Abend bewiesen, dass Sie in der Kunst bewandert, durchhaltefähig und fleißig sind. Wie mir die Masters McFay und O'Reilly bestätigten, arbeiten Sie flink, genau und beherzt. Eigenschaften, die, wie ich weiß, unabdingbar sind für ein erfolgreiches Wirken in diesem unserem Metier.
Wie Sie wissen, erfordert ebenjenes allerdings auch große Diskretion, sowohl was das Wie und Wann als auch das Wo und Für wen angeht.
Was wiederum bedeutet, dass ich mich über das Woher und Wer meiner Mitarbeiter auf das Genaueste kundig machen muss.
Und Sie, Master Juniper, sind gestern sehr unverhofft vorübergehend einer meiner Mitarbeiter geworden, ohne dass ich auch nur das Geringste über Sie weiß. Ich bitte Sie also, zu diesem Zwecke sich entweder heute oder morgen Nacht – je nachdem, wann diese Nachricht Sie erreicht – um die dritte Stunde des ersten Kreises nördlich des Whitehorse Road Park, an der Ecke Whitehorse Road und Durham Row, einzufinden.
Sollten Sie dieser Einladung nicht Folge leisten wollen, würde ich dies zutiefst bedauern. Da ich mich so gezwungen sähe, erwähnte Diskretion auf anderem Wege zu sichern.

In der Hoffnung, Sie bald in meinen Räumlichkeiten begrüßen zu dürfen,

Sincerely yours,

R. Q.

Juniper ließ den Brief sinken und lächelte. Black Ralph wollte ihn sehen. Das war gut, sehr gut. Er machte sich keine Sorgen, den schwarzen Gentleman von seiner Diskretion überzeugen zu können. Was immer dieser auch von Junipers Geschichte würde glauben wollen – er würde nach dieser Unterhaltung sicher keinen Zweifel daran hegen, dass Carl ein wertvoller Mitarbeiter war, den er sich unbedingt für seine Gang sichern sollte. Carl war etwas bei Lemmy und Sean aufgefallen. Er konnte es nicht genau beschreiben, aber ihre Handhabung der Waren war kunstreich, nichtsdestotrotz eigenartig. Und Carl hatte eine vage Idee, warum das so war.

Dem Himmel sei Dank hatte Qualtringham in seinem Brief den Park erwähnt. Und der Park hatte eine Gleiterstation. Sonst hätte Juniper auf der »Steam Glider's Map« niemals den Treffpunkt gefunden. Vermutlich hatte Qualtringham genau das in seine Überlegungen miteinbezogen.

Bren hatte tief und fest geschlafen, er hätte ihn nicht fragen können. Juniper hatte ihm einen Zettel hinterlassen.

»Bren. Ich bin unterwegs, mach dir keine Sorgen. Ich pass schon auf. Danke. Carl.«

Der Treffpunkt war gut gewählt. Rundherum Häuserblöcke. Nicht so hoch und sicher nicht so dicht bewohnt wie in der Shandy Street, aber auch nicht so klein, dass ein herumstehender Mann sofort auffallen würde. Aus keinem Fenster drang Licht, alles schlief.

Carl hielt sich am Rande des Lichtkegels einer Laterne auf. Wer herkam, um ihn zu treffen, würde ihn sehen können. Ein zufällig Vorbeikommender würde ihn aus größerer Entfernung sicher übersehen.

Die wenigen Wochen in dieser seltsamen Welt hatten genügt, um aus dem stets sorglosen und mit breiter Brust durch die schöne Welt spazierenden Schiffskoch einen argwöhnisch um sich schauenden Schattenmann zu machen. Stets prüfte er mit vorsichtigen Blicken die Umgebung, verhielt sich möglichst unauffällig, schwamm in der Menge. Und er staunte manchmal, wie leicht ihm das fiel. Ihm, der sonst in jedem Hafenviertel der Welt bemüht war, als schillernder Pfau die Kneipen und Etablissements zu betreten. Um die Blicke der Frauen anzuziehen, um eine hübsche Schlägerei zu provozieren oder um ebenbürtige Saufbrüder und Feierkumpane auf sich aufmerksam zu machen.

Gestern Abend hatte er diesen alten wilden Juniper endlich wieder spüren können. Lemmy und Sean hatten es ebenfalls in sich, bei aller Umsicht, die man hier wohl brauchte.

Er wollte dazugehören, das wusste Carl Juniper genau. Er wollte, wenn er aus diesem rätselhaften London schon nicht fortkonnte, wenigstens wieder ein Koch sein. Und sich nicht nur mit niedersten Tätigkeiten gerade so am Leben erhalten. Einem Leben, das daraus bestand, zu schlafen, freudlos Einheiten zu vertilgen, alle paar Wochen mal eine lächerliche Menge dünnes Bier zu trinken und ansonsten als graue Arbeitsratte zu knechten. Er war nicht faul, er wollte schuften und schwitzen. Aber er wollte auch fressen und saufen. Und huren.

Oder noch besser, Polly McFay küssen.

Ja. Polly. Madame Küchenchef. Verdammicht, wie ihr Gatte sagen würde. Der Gedanke an die honigblonde Minzzitrone ließ Junipers Herz ziehen und seinen Unterleib schwellen. Ein leises Seufzen entfuhr in die Nacht, als er die Augen schloss und an den Kuss des Prachtweibs dachte.

»Schön ruhig, Kamerad. Keinen Mucks«, zischte es in sein Ohr. Juniper erschrak zu Tode, aber ein eiserner Griff hatte sich um seine Brust und über seinen Mund gelegt, sodass es ihm unmöglich war, sich zu rühren oder auch nur einen Laut von sich zu geben außer »Mhmmbbllmpff«.

»Mich schickt Mister Q, du weißt schon, Freundchen. Du stehst hier schon ganz schlau im Schatten, aber ich hätte es gerne etwas dunkler. Wirst du folgsam und artig sein?«

Juniper nickte, soweit das im festen Griff des Angreifers möglich war.

»Gut. Dann lass ich dich jetzt los, Halunke.«

Kaum war das geschehen, machte der Mann einen flinken Schritt nach hinten, und der herumschwingende Carl schlug seine Rechte ins Leere.

»Ha«, ließ sich der andere hören, ergriff Junipers Handgelenk, wirbelte sich selbst und den Koch um die eigenen Achsen, worauf Letzterer unsanft zu Boden knallte und Ersterer auf seinen Rücken krachte, das Knie äußerst schmerzhaft in Junipers Schulterblatt gedrückt, seine Fäuste um dessen Arm gezwängt.

»Einen Versuch hat jeder bei mir frei, Freundchen, aber beim nächsten Mal tut es wirklich weh. Haben wir uns verstanden?«

Der Mann war ganz nah an Junipers Ohr.

»Ja. Verstanden.«

Der Schiffskoch nickte langsam.

»Gut.«

Der Angreifer federte mühelos von Juniper herunter und zog ihn mit Leichtigkeit nach oben.

Der Mann war etwas größer als Carl, aber nicht sehr breit. Knochiger Körperbau, schmale, nervöse Hände. Und er trug recht feine Klamotten. Dunkel gestreifte Hose, Samtweste, dunkler Gehrock. Blank geputzte Schuhe, Seidenbinder, Bowlerhat, der ihm bei der Rangelei noch nicht mal vom Kopf gerutscht war. Wäre Carl in einer Hafenkneipe von dem Typen schief angeschaut worden, hätte er keinen Zweifel gehabt, dass er ihn kleinputzen könnte. Und hätte sich ganz schön geschnitten. Nun musste man aber sagen, dass die meisten Seeleute und anderes Spelunkenvolk zwar zulangen konnten und einen ordentlichen Knuff vertrugen, aber raffinierte Kämpfer waren sie nicht. Wenn mal ein geübter Boxer dabei war, war das eine Besonderheit. Und auch der knickte unter einer Rumflasche oder einem Stuhl auf den Schädel ein. Wer hielt sich bei einer Kneipenschlägerei schon an Regeln?

Aber der Kerl hier, das war ein ausgefuchster und zäher Hund. Er sah Carl ruhig und leicht spöttisch an. Der Koch hielt ihm die Hand hin.

»Nichts für ungut, Kamerad. Ich lass mich eben nicht gerne so von hinten anfallen.«

Der Kerl schlug ein, und der Druck ließ keinen Zweifel, dass Carl deswegen nicht auf blöde Gedanken kommen solle.

»Nehm ich nicht übel. Wenn einer weiß, wann Schluss ist, ist alles gut. Gehen wir?«

Er zeigte in Richtung Park. Carl dachte für einen Moment, ob der Bursche wohl im Dunkel des Parks auf ihn losgehen wollte? Aber was konnte er schon dagegen tun? Der könnte ihn vermutlich auch gleich hier allemachen. Und er schien wirklich von Black Ralph zu kommen.

Juniper nickte, der andere auch, und dann gingen sie.

Am Rand des Parks, unter den Zweigen einer Weide verborgen, wartete ein Wagen. Es war eine dieser flachen, rundlich geformten Edelkarossen, die man manchmal auf den Straßen sah. Glänzend schwarzes Metall, dicke Gummireifen, auf denen sie beinahe lautlos rollten. Ein leises Zischen war zu hören, und feiner weißer Dampfnebel entwich aus einem schmalen Spalt im Vorderteil des Wagens. Dort drinnen musste wohl der Antrieb sein.

Die vordere rechte Tür ging auf, und ein Mann in dunkler Livree stieg aus, offenbar der Chauffeur. Er öffnete den hinteren Wagenschlag und nahm seine Mütze ab.

»Mister Bentham. Sir.« Letzteres galt Juniper, was diesem ein Glucksen entlockte. Sir hatte ihn wahrlich noch niemand genannt. Jedenfalls niemand, der nüchtern war.

Bentham, wie der elegante Schläger von Black Ralph offenbar hieß, bedeutete Juniper mit einer einladenden Handbewegung, einzusteigen.

Der Fond des Wagens war geräumig. Zwei Sitzbänke, einander

gegenüber, mit nachtblau glänzendem Stoff bezogen. Zwei Lampen erleuchteten den Fond mit warmem gelblichen Licht. Von außen war nichts zu sehen, und wenn man drinnen saß, konnte man nicht herausschauen. Auch die Scheibe zwischen Fond und Chauffeurkabine war undurchsichtig.

Bentham stieg ein, setzte sich entgegen der Fahrtrichtung Carl gegenüber, und der Chauffeur schloss die Tür. Kurz danach setzte sich der Wagen äußerst sanft in Bewegung.

Bentham sah Carl ungerührt an.

»Es hat wohl keinen Sinn, Sie zu fragen, wo es hingeht?«

Bentham lächelte und schüttelte sanft den Kopf.

»Na dann. Mache ich es mir einfach gemütlich.«

»Das ist vernünftig, Mister Juniper. Wir sind eine Weile unterwegs. Möchten Sie einen Drink?«

»Da sag ich nicht nein. Was wäre denn zu haben?«

Bentham öffnete ein kleines Schränkchen unter dem schwarzen Fenster und sah hinein.

»Gin, Scotch, Brandy.«

»Ich nehme Scotch. In der Hinsicht hat Mister Qualtringham einen guten Geschmack, wie ich gestern erfahren habe.«

Bentham nickte und schenkte Carl ein.

Den Rest der Fahrt verbrachten sie schweigend. Nachdem Carl seinen Whisky getrunken hatte, nickte er ein.

»Aufwachen, Master Juniper.«

Bentham rüttelte sanft an Carls Schulter.

»Sinwirda?«

»So ist es. Sie werden erwartet.«

Carl rappelte sich auf und stieg aus. Der Wagen befand sich in einer Art Stall. Im Zwielicht der stark gedimmten Gasbeleuchtung erkannte er Umrisse weiterer Fahrzeuge.

»Hier entlang, Master Juniper.«

Bentham zeigte auf eine schwere Holztür.

Hinter der Tür befand sich ein schmaler Gang, der um mehrere Ecken in die Eingangshalle eines herrschaftlichen Stadthauses führte. Nicht riesig, aber mit allen Annehmlichkeiten. Dort erwartete sie ein Butler, der Junipers Mütze nahm und ihn in ein ebenerdiges Zimmer führte. Eine Mischung aus Büro und Bibliothek. Das war auch zum ersten Mal, dass Carl Bücher sah, seit er hier gelandet war.

Ein Kaminfeuer brannte, und davor standen zwei Sessel. In einem davon saß Black Ralph Qualtringham in einer samtenen Rauchjacke. Seine Augenklappe war farblich auf die Jacke abgestimmt. Dunkles Bordeaux, schwarze Herzen.

»Willkommen, Master Juniper. Ich freue mich, dass Sie meiner Einladung gefolgt sind.«

Black Ralph zeigte auf den zweiten Sessel.

»Albert hat uns eine kleine Getränkeauswahl zusammengestellt.« Black Ralph zeigte auf ein Tischchen zwischen den Sesseln.

»Es wird mir eine Freude sein, Sie zu bedienen.«

Juniper nahm Platz. Es war eine behagliche Atmosphäre, nie zuvor war der Schiffskoch eingeladen worden, in solch einem Raum zu sitzen und Whisky zu trinken.

»Albert, wir kommen zurecht. Vielen Dank, Mister Bentham, ich werde Sie später noch mal bemühen.«

Albert verschwand lautlos nach einer knappen Verbeugung, Bentham tippte mit gestreckten Fingern an die Stirn. »Selbstverständlich, Sir«, und dann verschwand auch er.

Qualtringham sah Juniper an.

»Whisky? Brandy? Gin? Armagnac? Cognac?« Dabei zeigte er auf die einzelnen Karaffen.

»Ihr Whisky ist gut, den nehme ich gerne.«

Qualtringham goss großzügig in zwei Kristallgläser, reichte eines Juniper.

»Oh Verzeihung, nehmen Sie etwas Wasser dazu?«

Juniper schüttelte den Kopf.

»Nein, Sir, er ist so genau richtig.«

Qualtringham nickte lächelnd.

»Sehr gut. Dieser Meinung bin ich auch. Ein wunderbar ausgereifter Scotch. Cheers.«

Sie prosteten sich zu und tranken.

Dann sah Qualtringham eine Weile ins Feuer. Juniper fühlte sich schläfrig durch die Hitze, den Whisky und die späte Stunde. Und zugleich überreizt. Nervös. Er räusperte sich.

»Ja, Master Juniper?«

»Nun, Sir, ich frage mich, was Sie denn von mir erwarten?«

Qualtringham drehte das Glas langsam in seinen kräftigen Fingern und lächelte ins Feuer.

»Das ist doch recht einfach.«

Er sah Juniper an.

»Wer sind Sie?«

Juniper nickte. Natürlich ging es darum, das stand ja auch in dem Brief. Er hatte, seit er ihn erhalten hatte, darüber nachgedacht, was er dem schwarzen Gentlemangangster dazu sagen sollte.

Und entschieden, dass nur die Wahrheit in Frage kam. Bei jeder Lüge würde Black Ralph ihn erwischen, und das würde fraglos sehr unangenehme Konsequenzen nach sich ziehen.

»Sir, es wird Ihnen fraglos unglaublich vorkommen, wenn ich Ihnen das erzähle. Nichtsdestotrotz ist es die volle Wahrheit. Auch wenn mir selbst vieles daran ein Rätsel ist.«

Black Ralph hob die sichtbare Augenbraue, trank noch einen Schluck Whisky und sah wieder ins Feuer.

»Versuchen Sie es doch einfach, Master Juniper. Erzählen Sie mir Ihre Geschichte, und ich werde dann wissen, ob sie unglaublicher ist als die meine.«

In Diensten

»Tja. Und so bin ich dann in Ihrer Küche gelandet.«

Junipers Kehle war trocken. Er hatte zuerst stockend erzählt, auf Black Ralphs Reaktionen gewartet. Doch der große Schwarze hatte einfach dagesessen und mit seinem dunkel schimmernden Auge ins prasselnde Feuer gesehen. Es war, als ginge er die ganze Reise in Gedanken mit. An seinem Atem hatte Juniper die innere Bewegung ablesen können und war mutiger geworden im Erzählen. Je länger er sprach, desto wohler fühlte er sich in der für einen armer Leute Sohn und wüsten Seemann so ungewohnten Atmosphäre dieses höchst geschmackvoll gestalteten Raums.

Jetzt hörte man nichts mehr als das Feuer, das Knacken der Scheite. Juniper griff nach der Wasserkaraffe und goss etwas in sein leeres Whiskyglas. Trank es leer. Schaute in den lodernden Kamin. Und dann wieder zu Black Ralph. Der löste endlich seinen Blick von den Flammen und schenkte ihnen beiden einen weiteren Whisky ein.

»Außer mir kennt also nur Bren diese Geschichte? Und der alte, wie hieß er noch? Wyck?«

Juniper nickte.

»Ja. Bren und Wyck.«

»Haben die Ihnen geglaubt?«

Juniper zuckte mit den Schultern.

»Ich denke, Bren schon. Vielleicht nicht alles, aber er glaubt mir, dass ich nicht von hier stamme. Oder vielleicht ist es ja auch richtiger zu sagen: nicht von jetzt. Wyck hat eigentlich nur interessiert, dass ich in Schwierigkeiten stecke. Und wie er und Bren mir helfen können. Ich habe ihn nur ein Mal getroffen, aber ich hatte das Gefühl, es spielt für ihn keine Rolle, ob es wahr ist.«

»Ein weiser Mann, dieser Master Wyck.«

Black Ralph sah wieder ins Feuer und nippte an seinem Scotch.

»Tatsächlich spielt es auch für mich nur eine untergeordnete Rolle. Für mich ist nur die Frage wichtig, ob Sie ein Spitzel sind. Entweder von den Behörden oder von einer anderen Gang. Das muss ich ausschließen können.«

Er sah Juniper mit reglosem Gesicht an.

»Das verstehe ich, Mister Qualtringham. Ich kann es nicht beweisen. Wie sollte ich das beweisen können?«

Qualtringham lächelte.

»Das war eine gute Antwort, Master Juniper. Sie leugnen nicht, Sie beteuern nicht. Das ist noch keine völlige Sicherheit, aber wo gibt es die schon?«

Während er das sagte, weichte Black Ralphs bislang so steinerne Miene auf. Sein Auge bekam einen wärmeren Glanz, und ein leises Lächeln schien auf. Er hatte seinen Oberkörper die ganze Zeit vorgebeugt, die Arme auf den Sessellehnen abgelegt, jetzt lehnte er sich nach hinten und schlug die Beine übereinander.

»Ihre Schilderung der Seefahrt überzeugt mich. Ich gehöre zu den sehr wenigen Bewohnern Londons, die selbst schon einmal eine Seereise unternommen haben. Allerdings nur eine einzige. Es war die Reise, die mich hierhergebracht hat. Und sie kostete mich mein Auge.«

Black Ralphs Blick ging jetzt nach innen und von dort weit fort. Juniper verspürte unbändige Neugier auf Qualtringhams

Geschichte, über die ja schon Lemmy und Sean Andeutungen gemacht hatten. Doch Black Ralph schwieg. Nippte ab und zu an seinem Scotch und sah wieder ins Feuer.

Juniper dachte wieder über Lemmy und Sean nach. Seine Vermutung über die beiden, wenn er ihnen beim Arbeiten zusah. An Qualtringhams geheimnisvolle Herkunft und seine Reise. Und seinen Satz über die Londoner. Langsam formte sich daraus ein Bild. Juniper glich dieses Bild mit allem ab, was er in den Wochen hier erlebt und gesehen hatte. Was Bren ihm erzählt hatte.

»Sir, wenn Sie sagen, dass Sie zu den wenigen Londonern gehören, die je eine Seereise gemacht haben …«

Juniper bemühte sich, den Satz beiläufig klingen zu lassen.

Qualtringham hob nur ein wenig das Kinn, als Zeichen, dass zumindest etwas von dem Gesagten in sein Bewusstsein gedrungen war.

»Und ich zum Beispiel gesehen habe, dass in diesem London hier im großen Gegensatz zu dem London, das ich noch vor etwa einem Jahr zum letzten Mal besucht habe, überhaupt keine hochseetüchtigen Schiffe auf der Themse zu sehen sind …«

Jetzt war Qualtringhams Auge wieder im Hier und Jetzt. Er sah Juniper amüsiert an.

»Ja, Master Juniper?«

»Und wenn ich dann weiterhin in Betracht ziehe, was ich von Bren hörte über das Leben hier und was ich selbst bei meinen Tagesarbeiten erlebt habe …«

Qualtringham hob die Augenbraue. Juniper sprach weiter.

»Dann scheint es mir so zu sein, als kennten die meisten der Londoner hier tatsächlich nichts anderes als London. Ich glaube, dass sie sich noch nicht mal ernsthaft überlegen, ob es etwas anderes überhaupt gibt.«

Qualtringhams Mund wurde breit, öffnete sich und zeigte kräftige Zähne. Ein heiseres Lachen rollte leise aus seiner Kehle.

»Da haben Sie recht, Master Juniper. Nachdenken steht hier nicht hoch im Kurs. Es sei denn, es gehört zur Arbeit.«

Sein Lachen verebbte, das Lächeln blieb.

»Worauf wollen Sie hinaus?«

Juniper lächelte jetzt auch.

»Die Masters McFay und O'Reilly sind ausgezeichnete Köche. Sie verstehen die Kunst aufs Beste und arbeiten schnell und genau. Aber ich glaube, sie haben beide keine Vorstellung, wo die Produkte herkommen, mit denen sie arbeiten. Ich denke, sie haben noch nie eine Karotte aus dem Boden gezogen und noch nie ein herumlaufendes Huhn gesehen. Sie haben weder einen Apfel vom Baum gepflückt, noch Kräuter im Beet geschnitten. Sie standen noch nie in einem Getreidefeld, und sie wissen nicht genau, wie Bier gebraut wird.«

Qualtringhams Lächeln war einem interessierten und ein wenig lauernden Blick gewichen.

»So. Denken Sie das, Master Juniper?«

»Ja, das denke ich. Lemmy und Sean nehmen die Ware, die sie kriegen, und bereiten sie perfekt zu. Aber ihr Wissen hat Grenzen. Für die sie nichts können, das hat einfach damit zu tun, dass sie außer London nichts gesehen haben von der Welt. Das macht sie wirklich nicht zu schlechteren Köchen als mich, aber ich denke, dass ich aufgrund meiner ganz anderen Erfahrungen eine große Bereicherung für Ihre Crew sein könnte.«

»Was für Erfahrungen genau? Dass Sie mal Äpfel gepflückt haben?«

»Nein, Sir. Dass ich in einer Welt kochen gelernt habe, in der das keine Besonderheit ist. In der jede Hausköchin – sofern der Haushalt über die Geldmittel verfügt – so ein Menü wie gestern zubereiten kann. Yorkshire Pudding musste ich schon wenige Wochen nach Beginn meiner Lehre backen können. Ich habe auf großen Schiffen gearbeitet, die Hunderte von Passagieren über den Ozean bringen. In der ersten Klasse reisen die reichsten und anspruchsvollsten Gäste, die man sich nur denken kann. Sogar Könige und Präsidenten. Und die nehmen auf einer solchen Reise bis zu sechs Mahlzeiten am Tag ein. Frühstück, Gabelfrühstück, Lunch, Nachmittagstee, Dinner, Mitternachtssouper. Schon das Frühstück ist mehrgängig. Auf einer Reise nach Amerika war der berühmteste Koch meiner Welt als Gastchef dabei, Auguste Escoffier. Wir haben zwei Wochen lang seine Kreationen zubereitet, unter seiner Aufsicht. Ich habe auf allen Kontinenten der Erde gegessen und auf einigen gekocht. Glauben Sie mir, Mister Qualtringham, ich habe nahezu alles gesehen, verschlungen oder zubereitet, was die Welt an Essbarem zu bieten hat. Und ich kann aus allem eine schmackhafte Mahlzeit zubereiten. Und aus guten Produkten sogar Träume.«

Qualtringham sah ihn lange an. Sein schwarzes Auge sprang hin und her.

»Sie wollen das wirklich, oder? Für mich kochen?«

»Mehr als alles, was ich seit langem wollte, Sir.«

»Haben Sie eine Vorstellung, was es heißt, sich darauf einzulassen? Hier? Köche verschwinden aus der normalen Welt. Sie führen ein Leben im Verborgenen. Ihre Arbeit steht unter Strafe. Sie können viel Geld verdienen, aber nur begrenzt etwas damit anfangen. Die meisten müssen es irgendwann verwenden, um sich aus dem Gefängnis freizukaufen. Und dann geht es wieder von vorne los.«

»Sir, dann ginge es mir besser als jetzt.«

Qualtringham hob die Hand, um Juniper Schweigen zu gebieten.

»Köche leben gefährlich, Master Juniper. Master McFay kann sich bei Licht nicht sehen lassen, er ist zu dick. Haben Sie hier je dicke Leute gesehen? Das liegt an den Einheiten. Davon können Sie gar nicht fett werden. Köche verschwinden von der Oberfläche und tauchen in den Untergrund, aber sie verpflichten sich ihrem

Boss. Wenn Sie für mich kochen, gehören Sie mir. Sie werden mein Zeichen auf dem Arm tragen, und Mitglieder anderer Gangs werden Sie, sollten sie Sie irgendwo an dem Zeichen erkennen, schnappen und mit sich schleifen. Köche verschwinden manchmal auch aus dem Untergrund, und niemand weiß, wo sie abbleiben. Sie werden Dinge über diese Welt erfahren, die kein normaler Einwohner Londons wissen darf. Auch dieses Wissen ist gefährlich.«

Black Ralph hatte sich weit zu Juniper gebeugt und immer leiser und eindringlicher gesprochen.

»Master Juniper, wollen Sie das wirklich?«

Juniper ließ sich einen Moment Zeit für die Antwort, weil er sicher war, dadurch bekäme sie mehr Gewicht. Aber er wusste längst, was er sagen wollte. Er stand auf und zog seine Jacke aus.

»Dass ich je wieder in meine Welt zurückkann, diese Hoffnung habe ich aufgegeben. Sei's drum. Ich bin Koch, Sir. Ich bin kein Bauarbeiter und keine Kanalratte, kein Werkstattfeger oder Müllschlepper.«

Juniper hatte seine Weste aufgeknöpft und zur Jacke auf den Sessel gelegt. Dann begann er, sein Hemd auszuziehen.

»Ich bin das alles leid, Sir. Und am meisten bin ich blaue Pampe und grünes Wasser leid. Ich will kochen. Ich will essen. Ich will saufen.«

Und Polly McFay besinnungslos lieben, dachte er.

»Und ich bin verdammt noch mal bereit, den Preis dafür zu zahlen.«

Juniper stand mit freiem Oberkörper vor Black Ralph, der staunend Carls Tätowierungen betrachtete.

»Machen Sie Ihr Zeichen auf meinen Arm, Sir.«

Qualtringham lehnte sich zurück und nickte ein paarmal. Dann stand er auf und hielt Carl die Hand hin.

»Willkommen in meiner Gang, Master Juniper.«

Zwei Stunden später fuhr Qualtringhams Chauffeur Carl Juniper wieder nach Hause. Dem brummte ein wenig der Schädel. Nicht von dem exzellenten Scotch, von dem Black Ralph ihm noch zwei weitere großzügige Portionen eingeschenkt hatte, sondern von dem, was sein neuer Boss ihm gerade alles erklärt hatte.

Black Ralph hatte Verbindungen, die es ihm ermöglichten, seine Köche buchstäblich von der Bildfläche verschwinden zu lassen.

Er bestach Aldermen verschiedener Wards, um gültige Arbeitskarten auf Jobs zu bekommen, bei denen die Köche nie auftauchten. Die zu den Jobs gehörenden Wohnungen ließ er, ebenfalls gegen saftige Schmiergelder, den Köchen zuteilen. Wenn es irgendwo Probleme gab, unterrichtete ihn sofort jemand aus der Fabrik oder dem Büro des Alderman, und Black Ralph sorgte dafür, dass das Problem behoben wurde.

»Sie werden die ersten sieben Aufträge unbezahlt ausführen, Master Juniper. Dann sind alle Kosten gedeckt, die mir entstehen. Sollten Sie in der Zeit Geld brauchen, kann ich Ihnen einen Kredit geben, der später verrechnet wird«, hatte Qualtringham klargemacht. »Und dann bekommen Sie das Zeichen meiner Gang.«

Wie viele Köche und Kellner in seiner Gang arbeiteten, ließ der Gangster nicht durchblicken, aber es schienen einige zu sein. Neben dem Juniper bekannten Lokal gab es offenbar noch ein paar andere feste Restaurants über die halbe Stadt verstreut. Außerdem arbeiteten seine Crews manchmal in Privaträumlichkeiten, in der Regel in verschwiegenen Zweitwohnsitzen irgendwo in gut abgeschirmten Vierteln der Upper Class. In den offiziellen Wohnungen dieser Leute gab es ebenso wenig Küchen wie in allen anderen. Dort lagen auch nur Einheiten in den Vorratsschränken, die natürlich vom Personal zubereitet wurden. Doch die Geheimwohnungen verfügten meistens über alles, was man zum Kochen brauchte.

»Wer stellt die Geräte denn eigentlich her, Sir?«, hatte Juniper gefragt.

Qualtringham hatte gelacht.

»Neugier. Das unterscheidet Sie von den meisten Menschen hier und verbindet uns beide. Sagen wir, das ist ebenso wie die Produkte, die Sie und Ihre Kameraden für mich und meine Gäste zubereiten, Schmuggelware. Ich weiß, wie ich rankomme, aber ich weiß nicht, woher es stammt.« Er hatte versonnen in einen gerade eingeschenkten Whisky geschaut und ihn im Licht des Kaminfeuers schimmernd im Glas kreisen lassen. »Seltsam, Master Juniper. Ich habe ein schwer verständliches Vertrauen in Sie. Missbrauchen Sie es nie.«

»Nein, Sir. Das werde ich nicht.«

»Gut. Ich hoffe, ich muss Sie nie daran erinnern.« Er hatte einen großen Schluck Whisky genommen. »Haben Sie je vom ›Green‹ gehört?«

»Nein, Sir. Nicht wirklich.«

»Das Green soll irgendwo außerhalb der Stadt sein. Niemand weiß, wo, niemand weiß, wie groß es ist. Etwas ist dort, daran kann es keinen Zweifel geben. Die offizielle Version des High Council sagt, dass man außerhalb der Stadt nicht leben kann. Dass es wildes Land ist. Deswegen zieht sich ein breiter Verteidigungsring um ganz London. Ich habe äußere Linien davon gesehen. Soldaten, Sperren, verminte Wege. Aber an dieser offiziellen Version kann einiges nicht stimmen. Denn es gibt Verkehr von draußen in die Stadt. Ich bin so von dem Hafen, in dem mein Schiff anlegte, in die Stadt gekommen. Versteckt in einer Kiste und diese in einem Zug, der unterirdisch fuhr. Sie haben in den Kanälen gearbeitet, richtig?«

»Das stimmt, Sir.«

»Haben Sie da hin und wieder eine Art Beben erlebt?«

»Oh ja, Sir. Keiner wusste einen Grund, aber alle kannten das.«

Qualtringham hatte genickt.

»Das sind keine Beben, das sind die Züge. Sie fahren unterhalb der Kanäle, und mit ihnen kommen alle möglichen Dinge in die Stadt, von denen die meisten Bewohner nichts wissen dürfen. Auch meine Waren. Es ist teuer und riskant, Verbindungen zu den Schmugglern zu unterhalten, aber ohne sie gäbe es weder die Colonial Spicers noch irgendeine andere Gang. Es gäbe keine Braten und keine Gemüse, keine Öfen, Pfannen und Messer.«

»Aber, Sir, die Züge werden doch nicht von den Schmugglern finanziert?«

»Nein. Natürlich nicht. Der High Council und die Fabrikanten unterhalten dieses Netz. Sie transportieren das Zeug, woraus die Einheiten hergestellt werden. Sie transportieren Chemikalien für Munition und Sprengstoffe. Getreide für die geheimen Brauereien in der Stadt. Holz für Bauten. Baumwolle für die Spinnereien. Und natürlich exotische Güter und Waren aus den Kolonien. Aus denen auch ich stamme.«

»Bren ist sich nicht mal sicher, ob es die Kolonien wirklich gibt.«

»Es gibt sie, Master Juniper. Und auch ich habe als Kind Gemüse aus dem Boden geerntet und Früchte von Bäumen gepflückt. Ich habe Ziegenmilch getrunken und gebratene Vögel gegessen. Machen Sie sich aber kein allzu hübsches Bild vom Leben dort. Der High Council plündert die Schätze der Kolonien, und die Bewohner sind bitterarm.«

Danach hatte der Mann aus den Kolonien eine Weile stumm ins Feuer geschaut, offenbar in Erinnerungen gefangen. Irgendwann hatte Juniper das Schweigen gebrochen.

»Sir. Eine Frage hätte ich noch.«

»Ja?«

»Wo kommen eigentlich neue Köche her? Ich meine, wenn so gut wie niemand weiß, dass es … uns gibt? Also zumindest unterm normalen Volk.«

»Viele lernen im Gefängnis zum ersten Mal einen Koch kennen. Eigentlich dürfen sie nicht über den Grund ihrer Haft sprechen, aber daran hält sich eben nicht jeder. Oft sprechen Köche jemanden an, den sie schon lange kennen. Weil sie im Auftrag ihres Bosses nach Nachwuchs suchen. Mir wurde auch schon mal von einem Gast ein Arbeiter geschickt, der sich etwas hatte zuschulden kommen lassen. Und es sind auch schon kleine Jungs beim Herumstromern in eine Küche gestolpert, ganz wie Sie, Master Juniper. Rory Biggott, der Bäcker, den Sie ersetzt haben, ist so zu mir gekommen.«

»Und so lernen sie das Handwerk?«

»Ja. Und für die Kellner gilt dasselbe.«

»Wie häufig werde ich kochen können?«

»Nun, es vergeht kaum ein Tag in dieser grauen Stadt, an dem nicht irgendwo ein kleineres oder größeres Fest von Black Ralph ausgerichtet wird. Ich würde sagen, dass Sie zwei bis vier Mal pro Woche arbeiten werden.«

»Schön, Sir. Danke.«

»Kamen Sie gut mit Master McFay zurecht?«

»Sehr gut, Sir. Er ist ein Prachtbursche.«

Qualtringham hatte wieder dieses unergründliche Lächeln gezeigt und einige Male genickt.

»Master O'Reilly steht schon seit einiger Zeit zur Beförderung an. Er soll seine eigene Crew führen. Möchten Sie Master McFays neuer Souschef sein?«

Junipers Herz hatte einen Hüpfer gemacht. Wegen Lemmy. Und einen Stich bekommen. Wegen Polly.

»Sie überlegen? Wie darf ich das verstehen?«

»Nun, Sir. Es ist großartig, mit Master McFay zu kochen. Und wie gesagt, er ist ein Prachtbursche.«

»Aber? Ich höre ein Aber, oder nicht?«

Juniper hatte sich gewunden und dann doch den Mut für eine Antwort gefasst.

»Seine Frau.«

Qualtringham hatte ihn verständnislos angesehen.

»Was hat seine Frau damit zu tun?«

»Nun, Sir, arbeitet sie immer mit Lemmy, also mit Master McFay zusammen?«

»Misses McFay?«

»Äh. Ja, Sir.«

»Soweit ich weiß, lebt Misses McFay in Cricklewood und arbeitet in einer Porzellanbrennerei. Sie dürften sich seit einigen Jahren nicht mehr gesehen haben.«

Jetzt war es an Juniper, verständnislos zu schauen.

»Aber … was ist mit Misses Polly?«

Qualtringham hatte gelacht.

»Erstens ist Misses Polly Miss Polly. Und zweitens Master McFays jüngere Schwester. Haben Sie ein Problem mit ihr? Sie kann manchmal sehr … speziell sein, aber sie ist eine hervorragende Maître d' und überhaupt ein wahrer Schatz.«

»Seine Schwester?«

»Sehr richtig, Master Juniper. Man mag es nicht glauben, aber Polyandra und Lemuel McFay haben dieselben Eltern.«

Juniper hatte den nicht kleinen Rest Whisky in seinem Glas mit einem einzigen Schluck hinuntergespült, um nicht »Hoorray« zu brüllen.

Und auch jetzt noch, in die weichen Sitze von Black Ralphs Wagen geschmiegt, der nahezu lautlos durch die für den Insassen unsichtbare Stadt rollte, hörte Carl Junipers Herz nicht auf, ihren Namen zu rufen.

Polly McFay.

Verdammicht noch mal.

Freude

Mit einem leisen Zischen fuhren die Nadeln über die Innenseite von Junipers rechtem Unterarm und stachen mit schnellen Stichen das Zeichen der »Qualtringhams Colonial Spicers« in die Haut. Junipers Tätowierungen waren auf die unterschiedlichsten Weisen entstanden. Mit kurzen Nadeln von Hand gepikt, im alten japanischen Tebori-Stil gestochen oder mit verschiedensten elektrischen Maschinen.

Der Tätowierer von Black Ralph hatte sein Gerät an eine kleine Dampfmaschine angeschlossen, was Juniper nach den Monaten in dieser seltsamen Welt nicht überraschte, Elektrik schien hier einfach so gut wie keine Rolle zu spielen. Trotzdem hatte er das Gerät zuerst mit Argwohn beäugt, sich aber dann gesagt, dass die Tattoos von Lemmy und Sean schließlich ordentlich aussahen. Und gleich mit welchem Gerät, am Ende stachen Nadeln die Farben in seine Haut, und das machte ihm nie viel aus.

Amüsant war allerdings, dass der Tätowierer selbst so gar nicht den Männern ähnlich sah, die all die anderen Bilder in Junipers Haut gezeichnet hatten. Er war ein sehr korrekt gekleideter Mann um die fünfzig, mit akkurat ausrasierten Koteletten und getrimmtem Schnurrbart. Ein grauschwarzer Haarkranz umrahmte seine Glatze, in der Juniper erwartete, sich selbst sehen zu können, so glänzte sie von Schweiß, während der Mann an seinem Arm arbeitete. Carl lehnte entspannt in einem weichen Sessel, sein rechter Arm lag auf der Lehne, mit dem linken hob er immer wieder eine Flasche kühles Ale und prostete Polly und Lemmy auf dem Chintzsofa ihm gegenüber zu. Pollys Leute räumten Geschirr in die Küche, wo Rory Biggott laut und sehr falsch singend spülte, unterstützt von einem Apprentis de Rang, einem Lehrling Pollys.

Es war ein ruhiger Abend gewesen, Herrenessen mit acht Gästen, keine Damen. Es ging um Geschäfte. Carl hatte alleine gekocht, drei Gänge. Mockturtlesoup, Aalpie, Rice Pudding. Die Herren waren nicht lange nach Ende des Essens aufgebrochen, und plötzlich war der dicke Lemmy breit grinsend in der Küchentür gestanden.

»Das war Nummer sieben, du Aas«, hatte es gurgelnd aus seiner Kehle gepoltert. »Zieh dich um, und komm raus. Rory, du hast die Räumerei im Griff?«

»Aber klar, Boss. Läuft. Oder, Master Juniper?«

»Es wird, Rory, es wird«, hatte Juniper gesagt. Während Rory sich glücklich dem Spülbecken zuwandte, hatte Carl seine Augen nach oben verdreht und dann Lemmy zugezwinkert, der lachend in Richtung Gastraum abdampfte.

Draußen hatten die beiden McFays gewartet und der korrekt gekleidete Herr mit einem großen Koffer, aus dem er nach und nach die Tätowierutensilien geholt hatte.

»Mister Qualtringham sendet die besten Wünsche«, hatte er sehr förmlich gesagt und Juniper bedeutet, im Sessel Platz zu nehmen. Dann hatte er mit seiner Arbeit begonnen.

Es war ein gutes Tattoo, das hatte Juniper schon bei Lemmy und Sean gefunden. Es drückte eine Menge von dem aus, was Carl mittlerweile für das Kochen empfand. Die erzwungene Pause von vielen Wochen, die Abwesenheit von richtigem Essen und geistigen Getränken hatten ihn gelehrt, seine Profession viel mehr zu schätzen. Der Totenschädel mit Kochmütze erzählte die Verbundenheit mit dem Handwerk bis zum Ende, dass ein echter Koch sein Leben ganz der Kunst widmete. In den gekreuzten Messern drückte sich die unmittelbare Gewalttätigkeit und Rohheit aus, die mit dem Schuften am Feuer einherging, und natürlich auch der freie und wilde Geist wahrer Küchenschergen.

Und in den drei Buchstaben die Zugehörigkeit zur selbstverständlich besten Gang Londons und die Grenzen der Freiheit. Ein Spicer gehörte Black Ralph, auf Gedeih und Verderb.

Qualtringham sorgte gut für seine Leute, das hatte Carl in der kurzen Zeit schon gelernt. Und er war beeindruckend organisiert. Arbeitskarte und Wohnungszuweisung hatte er binnen drei Tagen beschafft. Carl hatte zuvor mit Bren gesprochen. Sich bei ihm entschuldigt und ihm angeboten, woanders unterzukommen. Doch Bren hatte darum gebeten, dass Carl bei ihm wohnen blieb. Gleichzeitig jedoch deutlich gemacht, dass er lieber nicht wissen wollte, womit der nun seine Zeit verbrachte und seinen Lebensunterhalt verdiente.

»Was ich nicht weiß, können die Necks auch nicht aus mir herausprügeln, Carl.«

Nachdem das Amtliche geregelt war, war ein Mechaniker des »Metropolitan Pneumatic Post Service« in die Wohnung gekommen und hatte sie an das Rohrpostsystem angeschlossen. Auf diesem Weg bekam Carl seine Aufträge und konnte mit Black Ralphs Büro und allen ihm persönlich bekannten Mitgliedern der Gang kommunizieren.

Und schon am nächsten Tag hatte Carl Juniper, der Saufaus und Schiffskoch, mit Lemuel McFay und Rory Biggott in der Küche einer verschwiegenen Stadtvilla in Twickenham gestanden und ein sechsgängiges Menü für zwanzig Personen vorbereitet.

Am frühen Nachmittag traf Polyandra McFay mit ihrer Servicecrew ein, und eine Stunde, bevor das Fest begann, zog Polly den verdutzten Juniper, der gerade frisch angerührte Masse für Erdbeereis in die hauseigene Eismaschine gefüllt hatte, in eine Abstellkammer. Sie drückte den massigen Kerl gegen die Wand, ließ ihr herzhüpfendes Lachen im Gesicht explodieren und küsste ihn, dass ihm Hören und Sehen verging. Eins führte zum anderen, und Carl begriff endgültig, dass er es hier mit einer Frau zu tun hatte, die sehr genau wusste, was sie wollte und wie sie es bekam. Die in schönstem Sinne schamlos und frei und wild war, ohne dabei im Geringsten billig oder gierig zu wirken.

Mit einer angezogenen Polly konnte man im Stehen mehr Freude erleben als mit den meisten Frauen nackt im Bett. Nach zehn Minuten war Carl atemlos, schwindlig und schwach in den Knien gewesen. Polly hatte ihre Schultern aus dem halb aufgeknöpften Kleid befreit. Die Haut schimmerte und duftete verführerisch, Juniper legte eine Spur aus Küssen darauf, die ihn bis zu ihrem Oberarm führte. Und dort fand er heraus, dass auch die Kellnerinnen und Kellner von Black Ralph ein Zeichen trugen. Von Pollys weißer Haut grinste ein Totenschädel Juniper an. Allerdings trug der keine Kochmütze, sondern hatte einen Bowlerhat keck schräg aufgesetzt, mit einer Feder im Hutband. Und statt zweier Kochmesser kreuzte sich Tranchierbesteck hinter dem Kopf. Dazu die Buchstaben »Q.C.S.«.

Juniper lachte und küsste den Schädel wieder und wieder, bis Polly seinen Kopf in beide Hände nahm und vor ihr Gesicht zog.

»So Freundchen«, hatte sie dann geflüstert, »das ist ein Vorgeschmack. Den bekommst du wieder und wieder, bis endlich der Totenkopf auch auf deinem Arm prangt. Und dann …«

Sie hatte leise gegurrt und ihm eine weitere Portion wilde Minze und duftige Limone auf den Mund verpasst.

Jetzt saß sie ihm hier gegenüber, zwinkerte und lächelte, scherzte mit ihrem schon ordentlich angetrunkenen Bruder und wippte mit dem übergeschlagenen Bein in Junipers Richtung, was diesen hochgradig nervös machte. Er hoffte so sehr, dass Polly ihr

Versprechen schon heute wahr machen würde, und musste deswegen immer wieder seine Sitzposition ändern, um etwas Luft in seiner Hose zu schaffen.

Die nächsten fünf Aufträge hatten Juniper die ganze Bandbreite der Qualtringham'schen Aktivitäten aufgezeigt. Ein intimes Diner war dabei gewesen, nur zwei Teilnehmer. Das hatte er alleine mit Rory und Charles Trafton bewältigt. In einer der geheimen Küchen von Black Ralph, die ganz in der Nähe der Wohnung der Dame lag, hatten sie das Essen vorbereitet und dann mit einem Transportwagen zum Ort des Geschehens gebracht. Dort hatte Rory einen beweglichen Herd, der an eine Gasflasche angeschlossen wurde und über zwei Kochstellen verfügte, im Badezimmer aufgebaut, und so konnte Juniper das Menü fertigstellen und schicken.

Wieder einmal war er aufs Tiefste von der Organisation und dem Erfindungsreichtum Black Ralphs beeindruckt gewesen. Wobei andere Crews vermutlich über ähnliche Gerätschaften verfügen mussten.

Im Restaurant ebenjener Geheimküche hatte dann zwei Tage später eine große Feier stattgefunden, die Hochzeit zweier Fabrikantenkinder, eine Veranstaltung, die sehr steif und förmlich begann und nach Aufbruch aller Teilnehmer über vierzig in eine wüste Sauferei und Orgie ausartete, auf deren Höhepunkt Polly ihren Bruder und Carl in den Gastraum rufen musste, damit sie Trafton und Finch halfen, ein paar jugendliche Raufbolde aus besten Familien tatkräftig darauf hinzuweisen, wie unterlegen in diesem Fall die Upper Class der Working Class war.

Das Jahrestreffen des Office Clerk Boards aus Tower Hamlets war im krassen Gegensatz dazu eine Veranstaltung von geradezu einschläfernder Atmosphäre gewesen. Das sehr traditionelle Menü hatte sich entsetzlich in die Länge gezogen, weil ständig langatmige Reden gehalten wurden und das Durchschnittsalter der gut vierzig ausschließlich männlichen Gäste bei Mitte sechzig lag.

Zwei weitere Abende waren dann sehr ähnlich dem verlaufen, an dem Carl Juniper zur Truppe gestoßen war. Beim zweiten waren allerdings die Damen und Herren gleichermaßen in eher jugendlichem Alter gewesen, sodass nur drei von fünf Gängen wie geplant nach draußen gehen konnten. Danach war niemand mehr im Restaurant auch nur ansatzweise nüchtern, und niemand hatte mehr Kleider an.

Dass Essen und Trinken hier so häufig in direktem Zusammenspiel mit Fleischeslust stattfanden, hatte Carl zunächst erstaunt. Aber wenn man sich klarmachte, wie grau und freudlos der gut versorgte Alltag in dieser Stadt war, wie aufregungslos und geduckt das rundum gesicherte Leben, so konnte es nicht verwundern, dass solch ein Abend die Sinne der Anwesenden aufs Äußerste reizte und jede Hemmung wie eine Seifenblase zerplatzen ließ.

»Ich würde meinen, das war's, Master Juniper.«

Der Tätowierer wischte etwas ausgetretene Tinte ab, tupfte das Tattoo gründlich trocken und ließ Junipers Arm los.

Das Schwarz glänzte jetzt stark, und die Haut ringsum war leicht gerötet und geschwollen, aber es sah großartig aus.

»Zeig her, du Molch.«

Lemmy war aufgesprungen, was angesichts seines Umfangs und seiner Trunkenheit keine leichte Übung war, und stand jetzt vor Carl. Der streckte seinem Küchenchef den Arm hin.

»Sauber, Mister Delaney. Wie immer.«

Lemmy tätschelte dem immer noch sitzenden Tätowierer die Glatze, und dieser lächelte wie ein Kind ob des Lobes.

Lemmy packte Junipers Hand und riss ihn aus dem Sessel hoch. Dann umarmte er seinen Souschef.

»Willkommen in der verdammicht noch mal härtesten und besten Küchengang dieser Stadt.«

»Danke, Lemmy. Du kannst dir wohl nicht vorstellen, was das wirklich für mich bedeutet.«

Sie drückten sich, als wollten sie sich ihre Brustkörbe zerquetschen.

»Ich möchte Ihre Verbrüderung nicht unterbrechen, aber anders komme ich wohl nicht dazu, meinen neuen Souschef persönlich zu beglückwünschen.«

Die kühle raue Stimme von Black Ralph Qualtringham grollte freundlich aus der Ecke.

»Sir, das … freut mich außerordentlich, dass Sie in höchsteigener Person herkommen.«

»Nicht mehr und nicht weniger als angemessen, würde ich sagen.« Qualtringham schüttelte Junipers Hand und lächelte. »Sie haben mir gerade Ihre Seele verkauft.«

»Die wollen Sie nicht haben, Sir, glauben Sie mir das«, platzte es krachend aus Lemuel McFay. »Mit seinem Arsch sind Sie besser bedient, der ist auch sauberer.«

Juniper merkte, dass er etwas errötete. Na so was. Und dann wurde sein Blick über Qualtringhams Schulter zu Polly gezogen, die ihn lächelnd und butterweich ansah. Sein Herz wurde heiß wie Pommes frites in Öl.

Qualtringhams Mund näherte sich Junipers Ohr.

»Ich habe ein … Willkommensgeschenk für Sie«, flüsterte er. Dabei glitten seine Finger in Junipers Westentasche und steckten etwas hinein, Carl konnte nicht sagen, was es war.

»Mister Delaney, das Finanzielle regeln wir in der Küche, in Ordnung? Ach, und Master McFay, ich hätte da noch etwas mit Ihnen zu besprechen. Kommen Sie auch gleich mit?«

»Aber klar, Sir.«

Im Gehen zeigte Black Ralph noch mal auf Junipers Westentasche und zwinkerte, was angesichts seiner Augenklappe seltsam wirkte. Fast unwillkürlich griff Carl in die Tasche und ertastete einen kleinen Gegenstand aus Metall, der in Papier gewickelt war.

»Krieg ich einen Kuss? Von einem echten Spicer? Ich glaube, das hatte ich noch nicht …«

Polly kam langsam auf Carl zu. Der spürte, wie seine Erregung wieder wuchs. Mit heiserer Stimme sagte er: »Aye, schönes Weib. Ich hoffe, dein Bruder schneidet mir nicht den Kopf ab.«

»Oder andere, nicht weniger nützliche Bestandteile deines Leibes.« Polly lächelte, ihre Wangen waren gerötet. Carls Hals war trocken wie die Wüste Taklamakan.

Gerade als er Polly in die Arme nahm, räusperte sich jemand von der Küche her. Trafton.

»Verzeihung, Miss Polly, Master Juniper. Ich soll Ihnen beiden von Mister Qualtringham ausrichten, dass er in fünf Minuten mit der Besprechung fertig ist und Sie dann hier nicht mehr sehen möchte.«

Carl sah Trafton verständnislos an, dann Polly.

Die lachte, nahm seine Hand und zog ihn Richtung Ausgang.

Sie stolperten in die neblige Gasse, diffus von Gaslicht erhellt. Eine Limousine, vermutlich der Wagen ihres Arbeitgebers, wartete.

»Wollen wir ein wenig spazieren?«

Carl nickte, einen Kloß im Hals.

In diesem Moment stieg der Chauffeur aus.

»Miss McFay, Master Juniper?«

»Äh. Ja. Richtig.«

»Mister Qualtringham hat mich beauftragt, Sie zu fahren.«

Der Chauffeur hatte den Wagen umrundet und die Fondtür geöffnet. Der Wagen war kleiner als der, mit dem Juniper schon einmal gefahren worden war, aber nicht weniger luxuriös ausgestattet.

Polly stieg zuerst ein, Carl folgte.

»Getränke befinden sich in dem kleinen Kabinett, Master

Juniper. Ich bitte Sie, sich selbst zu bedienen. Wir werden etwa die Hälfte einer Stunde unterwegs sein.«

Als der Chauffeur die Tür schließen wollte, beugte sich Juniper vor.

»Aber … wo geht es denn hin?«

»Das, Master Juniper, ist eine Überraschung.«

Polly hatte bereits das Kabinett geöffnet.

»Champagner. Eisgekühlt. Herrlich.«

Alleine dieses gegluckste »Herrlich« ließ Junipers Herz und die südlicheren Regionen seines Körpers in Flammen aufgehen.

Eine halbe Stunde, drei Gläser Champagner und viele Küsse später hielten sie vor einem verschwiegenen Stadthaus. Der Chauffeur ließ sie aussteigen.

»Ich darf mich verabschieden und Ihnen eine angenehme Nacht wünschen.«

»Moment, mein Freund. Wer ist da drin?« Juniper zeigte aufs Haus.

»Niemand, würde ich denken.«

»Und wie kommen wir dann da rein?«

»Nun, Master Juniper, wenn ich recht informiert bin, hat Ihnen Mister Qualtringham etwas gegeben.« Der Fahrer lächelte Carl an und schloss den Wagenschlag.

»Verdammicht.«

Carl schlug sich an die Stirn und griff wieder in die Westentasche. Polly lachte laut auf.

Er zog das kleine Päckchen heraus, wickelte das Papier auf und hatte einen Schlüssel in der Hand. Auf den Zettel war etwas geschrieben. Juniper hob ihn näher an sein Gesicht und drehte sich mehr ins Licht der Laterne.

»Passen Sie gut auf diese Kostbarkeit auf, Master Juniper. Sie liegt mir am Herzen. Und in meinem Herz ist nicht sehr viel Platz. Best regards, R.Q.«

Juniper sah Polly an. Die ließ ihr sensationelles Lächeln sehen. Carl gab ihr wortlos den Zettel, schloss die Tür des Hauses auf und blieb im Eingang stehen. Polly las. Dann noch einmal. Sie kam zu Juniper und nahm seine Hand. Sah ihn mit feuchten Augen an. Rührung über Black Ralph und glühende Lust auf Juniper – beides lag in diesem Schimmern. Sie schob den Koch ins Haus und schloss die Tür mit dem Absatz. Dann brachte sie ihren Mund an Carls Ohr.

»Mit Mister Qualtringham sollte sich noch nicht mal ein Ochse wie du anlegen. Und jetzt komm. Fang endlich an, dich schlecht zu benehmen.«

Das war Juniper erst nach einer ganzen Weile gelungen. Nach vielen Küssen. Nachdem er Polly zart und mit heißen Händen aus den Kleidern geschält hatte. Nachdem auch er alles losgeworden war, was nicht Haut und Haar war. Nachdem sie sich lange einfach nur nackt, Haut an Haut, auf dem riesigen Bett im ersten Stock aneinandergerieben und ineinandergeschmiegt hatten. So kannte Juniper sich gar nicht. Er war fast schmerzhaft erregt, und doch schien ihm diese große und üppige Frau, die so freigiebig und freudvoll mit ihrer Lust war, zu zart und zu einzigartig, um sie mit seiner Gier zu erdrücken. Eine Kostbarkeit. Das war sie. Da hatte Black Ralph verdammt recht. Und Juniper fürchtete jetzt nichts so sehr, als dass dieser Augenblick, dass diese Nacht die erste und letzte sein würde, die er mit Polly McFay verbrachte, wenn er etwas falsch machte. Noch bevor sie sich auch nur erkundet hatten, als seine Hände noch nicht mehr als ihre Hüften liebkost und sein Mund nichts als den ihren geschmeckt hatte, wusste Carl, dass er diese Frau wieder und wieder in seinen Armen halten wollte.

Sie gurrte und seufzte und lachte. Und sie war es schließlich, die die Griffe fester und die Küsse wilder werden ließ. Die ihre Zähne als Erste in Junipers Fleisch schlug und die Finger in ihn krallte, dass er vor Lust aufschrie.

Und dann fielen von ihm alle Angst und alles Zagen. Und Carl Juniper, der Mann, der wohl mit hundert Huren in allen Erdteilen berauscht das Bett geteilt hatte, ließ seine Lust und seine Freude hemmungslos Herr über sich werden und liebte zum erstenmal in seinem Leben ganz und gar. Mit Haut und Herz und Haar. Er verschlang Polly McFay, glitt auf und unter und in sie. Zog sie mit starken Armen tief in seine Brust, damit sie sich an sein schlagendes Herz schmiegen konnte. Und Polly nahm und gab ohne Hemmung und ohne Scheu.

Die Stunden rasten und blieben zugleich endlos. Sie liebten sich und ruhten und schliefen und erwachten und aßen sich wieder von Neuem und tranken sich bis zur Neige.

Als der Morgen graute, fielen die beiden eng umschlungen und schweißgebadet in ohnmächtigen Schlaf.

Aus dem sie am frühen Nachmittag unsanft geweckt wurden. Black Ralph stand im Zimmer.

»Es tut mir unendlich leid, Sie beide so… indiskret aufzustören.« Seine Stimme war brüchig, sein Blick wund. »Ich habe schlechte Nachrichten, Miss Polly. Sehr schlechte.«

Polly und Carl hatten sich, noch erwachend, aufgesetzt und die Decke bis zum Hals hochgezogen. Der innere Aufruhr ihres Bosses passte so gar nicht zu seinem ansonsten kühlen Auftreten. Wenn Black Ralph Qualtringham so erregt war, dann musste etwas wirklich Schlimmes passiert sein.

»Ich sehe keine Möglichkeit, es Ihnen schonend beizubringen, Miss Polly. Ihr Bruder ist verschwunden. Ich befürchte das Schlimmste.«

Nur mit größter Mühe gelang es Carl, die schreiende Polly in seinem Arm zu bergen.

Yorkshire

Weihnachten 1915

Carl Juniper, der für alle im Wharncliffe War Hospital immer noch Harold P. Mulrooney war, mischte die Zutaten für die Truthahnfüllung in einer großen Schüssel.

In Geflügelbrühe gegarte Selleriestücke und Zwiebeln, rohe Äpfel, Petersilie, Thymian, grobes Salz, schwarzer Pfeffer und in kleine Stücke zerpflücktes helles Sauerteigbrot wurden zum aromatischen Brei, auf den schon zehn Truthähne warteten.

Er kochte für die Weihnachtsfeier der Ärzte, Schwestern und den restlichen Stab des Hospitals, die immer ein paar Tage vor der offiziellen Feier stattfand. Doktor Blakesley und die medizinischen Abteilungsleiter zahlten diese Feier stets aus eigener Tasche als Dank an alle Mitarbeiter.

Das Essen für die große Feier war etwas einfacher. So viele Truthähne, wie man für alle Patienten bräuchte, wären in ganz Yorkshire nicht aufzutreiben. Und wenn man sie hätte auftreiben können, wären sie nicht zu bezahlen gewesen.

Es würde pro Mann eine Scheibe Rinderbraten als Hauptgericht geben und dicke Bratensauce. Dazu Bratkartoffeln und glasierte Möhren. Und als Dessert natürlich Christmas Pudding.

An Weihnachten weinten noch mehr Soldaten als an allen anderen Tagen. Aber es war auch eine Zeit großer Herzenswärme und

Hoffnung. Hoffnung, dass der Krieg endlich enden würde, obwohl es noch lange nicht so aussah, als läge Deutschland am Boden.

Auf dem Herd blubberten jetzt zur Bratensauce auch noch Cranberry und Bread Sauce vor sich hin. Letztere musste gleich vom Feuer und eine Weile zugedeckt vor sich hinziehen.

Juniper bückte sich und öffnete eine Ofentür. Beißender, aber aromatischer Rauch schlug ihm entgegen. Er lächelte.

Die Filets von fünfundzwanzig frischen Forellen lagen auf einem Rost und nahmen den Rauch in sich auf. Richtige Prachtexemplare.

Die würde es als Vorspeise geben. Zum Hauptgang dann die Truthähne, dazu die traditionellen »pigs in blankets«, kleine Bratwürste in Speck gewickelt, die drei Saucen, Bratkartoffeln, geschmorte Pastinaken, Rosenkohl mit Ahornsirup und gerösteten Mandeln.

Dezemberregen schlug an die großen Küchenfenster, um Juniper herum herrschte Treiben, der Tee wurde vorbereitet. Er arbeitete ruhig und heiter vor sich hin.

Carl war mittlerweile fester Bestandteil der Küchenmannschaft des Hospitals, ohne zu etwas verpflichtet zu sein. Er tat jeden Tag etwas. Manchmal nur eine Stunde, manchmal von früh bis spät, ganz, wie es ihm beliebte. Dazwischen half er dem alten Gärtner, Mister Pemberton, und lernte dabei viel über den Anbau von Gemüse und Obst und Kräutern. Die Gartenarbeit machte Juniper Freude, er war mit großem Eifer dabei, aber sie stimmte ihn auch immer melancholisch. Denn in einem spärlich erleuchteten Winkel seiner Erinnerung gab es einen Ort, an dem er dieses Wissen so gut hätte brauchen können. Dieser Ort war ein verlorener Traum.

Den Schmerz über seinen Verlust hatte Juniper in den ersten Wochen, nachdem er aus dem Pazifik gefischt worden und hierhergebracht worden war, nur mit Taubheit bekämpfen können. Vollständig. Sein Geist war schier geborsten unter der Last zu begreifen, was wirklich geschehen war und was sich möglicherweise nur in seiner zer-

rütteten Seele abgespielt hatte. Wenn alles wahr war, woran er sich erinnerte – und tief drinnen hatte Juniper daran eigentlich nie den geringsten Zweifel gehabt –, dann gab es für ihn hier, in dieser Welt, nichts, wofür sich zu leben lohnte. Alles war drüben geblieben. Oder unten. Dort. Damals. Oder seine Erinnerung war ein reiner Trug. Dann war er schlicht verrückt. Aber er fühlte sich so gar nicht verrückt. Und dann war da noch der Totenschädel, der ihn als Mitglied der Colonial Spicers auswies. Juniper konnte sich genau erinnern, wo er jedes seiner Tattoos bekommen hatte, auch wenn er oft genug besoffen unter den Nadeln gesessen hatte. Und zu diesem Schädel mit Kochmütze und Messern, der immer noch prächtig schwarz und hautfarben auf seinem Unterarm grinste, gab es in seiner Erinnerung nur eine einzige Version, wo und von wem er ihm in die Haut gestochen worden war. In jenem verschwiegenen Restaurant durch den von Black Ralph beauftragten Delaney. Vor seiner ersten Liebesnacht mit Polly.

Und seit dem Tag, an dem Major Blakesley ihm gesagt hatte, dass er ihm glaube, gingen Junipers Gedanken nur noch in eine einzige Richtung.

Nächtelang hatte er sich im Schlaf gewälzt. Einerseits, weil er seine Taubheit abgestellt und sich entschlossen hatte, jeden Schmerz zu ertragen, andererseits, weil er Tag für Tag und Nacht um Nacht mehr eins wurde mit seinen Erinnerungen und ihrer Wahrheit. Und schließlich die Gewissheit ihn ganz ruhig gemacht hatte.

Er war dort gewesen. Und er musste dorthin zurück.

Aber wie?

Darüber hatte sich Juniper in endlosen Stunden den Kopf zerbrochen. War immer wieder durchgegangen, wie er in die andere Welt gelangt und wie er aus ihr verschwunden war. Bei aller Rätselhaftigkeit der Vorgänge gab es eine Logik. Sie stand auf wackligen Beinen, aber so nachdenklich Carl Juniper in letzter Zeit auch geworden war, er war kein Grübler. Er neigte nicht dazu, Dinge hin und her zu drehen, bis sie noch schwerer zu verstehen waren als zu Beginn. Wenn etwas Sinn ergab und ihm einen Weg aufzeigte, dann packte er sich selbst am Kragen und marschierte los. So war er immer gewesen.

Und obwohl ihn auch erschreckte, was diese Logik ihm befahl, wusste Carl Juniper im Grunde seines Herzens, dass er diesem Ruf folgen musste. Nur der Sturz ins Wasser, das Versinken in bodenloser Tiefe konnte ihn durch Raum und Zeit von hier nach dort bringen. So furchtbar die Vorstellung war, er hatte keinen Zweifel, dass er nur auf diesem Weg eine Chance hatte, wieder zurückzugelangen.

Und so hatte er an einem schönen Tag im späten August darum gebeten, mit Doktor Blakesley sprechen zu dürfen.

»Nun, Mister Juniper?«, hatte der Doktor mit seinem feinen Lächeln gefragt.

»Ich habe eine Entscheidung getroffen.«

Doktor Blakesley hatte ihn unverwandt freundlich angesehen.

»Ich möchte wieder zur See.«

Der Doktor hatte genickt.

»Das sollten Sie wohl auch. Aber die Frage ist natürlich: Als wer wollen Sie zur See? Petty Officer Mulrooney oder Carl Juniper?«

»Ich will zur Navy. Ich will meinem Land und dem König im Krieg dienen.«

Diesen Satz hätte Juniper vor dem Untergang der »Birmingham« nicht sagen können, ohne in Lachen auszubrechen. Was scherten ihn England und der König?

Doktor Blakesleys Gesicht hatte einen besorgten Ausdruck bekommen, einen Anflug von Trauer. Nur für einen Moment, dann lächelte er wieder. Doch das Lächeln wirkte herbeigezwungen.

»Das ist lobenswert, natürlich. England, ja, Europa ist in großer Gefahr. Das Deutsche Reich und Österreich-Ungarn mit all ihren Verbündeten haben die Entente immer noch ziemlich fest am Kragen. Auch wenn unsere Fronten und unser Wille nicht bröckeln – dieser Krieg ist noch lange nicht vorbei.«

»Aye, Sir.«

Blakesley hatte begonnen, sich eine Pfeife zu stopfen.

»Ich denke, Sie wissen, dass mich die Arbeit hier oft mit Schmerz erfüllt. Junge Männer kommen verwundet und zerstört in unser Hospital. Nicht wenige sterben. Manche legen die Uniform ab und gehen als Krüppel zurück in ihr altes Leben, das jetzt ganz anders sein wird, als es war. Und so viele schicken wir nach einer Weile wieder zurück in die Gräben und auf die Schiffe. Sie können wieder kämpfen, aber sie sind nicht heil. Sie werden es vielleicht nie wieder werden.«

Er zündete die Pfeife an und paffte einige schnelle Züge, bis sie ruhig brannte.

»Die Navy ist natürlich nicht so unaufhörlich im Gefecht wie die Army. Aber wenn ein Schiff von schwerer Artillerie oder Torpedos getroffen wird, dann verwandelt es sich binnen Minuten in eine Hölle. Seeleute sind umgeben von tonnenweise Munition, Sprengstoff und Öl, das wissen Sie besser als ich. Wenige Funken genügen, und alles fliegt in die Luft. Wenn Sie das überstehen, wartet der Ozean auf Sie. Eiskalt oder mit brennendem Öl überzogen. Sie haben schon Schiffbruch erlitten, Mister Juniper. Wenn ein Geschwader der Navy im Gefecht ist, bleibt selbst unmittelbar neben Ihnen manövrierenden Schiffen vielleicht keine Zeit, Sie zu retten. Sie können ertrinken, verbrennen, ersticken. Schnell oder langsam und qualvoll. Alle Armyhospitäler nehmen, obwohl sie voll sind, auch Männer der Navy auf. Wissen Sie, warum? Weil sie nicht ins Gewicht fallen. Die Navy hat nach Gefechten fast nie Verwundete. Sie hat eigentlich nur Tote. Ein Dreadnought sinkt, und tausend oder tausendfünfhundert oder noch mehr Männer sind tot.«

Während Doktor Blakesley sprach und sich unübersehbar erregte, was doch so gar nicht seine Art war, war seine Pfeife ausgegangen. Er zündete sie wieder an. Paffte. Rauchte.

Juniper hatte in den langen Stunden des Nachdenkens diese Bil-

der selbst immer wieder heraufbeschworen. Er kannte Todesangst. Er hatte schon mehr als einmal abgeschlossen mit allem. Er war schon gestorben, auch wenn er es am Ende überlebt hatte. Und er könnte es wieder, das wusste er.

Er hatte nach den Monaten der Lethargie und dann den Wochen des Schmerzes ein inneres Gleichgewicht gefunden. Sein Leben hier im Hospital war aufregungslos und geregelt. Er beschäftigte sich mit angenehmen Dingen. Alles um ihn herum war freundlich, auch wenn Leid und Tod nicht weit waren. Ihm selbst ging es gut.

Eigentlich.

Seine Wunde rührte nicht von Krieg und Grauen her, auch wenn er beides erlebt hatte. Es war eine Herzenswunde. Eine Sehnsuchtswunde. Der Schmerz, einen Teil seiner selbst verloren zu haben. Und zwar einen, den man zum Glücklichsein so nötig brauchte wie Wasser und Luft zum Leben.

Als er Tagesarbeiter war, hatte er sich an diese Gleichmut gewöhnt. Und wenn er nicht Lemmy und Black Ralph und vor allem Polly begegnet wäre, hätte er sich wohl in diesem grauen, aber ungefährlichen Leben eingerichtet. Wäre völlig ertaubt und ermüdet.

Und jetzt geschah dasselbe wieder mit ihm. Wenn er nicht zurück und Polly wiederfinden wollen würde, wäre er vielleicht sogar dankbar, dem Schlachthaus des Krieges entgehen zu können. In diesem traurigen, aber freundlichen Haus, inmitten der grünen Hügel Yorkshires.

Aber so, wie ihm die Freude am Kochen keine Wahl gelassen hatte, als sich unter Gefahr aus dem grauen Einerlei des seltsamen London zu befreien, so machte es jetzt die Sehnsucht nach Polly und allem, was er zurückgelassen hatte, unmöglich, sich zufrieden und schmerzlos in das ruhige Leben in Yorkshire zu schicken.

Keine Freude ohne Schmerz.

Kein Glück ohne Gefahr.

Keine Liebe ohne Verlust.

Er war in eisiges Wasser gesunken und aus dem Nachthimmel gestürzt. Er war durch Rauch und Feuer gegangen und aus eisigem Wasser wieder aufgetaucht.

Es gab nur einen Weg.

Das alles hatte an diesem Tag in Doktor Blakesleys Büro so klar vor seinem Auge gestanden wie noch nie zuvor.

Und er hatte dem Doktor geantwortet.

»Ich bin mir über all das im Klaren, Sir. Ich kann nicht anders. Ich muss das tun, um mich zu retten.«

Blakesley hatte lange nicht geantwortet. Er hatte geraucht und Juniper angesehen, und auf seinem Gesicht hatten sich Trauer und Zuneigung und Angst um Carl Juniper gezeigt.

»Gut, Mister Juniper. Ich werde mit der Admiralität Verbindung aufnehmen. Sie bekommen von mir eine Beurteilung, die aussagt, dass Sie diensttauglich sind, aber unter einer vollständigen und irreversiblen Amnesie bezüglich der Vorgänge während des Gefechts von Coronel leiden. Ich werde Ihren Wunsch weitergeben, wieder als Kochsmaat auf einem Kriegsschiff Seiner Majestät Dienst zu leisten. Und ich werde diesen Wunsch aus ärztlicher Sicht gutheißen und im Weiteren bestätigen, dass Sie sich während Ihres Aufenthaltes hier als außerordentlich fähiger und fleißiger Koch gezeigt haben. Ist Ihnen das so recht, Petty Officer Mulrooney?«

Juniper hatte genickt.

»Ja, Sir. Es ist mir recht. Vielen Dank, Sir.«

Ende Oktober war dann Nachricht von der Admiralität gekommen, dass man beabsichtige, Petty Officer Harold Porter Mulrooney nach seiner Genesung zum Chief Petty Officer zu befördern und als Chief of Galley, also Küchenchef, auf einem noch zu benennenden Kriegsschiff der Royal Fleet einzusetzen.

Die Truthähne waren jetzt im Ofen, die Saucen fertig, das Gemüse vorbereitet. Juniper klarte in der Küche auf, dann ging er sich duschen. Als er ins Zimmer zurückkehrte, saß Doktor Blakesley auf dem Stuhl am Fenster.

»Good afternoon, Chief Petty Officer.«

»Good afternoon, Sir.«

Blakesley griff in seine Innentasche und holte einen Umschlag heraus.

»Sie haben einen Brief von der Admiralität bekommen. Ich nehme an, es ist Ihr neues Kommando.«

Juniper merkte, dass seine Knie etwas weich wurden. In den letzten vier Wochen war er von einem jungen Assistenzarzt, Second Lieutenant Hepworth, und Nurse Fancourt auf seine zukünftige Zweitverwendung als Sanitäter vorbereitet worden. Alle Schiffsköche der Navy mussten im Gefecht Verwundete versorgen können.

Juniper nahm den Umschlag, öffnete ihn und las.

»Nun?«, fragte Doktor Blakesley, als er fertig war.

»Rosyth, Sir. HMS ›Black Prince‹. Ich soll mich am 4. Januar an Bord melden.«

Der Doktor stand auf.

»Ich hoffe, das ist wirklich das, was Sie wollen. Und ich hoffe, dass Sie dort finden, was Sie suchen.«

»Danke, Sir. Ich… weiß wirklich sehr zu schätzen, was Sie alles für mich getan haben. Und bereit waren zu tun.«

Blakesley nickte müde.

»Gott schütze Sie, Mister Juniper.«

So hatte der Doktor ihn seit jenem Gespräch nicht mehr genannt.

»Sie auch, Sir.«

Blakesley schüttelte den Kopf.

»Ich komme hier wohl gut ohne ihn zurecht. Sie werden ihn nötiger haben.«

Das Kommando

»Kann Lemmy nicht irgendwo … versackt sein? Bei einer Frau? Oder vielleicht hat er etwas Schnaps abgezweigt und sich besoffen?«

Juniper hielt die schwer atmende Polly im Arm.

Black Ralphs Blick ruhte voll Mitleid auf seiner Maître d'. Leise schüttelte er den Kopf.

»Nein. Erstens ist Master McFay zwar kein Kind von Traurigkeit, aber er hat sich in all den Jahren in meiner Gang als absolut zuverlässig erwiesen. Er hat noch nie eine Verabredung verpasst oder ist auch nur eine Minute zu spät gekommen. Und zweitens war Mister Bentham in seiner Wohnung. Dort hat eindeutig ein Kampf stattgefunden, wie er berichtete. Und Mister Bentham kennt sich mit so etwas aus.«

Juniper dachte an die tänzerische Leichtigkeit, mit der Bentham ihn, den schweren Sack aus Muskeln und Fett, aufs Pflaster geworfen hatte. Ja. Mit so etwas kannte Bentham sich ganz offenbar bestens aus.

»Sir, was hatten Sie denn für eine Verabredung, wenn ich fragen darf?«

»Master McFay sollte mich zu einer Warenlieferung begleiten. Dazu nehme ich immer reihum einen meiner Küchenchefs oder einen erfahrenen Souschef mit. Wenn Wein geliefert wird, begleitet mich Miss Polly oder einer ihrer Kollegen. Zur Qualitätsprüfung.«

»Bei allem Respekt, Sir«, meldete sich Polly mit wütendem Ton, »wir wissen genau, wer ihn hat.«

»Miss Polly ...«

Qualtringham machte eine beruhigende Geste mit den Händen, doch Polly wollte sich nicht beschwichtigen lassen. Ganz im Gegenteil.

»Lemmy hat Botschaften bekommen.«

Juniper hörte dem Wortwechsel staunend zu. Worüber sprachen die beiden da? Und warum wurde Polly so wütend? Und warum war Black Ralph so bemüht, ruhig zu bleiben? Jetzt schaute er Polly fast flehend an.

»Ich weiß ...«

Pollys Ton wurde trügerisch ruhig.

»Lemmy hat sehr klargemacht, dass er nicht gedenkt, auf die Angebote einzugehen.«

Qualtringhams Blick wurde daraufhin noch freundlicher und besorgter. »Auch das weiß ich, Miss Polly. Ihr Bruder ist absolut loyal, daran habe ich keinen Zweifel.«

Juniper spürte, wie Polly vor Energie vibrierte. Er wusste ja nun, welche Leidenschaft die große Frau entwickeln konnte. Er nahm sie vorsichtig und liebevoll etwas fester in den Arm und küsste ihr Haar. Polly zischte wütend.

»Dann geben Sie den Befehl, ihn da rauszuholen. Geben Sie *mir* den Befehl. Ich will Sean O'Reilly dabeihaben und den starken Ochsen, der mich gerade daran hindert, dieses wunderhübsche Schlafzimmer in Einzelteile zu zerlegen. Geben Sie uns Waffen, geben Sie uns Mister Bentham, und ich schwöre, wir marschieren ins Hauptquartier der verdammichten Shoreditch Roasters und ich schneide dem fetten Drecksack Hash persönlich Ecken in die Ohren, wenn er meinen Bruder nicht unversehrt rausrückt.«

Black Ralphs Blick war nicht mehr flehend oder besorgt. Er war brennend kalt, sein Gesicht zeigte, dass er hin und her gerissen war zwischen Bewunderung für Pollys entschlossene Wut und Ärger über ihre Forderung an ihn.

»Miss Polly«, seine Stimme klang jetzt äußerst beherrscht und ließ keinen Zweifel, wer hier der Boss war, »Sie wissen genau, dass ich auf Ihrer Seite bin. Ich hänge an Ihrem Bruder nicht nur, weil er ein fantastischer Koch ist. Ich habe den verrückten Saufaus wirklich gern. Ich habe auch Sie sehr gern. Niemand arbeitet länger für mich als Ihr Bruder, und im Grunde weiß niemand mehr über meine Geschäfte als er. Die Vorstellung, dass Cyrus Hash ihn gerade ausquetscht, ist mir sowohl persönlich zuwider als auch höchst unangenehm in Bezug auf meine Geschäftsgeheimnisse. Wenn er dort ist, dann hole ich ihn so schnell wie möglich raus.«

Black Ralph hatte sich dem Bett genähert, dabei Polly nie aus dem Blick lassend. Seine Züge waren, während er sprach, weicher geworden, freundlicher. Schließlich ließ er sich am Fußende nieder. Er hängte seinen Stock an das Fußende, nahm den Zylinder, den er heute trug, ab und legte ihn neben sich.

»Cyrus Hash ist ein gerissener Kerl. Er ist ehrgeizig, brutal und rücksichtslos. Ich habe schon mitangesehen, wie er einen Mann mit bloßen Fäusten getötet hat. Er und ich kennen uns schon eine ganze Weile, das wissen Sie, Miss Polly. Es gibt eine Reihe von … Konkurrenten in unserem Gewerbe. Aber außer Cyrus Hash nehme ich niemanden wirklich ernst. Allen anderen fehlt die Klasse, der Ehrgeiz und vor allem Köche wie Ihr Bruder und Maître d's wie Sie. Cyrus und ich haben uns hin und wieder Leute abgeworben. Mit guten Angeboten und auch mit Druck. Irgendwann waren die Besten entweder in seiner oder meiner Gang. Und die Besten bilden nur Gute aus, die dann wiederum irgendwann zur Spitzenklasse gehören. Rory Biggott mag als Koch keine Größe sein, aber er ist ein kunstfertiger Bäcker, sicher einer der Fähigsten in ganz London. Vor einiger Zeit haben Hash und ich ein Abkommen geschlossen, uns keine Mitglieder mehr abzujagen. Ich habe mich daran gehalten. Wenn Hash jetzt dieses Abkommen gebrochen hat, dann ist das eine sehr ernste Sache. Das könnte zu einem Krieg führen, und der würde uns alle viel kosten.«

Polly hatte sich etwas beruhigt. Sie lag jetzt wieder weich in Junipers Armen. Doch ihr Atem ging noch tief, und ihren Herzschlag konnte er an seiner Brust spüren. Auch der Schiffskoch war jetzt innerlich erregt. Er hatte bisher nicht weiter darüber nachgedacht, dass es ja Konkurrenz für Black Ralph gab. Lemmy und Sean hatten zwar davon gesprochen, das schon. Und dass das kein Spiel war in dieser Stadt. Aber Carl hatte es dennoch nicht so ernst genommen, wie es offensichtlich war.

Polly streichelte unter der Decke selbstvergessen seinen Unterarm. Ihre Finger waren schweißnass.

»Ich verstehe Sie, Mister Qualtringham. Und Sie haben wie immer recht. Aber … er ist mein Bruder.«

»Ja, Miss Polly. Natürlich ist er das. Er ist nicht der erste Koch, der verschwindet. Wir alle rätseln schon lange, wohin sie geraten. Ich bin durchaus der Meinung, Hash sollte unser erster Anlaufpunkt sein. Er ist außer dem völlig Unbekannten unser bester Tipp. Ich traue ihm alles zu. Aber das will gut geplant sein, Miss Polly. Und es wird nicht ungefährlich, ganz und gar nicht.«

Er sah sie ernst an. Pollys Hand krallte sich in Junipers Unterarm.

»Ich will dabei sein, Sir. Ich habe keine Angst.«

Qualtringham lächelte.

»Das sollten Sie aber. Zumindest ein wenig. Ohne Angst macht man Fehler. Und nur wer seine Angst überwindet, ist tapfer.«

Junipers Hals war trocken. Er räusperte sich, woraufhin ihn Black Ralph ansah.

»Mister Juniper?«

»Äh, eigentlich nichts, aber …«

Jetzt rückte Polly ein wenig von ihm ab, um sich umdrehen zu können. Ihre dunkelgrünen Augen flackerten. Juniper wurde im gleichen Augenblick klar, dass sie auf ihn zählte. Dass es vorbei war, wenn er jetzt kniff.

Was er keine Sekunde lang auch nur erwog.

»Ich bin dabei. Das wollte ich sagen. Bei was auch immer. Lemmy ist …«

Er kam nicht dazu weiterzureden, weil Polly sich mit einem lauten Seufzer auf ihn stürzte und seinen Mund mit ihrem verschloss. Die Decke rutschte nach unten, und Juniper mühte sich, sie wieder hochzuziehen, was unter Pollys Leidenschaft nicht einfach war. Black Ralph hatte sich dezent abgewandt.

Nach dem Kuss flüsterte Polly nur »Danke« in Junipers Ohr und schmiegte sich dann in seinen Arm.

Black Ralph sah jetzt Juniper an.

»Haben Sie schon gekämpft?«

»Ja, Sir. Oft genug.«

»Auf Leben und Tod?«

Juniper überlegte einen Moment.

»Na ja. Der eine oder andere hat schon versucht, mir endgültig die Luft abzudrehen. Aber ich bin natürlich nicht Mister Bentham. Ich bin nicht besonders geschickt oder elegant beim Kämpfen. Aber wenn ich wo hinhaue, dann wächst da so leicht kein Gras mehr. Und ich kann einen ordentlichen Wumms vertragen. Ich hab keine Angst vor Messern, aber ich habe Respekt vor ihnen. Weil ich mich auskenne mit Stahl, der durch Fleisch und Sehnen schneidet.«

Black Ralph nickte.

»Gut. Das genügt mir. Für die Feinheiten ist dann Mister Bentham zuständig. Ich werde jetzt alles Nötige veranlassen. In einer Stunde kommt ein Wagen und bringt Sie beide zum Treffpunkt. Alles, was Sie brauchen, wird dort sein. Einverstanden?«

Polly und Carl nickten. Ihr Boss setzte den Zylinder auf und erhob sich vom Bett.

»Dann empfehle ich Ihnen beiden, die Stunde zu genießen.«

Diese Empfehlung klang weder schmierig noch neunmalklug. Sondern freundschaftlich und warmherzig und ein klein wenig traurig.

Pollys Trauer und Wut wandelten sich in wilde Leidenschaft, während sie beide gewissenhaft Black Ralphs Rat folgten.

Bentham öffnete die eiserne Tür zu einem großen Kellergeschoss irgendwo in London.

»Miss McFay, Master Juniper. Schön, dass Sie hier sind. Treten Sie ein.«

Bentham trug heute keine elegante Kleidung, sondern eine Kombination, die sowohl nach Armee als nach gymnastischer Anstrengung aussah. Eine locker geschnittene schwarze Hose aus weichem Stoff, die unten nach innen umgeschlagen war. Der restliche Stoff fiel ballonartig über halbhohe, sehr weiche Schnürstiefel, in denen er lautlos ging. Oben trug er einen schmal geschnittenen schwarzen Jumper aus feinem Wollstrick. In dieser Kleidung wirkte der große und schmale Mann wie ein Panther. Sein Gang war leicht und federnd, seine zähen Muskeln zeichneten sich deutlich ab.

Sie gingen durch einen dunklen schmalen Gang, an dessen Ende Bentham eine weitere Tür öffnete. Dahinter lag ein recht großer Lagerraum mit Regalen voller Lackdosen, Farbeimern und Blechbehältern mit Lösungsmitteln. Bentham ging zielstrebig durch die Regalreihen bis in eine schummrige Ecke des Kellers. Dort griff er zwischen zwei hohe Eimer und bewegte offenbar eine Art Hebel, woraufhin das nebenstehende Regal mit leisem Knirschen etwa einen Fuß in den Raum schwenkte. Bentham griff in den Spalt und schob das Regal mühelos und ohne dass die darin befindlichen

Gegenstände auch nur wackelten, so weit auf, dass sie alle hindurchschlüpfen konnten.

Während das Regal hinter ihnen wieder den Eingang schloss, sahen Polly und Juniper mit Staunen, was sich in dem weitläufigen Raum verbarg.

Die Wände waren sozusagen tapeziert mit Karten von London. Eine riesige Gesamtansicht und detaillierte Karten jedes Boroughs, mit den Bezirken und Wards. Stecknadeln mit verschiedenartigen Köpfen markierten zweifellos Orte, die mit Black Ralphs Geschäften zusammenhingen.

In der Mitte des Raumes stand ein großer schwerer Tisch, darauf weitere Karten, drum herum einfache Stühle.

In türlosen Schränken und offenen Regalen hingen, standen und lagen Schusswaffen ebenso wie Hieb- und Stichwaffen, Werkzeuge, Seile, Haken, Fernrohre, Kompasse und Gerätschaften, deren Zweck und Funktion Juniper beim besten Willen nicht erklären konnte.

»Lassen Sie alles in Ruhe auf sich wirken.«

Qualtringhams ruhige und raue Stimme ließ erkennen, dass der Gangster sich wieder völlig im Griff hatte. Er stand mitten im Raum und lächelte. Kein fröhliches Lächeln, eher eines, das Juniper und Polly möglicherweise beruhigen sollte angesichts des überraschenden Einblicks in diese sehr spezielle Abteilung der Colonial Spicer.

Black Ralph trug ebenfalls vollständig schwarze, militärisch wirkende Kleidung. Allerdings in einer weniger sportlichen als eher eleganten Ausführung. Schmal geschnittene Hose, mattschwarze Halbstiefel, hohe Ledergamaschen in derselben Farbe, die bis an seine Knie reichten. Ein taillierter Rock, der an eine Uniformjacke erinnerte. Zweireihig, mit mattsilbernen Knöpfen und einem hochgeschlossenen kleinen Stehkragen. Auf dem Tisch lag ein einfacher schwarzer Bowlerhat. Und Qualtringhams Augenklappe war selbstverständlich auch schwarz und heute ohne Herzen als Verzierung.

»Master O'Reilly wird bald hier sein, ich schlage vor, Sie beide ziehen sich erst einmal um. Mister Bentham hat dem Vorhaben angemessene Kleidung ausgesucht. Miss Polly, Sie finden Ihre im Nebenraum.« Black Ralph zeigte auf eine Tür. »Für Sie, Master Juniper, liegt etwas hier bereit.«

Auf einem Stuhl war schwarze Kleidung zusammengelegt, die offenbar identisch mit der von Bentham war.

»Master O'Reilly wird auch ein paar Kleinigkeiten zur Stärkung mitbringen, ich nehme nicht an, dass Sie schon etwas zu sich genommen haben?«

Polly und Juniper verneinten, dann ging Polly in den Nebenraum, und Juniper begann, sich umzuziehen.

Die ausgesuchte Kleidung passte perfekt. Juniper kam sich wegen seines Bauchs etwas unförmig neben Bentham vor, aber schließlich war er Koch und kein Jiu-Jitsu-Kämpfer oder was immer Bentham betrieb, wenn er gerade doppelt so schwere Männer durch die Luft segeln ließ.

Bentham zeigte Juniper, wie er die Hose mittels eingenähter Bänder fest um den Unterschenkel schließen und dann über dem Schaft der Stiefel krempeln sollte. Diese waren federleicht und hatten dünne, sehr weiche Sohlen.

Kurz darauf kam Polly herein. Die schwarze Kleidung ließ von der weichen Schönheit, der genussfreudigen Fülle, dem sanften honigblonden Schimmer nicht mehr viel sehen. Sie trug einen straffen Haarknoten, was ihr Gesicht schmaler und härter erscheinen ließ. Statt eines Jumpers hatte sie eine hüftkurze, taillierte und hochgeschlossene Jacke, die ihre breiten Schultern betonte, aber sie nicht massig wirken ließ. Ihre Hose war an der Taille eng geschnitten, fiel dann locker über die Hüften und Oberschenkel und endete, genau wie die Männerhosen, über den Schaft der weichen Stiefel fallend.

Juniper sah sie bewundernd an. Polly McFay war eine in jeder Hinsicht erstaunliche Frau. So, wie sie jetzt vor ihm stand, würde er es sich vermutlich ernsthaft überlegen, ob er sich gefahrlos auf eine Rauferei mit ihr einlassen konnte.

Polly lächelte, als habe sie seine Gedanken gelesen.

Das leise Knirschen der Geheimtür verriet, dass jetzt Sean O'Reilly den Raum betrat. Zu Junipers, aber offenbar nicht Pollys Überraschung trug dieser bereits die schwarze Kleidung. Im Kontrast dazu hing an seinem Arm ein Korb, gefüllt mit Leckereien für ein Picknick, wie Juniper sehen konnte, als Sean diesen mitten auf den Tisch stellte.

»Mister Qualtringham, Captain, Polly, Carl.« Reihum sah Sean alle Anwesenden an und nickte jedem zur Begrüßung knapp zu. Bei Bentham, den er »Captain« genannt hatte, tippte sich Sean kurz mit Zeige- und Ringfinger an die Schläfe.

Der tat dasselbe und sagte dazu »Corporal«.

Auf Junipers hochgezogene Augenbrauen hin gab Black Ralph eine Erklärung.

»Mister Bentham und Master O'Reilly haben beide in den Streitkräften gedient. Und sind – sagen wir mal – vorzeitig ausgeschieden. Vorzeitig heißt jedes Dienstende, das nicht mit dem Tod eintritt. Ich würde sagen, beide waren unzufrieden mit den Arbeitsbedingungen, nicht wahr?«

Sean und Bentham lachten und nickten dann.

»Master O'Reilly hat zu Beginn seiner Tätigkeit für mich in Mister Benthams Crew gearbeitet, dann aber entschieden, sich beruflich grundlegend zu verändern. Was eine gute Entscheidung war, wie wir heute wissen. Aber hin und wieder greift Mister Bentham auf Master O'Reillys spezielle Kenntnisse zurück.«

Während Qualtringham sprach, hatte Sean Sandwiches ausgepackt, dazu Pickles, etwas Obst und zwei Flaschen Limonade, in der noch Limettenviertel und Minzblätter schwammen.

Bentham hatte gleichzeitig aus einem Schrank vier Gürtel mit daran befestigten Schultergurten genommen und auf den Tisch gelegt. An dem Gurtzeug hingen Taschen in verschiedenen Größen. Dann hatte er Waffen und Gerätschaften dazugelegt und begonnen, sie auf die Gurtzeuge und Taschen zu verteilen.

Als er damit fertig war, sah er Juniper und Polly an.

»Hat jemand von Ihnen beiden schon mal geschossen?«

Juniper schüttelte den Kopf, Polly nickte.

»Miss Polly, welche Waffe?«

»Die Standard Army Rifle, den Culpsmith-Revolver und auch die Automatic Fire Pistol mit und ohne Schalldämpfer.«

Bentham nickte, Black Ralph pfiff anerkennend, und Sean lachte.

Junipers Kinnlade fiel bis zu seiner Brust herunter.

Polly griff sich eine Waffe vom Tisch, größer als eine Pistole, kleiner als ein Gewehr, Juniper hatte noch nie so etwas gesehen. Seitlich ragte ein langes, vierkantiges Blechstück heraus.

Polly drückte mit dem Daumen oberhalb des Abzuges einen kleinen Hebel nach unten, zog dann das Blechteil aus der Waffe, sah hinein und legte es auf den Tisch. Dann zog sie einen kleinen Hebel am Lauf nach hinten, wodurch sich versetzt gegenüber des Schlitzes, in dem das Blechteil gesteckt hatte, eine Schiebeklappe öffnete. Polly sah hinein, ließ dann den kleinen Hebel wieder nach vorne schnappen, hielt die Mündung der Waffe nach unten, betätigte den Abzug, es klickte leise. Dann schob sie das Blechteil wieder in den Schlitz, haute mit der flachen Hand drauf und schob den Hebel oberhalb des Abzuges wieder mit dem Daumen in die alte Position, bevor sie die Waffe wieder zurücklegte.

»AFP entladen, entspannt und gesichert«, sagte sie zu Bentham.

Der nickte.

»Respekt, Miss Polly.«

Polly sah Juniper an.

»Mein Schatz. Dir ist wohl klar, dass ich mich nicht als Jungfrau zu dir gelegt habe, oder?«

»Aye.«

Junipers Herz war in Aufruhr.

»Und ich darf davon ausgehen, dass dir das kein Kopfzerbrechen bereitet?«

»Aye.«

Er bekam etwas schweißige Hände.

»Da war mal ein Staff Sergeant des 107th South London Infantry Regiment, der mich toll fand. Sehr viel toller übrigens als ich ihn. Und – damit du mir jetzt nicht in Ohnmacht fällst – er fand mich vermutlich in etwa so toll wie ich dich.«

»Äh …«

Das Seemannsherz hüpfte hoch.

»Jedenfalls ließ ich ihn ziemlich zappeln, bis er mich, um mich zu beeindrucken, mit auf die Schießbahn nahm. Und zwar nicht nur ein Mal, weil er einen gewissen Erfolg damit erzielte.«

»Aye.«

Jetzt schlug Junipers Herz flach und bang. Polly lächelte und strich ihm über die Wange.

»Liebster Ochse, die Nachmittage beim Schießen waren deutlich aufregender als die zwei oder drei Nächte, die der Staff Sergeant sich damit sicherte. Kein Vergleich mit dir.«

»Gut. Also, ich meine … es geht mich ja auch nichts an. Oder?«

Juniper war sich nicht ganz im Klaren, ob Pollys verflossene Liebhaber oder ihre Offenherzigkeit darüber ihn mehr verunsicherte. Es störte sie offenbar nicht im Geringsten, dass Black Ralph, Bentham und Sean alles mitanhörten. Oder störte es Carl, dass die drei Männer, die Polly ja immerhin schon sehr viel länger kannten als er, nichts bei ihrer Schilderung fanden?

Was auch immer es war – es war vermutlich schlicht der Preis dafür, eine absolut einzigartige und eigenwillige Frau zu lieben. Und welcher Schiffskoch hatte schon so viel Glück?

Juniper wurde gewahr, dass ihn alle Anwesenden amüsiert ansahen.

»Kann ich fortfahren, Master Juniper?«, fragte Bentham.

»Aye, Sir. Natürlich. Sorry.«

»Danke sehr. Miss Polly, Sie nehmen eine AFP mit Schalldämpfer. Corporal, Sie nehmen eine Wellstone Marksman Rifle und einen Revolver. Ich nehme zwei Revolver. Master Juniper, wie sieht es mit Hieb und Stich aus?«

»Na ja. Ich bin wohl mehr so der Kneipenschläger.«

»Gut. Ich verstehe. Jeder von uns nimmt ohnehin einen eisenarmierten Stock. Und wenn es ganz haarig wird, sehen Sie sich in der Lage, einen Revolver gezielt abzufeuern?«

»Das sollte ich hinbekommen, Sir.«

Bentham nickte. Dann zeigte er Juniper und Polly, wie sie Ausrüstung und Munition komplett im Gurtzeug unterbrachten und dieses anlegten.

»Und jetzt, Lady and Gentlemen, kommen wir zur Planung.«

Juniper hob die Hand.

»Ja, Master Juniper?«

»Was planen wir denn überhaupt?«

Bentham sah zu Black Ralph. Der lächelte. Dann wandte sich Bentham wieder an Juniper.

»Ich dachte, das sei bekannt. Nun denn. Wir werden heute Nacht in Cyrus Hashs Hauptquartier einfallen.«

»Aha.«

Mehr brachte Juniper nicht heraus. War das schon der Krieg, von dem Black Ralph gesprochen hatte? Oder nur das Vorspiel?

Zurück in die Kanäle

Bentham fuhr den Wagen, ein Transportfahrzeug. Sean, Polly und Juniper saßen im Laderaum. Keiner sprach.

Der Plan war einfach. Aber dass sie sich bis an die Zähne bewaffnet hatten, ließ vermuten, dass seine Ausführung erhebliche Probleme mit sich bringen würde.

Sie glitten leise durch die Straßen Londons. Zwischen Fahrerkabine und Laderaum war ein Durchgang, sodass Juniper durch die Frontscheibe hinaussehen konnte. Irgendwann glaubte er, St. Paul's Cathedral zu erkennen, aber das musste wohl ein Irrtum sein. Niemand hier ging in die Kirche oder sprach darüber, Religion schien keine Rolle zu spielen. Außerdem hätte er die Kirche mit der auffälligen Kuppel schon viel früher entdecken müssen, er war ja viele Male mit dem Gleiter über die Themse geschwebt. Ansonsten waren die Straßen, wie stets des Nachts, nahezu ausgestorben, bis auf gelegentliche Menschenströme an Gleiterstationen.

Der Wagen war gut gefedert, das sanfte Schwanken machte Carl müde. Immer wieder sah er zu Polly. Wie schön sie war. Und wie entschlossen. Das schwarze Tuch, das sie nach Benthams Anweisung alle wie Piraten um ihre Köpfe geschlungen, und der Ruß, mit dem sie ihre Gesichter eingeschwärzt hatten, verliehen Polly eine verwegene Wildheit. Juniper dachte an die vergangene Nacht, an Pollys Leidenschaft und seine nicht enden wollende Lust auf diese

Frau, die er bis zur völligen Erschöpfung geliebt hatte. Und wieder lieben wollte. Wieder und wieder.

Juniper hatte so etwas noch nicht erlebt. Mit keiner Frau. Und dass sie beide jetzt hier in diesem Wagen saßen, auf dem Weg zu einer Mission, die man als lebensgefährlich zu erachten hatte – das steigerte die Lust auf Polly und die Liebe zu ihr ins schier Unerträgliche. Carl hätte alles gegeben, noch einmal mit ihr nackt unter eine Decke zu schlüpfen. Und noch besser: niemals wieder dieses Bett zu verlassen.

Aber das würde Lemmy nicht zurückbringen. Den verrückten, fetten, lauten und wundervollen Lemuel McFay. Den Mann, der Carl Juniper – wenn auch nicht ganz freiwillig – aus elend grauer Lohnknechtschaft befreit hatte, und vor allem den Mann, den Polly McFay neben Juniper am meisten liebte.

Wo steckte er jetzt? In einem Kellerloch, wo ihn Hashs Schergen so lange prügelten, bis er Geheimnisse von Black Ralph ausplauderte oder einwilligte, fortan ein Shoreditch Roaster zu sein? Oder war ihm etwas ganz anderes zugestoßen? Juniper hoffte einfach nur, dass er noch lebte und sie ihn fanden. Die Bangigkeit wurde jetzt von einer leise köchelnden Wut verdrängt. Was fiel denen denn ein, wer auch immer »die« waren? Legten sich mit Black Ralph und seinen Spicers an. Verdammicht.

Plötzlich kam der Wagen zum Stehen. Bentham löschte die Lichter. Sie waren in einer stockfinsteren Gasse.

Bentham stand vom Fahrersitz auf und kam nach hinten. Er schnappte sich das Gurtzeug mit der Ausrüstung, das er hier deponiert hatte, und legte es an. Sean kniete sich derweil auf den Boden der Ladefläche, entriegelte einen Verschluss und schob eine Platte zur Seite, wodurch sich ein etwa drei mal drei Fuß großer Durchstieg öffnete. Sean nahm zwei lange Eisenhaken von der Bordwand, gab einen davon Juniper und bedeutete ihm, an die Öffnung zu treten.

Unterhalb der Öffnung war ein Kanaldeckel. Sean machte Juniper vor, wie er seinen Haken durch die Öffnung in den gut zweieinhalb Fuß tiefer gelegenen Kanaldeckel einhängen konnte. Gemeinsam hoben sie den Deckel hoch und zogen ihn durch die Öffnung ins Wageninnere, wo sie ihn vorsichtig ablegten.

Bentham fädelte ein Seil durch eine Rolle an der Decke des Laderaums, knotete es dann in einer Öse am Boden fest und ließ das andere Ende in den Kanal hinab.

»Ich gehe als Erster, dann Miss Polly, Master Juniper und zuletzt O'Reilly. Haben alle ihre Handlampen?«

Bentham hatte sehr leise gesprochen, die anderen nickten. Dann griff er das Seil, hakte den linken Fuß ein und ließ sich langsam aus dem Wagen nach unten gleiten. Er verschwand in der Finsternis, doch schon nach wenigen Augenblicken ließ er das Seil ein paarmal locker hin und her zuckeln. Polly drehte die umgehängte Waffe am Gurt auf ihren Rücken und sah Juniper an. Der nickte, sie nickte zurück, und schon glitt die große Frau elegant nach unten. Nachdem es wieder einige Male im Seil geruckt hatte, folgte Juniper. Er war seit seiner Reise auf dem Segelschiff nicht mehr an einem Tau geklettert. Immerhin ging es jetzt nur nach unten. Ob sie nach vollbrachtem Werk auf demselben Weg wieder zurückkehrten, würde sich noch zeigen.

Es ging besser, als Juniper befürchtet hatte. Seine Arme waren stark genug, seinen schweren Körper sanft hinabzubringen. Die Ausrüstung störte kaum.

Bentham nahm Carl in Empfang und half ihm, auf dem glitschigen Boden neben dem strömenden Wasser Halt zu finden. Er gab Sean das Zeichen mit dem Seil, und kurz darauf waren sie alle vier wieder vereint.

»Wir gehen vorsichtig bis zur nächsten Biegung, dahinter können wir die Lampen einschalten. Es darf kein Licht nach oben dringen, falls eine Patrouille vorbeikommt. Alles klar?«

Wieder hatte Bentham geflüstert, und die anderen hatten genickt.

Sie tasteten sich vorsichtig ins Dunkle vor. Nach gut fünfzehn Yards knickte der Kanal nach links ab, und als sie die Stelle passiert hatten, schalteten sie auf Benthams Befehl ihre Lampen ein.

Juniper hatte sich schon beim Arbeiten in den Kanälen immer gefragt, wie sie es hier wohl schafften, dass es keine Ratten gab. Offenbar noch nicht mal wussten, was Ratten waren.

In seiner Welt wäre beim Einschalten der Lampen eine Hölle aus Quieken, Tapsen und Wasserplatschen losgebrochen. Hier – nichts. Sie gingen gut zehn Minuten lang schweigend, dann kamen sie an eine Abzweigung.

Bentham zog einen gefalteten Plan aus der Tasche, schaute konzentriert darauf und bewegte stumm die Lippen. Dann faltete er das Papier zusammen, steckte es wieder ein und nickte seinem kleinen Trupp zu.

»Links.«

Sie huschten schnell, aber vorsichtig weiter, immer darauf bedacht, nicht auszugleiten, nirgends anzustoßen, keinen Lärm zu verursachen. Außer Bentham hatte keiner auch nur eine Vorstellung, wie weit es noch bis zu Hashs Hauptquartier war. Immer wieder kamen sie an Kreuzungen und Abzweige, immer seltener musste ihr Anführer auf die Karte schauen. Offenbar kannte er sie mittlerweile durch das häufige Anschauen auswendig.

Wenn Bentham voraus einen Kanaldeckel erspähte, ließen sie ihre Lampen ausgeschaltet, während sie unter ihnen hindurchliefen.

Juniper versuchte, so leise wie möglich zu keuchen, aber das Tempo, das Bentham vorlegte, machte ihm zu schaffen.

Polly hielt sich viel besser als er, und Sean schien das Laufen überhaupt nicht anzustrengen. Dass der zähe Hund mal Soldat gewesen war, wunderte Juniper kein bisschen.

Gerade als Juniper so weit war, um eine kurze Pause zu bitten, machte Bentham ein Zeichen stehen zu bleiben.

»Hier warten«, flüsterte er, dann verschwand er in eine Abzweigung, die Juniper gar nicht gesehen hatte.

Sean tippte ihm und Polly mit der Hand auf die Schulter und bedeutete beiden, sich hinzukauern. Als er unten war, bekam der Schiffskoch leise Panik, dass er nie wieder hochkäme. Die ganze Ausrüstung war in den Taschen zwar gut verteilt, hatte aber alles in allem ordentliches Gewicht. Juniper zwang sich, langsam und tief zu atmen.

Polly sah ihn lächelnd an, hob kurz ihre Hand und streichelte seine Wange. Juniper lächelte zurück. Sean stemmte sich plötzlich halb hoch und huschte an den beiden vorbei, um Bentham hinterherzuspähen. Er sah kurz in den Gang, dann drehte er sich um und flüsterte.

»Licht abblenden.«

Mittels eines Schiebers konnte eine kleine Blechscheibe vor dem Lichtaustritt der Lampen heruntergelassen werden, die in der Mitte einen schmalen Schlitz hatte. So kam noch gerade genug Licht heraus, um sich in allernächster Umgebung zu orientieren. Sie hockten eine ganze Weile schweigend und leise keuchend im schwachen Licht. Der faulige Geruch hier unten, den Juniper von der Tagesarbeit kannte, machte es ihm jetzt schwer, wieder richtig zu Atem zu kommen.

Wie aus dem Nichts tauchte Bentham plötzlich wieder auf. Er bedeutete ihnen, sich nah um ihn zu versammeln, und gab leise Bericht.

»Also. Vom Abzweig aus sind wir in knapp fünf Minuten unter dem Gebäude neben dem von Hash. Der Weg ist frei. Wie besprochen werden Miss Polly und ich dort einsteigen. O'Reilly und Juniper, ihr beide geht weiter und wartet unter dem Zustieg auf uns. Fragen?«

Juniper hätte eigentlich noch tausend Fragen gehabt, glaubte aber nicht, dass er eine Antwort bekäme, noch, dass es das Unaufhaltsame würde aufhalten können.

»Gut. Dann los.«

Sean huschte als Erster in den Seitengang, dicht gefolgt von Polly. Bentham gab Juniper einen kleinen Klaps auf die Schulter.

»Ich gehe am Schluss. Auf.«

Juniper beeilte sich und schloss zu Polly auf. Sie duftete immer noch nach Minze und Zitrone. Warum konnten sie nicht einfach beide wieder in dem himmelweichen Bett liegen? Hätte er die Wahl, würde er diesen unterirdischen Kanal sogar gegen einen feuchten Strohsack tauschen, wenn nur Polly nackt neben ihm läge und Waffen weit entfernt wären.

Doch dann schalt er sich innerlich einen Hasenfuß und dachte wieder an Lemmy, der vielleicht mit gebrochener Nase und blau geschlagenem Leib in einem kalten Loch saß und auf Rettung hoffte. Er spürte plötzlich eine grimmige Entschlossenheit, die allerdings jäh gedämpft wurde, weil er mit ordentlichem Karacho in Polly hineinrannte.

»Verdammicht«, entfuhr es Juniper, worauf ihm Polly sofort die Hand auf den Mund presste.

»Schschscht.«

Sie zeigte nach oben. Ein schmaler Kanaldeckel.

Bentham bedeutete Juniper und Sean, ihm Hilfestellung zu geben, und beide stemmten sich breitbeinig mit dem Rücken nebeneinander gegen die Wand, verschränkten ihre Hände auf Schoßhöhe und dienten Bentham so als Räuberleiter.

Der legte die Hände flach unter den Kanaldeckel und hob ihn vorsichtig an. Spähte in den Raum hinein, dann legte er den Deckel vorsichtig neben die Öffnung und stemmte sich hindurch.

Gleich darauf sah er nach unten und nickte Polly zu.

Die nahm ihre AFP ab und reichte sie Bentham nach oben.

Dann gab sie Juniper einen zarten Kuss, flüsterte »Bis gleich« und stieg in die Hände der beiden Köche. Gewandt und ganz ohne Benthams Hilfe, schwebte die stattliche Frau förmlich durch die Öffnung. Bentham legte den Deckel leise wieder auf das Loch, und Sean und Juniper machten, dass sie weiterkamen.

Junipers Herz schlug jetzt schnell, und in seiner Magengrube machte sich ein Ziehen breit. Es war keine Angst um sich selbst, es war Sorge um Polly. Juniper verbot sich auch nur den kleinsten Gedanken an die Gefahren, in die seine Geliebte womöglich geraten würde. Bentham war eiskalt und ein erfahrener Kämpfer, und Polly konnte kühl und entschlossen sein. Es wird schon gut gehen, dachte Juniper. Es musste gut gehen.

»Achtung«, zischte Sean fast unhörbar und blieb stehen.

Von oben kam ein dünner Lichtstrahl.

Sie kauerten sich an die Wand und starrten beide nach oben. Hofften.

Polly und Bentham standen im Keller eines mittelgroßen Stadthauses. Es gab gerade genug Licht, um sich zu orientieren, und so schalteten sie die Lampen, die an den Schultergurten befestigt waren, ganz aus. Bentham brachte seinen Mund dicht an Pollys Ohr.

»Miss Polly, solange ich keine Hand freihabe, muss ich mich darauf verlassen, dass Sie auf jeden schießen, der uns bedroht oder Alarm schlagen will. Wir können uns kein Zögern leisten. Und mit Schießen meine ich nicht in die Beine. Ist das klar?«

Polly nickte.

»Sonnenklar, Captain.«

Bentham sah sie an. Etwas Erstaunen lag in seinem Blick, aber auch Respekt.

»Gut, Soldat. Dann los.«

Polly prüfte noch mal, ob der Schalldämpfer richtig auf der

Mündung saß, entsicherte die Waffe und hielt sie schussbereit: Schulterstütze eingestemmt, die rechte Hand um den Griff, Zeigefinger lang gestreckt direkt oberhalb des Abzugs. Die Linke umfasste das seitlich herausragende Magazin. Die AFP hieß zwar »Pistole«, war aber eher ein kleines Gewehr. Aufgrund der theoretischen Feuergeschwindigkeit von 500 Schuss pro Minute und des nicht ganz kleinen Kalibers brauchte es zwei feste Hände, um mit dieser Waffe exakt zu treffen.

Sie schlichen gebeugt und langsam an den Kellerverschlägen vorbei bis zu einer Treppe.

Bentham hob die rechte Hand als Zeichen, dass Polly stehen bleiben sollte. Dann spähte er hinauf und schlich schließlich langsam nach oben. Dort streckte er den Kopf vorsichtig in den Hausflur.

Seine linke Hand gab Polly das Signal, ihm zu folgen. Als sie bei ihm war, berührte sie kurz seine Schulter, damit er wusste, dass sie da war.

Bentham glitt in den Hausflur, Polly folgte schnell und leise. Sie kannte das nächste Ziel.

Vorsichtig um sich spähend huschten sie eilig die Treppen zum ersten Stockwerk hinauf. Polly sicherte wechselnd nach oben und unten, während Bentham nahezu geräuschlos das Fenster nach draußen öffnete.

Er tippte Polly auf die Schulter. Als sie sich umdrehte, war er schon aus dem Fenster gestiegen und hatte auf einem etwa anderthalb Fuß breiten Sims Stand gefunden.

Polly war schwindelfrei und der Sims nur etwa fünfzehn Fuß über dem Boden, dennoch spürte sie leichtes Unbehagen, als sie sich nach draußen schwang.

Bentham hatte ihr Platz gemacht und half mit einer Hand, bis Polly sicher war. Vorsichtig setzten die beiden Seitschritt um Seitschritt. Am nächsten Fenster spähte Bentham zuerst vorsichtig in den Raum dahinter. Kein Licht drang heraus, und beide passierten die Stelle. Nur wenige Fuß dahinter stieß das Haus an das von Hash.

Bentham hatte immer wieder mal das Hauptquartier der Shoreditch Roasters in Black Ralphs Auftrag beobachtet. Von allen Seiten. Er hatte nie Wachen im Hof oder auf den umliegenden Dächern gesehen. Auch heute standen Hashs Leute nur vor dem Haus. Allerdings dort auch in weiterem Umkreis, weshalb ihm der Weg über die Kanäle als der einzige erschienen war, auf dem sie kein Risiko eingingen, zu früh entdeckt zu werden.

Der Übergang zu Hashs Haus war nicht ganz einfach, weil es einen Vorsprung von gut zwei Fuß gegenüber dem Nachbarhaus hatte. Bentham prüfte, ob die Regenrinne ihn halten würde, und war mit dem Ergebnis offenbar zufrieden, denn er schwang sich mit einer fließenden Bewegung auf den Sims an Hashs Haus, während er sich mit einer Hand an der Zinkröhre festhielt.

Polly zögerte. Sie fasste nur langsam Vertrauen in die Regenrinne und streckte ihren rechten Fuß mehrmals zur Probe in Richtung des Nachbarhauses. Bentham war schon weitergegangen. Sie konnte sehen, dass er bereits sehr vorsichtig in das Fenster hineinlugte, durch das sie wohl in Hashs Haus einsteigen würden.

Polly gab sich einen Ruck und schwang sich hinüber. Sie landete sicher und wollte schon die Regenrinne loslassen, als ihr rechter Fuß doch auf etwas ausglitt und sie Gefahr lief, das Gleichgewicht zu verlieren. Bentham konnte ihr nicht helfen; bei einer heftigen Bewegung wäre er selbst in Gefahr abzustürzen. Polly griff hastig nach der Laibung und konnte sich gerade eben festhalten.

Mit leicht zitternden Beinen stand sie an die Wand gepresst da und krallte sich an Stein und Zinkröhre fest. Bentham sah sie fragend an. Polly atmete einige Male schwer, dann nickte sie.

Bentham hatte mittlerweile ein flaches Eisenstück als Hebel zwischen die Unterseite eines Fensterflügels und den Rahmen getrieben. Er drehte sich vorsichtig zu Polly um und flüsterte: »Sie müssten mich jetzt sichern. Ich brauche beide Hände.«

Polly legte ihre Hand auf Benthams Rücken und bemühte sich um einen festen Stand.

Der steckte ein kleines Werkzeug, einem Schlüssel ähnlich, in ein Loch am Fensterrahmen, drückte den eingetriebenen Hebel nach unten und drehte gleichzeitig das kleine Werkzeug um. Dann verstaute er die Werkzeuge wieder und gab Polly zu verstehen, dass sie ihn loslassen konnte. Er machte einen halben Schritt zur Seite und öffnete das Fenster nach innen.

Gleich darauf waren beide im Gebäude, und Bentham schloss das Fenster vorsichtig.

Sie standen nicht in einem Treppenhaus wie eben, sondern in einem Lagerraum. Regale mit Kisten, Blechdosen, Flaschen. Hash lagerte also Vorräte in seinem Hauptquartier. Er war nicht so vorsichtig wie Black Ralph, das stand fest.

Bentham und Polly schlichen zur Tür, und Bentham legte ein Ohr ans Holz. Er lauschte einen Moment, dann griff er nach der Klinke und öffnete die Tür einen Spalt. Gerade genug, um in den Flur zu spähen. Nach einem Blick in beide Richtungen schlüpfte er nach draußen, Polly folgte auf dem Fuß und schloss die Tür hinter sich.

Bentham war schon am Ende des Flurs und sah um eine Ecke. Er winkte Polly zu sich. Als sie ihm wieder auf die Schulter getippt hatte, schob er sie sanft, aber bestimmt ein Stück zurück und kam wieder nah an ihr Ohr.

»Es wird ernst. Am Treppenabsatz steht eine Wache. Ich gehe ran und versuche, ihn von Hand auszuschalten. Sie müssen feuerbereit an der Ecke stehen, und wenn der Kerl sich zu früh rührt, schießen Sie. Verstanden?«

Pollys Herz schlug schneller. Aber sie dachte an ihren Bruder und an ihren Geliebten, der mit Sean irgendwo unten im Kanal saß und auf sie beide wartete.

»Bereit, Captain«, flüsterte sie.

Bentham nickte und glitt um die Ecke. Polly ging vor und hob die AFP. Der Posten stand am Kopf der Treppe, etwa zehn Fuß entfernt. Sie nahm seinen Kopf ins Visier. Ihre Hände waren ruhig. Sie atmete flach, aber ruhig.

Bentham näherte sich dem Mann wie in Zeitlupe. Der Posten hustete plötzlich, und sofort ging Pollys Zeigefinger zum Abzug der Waffe. Aber sie hatte sich gut unter Kontrolle. Der Kerl drehte sich nicht um, und Polly schoss nicht.

Dann war Bentham auf der Höhe des Postens an die Wand gedrückt. Er machte einen entschlossenen Schritt, umfasste den Kopf des Gegners und presste seine Hand auf dessen Mund. Polly ließ sofort die Waffe etwas sinken, weil sie jetzt ohnehin kaum schießen konnte, ohne Bentham zu gefährden. Der Mann wollte nach Benthams Armen greifen, aber dieser riss schon den Kopf des Wächters zur Seite. Es gab ein hässliches Knackgeräusch, dann erschlafften die Beine des Angegriffenen, und Bentham legte ihn sanft auf den Boden.

Er sah zu Polly und zeigte auf die Treppe.

Polly schauderte kurz, der Mann war zweifellos tot, und Bentham schien das nichts auszumachen. Aber sie war lange genug in diesem Geschäft, um zu wissen, dass Leute aus den Gangs starben. Selten einer von den Köchen oder Kellnern. Aber andere Mitglieder, die »Soldaten« oder »Muskeln« genannt wurden, riskierten selbstverständlich ihr Leben. Oder töteten. Wie Bentham, der ehemalige Offizier. Oder Sean, der frühere Corporal, bevor er Koch geworden war. Und wie der untersetzte Mann, über dessen Leiche Polly jetzt vorsichtig stieg, um dann Bentham die Treppe hinunter zu folgen.

Juniper und Sean standen nervös im Dunkeln. Sie konnten nichts tun außer warten. Juniper kam es jetzt schon wie eine Ewigkeit vor. Der Weg über den Sims an der Außenseite war zu kompliziert, um alle vier auf diese Weise in Hashs Haus zu bugsieren. Und Juniper glaubte auch nicht, dass er gelenkig und schlank genug dafür gewesen wäre. Bentham hatte das vermutlich auch nicht geglaubt. Und direkt in Hashs Keller auszusteigen, ohne dass man genau sehen konnte, was einen oben erwartete, war zu riskant. Sie mussten einfach Geduld haben, bis ihre beiden Kameraden es in diesem Gebäude auch wieder hinuntergeschafft hatten.

Der kleine Lichtstrahl, der durch den Gullydeckel in den Kanal drang, wurde plötzlich stärker. Schritte waren zu hören, jemand näherte sich oben. Sean zog leise seinen Revolver aus dem Holster und spannte den Hahn. Sein Blick klebte an der Decke.

Der Gully wurde angehoben. Junipers Herz hüpfte. Als der Deckel ganz offen war, fiel der Lichtstrahl einer Handlampe nach unten, der so hell war, dass sie beide geblendet wurden. Eine Hand schob sich nach unten, und Juniper griff danach. Doch bevor er sie erreichte, brüllte Sean los.

»Abhauen, verdammicht. Weg hier. Sofort.«

Sean rannte in die Richtung los, aus der sie gekommen waren, und zog Juniper am Arm hinter sich her. Der stolperte, fasste wieder Tritt und spurtete dann ebenfalls. Doch schon nach wenigen Metern blendete sie wieder Licht, diesmal aus mehreren Lampen.

»Das würde ich bleiben lassen«, höhnte eine eiskalte Stimme. Die Lampen schwenkten von ihren Gesichtern weg, und dann konnten Sean und Juniper fünf vierschrötige Kerle mit Revolvern und AFPs sehen. Der Größte von ihnen deutete mit der Mündung hinter die beiden.

»Marsch zurück, ihr Halunken. Mister Hash freut sich schon auf euch. Ach und: Die Knarre lässt du mal ganz flott fallen, du Hungerhaken, hab ich mich klar ausgedrückt?«

Sean keuchte wütend, dann warf er seine Waffe weg. Mit lautem Scheppern knallte sie auf den Boden, das Echo schien sich durch die unterirdischen Röhren in der ganzen Stadt zu verteilen.

Polly, dachte Juniper, um Himmels willen.

Gefangen

Sie hatten Sean und Juniper nicht durchsucht, sondern eher gerupft wie Hühner und gewalkt wie Nudelteig. Ihre Ausrüstung lag verstreut in Hashs Keller, und Junipers Wangen brannten von den Ohrfeigen, die Hashs Schläger ihnen immer wieder lachend verpasst hatten. Doch das war Carl völlig gleichgültig. Ihn quälte nur die bange Ungewissheit über Pollys Schicksal. Hatten die Roasters auch sie gefangen genommen? Oder waren sie und Bentham irgendwo sicher? Die Schläger machten nicht die geringste Andeutung darüber.

Sean zeigte sich äußerlich unbewegt, aber tief in seinen Augen, das konnte Juniper sehen, loderte blanker Hass.

»Hat der schwarze Erzgauner euch zwei in die hübschen Trikots gesteckt? Hä?«

Der Anführer der Crew, ein riesiger Glatzkopf, hatte die Arme in die Hüften gestemmt und grinste breit. Dann sah er in die Runde seiner Männer.

»Finden wir das nicht allerliebst? Männer in schwarzen Turnhöschen und mit vielen Werkzeugen und Mordgeräten. Huuuuh, seid ihr böse.«

Die Roasters keckerten. Der Anführer machte eine Grimasse wie ein ängstliches Kind.

»Ich mach mir dolle in die Hosen. Böse, böse Männer seid ihr.

Vom oberbösen Mister Qualtringham geschickt, um ... ja, genau. Um was eigentlich zu tun hier? Hä?«

Er ohrfeigte Sean, der danach nur noch verbissener schaute. Dann wandte er sich an Juniper.

»Dein Kumpel hier«, er zeigte auf Sean, »ist 'n harter Brocken, an dem brech ich mir sicher die Finger, bevor er mir was flüstert. Aber du Weichwanst«, er hieb Juniper die Faust in den Magen, dass diesem die Luft wegblieb, »du singst bestimmt wie eine Drossel, wenn ich dir richtig wehtue, oder?«

Juniper richtete sich auf, obwohl er gerne noch eine Weile zusammengekrümmt herumgestanden wäre, und sog pfeifend Luft in seine Lungen. Nach zwei, drei Atemzügen konnte er wieder sprechen. Er sah den Mistkerl teilnahmslos an.

»Das Schlimmste ist eigentlich, dass ich mir die ganze Zeit deine hässliche Fresse ansehen muss.«

Das Keckern der Roasters hörte auf. Sie blickten ihren Anführer an, in dessen Gesicht ein winziger Funken Vernunft gegen eine Feuersbrunst aus Wut kämpfte. In Juniper keimte der Gedanke, dass er hier möglicherweise etwas unterschätzt hatte, aber bevor er diesen klar fassen konnte, hatte der Wahnsinnige schon begonnen, ihm mit eisenhartem Griff beider Hände die Luft abzudrehen.

Bevor Sean sich auf den Dreckskerl stürzen konnte, hatten ihn schon drei Roasters gepackt. Juniper stierte in blutunterlaufene Augen und roch faulen Atem, der keuchend und Spucke prustend aus dem wutverzerrten Gesicht des Crewbosses dampfte. Carl griff die dicken Unterarme des Kerls, aber er spürte, dass seine eigene Kraft schnell nachließ und sein Gehirn sich mehr und mehr wie Watte anfühlte. Wie ein Schiff im Nebel, das mit ausgefallenem Kompass im Kreis fuhr. Ein paar wenige Gedankenfetzen wiederholten sich stetig. Polly. Luft. Essen. Polly. Lemmy. Polly. Verdammt. Warum jetzt sterben? Das war doch ein beschissener Witz. Wenn er irgendwann bei einem der Tagesjobs ums Leben gekommen wäre – es hätte Carl nichts ausgemacht. Er war so stumpf gewesen in dieser Zeit, so ohne Wünsche und Hoffnungen. Aber jetzt?

Er hatte alles. Das Kochen. Verrückte Freunde. Gutes Essen. Schnaps. Und das Herz der einzigartigsten, verwirrendsten, sinnlichsten, lustigsten, wildesten und auf krude Weise schönsten Frau, der er je begegnet war.

Das war ein Witz. Ein bitterböser, gemeiner und widerlich grinsender Witz.

Junipers Knie gaben nach, und er und der Mistkerl stürzten zu Boden. Doch der verdammte Hundling ließ nicht los. Er saß jetzt auf Junipers Bauch und würgte und würgte den Koch, dabei schwitzte er vor Anstrengung, doch sein Gesicht zeigte eine tiefe Lust an dem, was er gerade tat. Er war ein Killer. Er hatte Spaß am Töten. Juniper würde aufgeben, er konnte nichts tun als schnell zu sterben. Ihm wurde schwarz vor Augen.

Und dann bekam er plötzlich Luft. Nicht nur ein wenig, sondern ein, zwei, viele Atemzüge. Die dumpfe Kellerluft, gesättigt von den Ausdünstungen des Kanals, schmeckte wie eine kühle Seebrise und holte den Schiffskoch aus der Dunkelheit jenseits des Hades zurück. Seine Lungen pumpten laut, der elefantenschwere Würger lastete nicht mehr auf ihm. Er öffnete die Augen.

Die versammelten Roasters starrten ihn an, Sean wurde immer noch von zweien festgehalten, der Crewboss stand mit dem Rücken zu Juniper.

»Was sagst du?«, blaffte er ins Halbdunkel.

»Der Boss will die beiden Gauner sofort sehen. Und zwar atmend und in einem Stück.«

Eine ölige und brutal klingende Stimme aus dem Nichts.

»Hm. Na gut.« Der Glatzkopf drehte sich um. »Hebt den Fettsack auf und dann … Habt's ja gehört.«

Missmutig stapfte er davon, raue Hände griffen nach Juniper

und zogen ihn auf die Füße. Ein Knuff in den Rücken und ein geknurrtes »Vorwärts«, Lichtkegel schwenkten durch den Raum und erfassten die Tür, durch die der kahle Crewboss gerade den Keller verließ.

Sean und Juniper wurden nach oben geschubst, Treppe um Treppe. Carl zählte elf Stockwerke, und als die Prozession endlich zum Stehen kam, keuchte er, und seine Lungen schmerzten. Er sah zu Sean hinüber, aber der zähe Corporal zeigte weder Erschöpfung noch Furcht, nur grimmige Entschlossenheit und unsagbar schlechte Laune.

Der Mann mit der öligen Stimme hatte ein ebensolches Aussehen. Groß, schmal, geschmeidig. Langes schwarzes Haar, mit Pomade glatt zurückgekämmt. Einen kräftig buschigen, aber ebenfalls ölig gekämmten Bart mit aufgezwirbelten Spitzen und kleine, stechend dunkle Augen. Er trug schmale, blau und grau gestreifte Hosen, schwarze Schuhe und graue Gamaschen, ein schwarzes Hemd mit weiten Ärmeln und eine eng sitzende dunkelblaue Weste mit hellblauen Ornamenten.

Sie standen vor einer zweiflügeligen, mit Schnitzereien versehenen Holztür. Der Ölige musterte Juniper und Sean mit kaltem Blick, dann drehte er sich zur Tür und drückte einen Klingelknopf. Gleich darauf öffnete sich der linke Türflügel, und der Ölige zeigte auf die beiden Gefangenen.

»Los. Mitkommen.«

Sean und Juniper wurden in Richtung Tür geschoben, der Glatzkopf wollte gerade durchgehen, doch der Ölige hielt ihn mit spitzen Fingern auf.

»Du wirst nicht gebraucht, Calf. Unten liegen die verdammten Leichen von Nathan und Pyp, die müssen verschwinden.«

Er machte eine Kopfbewegung ins Ungefähre, aber seine Augen stachen drohend in die des Glatzkopfs. Dessen Körper war angespannt vor Wut, aber er hielt sich mit aller Kraft im Zaum. Er hatte die Hosen gestrichen voll vor dem Öligen, und vermutlich war das mehr als angebracht.

Während die Schlägertruppe missmutig die Treppe heruntertrappelte, schob der Ölige Juniper und Sean nach drinnen.

Ein holzvertäfelter Gang. Ein Diener in Livree schloss die Tür hinter ihnen, und der Ölige ging voran. Ein anderer Diener öffnete eine weitere Tür, und dahinter betraten die drei eine Art Empfangshalle. Marmorböden, Marmorwände, Goldleuchter, Spiegel mit schweren Goldrahmen.

Der Ölige steuerte eine portalartige Tür an, vor der zwei Diener standen. Meine Güte. Vier Diener auf den paar Quadratfuß, dachte Juniper. Wenn Hash auch mindestens so reich wie Black Ralph Qualtringham war, fehlten ihm völlig dessen Eleganz und Klasse, so viel stand fest.

Die Diener öffneten die beiden Türflügel weit, der Ölige blieb unmittelbar davor stehen und hieß Sean und Juniper voranzugehen.

Das Erste, was Juniper sah, war Polly. Ihr Anblick ließ sein Herz für einen Sekundenbruchteil bis in seine Kehle hochhüpfen, weil sie noch lebte. Doch sofort danach zog es sich unter Schmerzen auf die Größe einer Rosine zusammen, weil ihr Zustand erbärmlich war.

Sie kniete auf dem Boden, die Jacke hatten sie ihr ausgezogen, die dünne schwarze Bluse, die sie darunter trug, war zerrissen. Immerhin hatten sie ihr den Büstenhalter gelassen, aber sie bedeckte trotzdem mit beiden Armen ihren Busen. Vielleicht musste sie sich aber auch einfach auf diese Weise halten, um nicht in sich zusammenzufallen. Ihre Wangen waren feuerrot von Schlägen, auf den Wangen Spuren von Tränenflüssen. Ihr Haar war offen und zerzaust, sie hatten offenbar daran gezerrt und gezogen.

Unbändige Wut stieg in Juniper hoch, aber er riss sich zusammen, denn einer der verfluchten Dreckskerle hielt Polly ihren eigenen Revolver an die Schläfe und griente ihn und Sean an.

Bentham ging es wesentlich schlechter als Polly. Er war an eine Säule mitten im Raum gefesselt, und sein Kopf baumelte blutend auf seine Brust. Er atmete, aber er würde heute sicher keinen Jiu-Jitsu-Kampf mehr durchstehen.

Der Raum war offensichtlich ein Büro. Ein unfassbar protziges und unpraktisches Büro, das keinen anderen Zweck hatte, als seinen Inhaber mächtig und reich aussehen zu lassen und wie jemanden, der zwar ein Büro und einen Schreibtisch hat, aber sich keinesfalls mit irgendwelchen öden Organisationsdingen abgibt. Eine Seitenwand bestand im Wesentlichen aus einer riesigen Bar, hinter der ein Bartender in Hemd, Binder und Weste stand.

Die Außenwand war nichts als ein riesiges Fenster, aus dem man weit über die Stadt sehen konnte. Vor dem Fenster erstreckte sich der bombastische Schreibtisch aus schwerem Holz, in Gold gefasst mit einem ebenso goldenen Sessel, der mit Brokatstoff bezogen war.

Und auf diesem Sessel saß ein bombastischer Mann. Riesig. Breit. Mit einem gewaltigen Bauch, über dem goldene Knöpfe mit Mühe eine dunkelrote Samtweste zusammenhielten, aber eisenharten Muskeln, die die Ärmel seines roten Fracks zu sprengen drohten.

Er hatte ein brutales, fleischiges Gesicht mit ungesund bleichem Teint, gerahmt von einem kupferroten Backenbart. Auf seinem Kopf eine dicke lockige Mähne derselben Farbe, mit Händen voll Pomade in Form gebracht. Sein Mund wirkte sinnlich und grausam zugleich. Und war jetzt zu einem verlogenen Lächeln nahezu von Ohr zu Ohr verzogen. Er breitete seine schenkeldicken Arme aus und röhrte mit Säuferstimme los.

»Willkommen, die Herren. Für diejenigen, die es noch nicht erraten haben: Ich bin Cyrus Hash, allberühmter und berüchtigter Chef der Shoreditch Roasters, der selbstverständlich besten Küchencrew dieser stinkenden Stadt. Ich denke, eure kleine Picknicktruppe ist jetzt komplett. Ist es nicht so, Mister Cutting?«

Der Ölige grinste.

»Yes, Sir. Wir haben alles auf den Kopf gestellt und die zwei Ratten aus dem Kanal gefischt.«

»Tja, der gute Master Bentham hier hatte einen schlauen Plan, das muss ihm der Neid lassen. Und die große Lady hatte noch vor einer Stundenhälfte eine ruhige Hand, wie das Loch in der Stirn des armen Pyp Jenkins beweist. Aber leider hat all das nichts genutzt, denn Cyrus Hashs Shoreditch Roasters sind nun mal nicht auf der Brennsuppe dahergeschwommen, hab ich nicht recht, meine Herren?«

Die sechs Kerle, die noch im Büro waren, lachten.

»Und wie Sie sehen können, zittert die Hand der Lady jetzt gewaltig. Weil sie einen Vorgeschmack davon bekommen hat, was sie hier noch erwartet, wenn keiner das Maul aufmacht und mir härchenklein erzählt, was mein geschätzter schwarzer Kollege mit der Entsendung von euch Vögeln denn bezweckte.«

Polly hatte langsam ihren Kopf gehoben und sah Juniper mit tränenverschleierten Augen an. Der wollte zu ihr, aber kaum hatte er den linken Fuß vorgesetzt, haute ihm der nächststehende Scherge die flache Hand vor die Brust, und der Kerl, der Polly bedrohte, spannte den Hahn des Revolvers.

»Aha.«

Hash lächelte zuckersüß, dann stemmte sich der Berg aus Fett und Muskeln aus seinem Prunksessel hoch und stapfte auf Juniper zu. Seine Männer machten ihm Platz, und Hash baute sich so nah vor dem Schiffskoch auf, dass er Hashs Nasenhaare hätte zählen können, wenn ihm danach gewesen wäre. Der fette Riese roch nach sehr edlem Eau de Cologne. Und zwar, als hätte er in einem Fass davon gebadet.

Hash war beinahe einen Kopf größer als Juniper. Er beugte sich zu ihm herab, sah ihn aus seinen versoffenen blauen Augen amüsiert an und tätschelte ihm wieder und wieder die Wange, kniff dann hinein und quetschte das Fleisch so zusammen, dass es taub wurde.

»Miss Polly McFay war ja noch nie ein Kind von Traurigkeit, aber dass sie so flott schon wieder einen neuen Bettgenossen hat. Ts-ts-ts …«

Hash schüttelte den Kopf, und im gleichen Rhythmus riss er an Junipers Wange herum.

»Ihr Geschmack war schon mal besser, Miss Polly, aber ich vermute, der Ochse hier erfüllt seinen Zweck ganz ordentlich.« Hash machte obszöne Bewegungen mit dem Becken, und seine Schläger lachten laut.

»Und hups – richtig verliebt ist er auch schon, was?« Jetzt hatte Hash auch Carls andere Wange gegrapscht und drehte dessen Kopf so hin und her, dass Juniper dachte, der fette Gangster wolle ihn ihm vom Hals schrauben. Scham und Wut überschwemmten Carl, und er versuchte, an Hash vorbei Polly anzusehen, aber Hash lachte nur und drehte Junipers Schädel immer wieder so, dass er nichts sehen konnte als das bleiche und aufgedunsene Gesicht des Gangsterbosses.

»Deine süße Polly faselt immer nur von ihrem fähigen, aber widerlichen Bruder, den ich angeblich hier haben soll, aber das ist blöder Mist, sage ich. Wegen eines verdammten Suppenbrauers schickt Black Ralph mir keine Einbrecher auf den Hals. Ich habe eine Absprache mit eurem eingebildeten Boss, und er weiß genau, was das hier bedeutet.«

Hashs Nase berührte jetzt die von Juniper.

»Es bedeutet Krieg, ihr Quarktaschen. Und im Krieg ist alles erlaubt.«

Die wässrig blauen Augen Hashs flitzten tückisch hin und her, dann drehte er seinen Kopf ein winziges bisschen zur Seite.

»Mister Cutting, legen Sie die blonde Schlampe bitte gebrauchsfertig auf den Schreibtisch. Ich denke, wir können jetzt alle einen kleinen Spaß vertagen. Und Miss Polly ist mir schon lange ins Auge gesprungen.«

Die Männer grölten. Juniper riss seine Arme nach oben, aber im gleichen Moment stieß Hash ihn mit solcher Wucht von sich, dass er sich rückwärts überschlug. Als er versuchte aufzuspringen, traf ihn der Stiefel eines von Hashs Männern mit Wucht auf der Brust, und er fiel sofort wieder hintüber.

Sean brüllte plötzlich los, doch einer der Gangster hieb ihm einen Knüppel auf den Kopf, und der eisenharte Soldat knickte zusammen wie eine Strohpuppe. Polly wimmerte, als Cutting sie hochriss und in Richtung Schreibtisch zerrte.

Der Kerl, der Juniper getreten hatte, kniete jetzt neben ihm und hielt ihm grienend ein Messer an die Kehle. Hash stand wie ein Baum vor ihm und sah auf ihn herunter wie auf Abfall.

»Na, mein Freund? Hast du nicht irgendetwas für mich, das mich abhält?«

Juniper wurde übel vor Wut und Verzweiflung. Pollys Wimmern war in grelles Kreischen übergegangen, bis einer, vermutlich der ölige Cutting, ihr den Mund zuhielt. Jetzt hörte man nur noch gepresstes Wimmern.

»Bring mir den Galan der guten alten Polly mal in aufrechten Stand, dann zeige ich ihm, wie man das Weib richtig in Stimmung bringt.«

Juniper wurde hochgezerrt und festgehalten. Polly lag bäuchlings auf dem absurd großen Schreibtisch, Cutting hatte sie in hartem Griff, während der andere ihr wieder den Revolver an den Kopf hielt.

»Sie sagt die Wahrheit, Mister Hash«, stieß Juniper panisch hervor, »um Himmels willen, lassen Sie sie in Frieden. Wir suchen Lemmy. Er ist verschwunden. Bitte, Mister Hash, tun Sie ihr nichts. Bitte.«

Hash schüttelte den Kopf und guckte bedauernd.

»Das ist doch einfach dumm von dir, Junge. Wenn dir an der Schlampe was liegt, dann sag mir, worum es hier geht. Letzte Chance.«

Juniper dachte fieberhaft nach, was er sagen könnte, aber er wusste im Grunde, dass er am Ende war. Er würde den verfluchten Schweinehund nicht überzeugen können, egal, was er sagte. Er zerrte und strampelte, aber die beiden Kerle hielten ihn fest. Dann brüllte er los.

»Wenn du dreckige Mistsau sie anfasst, dann schwöre ich, ich hol mit einem stumpfen Messer die Nieren aus deinem fetten Rücken. Ich brate sie und flambiere sie in Cognac und geb sie dir zu fressen, du verdammter Hurenbock.«

Hash zog beide Augenbrauen hoch und schaute, als ängstige er sich wie ein kleines Kind. Juniper kreischte.

»Ich reiß dir die Augen raus, du Drecksau. Ich beiß dir die Kehle durch, ich schneid dir deinen dreckigen Schweineschwanz ab. Duuuuuuuuuuuuuuuuu.«

Hashs Schläger lachten. Hash ging tänzelnd rückwärts.

Carl war alles gleichgültig. Alles außer Polly. Er musste dieses Vieh Hash töten, er musste alle hier töten, und wenn es das Letzte war, was er tat. Juniper sammelte alle Kraft und alle Wut und alle Verzweiflung und all seine Liebe zu Polly, und dann … klappte ihm der Kiefer nach unten, und er starrte es an. Es.

Es tauchte vor dem riesigen Fenster auf. Eine messingglänzende Maschine schwebte in der Dunkelheit. Baumdicke Dampfstrahlen zischten nach unten aus ihr heraus, und zwei bisher schwach leuchtende Lampen wurden plötzlich gleißend hell und blendeten alle im Raum.

Dann zersprang die Scheibe mit lautem Klirren, und wirres Geschrei erhob sich im Büro. Juniper wurde von seinem Bewacher zu Boden gerissen, ein ohrenbetäubendes Fauchen ertönte, und dann pfiff es über ihm, Flaschen in der Bar zersprangen, ein Lüster ging in tausend Scherben, es klackte und knackte überall an den Wänden. Hashs Mann lag schwer auf Juniper, und er konnte sich nicht mehr bewegen. Splitter von Glas und Holz regneten auf ihn herab, Männer stöhnten und kreischten.

Plötzlich eine gespenstische Stille. Nur leises Wimmern.

Und dann die Schritte eines Mannes auf dem von Glas übersäten Boden. Die Schritte näherten sich, doch dann blieb der Mann ein Stück von Juniper entfernt stehen. Carl schob ächzend den leblosen Körper von sich und hob vorsichtig seinen Kopf.

Black Ralph Qualtringham stand ganz in Schwarz, den Bowlerhat schief auf dem Kopf, da und hielt Cyrus Hash eine größere und schwerere Version der AFP mit dickem Schalldämpfer vor die Nase, aus der ein langer Gurt mit Patronen nach unten hing.

»Steh auf, Hash, du verdammter Bastard«, knurrte er heiser, »sonst durchlöchere ich dich so, dass der Mond durch deinen widerlichen Wanst scheint.«

Die Expedition

Zwei von Hashs Männern waren tot. Einer durch Schüsse in Hals und Lunge lebensgefährlich verletzt. Alle hatten Splitter von Glas und Holz abbekommen.

Benthams rechtes Jochbein war schwer geprellt, seine Nase sowie vier Rippen gebrochen. Ein Knie war durch Tritte schwer in Mitleidenschaft gezogen, sein Körper übersät mit blauen Flecken. Aber er war wieder zu Bewusstsein gekommen.

Polly hatte sich erstaunlich gut gefasst. Die Roasters hatten sie körperlich weitestgehend ungeschoren gelassen, und für die seelische Genesung hatte sie – Juniper damit zuvorkommend – dem noch unsicher stehenden Hash eine Serie von Faustschlägen ins Gesicht verpasst. Als sie nach einem herumliegenden Holzknüppel gegriffen hatte, war Black Ralph ihr in den Arm gefallen.

»Es reicht, Miss Polly. Wir werden das gemeinsam klären, und wenn Hash Ihnen Genugtuung schuldet, dann schwöre ich bei allen alten Königen, dass Sie sie bekommen werden.«

Hashs edler, aber jetzt von Splittern durchlöcherter Anzug war nun auch noch mit jeder Menge Blut versaut, und der Anblick hatte Polly vor wütender Befriedigung schnauben lassen.

»Ich nehm Sie beim Wort, Mister Qualtringham. Ich will die Eier von diesem Stück Küchenabfall in einer hübschen Schachtel, damit ich sie jedem zeigen kann.«

Sie hatte den Knüppel wütend gegen die Wand geworfen, war dann zu Juniper gestürzt, hatte sich in seine Arme geworfen und ihn hemmungslos geküsst.

Dann hatten Sean, Polly und Juniper den Roasters alle Waffen abgenommen, während Black Ralph sie mit seiner Riesen-AFP gedeckt hatte. Hash hatte knurrend jemanden für die Verarztung der Verwundeten herbeigerufen, und Black Ralph hatte aufmerksam beobachtet, dass Bentham dabei kein Schaden zugefügt wurde.

»Ich habe Leute in der Nähe. Sobald mein Mann anständig versorgt ist, lasse ich ihn von hier wegbringen«, hatte er zu dem Arzt gesagt und dabei die Waffe direkt vor dessen Gesicht gehoben.

Während der Arzt unter Aufsicht von Qualtringham, Polly und Sean arbeitete, stand Juniper jetzt staunend vor der Metallmaschine, mit der Black Ralph offensichtlich vor das Fenster und dann ins Büro geflogen war. Zwei senkrecht stehende Dampfkessel mit einem Geflecht aus Rohren, Manometern und Reglern. Oben links und rechts die Schweinwerfer, die jetzt erloschen waren und leise tickerten. Unten jeweils Teile, die nach Junipers bescheidenen Kenntnissen Kompressoren sein mussten, die den Dampf so verdichteten, dass sich die Maschine auf den Strahlen vom Boden lösen und fliegen konnte. Der Rest der Maschine diente dem Aufenthalt ihres Steuermanns. Auf einer Plattform vor den Kesseln befanden sich ein lederbezogener Sitz und einige wenige Armaturen, die vermutlich der Steuerung dienten. Die Maschine ruhte auf langen Kufen.

»Da staunen Sie, Master Juniper, wie? Das ist ein Flugschlitten.«

Black Ralph war neben ihn getreten; er war sichtlich stolz auf sein beeindruckendes Fluggerät. Er deutete auf vier runde Düsen an der Unterseite der Grundplattform zwischen den Kufen.

»Diese vier Strahlen heben den Schlitten in die Luft und sorgen dafür, dass man ihn in alle Richtungen neigen und so steuern kann.«

Qualtringham fasste einen Hebel in den Armaturen an und kippte ihn nach links, nach rechts, nach vorne und nach hinten.

»Mit diesem einen Hebel steuere ich den Schlitten, wohin immer ich will. Und das hier«, Black Ralph zeigte auf ein Rohr mit Bajonettverschluss, »ist die Halterung für mein Eisenbaby.«

Er lachte und tätschelte seine AFP.

»So kann ich mit einer Hand steuern und mit der anderen die Hölle losbrechen lassen.«

Juniper ließ seine Hand über die Messingreling gleiten, die um den Sitz herum verlief.

»Fantastisch, Mister Qualtringham. Das ist das erste Mal, dass ich so etwas sehe.«

Black Ralph lachte laut und ließ seine Zähne blitzen.

»Diese Maschine dürfte es auch eigentlich nicht geben. Nur Behörden ist es erlaubt, Fluggeräte zu betreiben. Aber unter meinen Gästen sind Menschen, für die andere Regeln gelten als für den Rest von uns. Und einem dieser Gäste habe ich vor ein paar Jahren einen sehr, sehr großen Gefallen getan. Seitdem bin ich äußerst diskreter Besitzer dieses Wunderwerks und des dazugehörigen Transportwagens mit Befüllstation. Leider beträgt die maximale Flugzeit nur knapp eine Stunde. Dann ist der Dampf verbraucht. Der Wagen steht ein paar Straßen von hier entfernt.«

»Sie haben uns das Leben gerettet, Sir.«

Juniper sah Black Ralph an. Der lächelte und tippte mit dem Zeigefinger auf seine Augenklappe.

»Ich hab immer ein Auge auf meine Leute.«

Ein Räuspern ertönte hinter ihnen. Hash.

»Ich will ja die interessanten Erläuterungen nicht unterbrechen, aber wollen wir uns jetzt mal langsam irgendwo zusammensetzen, wo nicht der Wind durch die weggeschossene Außenwand pfeift und es weniger nach Blut riecht?«

Seine Schnapsstimme klang ruhig und gelassen. Er schien die Verluste des Tages gut zu verkraften.

Black Ralph drehte sich zu Hash um.

»Einverstanden. Sobald Bentham weg ist. Er scheint so weit ärztlich versorgt zu sein.«

Qualtringham zog ein kleines rechteckiges Kästchen aus einer der Taschen an seinem Gurtzeug und drückte einen Knopf. Kurz darauf ertönte ein leises Piepen aus dem Kästchen.

»Meine Leute sind unterwegs. Stellen Sie sicher, dass sie ungehindert hereinkommen und wieder abziehen können.«

Hash verdrehte die Augen.

»Qualtringham, piss dir nicht in die Hosen. Ich hab heute vier Leute verloren, ein Fünfter folgt ihnen vielleicht noch in die Finsternis. Du hast mich in meinem eigenen HQ zur Minna gemacht und ein sündteures Panoramafenster auf meinem nicht weniger teuren Teppich verteilt. Halt mir meinetwegen deine Bleispritze an die Rübe, bis deine Leute dich anpiepsen, dass alles in Ordnung ist, und dann können wir vielleicht in Ruhe reden, und ich erfahre möglicherweise endlich, was die ganze verfluchte Scheiße eigentlich soll.«

Black Ralph spannte die Kiefer an.

»Zuallererst schuldest du Miss McFay eine Entschuldigung. Gebrochene Knochen und durchlöcherte Schädel gehören zu so etwas dazu. Das Risiko ist sie mit eingegangen. Aber was du mit ihr vorhattest, war ekelhaft. Jenseits aller Kriegsregeln.«

Hash schob seinen mächtigen Unterkiefer vor.

»Ach ja?«

Qualtringham brachte sein Gesicht direkt vor das von Hash.

»Ja.«

Sie starrten sich an. Juniper war stolz auf Black Ralph, der hier nicht nur ein hartes Geschäft abwickelte. Und schämte sich zugleich, weil er Pollys Ehre nicht verteidigte. Wenn Hash jetzt wieder Schwierigkeiten machen würde, dann musste Carl ihn fertigmachen, das war ausgemacht. Und zwar endgültig. Sonst würde er Polly nicht mehr in die Augen sehen können.

Seltsam. Noch nie in seinem Leben hatte Carl Juniper so etwas gedacht und empfunden.

»Aha.«

Hash zog sich langsam, ohne den Blick von Black Ralph zu lösen, zurück. Dann ging er zu Polly.

»Miss McFay?«

Polly drehte sich widerwillig Hash zu. Der tat etwas absolut Überraschendes. Der fette muskelbepackte Hüne kniete sich ächzend vor sie hin.

»Miss McFay, ich möchte mich hiermit in aller Form dafür entschuldigen, dass ich Ihnen angedroht habe, Sie … also, Sie in Ihrer Ehre zu verletzen. Das war nicht recht und gegen jeden Kriegsbrauch.«

Polly sah auf ihn herab.

»Ehre?«

Sie schleuderte das Wort in seine zerschlagene Visage.

»Sie wollten nicht meine Ehre verletzen, Sie elender Dreckskerl. Sie wollten mich vergewaltigen und anschließend Ihren Schlägern zum Gebrauch überlassen, um meine Kameraden zum Reden zu bringen. Das hat einen Scheiß mit meiner Ehre zu tun.«

Sie hob mit vor Wut zitternden Händen die Mündung ihrer AFP und drückte sie Hash gegen die Stirn. Alle im Raum starrten atemlos gespannt auf die beiden. Hash atmete schneller, aber schien äußerlich ruhig. Polly beugte sich zu ihm runter und entsicherte die Waffe.

»Na, Hashy? Geht das jetzt gegen Ihre Ehre oder eher nass in die Buxe?«

Qualtringham sagte leise, aber bestimmt:

»Miss Polly.«

»Soll ich Ihnen was sagen, Hashfatty? Mich zu vergewaltigen, hätte nur eine Ehre beschmutzt. Ihre. Und die Ihrer hässlichen, stinkenden Handlanger. Weil keiner von euch erbärmlichen Eiterbeulen es im richtigen Leben auch nur in die Nähe meiner Haut schaffen würde. Weil ich an Luschen wie euch, die nur dann groß und stark sind, wenn sie Waffen in der Hand haben, einfach vorbeischaue. Ich stehe auf richtige Männer. Männer mit Herz und Mut und Freude. Männer, die nur dann hart sind, wenn man sie dazu zwingt, aber ansonsten weich wie frische Butter. Männer, die wissen, was Liebe ist, und die keine Angst davor haben. Männer wie der Gentleman dort hinten, von dem Sie ganz richtig annehmen, dass er mein Geliebter ist. Und jetzt wissen Sie auch, dass er jederzeit an meine Haut darf. Und das, Mister Hash, dürfen Sie sich gerne vorstellen und ein Tränchen verdrücken, dass Sie die einzige Chance Ihres Lebens, mich nackt zu sehen, leider verschissen haben.«

Sie nahm die Waffe von seiner Stirn und spuckte Hash dann ins Gesicht.

Hash sah sie an. Dann neigte er den Kopf.

»Miss McFay, Sie haben Mut. Ich schäme mich. Und das, verdammte Scheiße noch mal, ist das erste Mal in meinem Leben, dass ich das sage.«

Polly nickte. Und dann streckte sie ihre rechte Hand aus.

»Entschuldigung angenommen. Aber verzeihen müssen Sie sich das selbst.«

Hash nahm ihre Hand und stand auf. Verneigte sich noch einmal und ging zurück zu Juniper und Black Ralph. Er musterte den Schiffskoch.

»Wie heißt du?«

»Carl Juniper.«

»Und was tust du für meinen schwarzen Kollegen?«

»Ich bin Koch.«

Hash lächelte, was angesichts des getrockneten Bluts in seinem Gesicht nicht freundlich aussah.

»Du wolltest mir, glaube ich, etwas abschneiden.«

»Ja, Mister Hash. Und das hätte ich todsicher getan.«

Hash nickte.

»Meinen Respekt.«

Dann wandte er sich an Black Ralph.

»Ist alles zu deiner Zufriedenheit?«

Qualtringham sah zu Polly. Die nickte. Dann sah er wieder Hash an.

»Ja.«

»Dann können wir jetzt reden?«

»Selbstverständlich. Ich hoffe nur, du hast noch etwas Anständiges zu trinken hier.«

Qualtringham sah grinsend auf die in Trümmern liegende Bar.

Hash knurrte grimmig.

»Du hast vielleicht Nerven, Schwarzfresse. Erst meine Bar zerschießen und dann über die Getränkeauswahl meckern. Ich hab im Kaminzimmer noch einen achtzehn Jahre alten Hollow Bay von den Orkneys. Also heul nicht rum.«

Sie saßen in einem Kaminzimmer. Nicht so geschmackvoll gediegen wie das in Black Ralphs Haus, sondern Hash-gemäß protzig, aber das Feuer knisterte, der Whisky war ausgezeichnet, und der massige Feuerkopf hatte ruhig dem Bericht von Qualtringham zugehört. Jetzt sah er ins Feuer und schüttelte in kleinen Bewegungen seinen Kopf.

»Das hört sich alles verflucht genau so an wie die Geschichte von Red Bill. Du weißt, wer das ist?«

Qualtringham nickte.

»William Hands, dein bester Küchenchef. Ist er auch verschwunden?«

»Ja. Und zwar seit einigen Wochen. Und ich möchte mal darauf hinweisen, dass ich daraufhin nicht in eines deiner Häuser eingebrochen bin und keinen deiner Leute umgelegt habe.«

Black Ralph lachte leise.

»Was möglicherweise daran liegt, dass ich meine Aufenthaltsorte besser verberge als du.«

Hash stierte Black Ralph wütend an. Das Licht des Feuers tanzte wild, die Scheite krachten, und Juniper sah, wie Sean möglichst unauffällig nach seinem Revolver tastete. Doch plötzlich wich das wütende Flackern in Hashs Visage einem lauten Lachen. Er schlug sich immer wieder mit seiner rechten Pranke auf einen der mächtigen Schenkel.

»Da könntest du verdammt noch mal recht haben, du hinterhältiger, arroganter und aalglatter Mistkerl.«

Seans Hand entspannte sich, und Juniper trank aus Erleichterung den wirklich exzellenten Whisky in einem Zug.

»Ich habe deinen Mann nicht angerührt, Hash.«

Hashs Lachen erstarb. Er beugte sich zu Qualtringham hinüber.

»Ich deinen auch nicht, verflucht. Auch wenn ich einem wie Lemmy McFay jederzeit mein Zeichen in den Arm stechen würde. Zum Henker, ist das ein Koch. Und eine wilde Sau dazu.«

Er sah zu Polly.

»Oh. Es … es tut mir leid, Miss Polly. Sie wissen schon, wie ich das meine.«

Polly lachte wehmütig.

»Ich weiß genau, wie Sie es meinen, Mister Hash. Mein Bruder ist eine wilde Sau, verdammicht noch mal. Und ich will diese wilde Sau in einem Stück zurück.«

Hash lehnte sich zurück und schlürfte an seinem Whisky.

»Wir wissen, dass immer schon Köche und Kellner verschwinden. Und zwar nur die Besten. Die ganzen Schwachköpfe, die außer dir und mir noch dieses schöne Gewerbe treiben, können unsere Leute nicht bezahlen oder auf Dauer mit Gewalt bei sich halten. Die wären irgendwann wieder aufgekreuzt. Sehe ich das richtig?«

Qualtringham nickte.

»Tja, mein schwarzer Freund. Dann ist wohl die Frage: Wer schnappt sich die Leute, und wohin bringt man sie?«

Black Ralph sah ins Feuer.

»Ja. Das ist die große Frage.«

Dann schwiegen beide.

Sean hatte ein teilnahmsloses Soldatengesicht aufgesetzt, aber Polly rutschte nervös hin und her. In ihren Blicken zu Black Ralph meinte Juniper, etwas Flehendes zu sehen. Wenn ihr Blick sich mit seinem traf, meinte Carl ihre honigweiche Stimme in seinem Kopf zu hören: Tu etwas, mein Geliebter.

Aber was?

»Können die beiden denn verhaftet worden sein?«

Hash schüttelte den Kopf.

»Na ja, über Lemmy kann ich's nicht sagen, aber Red Bill auf keinen Fall. Der fehlt mir schon eine Weile, und wenn er in Newgate säße, hätte er mich das längst wissen lassen. Qualtringham?«

»Ich halte es für sehr unwahrscheinlich. Ich … habe jemanden bei der City Yeomanry und bei den Necks. Die informieren mich in der Regel sehr schnell.«

Hash pfiff durch die Zähne.

»Soso. Kontakte bei der Polizei. Respekt, Black Ralph.«

Und wieder Schweigen.

Bis Polly ihr Glas auf den kleinen Holztisch neben der Chaiselongue knallte, auf der sie und Juniper saßen.

»Eure Geschäftsgeheimnisse sind mir scheißegal. Mein Bruder ist verschwunden. Eine Menge unserer Kollegen sind verschwunden. Es ist unsere Pflicht, endlich herauszufinden, was mit ihnen allen passiert.«

Ging es hier um Geschäftsgeheimnisse? Juniper wäre nicht auf den Gedanken gekommen, aber als Polly es ausgesprochen hatte und Hash wie ein ertappter Lausebengel schaute, während der schwarze Gangster sein Antlitz verschloss wie eine Auster, wurde ihm klar, dass Polly den Nagel auf den Kopf getroffen hatte.

Er dachte einen Moment nach. Dann sagte er: »Mister Qualtringham. Wir sind loyale und verschworene Mitglieder der Spicers, auch wenn ich von allen hier die wenigsten Verdienste darum habe. Und ebenso, Mister Hash, sind alle Roasters Ihnen verpflichtet. Und jede Gang braucht ihre Geheimnisse vor der Konkurrenz. Aber das hier geht uns alle an. Da steht jemand gegen alle Köche und Kellner dieser Stadt. Gegen unser aller Geschäft und Freude. Wenn wir zusammenhalten, können wir uns wehren.«

Polly hatte sich enger an ihn geschmiegt, während er redete, und schließlich seine Hand ergriffen und fest gedrückt. Sean nickte Juniper fast unmerklich zu.

»Mister Qualtringham, Mister Hash. Ich bitte Sie, wir alle bitten Sie, jetzt zu vergessen, was zwischen Ihnen beiden steht. Verwenden Sie Ihr ganzes Wissen, Ihre ganze Erfahrung darauf, unsere Freunde wiederzufinden.«

Hash hatte die Lippen gespitzt und ins Feuer gestarrt. Black Ralph hatte mit fast geschlossenem Auge beobachtet, wie sich das Licht im Kristallglas brach.

Schließlich räusperte sich Qualtringham.

»Ich denke nicht, dass sie noch in der Stadt sind. Was denkst du, Cyrus?«

Hash schloss die Augen, dann ging ein Ruck durch seinen schweren Körper, und er richtete sich plötzlich auf.

»Nein, Ralph, das glaube ich auch nicht. Sie sind irgendwo draußen.«

Sean beugte sich etwas vor.

»Verzeihung, wenn ich mich einmische. Ich kenne mich seit

meiner Armeezeit ein bisschen aus. Mit ›draußen‹, meine ich. Ich war bei den Luftbooten. Bin zwar nur über dem Stadtgebiet geflogen, aber bei klarer Sicht und guter Höhe kann man ganz schön ins Land gucken. Da draußen ist nichts, wo man Köche und Kellner braucht. Da draußen ist nur Elend. Und Krieg. Ich hab nachts die Gewitter am Himmel gesehen, Feuer aus den Luftabwehrgeschützen gegen Rebellenballons und Bomben von unseren Kreuzern runter.«

Das ausgemergelte Gesicht des Kochs zeigte jetzt die Schatten, die sein Herz aus diesen Zeiten barg. Juniper fröstelte trotz des Feuers im Kamin.

Hash drehte seinen Kopf, soweit sein fetter Hals es zuließ. Er sah Sean mit blutunterlaufenen Augen an, dann Polly und Juniper. Zum Schluss Black Ralph. Der erwiderte den Blick.

»Scheiß drauf«, sagte Hash heiser und trank sein Glas leer, »wir reden hier nicht vom Gürtel um die Stadt. Wir reden vom Green. Wir reden von dem Ort, von dem alle Leckereien stammen müssen, die wir verarbeiten und um teures Geld verscherbeln an die Reichen und Glücklichen unserer schönen Stadt. An all die schlecht gelaunten und langweiligen Säcke. Ich hab keine Ahnung, wo dieses beschissene Green ist, aber es existiert. Und ich wette meinen Wanst, den ich über alles liebe, dass unsere Kameraden dort landen.«

»Aber wie sollen wir das finden, wenn keiner weiß, wo es ist?«

Pollys Stimme flatterte, sie klang erschöpft.

»Es gibt nur eine Versorgungslinie, Miss Polly. Das ist ein Anfang.«

Black Ralph sah seine Maître d' aufmunternd an, dann wandte er sich seinem wüsten Konkurrenten zu.

»Ich werde Bentham, sobald er halbwegs bei Kräften ist, beauftragen, eine Suchexpedition zu planen, soweit man das planen kann. Ich werde die Truppe ausrüsten und finanzieren. Aber ich habe keine besonders guten Verbindungen zu den Schmugglern. Sie mögen mich nicht.«

Hash nickte.

»Schon gut, verdammter Schwarzkopf. Dann gebe ich heute einen meiner besten Trümpfe aus der Hand.«

»Hash. Ich schwöre, ich werde nichts, was ich zur Durchführung dieser Expedition von dir erfahre, je geschäftlich gegen dich einsetzen.«

Hash lachte.

»Ja, ja. Wir werden sehen. Also, du kannst Bentham sagen, ich besorge seiner Truppe Plätze im Untergrundzug nach Harwich. Das ist – nach allem, was ich weiß – die Endstation. Dort ist ein Hafen, und aus diesem Hafen kriegen die Schmuggler ihre Ware. Lass du ihn planen, ich kümmere mich darum.«

Black Ralph nickte.

»Ich nehme an, die Expedition wird aus den hier Anwesenden bestehen?«

Polly nickte, Juniper auch. Sean blies Luft aus dicken Backen.

»Herrje. Fast vier Jahre war ich bei der Armee und hab immer drauf geachtet, dass ich nicht in den Kordon rausmuss, wo die Granaten fliegen. Aber egal. Für Lemmy. Ich bin dabei.«

Qualtringham stand aus seinem Sessel auf und zog seine Jacke glatt.

»Hash. Es tut mir leid um deine vier Männer. Und um die Verwüstung. Ich war überzeugt, das Richtige zu tun. Ab heute sind wir keine Gegner mehr. Unser Geschäft wird sich wandeln.«

Er streckte Hash die Hand hin. Der stand ebenfalls auf und nahm sie.

»Findet raus, wo der vermaledeite Billy Hands abgeblieben ist und all die anderen Herdgauner. Dann hast du einen neuen Geschäftspartner.«

Unfreiwillige Reisende

»Bren?«

Leise und vorsichtig klopfte Juniper an die Tür. Nichts. Es war früher Morgen, kurz nach Beginn der Dämmerung, und er wusste, dass Bren noch nicht lange zu Hause war. Er selbst war gerade erst heimgekommen.

Juniper und Sean hatten am Abend zusammen gekocht, ein frivoles Fest. Polly hatte den Service geleitet, und alle hatten sich um Professionalität bemüht, aber es war dennoch ein einziges Tal der Tränen gewesen, weil der laute und wilde Lemmy ihnen so sehr fehlte und die Sorge um ihn sie schier zerriss. Der Überfall auf Hashs Hauptquartier war eine Woche her.

Carl legte sein Ohr an Brens Tür und klopfte noch einmal.

»Hm ... ja?«

Bren klang müde, aber nicht unwillig, und so trat Carl ein.

Er hatte erwartet, seinen Freund schon im Bett liegend vorzufinden, doch Bren saß mit hängendem Kopf an seinem kleinen Tisch, eine halb gegessene Einheit vor sich.

»Geht es dir nicht gut?«, fragte Carl besorgt.

Bren stierte mit leeren Augen durch Juniper hindurch. Dann schloss er sie für einen Augenblick. Atmete einige Male tief ein und aus. Schließlich sah er Juniper an und schüttelte den Kopf.

»Doch, doch es geht mir gut.«

Er griff nach dem Löffel und fuhr fort, sich den Nahrungsbrei in den Mund zu schieben. Junipers Magen krampfte sich zusammen, so schmerzhaft und traurig fand er diesen Anblick. Er dachte an all die Leckereien, die er vor ein paar Stunden zubereitet und gekostet hatte, und schalt sich einen Dreckskerl, dass er noch nicht auf die Idee gekommen war, ein paar Reste einzupacken und Bren – dem guten, dem armen Bren – die wundervolle Erfahrung richtigen Essens zukommen zu lassen. Jetzt war es vielleicht zu spät dafür.

Andererseits wollte Bren ja gar nicht wissen, was Carl trieb. Vielleicht würde der Biss in ein Hühnerbein oder einen Steak and Kidney Pie Brens Leben in nicht wieder rückgängig zu machender Weise durcheinanderbringen, sodass er nie wieder glücklich sein würde.

Doch war er schon je glücklich gewesen?

»Was gibt es denn?«

Bren gähnte.

Juniper schloss die Tür und setzte sich an den kleinen Tisch, Bren gegenüber.

»Wenn du von der nächsten Schicht zurückkommst, werde ich nicht mehr da sein.«

»Aha.«

»Für eine längere Zeit. Ich weiß nicht, für wie lange. Vielleicht…«, Carl merkte, dass es ihm schwerfiel, »vielleicht für immer. In dem Fall wird dir aber jemand Bescheid geben. Er wird sagen, dass er von Mister Qualtringham kommt. Mister Qualtringham wird alles regeln.«

Bren hörte auf, den Einheitsbrei in sich hineinzustopfen, und sah Carl an.

»Was soll das heißen?«

Er klang wütend. Was wiederum Carl ärgerte.

»Es soll heißen, was es heißt. Ich werde weg sein. Und vielleicht wieder da.«

Bren schob die Schüssel von sich.

»Das war's dann also? Ich stolpere im Greenwich Park über einen völlig durchnässten Mann, der mir eine schon unverschämt unglaubwürdige Geschichte erzählt. Ich nehme ihn mit, obwohl offensichtlich ist, dass er mich in Gefahr bringen wird. Wir sind monatelang Quartierbrüder, ich helfe, wo ich kann, wir verstehen uns gut. Dann, eines Abends, verschwindet der Mann für ein paar Stunden, und ich bin völlig außer mir vor Sorge. Er taucht wieder auf und hat anscheinend eine neue Arbeit, die ihm auf geheimnisvollen Wegen einen Quartierschein für diese Wohnung und Löhnung verschafft, über die ehrliche Leute aber besser nichts wissen. Und ein paar Wochen danach sagt der Mann, dass er vielleicht völlig aus meinem Leben verschwindet. Wohin? Keine Ahnung.«

Brens Ärger war während des Redens ständig größer geworden. Nun sah er Carl empört an, dann schüttelte er den Kopf, griff nach der Schüssel und löffelte wütend den Rest des Breis aus.

»Tut mir leid, Bren.«

Bren schnaubte. Carl schämte sich. Aber was sollte er tun?

»Bren, ich würde es dir gerne alles erklären, aber genau das willst du doch nicht. Du willst es doch nicht wissen, oder?«

Bren war fertig, wischte sich den Mund mit dem Ärmel ab, stand vom Tisch auf und verschwand mit dem Geschirr im Badezimmer. Carls Herz wurde schwer. Er fürchtete sich davor, zu dieser Expedition aufzubrechen und in Unfrieden von Bren zu scheiden. Der Schiffskoch hatte keine Angst vor den Folgen der Reise. Das hatte er hinter sich gelassen. Er würde bei Polly sein, das war alles, was zählte. Sie versuchten, einen Freund und Bruder zu retten. Das war den Einsatz des Lebens wert.

Aber Bren war auch sein Freund und Bruder, das war Juniper jetzt, in diesem Moment, klar geworden. Bren hatte ihn gerettet. Ohne Bren säße Carl Juniper schon längst in einem feuchten dreckigen Loch in Newgate oder wäre am Galgen auf dem Tower Hill verrottet. Polly, Lemmy, Sean und Black Ralph hatten ihm ein Geschenk gemacht, und sie standen für Freude und Lust. Aber Bren schuldete er seine Freiheit und sein Leben.

Er stand auf, gerade als Bren das Zimmer wieder betrat.

»Bren.«

Der verstaute das Geschirr in dem niedrigen Schrank. Dann drehte er sich zu Carl um.

»Ja?«

Juniper schluckte.

»Ich möchte dir für alles danken. Du hast so viel auf dich genommen für mich. Du hast mir das Leben gerettet. Und ich wollte dir nie Ärger machen oder dich in Schwierigkeiten bringen. Aber was jetzt ansteht, ist wichtig. Ich kann mich dem nicht entziehen.«

Brens Blick war kühl.

»Falls ich zurückkomme, werde ich versuchen, dir in irgendeiner Weise zu vergelten, was du alles für mich getan hast. Oder aus deinem Leben verschwinden, falls dir das lieber ist. Was ja vielleicht ohnehin passiert. Für den Fall hoffe ich, dass du mich in guter Erinnerung behältst.«

Carl wusste nicht, was er sonst sagen sollte. Die Vorstellung, Bren nicht mehr wiederzusehen, hatte ihn unsagbar traurig gemacht. Er streckte die Hand aus.

»Auf Wiedersehen, Bren. Und noch mal: Es tut mir sehr leid.«

Bren sah auf Junipers Hand und zuckte mit den Schultern. Dann schlug er ein, ohne große Leidenschaft.

»Ja. Ist schon gut. Wir werden sehen.«

Er ließ Carls Hand los.

»Ich bin müde.«

Carls Knie wurden weich.

»Ja. Natürlich.«

Bren drehte ihm den Rücken zu und zog sein Hemd über den Kopf.

Es gab nichts mehr zu sagen.

Sieben Stunden später schellte der Wecker an der Wand neben Carls Kopfende. Er stand auf. Bren war bei der Arbeit. Das war es dann wohl.

Carl nahm eine Dusche, zog sich an und bereitete sich eine Einheit zu. Als er das Geschirr gespült und getrocknet wieder in den Schrank räumte, ertönte die Türglocke der Wohnung.

Polly, Sean und Bentham traten ein. Jeder hatte einen Rucksack aus gewachstem Canvas dabei und einen Mantel aus demselben Material über dem Arm.

Juniper und Polly küssten sich züchtig, Sean und Bentham gab Carl die Hand.

Bentham humpelte, und sein Gesicht sah immer noch aus, als wäre eine Lokomotive darübergefahren. Juniper bat alle in sein Zimmer und schloss die Tür.

»Cutting wird in etwa einer Stunde aufkreuzen«, sagte Bentham nach einem Blick auf seine Taschenuhr. »Wir gehen kurz durch, was Sie dabeihaben, und besprechen ein paar Einzelheiten übers Vorgehen. In Ordnung?«

Alle nickten. Bentham legte seinen Rucksack auf den Tisch, den Mantel daneben, die anderen legten ihr Gepäck auf den Boden.

»Das sind Ihre Sachen, Master Juniper«, Bentham deutete auf den Tisch, »ich habe alles für den schlechtesten Fall gerüstet, nämlich einen Fußmarsch vom Verteidigungskordon bis nach Harwich. Und zwar einen mit Umwegen, weil Sie sich vor Truppen in Acht nehmen müssen und überhaupt vor so ziemlich allem, dem Sie da draußen begegnen.«

Er sah jeden von ihnen ernst an.

»Drei Tage, plus einen als Reserve. Sie haben Einheiten für diese Zeit dabei sowie für zwei Tage frischen Proviant.«

Er schaute zu Sean. Der übernahm.

»Sandwiches, etwas Huhn, Pickles, Äpfel, Zitronen. Eine Gallone Frischwasser und eine Taschenflasche mit Scotch Whisky pro

Kopf. Außerdem in den Mänteln etwas Trockenfleisch und Zwieback, für alle Fälle.«

Mit einem Blick übergab Sean wieder an Bentham.

»Jeder hat ein Messer und einen geladenen Culpsmith-Revolver mit dreißig Schuss zusätzlicher Munition in einer kleinen Tasche dabei. In O'Reillys Rucksack befindet sich eine zerlegte Wellstone Marksman mit fünfzig Schuss, falls Sie unterwegs jagen müssen oder sie sonst wie brauchen können. Was ich nicht hoffe. In Miss Pollys und Master Junipers Rucksäcken ist je ein Fernglas. Außerdem haben Sie alle Verbandsmaterial, Desinfektionsmittel und eine kleine Flasche Opiumsaft.«

Er zeigte auf einen schmalen, länglichen Ölzeugbeutel, wie er unter jedem der Rucksäcke befestigt war.

»Darin ist eine Wolldecke, im Beutel gegen Nässe geschützt. In den Manteltaschen«, er hob seinen vom Tisch, »finden Sie Feuerstein und Eisen, Zunder, einen Kompass sowie verschiedene nützliche kleine Werkzeuge. Außerdem Wetterschutz und Handschuhe. Und ich habe eine Karte für jeden angefertigt. Dafür stand mir allerdings nur altes Material der Armee zur Verfügung. Wie die Gegend bis Harwich heute wirklich aussieht, weiß ich nicht. Wenn Sie gar nicht mehr weiterwissen, gehen Sie so lange nach Osten, bis Sie am Meer stehen.«

»Am Meer?«

Polly hatte das gänzlich ungläubig gefragt.

»Das ist doch ewig weit weg.«

Bentham hatte den Kopf geschüttelt.

»Das glauben die meisten, aber ich war dort. Von London aus mit dem Dampfwagen wären es vielleicht zwei Stunden, wenn es eine Straße gäbe. Nach Harwich keine vier Stunden. Jedenfalls, wenn Sie am Meer sind, müssen Sie nur noch rausfinden, ob Sie noch südlich von Harwich oder schon nördlich sind.«

Er sah alle nacheinander an.

»So weit alles verstanden?«

Sie nickten.

»Gut. Der Plan ist einfach. Vor allem deswegen, weil er nicht weit reicht.«

Bentham war offensichtlich sehr unzufrieden damit, dass er diese Mission nicht bis ins Letzte vorbereiten und selbst führen konnte.

»Cutting verschafft Ihnen Zugang zu einem der Untergrundzüge. Es gibt offenbar nah an diesem Haus eine Zustiegsmöglichkeit. Wo genau, wollte man mir nicht vorher sagen. Die Züge fahren mit größter Wahrscheinlichkeit bis nach Harwich. Sollte die Fahrt, aus welchen Gründen auch immer, früher enden, müssen Sie sich zu Fuß durchschlagen. Master O'Reilly kann Sie durch den Kordon bringen, folgen Sie ihm unbedingt. Jenseits des Kordons sind Sie in wüstem Land. Vertrauen Sie dort keinem mehr als unbedingt nötig. Tja. Das wär's dann von mir. Ich schlage vor, Sie alle machen sich mit Ihrer Ausrüstung vertraut, während wir auf Cutting warten. Ach, und Master Juniper, packen Sie sich etwas Warmes ein, für alle Fälle. Und wählen Sie gutes Schuhwerk.«

Sie sahen sich alles an, prüften, was da war, verteilten den Proviant auf die drei Rucksäcke, Juniper schnürte die gut sitzenden Stiefel, die er sich gekauft hatte. Alles geschah stumm. Es gab nichts zu sagen, jeder hing seinen eigenen Gedanken nach.

Carl hätte gerne nach Pollys Hand gegriffen, aber fand es irgendwie unpassend vor Bentham und Sean. Sean, mit dem er vor wenigen Stunden noch gekocht hatte, kam ihm jetzt wieder ganz wie ein Soldat vor. Der hagere Mann tat mit ernstem, konzentriertem Gesicht und sparsamen, präzisen Griffen, was zu tun war. Der Blick nach innen gerichtet und doch aufmerksam.

Dann klingelte es. Juniper legte die Handlampe, mit der er sich gerade befasst hatte, weg, ging zur Tür und öffnete.

Cutting drängte sich gewaltsam in die Wohnung und schob den

Schiffskoch dabei so nach hinten, dass dieser beinahe stolperte. Dann schloss der dürre, zähe Schnauzbart hastig und leise die Tür.

»Wo sind die anderen?«

Juniper zeigte über seine Schulter, und Cutting glitt an ihm vorbei.

»Ihr seid ja noch gar nicht fertig, zum Henker«, zischte er in den Raum, worauf Bentham mit arroganter Offiziersstimme zurückgab, dass Cutting schließlich wesentlich früher als verabredet hergekommen sei.

Juniper stand jetzt hinter Cutting, der, so hager er war, mit seiner üblen Laune die Tür völlig ausfüllte.

»Darf ich?« Juniper gab seiner Stimme einen tieferen und möglichst ruhigen Klang, was wirkte. Cutting trat fast erschrocken zur Seite. Worüber Juniper sich freute.

»Wir sind in einer Minute fertig zum Abmarsch, Mister Cutting. Sind Sie klar?«

Cutting knurrte.

»Was glauben Sie denn, warum ich hier bin, Captain?«

Den früheren Dienstgrad Benthams sprach er mit so viel Verachtung wie möglich aus.

»Bei undisziplinierten und übellaunigen Männern weiß man nie so recht, warum sie etwas tun und worauf man sich bei ihnen verlassen kann. Zumindest ist das meine Erfahrung bei der Armee gewesen, Mister Cutting.«

Bentham hatte dazu gelächelt, was Cutting ein feuchtes »Pah« entlockte.

Polly, Sean und Juniper schlüpften in ihre Mäntel und warfen sich die Rucksäcke über die Schulter.

»Bereit, wenn Sie es sind, Mister Cutting.«

Cutting musste jetzt doch grinsen, strich seine vor Pomade glänzenden Schnurrbartspitzen glatt und nickte.

»Wir gehen in den Keller, dort ist …«

In diesem Moment wurde im Schloss der Wohnungstür ein Schlüssel gedreht. Cutting verstummte, und seine Augen flitzten schnell und misstrauisch von Bentham zu Juniper und dann Richtung Flur. Ehe sichs alle versahen, hatte er einen Revolver gezogen und war aus dem Zimmer geglitten. Bentham wollte ihm folgen, aber Sean hielt den humpelnden Mann mit einer Hand auf und eilte Cutting nach, hinter ihm Juniper.

Die Tür ging auf, und ein bleicher Bren betrat den Flur, direkt danach kam der alte Wyck.

Einen Augenblick starrten die beiden Eintretenden mit offenem Mund die drei Männer im Flur an. Dann stürmte Cutting vor, warf die Tür zu und hielt Bren seine Waffe vor den Magen.

»Ganz ruhig bleiben, Weißnase, sonst brenne ich dir ein Loch in den Pelz.«

»Was …«

»Ich wiederhole das nicht, verdammt.« Cutting rammte den Revolver wütend in Brens hohlen Bauch. Der zuckte zusammen.

Juniper spürte Wut in sich hochsteigen. Der schale Abschied von seinem guten Kameraden vor ein paar Stunden, die Aufregung und Cuttings irres Benehmen – es reichte ihm.

»Mister Cutting, das sind Freunde. Hören Sie auf. Sie sind ja völlig durchgedreht, Mann.«

»Durchgedreht? Ach ja?«

Cutting drehte sein Gesicht etwas zu Juniper, behielt aber Bren im Blick.

»Ich puste Ihre beiden Freunde einfach weg, dann gibt es auch keine Probleme.«

»Nehmen Sie die Waffe runter.«

Sean sagte das völlig gelassen. Er hatte mit einer fließenden, kaum wahrnehmbaren Bewegung seinen Revolver gezogen und hielt ihn jetzt an Cuttings Kopf.

»Was ist hier los?«

Bentham hatte es jetzt auch in den Flur geschafft.

»Mister Bentham, das ist Bren, der hier mit mir wohnt. Und das ist Wyck, ein Arbeitskamerad von Bren. Sie sind in Ordnung.«

»Waffe runter, ich möchte es nicht wiederholen, Cutting.«

Sean war immer noch ganz ruhig. Juniper fand, dass ihm so ein ruhiger Mann mit einem Revolver sehr viel mehr Angst machte als ein Berserker wie Cutting.

Das war Cutting vielleicht auch gerade durch den Kopf gegangen, jedenfalls steckte er seine Waffe wieder ein und knurrte »Ist ja gut«.

Auch Seans Revolver verschwand wieder im Holster.

Bren setzte sich auf den Boden, er war offenbar erschöpft und sah elend aus.

»Was ist mit dir?«

Carl beugte sich besorgt zu Bren herab.

»Er ist bei der Arbeit in Ohnmacht gefallen.«

Der alte Wyck tätschelte Brens Schulter.

»Der Vorarbeiter hat ihn heimgeschickt, und ich sollte ihn begleiten, damit ihm nichts passiert. Ich muss in einer Stunde wieder dort sein.«

Cutting sah Bentham an. Der dachte fieberhaft nach.

»Bren und Wyck werden uns nicht verraten, dafür lege ich meine Hand ins Feuer.«

Juniper merkte, dass sich das wie Flehen anhörte.

»Da wird Mister Hash nicht mitspielen, das kann ich Ihnen sagen, Bentham.«

Cutting hatte wieder zu alter Schärfe zurückgefunden.

»Ihnen wird kein Haar gekrümmt, das hat Ihnen klar zu sein, Cutting.«

Benthams Stimme ließ keinen Zweifel, dass er seine Anordnung durchsetzen würde, mit allen Mitteln. Bren lehnte sich stöhnend an die Wand.

»Juniper, verflucht noch eins. Konntest du nicht einfach aus meinem Leben verschwinden?«

»Sehen Sie, Bentham?«, knurrte Cutting. »Ich sage Ihnen, wir fesseln die beiden hier, und wenn wir unsere Leute auf die Reise geschickt haben, dann kümmern wir uns um sie. Sie kennen jetzt schon unsere Namen und Gesichter.«

»Mister Bentham. Bitte.«

Juniper ging auf den Captain zu. Der schaute zu Cutting, dann zu Bren und Wyck, dann zu Juniper.

»Wir können sie nicht einfach gehen lassen, da muss ich Mister Cutting recht geben.«

»Aber Mister Hash kann sie nicht bei sich festhalten.«

»Wo soll es denn hingehen?«

Der alte Wyck klang unbeschwert. Seine wasserblauen Augen strahlten neugierig.

»Das können wir euch nicht sagen, Wyck, versteh doch.«

»Und wenn wir mitgehen?«

»Was?«

Cuttings Kopf flog herum.

»Na, mit euch. Dann können wir auch nichts verraten.«

»So ein Schwachsinn, ich nehme die beiden mit zu Mister Hash.«

»Auf keinen Fall. Wenn, dann sind sie Gäste von Mister Qualtringham.«

Bentham sagte das ruhig und entschieden.

»Ach, und der schwarze Ralph lässt sie dann einfach wieder laufen? Weil sie ja Freunde von Master Juniper sind? Wir brauchen Garantien.«

Es war ein Patt. Juniper beugte sich zu Bren.

»Bren. Ich schäme mich so. Es tut mir unendlich leid. Aber dafür kann jetzt niemand etwas, es war einfach Pech, dass du so früh aufgekreuzt bist. Fühlst du dich in der Lage mitzukommen?«

Bren schüttelte den Kopf, wieder und wieder.

»Ich glaube es nicht. Ich habe hier mit einem Verbrecher zusammengewohnt.«

»Bren«, sagte der alte Wyck sanft, »bevor wir jetzt bei irgendeinem Gangster eingesperrt werden, wollen wir da nicht mit unserem guten Freund Carl eine Reise machen? Ins Unbekannte? Was hält uns?«

Alle sahen auf Bren.

Der schloss die Augen. Und flüsterte schließlich: »Ja. Was soll's.«

Carl atmete erleichtert aus. Bentham nickte.

»Dann, Master Bren und Master Wyck, sollten Sie beide schnell ein paar Sachen zusammenpacken.«

Der Untergrundzug

Juniper hatte unter Benthams Aufsicht hastig Kleidung und Einheiten für die unfreiwilligen Expeditionsteilnehmer zusammengepackt. Wyck warf sich die Umhängetasche über die Schulter, sein faltiges Gesicht glühte vor Aufregung, seine Augen blitzten abenteuerlustig.

Das Haus war still, alle Bewohner bei der Arbeit oder in ihren Betten. Bren hatte sich einigermaßen erholt und hielt sich nur ab und zu an Junipers Schulter fest.

Sie huschten in den Aufzug und fuhren ins Kellergeschoss. Dort stand im Schatten einer von Cuttings Männern als Posten. Er schloss sich hinter Bentham, der als Letzter ging und wieder stark humpelte, der Gruppe an. Im Heizkeller war ein Kanaldeckel, den Cutting öffnete. Einer nach dem anderen kletterten sie nach unten, wo sie der übliche modrige Geruch empfing. Juniper half Bren und Bentham einzusteigen, und Sean nahm die beiden unten in Empfang. Der alte Wyck war erstaunlich gelenkig und flott. Cuttings Mann stieg als Letzter ein und schloss den Kanaldeckel über seinem Kopf.

Die beiden Hash-Männer schalteten ihre Lampen ein, und Cutting lief an der Spitze. Schon nach wenigen Minuten bedeutete er dem Trupp stehen zu bleiben. Dann verschwand er in einer kleinen Nische zur Linken. Eisen scharrte auf Eisen, etwas quietschte.

Juniper erinnerte das Geräusch sofort an die Räder der Vorreiber, die man an Schiffsschotten drehen musste, um sie zu öffnen.

Und damit lag er genau richtig.

Cutting trat wieder in den engen Kanal, nickte mit dem Kopf in Richtung Nische und ging voraus. Sean folgte mit Bentham, dann kamen Polly und Juniper. Cuttings Mann schloss das Eisenschott hinter sich. Sie befanden sich nun in einem gut fünfundzwanzig Fuß hohen und über dreißig Fuß breiten Tunnel mit zwei Gleisen. Und auf dem Gleis direkt vor ihnen stand eine Lokomotive unter Dampf mit zwei Waggons. Auf dem Führerhaus und den Wagen stand »The Shoreditch Roasters' Fancy Food Express«.

»Er hat eine Eisenbahn?«, fragte Sean baff.

Cutting grinste.

»Wenn Black Ralph Qualtringham einen Flugschlitten haben kann, dann kann Cyrus Hash ja wohl eine Eisenbahn haben. Oder etwa nicht?«

Er zwinkerte, dann legte er die Hand an seinen Mund und brüllte: »Steamy. Wir sind da.«

Ein rußbefleckter Kopf schob sich aus dem Fenster der Lok.

»Dann rein mit euch, Cutting. Wir sind bereit.«

Cutting zeigte auf den ersten Waggon und ging selbst voran. Es war ein einfacher Personenwagen mit Holzbänken, der etwa zwanzig Passagieren Platz bot. Cutting trat zurück auf die Plattform vor der Eingangstür und winkte zur Lok.

»Los geht's«, rief er, kam wieder in den Wagen und schloss die Tür.

»Wir befinden uns auf einer Versorgungslinie, die von der großen Untergrundlinie abgeht. Auf der fahren wir jetzt nah an einen Rangierbahnhof. Dort wird der Untergrundzug umgruppiert für die Rückfahrt. Diese Zeit nutzen wir, euch reinzubringen. Das heißt, wir sehen zu, dass ihr alle schnell in den anderen Zug kommt. Der Transportführer des Untergrundzuges arbeitet nebenher für die Schmuggler und bekommt ein stattliches Sümmchen von Mister Hash, damit er immer schön wegguckt. Dann ist unser Teil der Abmachung erledigt, und ihr seid auf euch gestellt. Alles klar?«

Sie sahen sich an.

Bren war bleich und abwesend, Juniper machte sich große Sorgen, ob sein Freund das alles durchstehen würde. Wycks Augen glitzerten immer noch unternehmungslustig und zuversichtlich, er klopfte Bren immer wieder auf die Schulter. Seans Miene war gelassen und unbewegt. Polly war seit dem Eintreffen bei Juniper schweigsam und in sich gekehrt gewesen, aber jetzt sah sie allen offen ins Auge und schenkte Juniper sogar ein zartes Lächeln.

Bentham streckte sein verletztes Bein und verzog schmerzhaft das Gesicht, dann nickte er Cutting zu.

»Sie sind bereit. Und ja, wenn meine Leute im Untergrundzug sitzen und der rollt, dann ist euer Teil der Abmachung erfüllt.«

Die Lokomotive pfiff kurz, die Wagen setzten sich mit einem Ruck in Bewegung.

Carl fühlte sich gut. Es war wie Auslaufen mit einem Schiff. Wenn es irgendwelche Zweifel oder Ängste gab – und die gab es immer wieder, denn zur See zu fahren war nun mal kein Spaziergang –, dann erloschen sie stets, wenn die Leinen losgeworfen wurden. Er dachte dann nur daran, dass er alle Vorräte gebunkert hatte, die er brauchte, und machte sich an die Arbeit. Und so war es jetzt auch.

Es war zwar eine gänzlich neue Arbeit, sie war auch gefährlicher als Kochen, aber in den letzten Wochen und Monaten hatte er so viel erlebt und vor allem überlebt, so viel gelernt und erfahren, dass er sich fast ein wenig freute auf dieses neue Abenteuer. Er traute Sean eine Menge zu, er traute sich selbst einiges zu. Und er hatte die wunderbarste und wildeste und unerschrockenste Frau, die man sich nur vorstellen konnte, an seiner Seite.

Wyck war zwar ein alter Mann, aber er war zäh und von starkem Mut und Willen. Carl hoffte, dass Bren sich bald erholen würde und mit der Situation gut zurechtkäme. Im Grunde seines Herzens musste auch der junge Arbeiter ein Abenteurer sein, sonst hätte er ihn, Carl Juniper, seinerzeit doch einfach im Greenwich Park liegen lassen oder kurzerhand einer Patrouille übergeben. Carl wünschte sich sehr, dem Freund all seine guten Taten zu vergelten. Wenn Bren wieder bei Kräften war und Carl ihm erklären konnte, worum es hier überhaupt ging, dann würde er sich vielleicht sogar dafür begeistern, einen guten Mann zu retten. Vielleicht würde diese Expedition Bren völlig neue Möglichkeiten erschließen?

Juniper griff nach Pollys Hand und drückte sie sanft. Und stellte sich vor, dass Bren auch in ihre Gang einträte, vielleicht als Kochlehrling. Das wäre wundervoll. Und der alte Wyck könnte im Service helfen. Oder bei Black Ralph den Garten pflegen. Qualtringham hatte doch bestimmt einen Garten bei seinem geschmackvollen Haus?

Juniper sah den Garten vor sich und Wyck mit aufgekrempelten Ärmeln und einer Rosenschere. Und Polly. Polly pflückt Äpfel in einen Korb, der ihr vom Arm baumelt. Ihr honigblondes Haar glänzt in der Sonne. Juniper sitzt neben Bren auf einer Bank. Sie trinken beide einen Becher Tee, aus dem Dampf aufsteigt.

Aus dem Haus hört er Pfannenklappern und die röhrende Stimme von Lemmy, der irgendetwas zu Sean sagt und dann laut lacht. Es war ein Bild von so vollkommenem Glück, dass er es immer weiter betrachten, in sich aufsaugen, das warme Glück dieser Vorstellung durch sein Herz fließen lassen musste.

»Hey, du Dösbattel, aufwachen. Wir sind da.«

Juniper schreckte hoch. Meine Güte, er war tatsächlich an Pollys Schulter eingeschlafen. Der Waggon war abgedunkelt, doch Juniper erkannte schemenhaft die Umgebung, weil Licht durch die dünnen Vorhänge drang.

»Ent… entschuldigt.«

Polly lachte leise und küsste ihn auf die Wange.

»Ein Soldat ruht, wann immer er kann, Juniper. Er weiß nie, wann es das nächste Mal möglich ist«, sagte Sean heiser und sah durch einen kleinen Schlitz zwischen den beiden Vorhängen nach draußen, während der kurze Zug mit gedämpftem Kreischen zum Stehen kam.

»Wird sich denn niemand wundern über uns?«, fragte Juniper mit gesenkter Stimme.

»Nein«, gab Cutting knurrend zurück. »Wir sind noch auf der Versorgungslinie, die können uns vom Hauptgleis aus nicht sehen. Ich gehe jetzt zum Rangierbahnhof vor und nehme dort Kontakt zum Transportführer auf. Sobald die Lok auf dem Weg zur Drehscheibe ist, haben wir eine gute Stundenhälfte Zeit, euch in den Zug zu bringen. Ihr wartet hier.«

»Ich gehe mit, Cutting.«

Bentham erhob sich mit einem unterdrückten Stöhnen vom Sitz.

»Sie sind zu langsam, verflucht. Ich kann ja verstehen, dass Sie sich vergewissern wollen, aber…«

»Dann gehe ich.«

Sean hatte seinen Revolver in der Hand und stand neben Cutting.

»In Ordnung. Los.«

Die beiden Männer verschwanden lautlos nach draußen.

»Nehmen Sie schon Ihr Gepäck auf. Wir gehen alle nach draußen. Miss Polly und Master Juniper mit schussbereiten Revolvern.«

Bentham war stehen geblieben und hielt sich an einer Rückenlehne fest. Er klang äußerst angestrengt, offenbar forderten die erlittenen Verletzungen immer noch hohen Tribut.

»Wie geht es dir?«

Carl beugte sich zu Bren herab. Der lachte leise und bitter.

»Prächtig natürlich.«

»Im Zug kannst du sicher schlafen.«

Bren stemmte sich hoch.

»Ja. Das wird bestimmt ganz wunderbar, Carl.«

Wut war besser als Verzweiflung, dachte Juniper. Und dass er Brens Zorn verdient hatte, auch wenn er eigentlich nichts dafür konnte, dass sein Freund und Wyck jetzt mit ihnen diese gefährliche Reise machen mussten.

Er spürte eine Hand auf seiner Schulter. Polly. Oh.

»Dein Rucksack. Hast du den Culpsmith zur Hand?«

Juniper zog die Waffe aus dem Holster, das er wie Polly und Sean schon im Quartier aus dem Rucksack genommen und angelegt hatte. Bentham hatte die vordere Waggontür geöffnet und wartete auf den Trupp.

»Wir sammeln uns rechts von der Lokomotive an der Tunnelwand.« Bentham schob Juniper als Ersten aus der Tür.

»Sie sichern nach vorn, Master Juniper.«

»Womit müssen wir denn rechnen, Mister Bentham?«

»Mit allem, Master Juniper. Merken Sie sich das für die ganze Expedition.«

Juniper ging schnellen Schritts bis an die Spitze der Lok. Der Tunnel war trübe beleuchtet, aber etwa dreißig Yards voraus sah er helles Licht. Dort musste der Zugang zum Rangierbahnhof sein.

»Sehen Sie jemanden?«, fragte Bentham flüsternd dicht an seinem Ohr.

»Nein.«

»Verdammtes Knie. Ich würde am liebsten selbst vorgehen und nachsehen.«

»Soll ich, Mister Bentham?«

Bentham schien zu überlegen.

»Nein. Noch nicht. Wir warten hier.«

Die Luft im Tunnel war kühl, doch vom Heizkessel der Lok ging Hitze aus. Feine Schwaden aus Kondenswasser schwebten in der modrigen Luft.

»Da.«

Juniper zeigte nach vorne, Bentham sah über seine Schulter.

Ein schwankendes Licht näherte sich schnell. Sean O'Reilly.

»Alles in Ordnung, los geht's.«

Bentham schlug Juniper auf die Schulter.

»Machen Sie es gut. Und kommen Sie alle gesund und mit Master McFay zurück. Oh, dieses vermaledeite Knie.«

Carl sah zurück. Polly, Wyck und Bren waren bereit. Er umfasste den Revolver fester und ging los.

Der Versorgungstunnel mündete in den gut doppelt so hohen und breiten, hell erleuchteten Haupttunnel. Der Zug, der hier stand, war gigantisch. Sie konnten in beide Richtungen kein Ende sehen. Cutting stand in geduckter Haltung da, als wäre er auf dem Sprung. Seine Augen blitzten im Schein der Gaslaternen.

»Los, los. Wir müssen ein gutes Stück in diese Richtung laufen. Der verfluchte Transportführer macht sich halb in die Hose.«

Cutting ging mit seinen langen Beinen in schnellen Schritten los, sobald sie ihn erreicht hatten.

»Der Kerl ist schon auf dem Weg an die Spitze, um die Lok dort wieder in Empfang zu nehmen. Er hat uns einen Wagen offen gelassen, da sollt ihr rein.«

Sie liefen hinter Cutting her an Waggon um Waggon vorüber. Juniper keuchte, Bren stolperte einige Male und hielt sich dann am Schiffskoch fest. Unter ihren Stiefeln knirschte der Schotter, die Ausrüstung klapperte leise in den Tornistern. Wyck hinter Bren, dann Polly, zum Schluss Sean.

Schließlich blieb Cutting stehen und drehte sich zur Truppe um.

»Hier ist es.«

Er zeigte auf die geöffnete Schiebetür an der Seite des Waggons. Juniper und Sean halfen den anderen drei beim Einsteigen und kletterten dann selbst hinein.

Cutting wollte schon die Tür zuschieben, Sean hielt sie auf.

»Wie wissen wir, dass wir da sind?«

»Der Transportführer kommt und öffnet die Tür. Von innen geht das gar nicht.«

»Kommt überhaupt nicht in Frage. Wir müssen notfalls rauskönnen. Wir werden die Tür zuschieben, aber sie bleibt unverschlossen.«

»Aber …«

»Nichts aber, Cutting.«

Seans Tonfall ließ keinen Zweifel an seiner Entschlossenheit.

Cutting hob beide Hände, als ergebe er sich.

»Eure Sache. Mir ist das gleich.«

Sean nickte.

»Genau, unsere Sache. Also danke, Cutting. Und jetzt verziehen Sie sich.«

»Das lass ich mir nicht zwei Mal sagen. Macht's gut, ihr Wahnsinnigen.«

Cutting nickte der ganzen Gruppe zu, dann verschwand er im Tunnel.

Sean schob die Tür zu und schaltete dann die Handlampe ein. Er sah seine Kameraden an.

»Also. Wir haben keine Ahnung, wie lange die Fahrt dauert. Drei ruhen, zwei halten Wache. Die zusammengerollten Decken nutzen wir als Kopfkissen. Erste Wache Carl und ich. Alles klar?«

Sie nickten. Polly, Bren und Wyck machten es sich mit den Decken so bequem wie möglich. Sean löschte die Lampe, dann lagen und saßen sie stumm in der Dunkelheit und warteten.

Nach einer Weile ging ein Zittern durch den Zug. Eisen kreischte auf Eisen, Holz ächzte.

Mit einem Satz setzte sich der Zug in Bewegung. Juniper musste sich abstützen, um nicht im Sitzen umzufallen. Die Schiebetür geriet in Bewegung, schlug wieder zu und öffnete sich dann zur Gänze mit einem langen Grollen. Sean hielt sie fest, stand mit wackligen Beinen auf, fing sich, angelte eine draußen hängende Kette ins Innere und hängte sie in einen offenbar dafür vorgesehenen Haken ein, sodass sie die Tür offen hielt. Von der Tunnelbeleuchtung fielen rhythmisch Schlaglichter in den Waggon.

Bren schlief tatsächlich, wie Juniper in einem Aufblitzen sehen konnte. Wyck und Polly lagen mit offenen Augen da. Draußen flogen die Tunnelwand vorbei und das zweite Gleis. Die Verstrebungen der Stützen wechselten sich im Takt mit den helleren Lichtern ab. Warmer Wind fauchte in den Wagen und brachte den Geruch von Kohle, erhitztem Eisen und uraltem Dreck mit sich. Die Geräusche des Rollens und Schwankens, des Rasens und Rüttelns wurden von den Tunnelwänden um ein Vielfaches verstärkt und ließen ihre Knochen dröhnen.

Sean streckte den Kopf nach draußen und schaute mit zusammengekniffenen Augen in Fahrtrichtung. Nach einer Weile zog er den Kopf wieder ein. Juniper beugte sich nah zu Seans Ohr und musste trotzdem aus voller Lunge brüllen, damit der ihn verstand.

»Was siehst du?«

Sean zuckte mit den Schultern, legte seinen Mund an Junipers Ohr und brüllte: »Nichts. Tunnel.«

Er grinste, schlug Juniper auf die Schulter und zog seine Taschenflasche aus dem Mantel. Er schraubte sie auf und hielt sie Juniper hin. Der lächelte, nahm sie, prostete Sean zu und trank einen Schluck. Dann gab er die Flasche zurück, und Sean tat es ihm nach. Er zeigte auf die gegenüberliegende Seite der Türöffnung, und Juniper verstand, dass er sich dort postieren sollte, um in die Richtung zu blicken, aus der der Zug kam.

Drüben angekommen schlug er den Mantelkragen hoch, lehnte

sich gegen die Wand des Waggons und stierte ins von immer wieder aufblitzendem Licht durchzuckte Dunkel.

Polly und Wyck schliefen seit einer Weile. Es fiel Juniper auch schwer, wach zu bleiben. Der monotone Rhythmus, die Lichter im stets gleichen Takt, das einförmige Rollen und Schwanken des Zuges ließen seine Augenlider immer wieder schwer werden. Allein die Furcht davor, aus der offenen Tür zu stürzen, verhinderte, dass er wirklich in Schlaf sank. Aber wieder und wieder zuckte sein Kopf erschrocken nach oben, weil sein Geist für Bruchteile von Sekunden ins Nichts geflüchtet war.

Sean sah stoisch hinaus. Auch er hatte den Mantelkragen hochgeschlagen, der im Fahrtwind flatterte, und seine Mütze tief in die Stirn gezogen, damit sie der Wind nicht fortriss. Plötzlich versteifte sich Seans Rücken, sein Kopf löste sich von der Waggonwand, sein Blick schien sich zu schärfen, soweit Juniper das im wechselhaften Licht sehen konnte.

Und dann gellte ein lang gezogenes Pfeifen der Lok durch die steinerne Röhre, die sie durchrasten, das Kreischen der Bremsen fiel in den ohrenbetäubenden Lärm ein, die einsetzenden Fliehkräfte zogen Juniper nach hinten und brachten die drei Schlafenden in Bewegung, sodass sie aufwachten.

Sean zog die Beine an, hielt sich am Türrahmen und stemmte sich hoch auf die Knie.

Das zunächst sanfte Bremsen ging in ein gewaltsames Reißen über, als wolle ein Kutscher die rasenden Pferde vor einem Abgrund zum Stehen bringen. Der Zug würde gleich halten.

Sean lehnte sich weit aus dem Wagen und starrte nach vorn. Als der Zug schon fast stand, brüllte er: »Wir müssen raus. Sofort.«

Er hastete zu den drei Liegenden und schüttelte sie wach.

»Los, alles Gepäck schnappen und raus. Unter dem Wagen auf die andere Seite. Schnell.«

Juniper war nach einer Schrecksekunde gefolgt und begann, Rucksäcke und Deckenrollen einzusammeln.

Polly und Wyck waren schnell auf den Beinen und halfen beim Zusammenraffen. Sean zog Bren in eine sitzende Position, der schlaffe Körper straffte sich, und mit einem entsetzten Einatmen riss der arme Kerl die Augen auf.

»Wir müssen raus, Bren. Jetzt.«

»Ja. Aber …«

Bren zwinkerte wieder und wieder, schüttelte sich.

»Keine Fragen.«

Sean legte den Finger auf die Lippen und sah vorsichtig aus dem Wagen. Dann winkte er den anderen zu und ließ sich selbst herausgleiten.

Einer nach dem anderen stiegen sie vorsichtig aus dem Waggon und schlüpften unter dem Wagen hindurch auf die andere Seite.

Juniper hatte weiter vorn im Licht schwankender Handlampen viele Soldaten gesehen. Befehle wurden gerufen.

Sean starrte mit zusammengekniffenen Augen in beide Richtungen, dann zeigte er nach hinten.

»Dahin. Los.«

Die Gruppe bewegte sich so schnell und so leise, wie es auf den Steinen des Gleisbetts möglich war. Juniper ging am Ende, um auf Bren aufzupassen. Vor Bren lief Polly, davor Wyck, an der Spitze Sean.

Das Gebrüll weiter vorn am Zug wurde von den Tunnelwänden gebrochen und vervielfältigt, es rückte ihnen auf den Pelz, ohne dass sie abschätzen konnten, wie nah die anderen wirklich waren und ob sie überhaupt nach ihnen suchten oder etwas völlig anderes wollten.

Sean war stehen geblieben und hatte seine Handlampe in abgeblendetem Zustand eingeschaltet. Eine Nische mit einer Eisentür. Er öffnete die Verriegelungen und schob die Tür vorsichtig ein Stück auf. Sie machte zum Glück kein lautes Geräusch. Sean steckte seinen Kopf in den Spalt, dann machte er sie ganz auf.

»Alle rein.«

Hinter Juniper schloss Sean die Tür langsam, und Juniper half ihm, alle Vorreiber zu schließen. Der Gang war schwach beleuchtet und knickte schon nach wenigen Metern nach rechts ab. Dort ging es aber nicht auf gleicher Ebene weiter, sondern nach oben. Eiserne Sprossen führten ins Dunkle.

Sean leuchtete nach oben.

»Vielleicht fünfzehn Yards. Wir bringen jetzt alle unser Gepäck in Ordnung, und ich sehe dann nach, ob wir da rauskommen. Wenn das der Fall ist, gebe ich mit der Lampe drei Mal Signal nach unten, und ihr kommt nach. Alles klar?«

Die anderen nickten, und nachdem Polly und Juniper ihre Decken wieder an die Rucksäcke geschnallt und diese übergeworfen hatten, hielt Sean Bren seinen Rucksack hin.

»Schaffst du das?«

»Ja natürlich«, sagte Bren und schlüpfte in die Gurte. Sean verschwand nach oben, Juniper und Polly traten zugleich in den Schacht, um nach oben zu sehen. Juniper legte seine Hand zart an Pollys Hüfte, und diese schob sich ihm sofort entgegen. Beide genossen den kurzen Moment der Innigkeit in all dem Chaos.

Sean war oben angekommen und machte sich am Zugang zum Schacht zu schaffen. Als er ihn öffnete, fiel ein Schwall kühler Nachtluft nach unten. Sean stemmte sich hinaus und entschwand ihren Blicken. Juniper konnte den Sternenhimmel sehen.

Plötzlich ertönte draußen ein Pfeifen, dann ein dumpfer Knall, und das Dunkel über der Luke färbte sich in ein grelles Weiß-Rot. Das Licht zitterte minutenlang am Nachthimmel, bis es erlosch; in dieser Zeit begannen an der Oberfläche ein tiefes Grollen und Brummen. Einzelne Schläge und dazwischen Rattern und vereinzeltes helles Tackern. Juniper spürte, dass Polly genau wie er die Luft schon eine Weile anhielt.

Wo war Sean?

Von dem Licht noch ein wenig geblendet, konnte Juniper nicht gut erkennen, ob sich an der Öffnung etwas tat. Doch dann stach ein Lichtfinger von oben in den Schacht. Erlosch. Kam zurück. Erlosch. Und ein drittes Mal. Dann blieb es dunkel.

»Wyck, du gehst vor, danach Polly, dann Bren, dann ich.« Juniper sah Polly um Einverständnis an, die nickte.

Wyck begann, die Sprossen hinaufzuklettern, dann folgten die anderen wie besprochen.

Als Juniper gerade über den Rand des Einstiegs sah, war Seans Gesicht direkt vor seinem und dessen Hand auf Junipers Kopf. Er bedeutete ihm, möglichst flach aus dem Schacht zu kriechen. Wenige Meter hinter Sean lagen die Kameraden schon auf dem Bauch.

Und das mit gutem Grund. Hier oben war die Hölle losgebrochen. Wieder platzte ein grelles Licht am Himmel und erleuchtete ihn für Minuten. Geschütze krachten, Granaten pfiffen in der Luft. Das helle Tackern und Rattern mussten Gewehre sein. Männer brüllten, Trillerpfeifen schrillten.

Sie waren mitten in einem verdammten Krieg gelandet.

Hinter den Linien

Juniper presste sich auf den Boden, ja, krallte sich hinein in die feuchte Erde. Nie hatte er etwas erlebt, was diesem Schrecken auch nur entfernt ähnelte. Kein Sturm, auch nicht der, der ihn in die kalte See geworfen und letztlich hierhergebracht hatte, hatte je diese unmittelbare Gewalt auf seinen Geist ausgeübt, ihn so gelähmt und im tiefsten Inneren geängstigt. Sein Herz raste, sein Mund war trocken, und sein Rücken schmerzte von der Anstrengung, sich vor den todbringenden Geschossen zu ducken.

Die Geschütze schleuderten mit erderschütterndem Wummern Granaten in die Luft, wo sie mit grellem Pfeifen ihre Bahnen zogen, um Tod und Verderben zu bringen. Juniper war nicht fähig, auch nur ungefähr zu bestimmen, wo die Artillerie stand und wohin sie schoss. Von überall schlug ohrenbetäubender Lärm auf ihn ein. Bei jedem Donnern, bei jedem Pfeifen war er sicher, diesmal würden Stahl und Sprengstoff mitten unter sie fahren und sie alle in einem Ball aus Feuer, Eisen und Erde verbrennen und zerstückeln.

Jemand rüttelte an seiner Schulter. Juniper zwang sich, die Augen zu öffnen, als gerade wieder eine Lichtexplosion am Himmel die Erde grell erleuchtete. Es war Sean, der direkt neben dem Schiffskoch lag. Sein hageres Gesicht spiegelte die Anstrengung, seine Furcht im Zaum zu halten; aber ihm, dem ehemaligen Soldat, gelang es.

Er brachte seinen Mund nah an Junipers Ohr und schrie: »Wir sind hinter den Verteidigungsgräben, die schießen dort hinüber.«

Er zeigte mit der Hand nach schräg links voraus.

»Wir bewegen uns flach kriechend auf dieser Linie«, wieder die Hand, jetzt nach schräg rechts vorn weisend, »erst mal weg von hier. Immer schön Kopf und Arsch unten halten. Reihenfolge wie gerade beim Ausstieg. Alles klar?«

Juniper merkte, dass sich sein Gesicht vor lauter Panik zu einer Grimasse verzogen hatte, und er gab sich jetzt Mühe, gefasster zu erscheinen. Er nickte.

Sean kroch weiter und gab Polly, Wyck und Bren Bescheid. Sean wartete auf einen neuen Lichtschein am Himmel, dann machte er allen vor, wie sie kriechen sollten. Es war eher ein Schlängeln, mit den Füßen abwechselnd schieben, sich mit den Unterarmen vorwärtsziehen. Zum Schluss schlug er sich mit der flachen Hand auf Kopf und Hintern, um sie noch mal daran zu erinnern, dass sie möglichst wenig von sich sehen lassen durften. Dann krochen sie in einer Reihe los.

Nach Seans Erklärungen war es Juniper jetzt auch möglich, die Geräusche und ihre Quellen genauer zu orten. Das half ihm, sich mit der Situation besser abzufinden; sein Herz schlug wieder etwas ruhiger. Offenbar befanden sie sich derzeit tatsächlich in keiner Schusslinie und bewegten sich langsam, aber zielstrebig von den Geschützen und Gewehren weg. Blieb zu hoffen, dass sie nicht in irgendeinen anderen lebensgefährlichen Schlamassel gerieten oder der Beschuss sich verlagerte, aber im Augenblick war das hier sicher das Beste, was sie tun konnten. Wie gut, dass Sean dabei ist, dachte Juniper. Ohne ihn wäre die Expedition vermutlich dort geendet, wo sie den Zug gerade fluchtartig verlassen hatten, oder sie wären hier oben panisch in die falsche Richtung gerannt.

Das Kriechen war anstrengend, und die Feuchtigkeit der Erde drang in die Kleidung ein. Doch das unablässige Knattern und

Knallen der Gewehre und die Abschüsse der Artillerie ermahnten sie pausenlos, ja keinen Teil ihres Körpers zu weit hochzustrecken.

Die ratternden Schussfolgen gaben Juniper sehr zu denken. Sie klangen wie Gewehre, die in hoher Geschwindigkeit hintereinander Schuss um Schuss abgaben. Waren das AFPs? Er hatte Benthams Erläuterungen so verstanden, dass man damit nicht nur ein Mal, sondern viele Male hintereinander schießen konnte, aber in solch einer Geschwindigkeit? War das möglich? Und wenn ja, wie war es, in einen solchen Kugelhagel zu geraten?

Es musste die Hölle sein.

Auch wenn es grausige Gedanken waren, so hatten sie Juniper doch abgelenkt von den Explosionen, Lichtblitzen und Schüssen, was einerseits gut war. Andererseits aber auch schlecht, denn deswegen stieß er jetzt mit dem Kopf gegen Brens Stiefelsohle. Die Gruppe hatte gestoppt. Der Himmel war seit einer Weile dunkel geblieben, und auch das Schießen ließ etwas nach. So kam es Carl zumindest vor. Dann kroch Bren weiter, und Carl folgte mit etwas Abstand. Plötzlich schwang sein Vordermann die Beine zur Seite und glitt nach unten ins Dunkle. Im Weiterkriechen erkannte Juniper, dass Sean, Polly, Wyck und nun auch Bren in einem Graben standen und auf ihn warteten.

Der Schiffskoch schob sich parallel zum Grabenrand und glitt dann mit Brens Hilfe hinein.

Im selben Moment platzte nach einem kurzen Pfeifen wieder ein Licht am Himmel, und jetzt, aus der gedeckten Position, konnten sie sehen, dass es offenbar ein leuchtendes Geschoss war. Die Lichtquelle segelte, an einer Art Schirm hängend, langsam nach unten und überstrahlte so alles, was unter ihr lag.

»Vorfeldbeleuchtung«, rief Sean, »damit sie den Feind sehen können. Und natürlich, damit der Feind weiß, dass sie ihn sehen können.«

Und schon schwoll das Gewehrfeuer wieder an. Gleich darauf belferten auch die Geschütze wieder los.

»Wir gehen jetzt vorsichtig in diese Richtung. Das ist ein momentan nicht genutzter Verteidigungsgraben, aber wer weiß, ob wir nicht irgendwo auf Truppen treffen. Beobachter oder Reserven. Ich geh voraus, ihr haltet immer gute zehn Fuß Abstand, ist das klar? Und so leise wie möglich, man weiß nie, wann plötzlich Feuerpause ist.«

Sean, Polly und Carl hielten die Revolver in den Händen. Sean ging los, der Rest folgte in der bewährten Reihenfolge.

Die Grabenwände waren mit Holz verschalt, der Boden mit Planken belegt. So kamen sie gut voran, trotz der Dunkelheit. Sie liefen leicht gebeugt, die Grabenwände waren aber hoch genug, um sie vor Entdeckung von außen zu schützen.

Vor einer Gabelung blieb Sean stehen und machte ein Handzeichen, dass sie warten sollten. Dann huschte er in den linken Abzweig. Als Juniper schon anfing, sich Sorgen zu machen, tauchte Sean wieder auf, bedeutete ihnen, weiterhin zu warten, und erkundete den anderen Weg.

Von hier kam er recht schnell zurück und winkte sie zu sich. In der gewohnten Reihenfolge gingen sie im ausgemachten Abstand hinter Sean her.

Der gute Wyck schien wenig beeindruckt von dem Krachen, Wummern und Tackern. Wann immer Juniper einen Blick in sein Gesicht erhaschen konnte, wirkte der alte Arbeiter gefasst und entschlossen. Auch Pollys Haltung war bewundernswert. Seit sie aus dem Schacht geklettert waren, verbot Carl sich, seiner Geliebten nahe zu kommen, denn er fürchtete, sie nicht mehr loslassen zu können im brennenden Wunsch, sie in seinen Armen zu bergen und ihr Leben zu schützen. Doch immer wieder trafen sich ihre Blicke im blitzdurchzuckten Dunkel, und dann waren da stets Zuversicht und Liebe in den malzbonbonfarbenen Augen der großen Frau.

Bren hatte sich offenbar körperlich erholt, was Carl sehr erleichterte. Was würden sie hier draußen tun, wenn der Gefährte zusammenbräche und nicht mehr weiterkönnte?

Dem Himmel sei Dank musste diese Frage nicht beantwortet werden. Brens Überlebensinstinkt hatte wohl alle Übelkeit und Schwäche verjagt, und in seinem Gesicht las Carl Furcht, aber auch Gefasstheit und den Willen, hier gemeinsam mit den anderen durchzukommen.

Der Graben verlief jetzt im Zickzack. An den Knickkanten ließ Sean sie immer für einen Augenblick warten, bis er Einsicht in die nächsten fünfzig oder sechzig Yards genommen hatte. Nach vielleicht zehn oder fünfzehn Minuten eiligem Marsch erreichten sie eine breiter ausgebaute Stellung. Hier ließ Sean sie anhalten.

»Wir sollten alle etwas trinken und essen.«

Sie nahmen die Rucksäcke ab und setzten sich auf die Erde. Wenn gerade keine Leuchtgranate am Himmel hing, genügte das fahle Licht von Mond und Sternen, um in nächster Umgebung ausreichend zu sehen.

Polly, Sean und Juniper packten Sandwiches und Wasser aus. Als sie in Wycks und Brens entgeisterte Gesichter sahen, mussten sie alle drei lachen.

»Meine Güte, Bren, Wyck, entschuldigt.«

Carl hielt sein Sandwich hoch.

»Das ist, worüber ich immer sprach, Bren, weißt du noch? Essen.«

Er hielt seinem Freund das Sandwich hin. Es war mit geräucherter Truthahnbrust belegt, vermutlich hatte Sean Mayonnaise und Senf draufgeschmiert und eine eingelegte Gurke in feinen, längs geschnittenen Scheiben dazugelegt.

»Beiß rein. Es ist gut.«

Bren roch vorsichtig an dem Brot, sah Carl wieder an. Der nickte. Bren biss von dem Sandwich ab und kaute bedächtig.

Polly hatte Wyck ihres gereicht. Der hatte nicht lange gezögert und einen ordentlichen Happen davon genommen.

Der alte Arbeiter schloss die Augen, schmatzte, kaute und schluckte. Hielt die Augen noch einen Moment geschlossen und schüttelte dann lachend den Kopf.

»Alleine dafür hat sich die ganze Aufregung gelohnt. Meine Güte. Was… was ist das?«

»Ein Sandwich, Wyck. Es würde jetzt zu lange dauern, dir das alles zu erklären, aber wenn wir irgendwann wieder sicher in einer warmen Stube hocken, dann sollst du alles darüber wissen.«

Juniper freute sich wie ein kleiner Junge. Er schaute zu Bren. Der sah nach unten und weit in die Ferne, kaute in kleinen, langsamen Bewegungen, schluckte, biss gleich wieder ab und kaute. Nicht hastig, aber ohne Pause und stetig aß er das erste Sandwich seines Lebens.

Juniper wollte ihn fragen, wie es ihm schmeckte, aber als ein Mondstrahl auf das Gesicht des Freundes fiel, sah er Tränen aus beiden Augen laufen. Stumm legte Juniper seine Hand auf Brens Schulter und drückte sie.

Mitten in all den Explosionen und Schüssen, im Dreck und in der Kälte empfand er tiefen Frieden. Er hatte seinen Freunden das Glück richtigen Essens geschenkt.

Nachdem sie aufgegessen und etwas getrunken hatten, kramte Sean in seinem Rucksack herum. Er zog ein an einem Lederband befestigtes Messingrohr heraus, legte sich das Band um den Kopf und klappte das Rohr nach unten, genau vor sein rechtes Auge. Dann schloss er sein linkes Auge und drehte sich von dem erleuchteten Gebiet weg. Um den Korpus des Rohres waren mehrere Ringe gelegt, an denen er jetzt abwechselnd herumdrehte. Dann klappte er das Rohr wieder nach oben und bedeutete allen, sich um ihn zu versammeln.

»Das ist ein Nachtfernrohr, damit kann ich im Dunkeln bis zu zweihundert Yards weit sehen. Ich krieche gleich mal oben raus und sehe mich um. Allerdings darf ich damit nicht in die Vorfeldbeleuchtung glotzen, das blendet so sehr, dass ich über Stunden nichts mehr auf dem Auge sehe. Ich brauche also einen Begleiter, der mich warnt, wenn eine Leuchtgranate hochgeht. Juniper, das wirst du sein. Warte.«

Sean drehte sich in Richtung Schlachtfeld und beobachtete die Umgebung eine Weile. Dann zog er Juniper neben sich und zeigte in den Himmel.

»Da. Siehst du den Lichtstreifen, der steil nach oben rast? Das ist eine, gleich geht sie los.«

Und schon kam das ihnen mittlerweile bekannte Geräusch, und weiß-rotes Licht explodierte am Himmel.

»Wenn du so einen Streifen siehst, haust du mir auf den Rücken, verstanden?«

Juniper nickte.

»Die Rucksäcke bleiben hier, die Revolver nehmen wir mit.«

Bren und Wyck standen Räuberleiter für Sean und Juniper, so glitten beide mühelos über den Grabenrand.

Sie krochen wieder über Steine und Erde, zu Carls Unbehagen näher ans Schlachtfeld heran. Aber Sean wusste schon, was er tat, damit beruhigte sich der Schiffskoch.

Das Nachtfernrohr hatte sein Kamerad noch nicht vors Auge geklappt, aber er hob seinen Kopf gerade recht weit nach oben und spähte. Dann drehte er sich zu Juniper, winkte ihn näher heran. Als sie gleichauf lagen, zeigte Sean in die Richtung, in die er gerade beobachtet hatte.

Juniper wagte nun ebenfalls, seinen Kopf anzuheben, und dann sah er die Schlacht, von Leuchtgeschossen in unwirkliches Licht getaucht. In gut und gerne achthundert Yards Entfernung lag eine Art Festung aus Stein. Mit Türmen und Geschützpforten, aus denen in unregelmäßigen Abständen Artillerieschüsse flammten. Vor der Festung zog sich das Grabensystem entlang, das anscheinend bis hierher führte, wo sie lagen. Soweit man es an den Mündungsfeuern der Gewehre und dem matten Schimmer auf Helmen sehen konnte, standen von ihnen aus gesehen die ersten Truppen aber erst in zweihundert bis zweihundertfünfzig Yards Abstand.

Die Leuchtgranate, die kurz zuvor abgeschossen worden war, sank gerade irgendwo vor den Gräben zu Boden und erlosch. Es wurde dunkel bis auf die Mündungsfeuer aus den Gräben, die aber mit einfallender Dunkelheit abnahmen.

»Sean, warum schießen die weniger, wenn kein Licht da ist?«

»Um Munition zu sparen. Sie schießen dann nur noch vereinzelt Deckungsfeuer, gerade genug, um den Feind am Vorrücken zu hindern oder das Vorrücken zu verlangsamen.«

»Wer ist hier der Feind?«

Sean spuckte aus.

»Rebellen. Keine Ahnung, ehrlich gesagt. Ich war nie so weit draußen. Das ist der Kordon. Aber warte mal ...«

Er kniff die Augen zusammen.

»Aha. Jetzt ist mir auch klar, warum die nur bis da vorne stehen und nicht bis hier. Guck mal. Da ist jede Menge Wasser. Da kommen die Angreifer nicht ohne weiteres drüber, deswegen konzentriert sich das Feuer auf die andere Seite. Das Grabensystem ist mit dem hier auch nicht verbunden. Ich glaube, dann weiß ich, wo wir sind.«

Juniper sah tatsächlich das typische Glitzern von schwachem Mondlicht auf Wasser. Sean beobachtete weiter die Festung und die Linien. Dann klappte er das Nachtfernrohr vor sein Auge.

»Carl, achte auf die Festung, ob sie Beleuchtung schießen. Ich denke aber, es wird eine Weile Ruhe sein.«

Juniper konzentrierte sich und hob seine Hand schon so weit, dass er Sean schnell das Zeichen geben konnte. Der suchte mit dem Fernrohr gründlich die gesamte Umgebung ab, drehte den Blick dabei vorsichtig ein Mal ganz um sie herum.

Plötzlich erfolgte ein einzelner Abschuss aus der Festung, und die typische schmale Leuchtbahn erschien am Himmel. Juniper klopfte auf Seans Rücken, und der klappte sofort das Nachtfernrohr hoch. Es wurde wieder taghell über den Gräben.

Und noch bevor Artillerie und Infanterie wieder mit dem Feuer einsetzten, hörten sie aus Richtung ihrer Kameraden Schreie, danach fünf schnelle Schüsse.

Der Schrecken fuhr Juniper in alle Knochen. Sein Puls raste, und er glaubte, ein Summen in seinem Kopf zu hören.

Sean hatte schon gewendet und kroch eilig zurück, er machte Juniper noch ein Zeichen, dass er einen kleinen Bogen kriechen sollte, um von der anderen Seite in die Stellung zu kommen.

Hastig bewegte sich Carl zurück, es war ihm jetzt völlig gleich, ob ihn jemand sah. Er wollte nur zu Polly. Und zu Bren und Wyck. Beim Graben angekommen, sprang er hinunter und lief mit vorgestrecktem Revolver auf die Stellung zu. Er sah Polly stehen. Neptun sei Dank. Und Bren und Wyck auch. Sie alle starrten auf den Boden.

Als Juniper in die Stellung kam, drehten sich die drei erschrocken zu ihm um. Polly hatte den Revolver auf ihn gerichtet und die Augen weit aufgerissen.

»Verflucht noch eins«, stieß sie hervor, »ums Haar hätte ich dich auch noch umgelegt, Carl Juniper.«

Auch noch?

Sean kam von der anderen Seite.

»Ganz ruhig, ich bin’s.«

Dann pfiff er leise.

»Sauber.«

Juniper trat näher.

Zwischen Polly und Sean lagen zwei Soldaten regungslos am

Boden. Sie trugen Uniformen in einer unauffälligen Farbe, die man bei den Lichtverhältnissen nicht bestimmen konnte. Vermutlich ein ähnliches Grünbraun wie die Tanned Necks, die er in London gesehen hatte. Auf dem Kopf hatten sie enge Wollmützen und Nachtfernrohre, ihre Gesichter waren geschwärzt. Neben ihnen lagen zwei AFPs mit Schalldämpfern. Sie hatten Gurtzeuge mit Taschen umgelegt, ganz ähnlich denen, die sie bei dem nächtlichen Einbruch in Hashs Hauptquartier getragen hatten.

»Die … die sind plötzlich einfach um die Ecke gebogen. Ich hab sofort geschossen. Meine Güte.«

Polly schien erst jetzt wirklich zu begreifen, was passiert war. Sie zitterte. Sean hatte sich neben die beiden gekniet und sie untersucht.

»Tot. Du hast beide in den Kopf und in die Brust geschossen. Nach den Abzeichen und der Ausrüstung sind das Späher. Hier«, er zeigte auf einen Ärmelaufnäher, »Scout Platoon. Die waren wohl auf der Suche nach Stoßtrupps der Rebellen oder so.«

Er sah zu Polly auf.

»Gut gemacht. Das hätte übel ausgehen können für uns alle. Wir nehmen die AFPs, Munition und, falls sie so etwas dabeihaben, Kartenmaterial.«

Er selbst begann schon, die Taschen und Uniform des einen der beiden Toten zu durchwühlen, legte alles zur Seite, was er für brauchbar hielt.

Juniper trat zu Polly und fasste vorsichtig nach der Hand, die noch immer den Revolver hielt.

»Ganz ruhig, du Heldin, du.«

Polly lehnte sich an ihn, barg den Kopf an seinem Hals. Ihr warmer Atem ließ Carl schauern, und er spürte ihr Herz wie wild an seiner Brust schlagen. Langsam legte er seine Arme um sie.

»Ich wusste es«, ließ sich Sean hören, der gerade mit einer Karte raschelte, »Cheshunt Stronghold, wir sind nördlich der Stadt am äußersten Ring. Das Wasser sind die Hooksmarsh und der Cheshunt Lake.«

»Sehr richtig, ihr Halunken, und jetzt möchte ich, dass ihr ganz langsam die Pfoten über eure Schädel hebt, sonst kriegt ihr bald mehr Luft da rein, als euch guttut.«

Mehrstimmiges Lachen aus rauen Kehlen ertönte. Erschrocken schauten sie um sich.

Gut zehn wild gekleidete und bis an die Zähne bewaffnete Männer standen links und rechts des Grabens und hatten ihre Gewehre auf sie gerichtet.

Das wüste Land

»Zieh fest an, Marv, ich bin nicht scharf drauf, dass einer von denen den Helden spielt.«

Sie saßen nebeneinander auf dem Boden, Beine angezogen. Die Rebellen hatten ihnen die Hände auf dem Rücken gefesselt, und jetzt banden sie ihre Fußknöchel aneinander.

Erneut pfiff Leuchtmunition durch den Himmel und erhellte die Szene. Die Artillerie bellte, die Gewehre ratterten und knallten.

Der Anführer des Trupps hieß Angus und trug einen wilden schwarzen Bart. Die Kleidung der Männer war zusammengestoppelt: zivile Kleidung, erbeutete Uniformteile, Tierfelle. Tausendmal geflickt, schmutzstarrend und stinkend. Nur ihre Waffen waren in gutem Zustand. Geölt, matt schimmernd, poliertes Holz.

Sie hatten ihre Prioritäten, das stand fest.

»So, was für Knalltüten seid ihr denn? Zu wem gehört ihr?«

Angus hatte in alle Richtungen Posten aufstellen lassen und es sich für die Vernehmung bequem gemacht. Saß in einer Nische, die vermutlich für Schützen oder Beobachter in die Grabenwand der Stellung gebaut war, hatte sein Gewehr auf den Schenkeln und grinste.

»Wir gehören jedenfalls nicht zu den Truppen.«

Sean blieb gelassen. Angus nickte.

»Aha. Na, das hätte ich an deiner Stelle auch gesagt. Aber mir würde man es sofort glauben, so wie ich aussehe, oder? Bei euch darf man Zweifel haben.«

Angus zeigte auf die Ausrüstung der Expedition.

»Ihr habt da tolle Sachen und seid rundum rosig und proper. Also gehört ihr ganz sicher nicht zu uns.«

Die umstehenden Kerle lachten leise. Angus stand auf und zog ein sehr breites und langes Messer. Er ging vor Sean in die Hocke und hielt ihm die Spitze an den Hals.

»Das ist gutes Zeug. Allein schon für das Nachtfernrohr würde ich mehr als eine Kehle durchschneiden. Culpsmiths, scharfe Messer, Reisemäntel.«

Sean sah Angus in die Augen. Juniper atmete schneller.

»Aber jetzt habe ich das schöne Gerät ja schon. Ich würde dir also die Kehle durchschneiden, um … sagen wir mal, deine Freunde hier zum Reden zu bringen. Oder um dafür zu sorgen, dass du nie wieder redest. Und mich dann natürlich darum kümmern, dass auch der Rest von deiner lustigen Truppe nie wieder redet. Wobei«, er bedachte Polly mit einem kalten Blick, »wir für die Lady sicher noch Verwendung hätten. Wir sind ja so einsam.«

Wieder raues Lachen. In Juniper brach ein Sturm los, aber er hielt sich im Zaum. Seine besondere Sorge um Polly kundzutun machte ihn nur angreifbar. Solange keiner seine Geliebte wirklich anfasste, würde er sich ruhig verhalten, ganz nach Seans Beispiel. Er hoffte, dass Bren und Wyck die Nerven behielten.

»Ich würde meinen, unsere Interessen kollidieren nicht im Geringsten mit euren.«

Sean war eiskalt.

»Aha? Das hast du aber schön gesagt. Wenn das so ist, lassen wir euch natürlich sofort laufen. Nicht wahr, Männer?«

Grinsen auf allen Gesichtern.

»Ja. Ich denke, wir begleiten euch noch ein Stück des Wegs, damit euch nichts passiert. Hier streift übles Gesindel durch die

Gegend, und da drüben ist sogar ein bisschen Krieg. Miese Sache, wenn ihr da reingeratet. Verdammt noch mal«, er packte Seans Hinterkopf, »wenn du verfluchter Drecksack mir nicht sofort sagst, wer ihr seid und was ihr wollt, dann lass ich dich ausbluten wie ein angeschossenes Wildschwein, ist das klar? Und wenn mir deine Antwort nicht gefällt, dann werdet ihr alle euer Leben in diesem dreckigen Graben beenden, und zwar bald.«

Angus hatte das alles sehr ruhig gesagt. Juniper spürte kalten Schweiß.

»Wir sind auf einer Rettungsmission.«

Polly. Oh Gott, Polly, warum lässt du nicht Sean reden und seinen Hals riskieren? Oder mich, dachte Juniper mit zusammengekniffenen Augen, egal, alles, nur nicht deinen schönen, schlanken Hals.

»Hm. Das ist ja im Grunde keine Antwort auf die Frage, wer ihr seid, aber vielleicht kommt die ja noch. Wen wollt ihr denn retten, hä?«

»Meinen Bruder Lemmy. Er ist verschwunden, wahrscheinlich entführt worden. Aus der Stadt.«

Pollys Stimme klang beherrscht, aber Juniper hörte ein zartes Zittern.

»Ihr wollt aus der Stadt sein, ja? Ich habe noch nie gehört, dass jemand aus der Stadt rauskommt, der kein Soldat ist.«

»Hier liegen doch zwei Soldaten.«

Angus' Blick wandelte sich von eisig brennend zu erstaunt und amüsiert.

»Das sehe ich. Und ich weiß, dass weder ich noch einer meiner Männer sie kaltgemacht hat.«

»Das war ich. Sie haben uns überrascht. Fünf Schüsse. Je einen in den Kopf und bei einem einer, beim anderen zwei in die Brust.«

»Eine Revolverbraut, ja? Hm, der Culpsmith ist kein Damenpistölchen.«

»Man schießt in die Brust, um den Angreifer zu stoppen, dann gibt man ihm mit dem Kopfschuss den Rest. So hab ich es gelernt. Beim Ersten war ich noch so erschrocken und hab zwei Mal in die Brust geschossen.«

»Marv, sieh nach.«

Der Angesprochene kniete sich neben die Leichen und untersuchte sie.

»Das stimmt, Angus. Und wir haben auch fünf Schuss gehört, das weiß ich noch.«

Angus nickte.

»In Ordnung. Ihr seid also keine Soldaten. Aber da sind immer noch offene Fragen. Wie seid ihr hierhergekommen?«

»Angus, ich will nicht drängen«, Marv war neben seinen Anführer getreten, »aber wir müssen weiter.«

»Ich weiß, Marv. Aber es geht darum, ob wir diese Typen hier umlegen oder gefesselt sitzen lassen. Die Zeit muss ich mir nehmen.«

»Wir waren im Zug.«

Sean.

»Im Zug? Was für ein Zug?«

Sean lachte leise.

»Ihr kennt den Zug nicht?«

Angus hielt Sean wieder das Messer an den Hals, das er zwischenzeitlich hatte sinken lassen.

»Spiel hier nicht den Schlaukopf. Nein, wir kennen den Zug nicht. Also rede.«

»Es gibt eine unterirdische Strecke. Aus der Stadt heraus, vermutlich bis nach Harwich. So genau wissen wir das nicht. Nach Harwich wollen wir jedenfalls und hatten uns in einem Waggon versteckt. Unter Cheshunt Stronghold hielt der Zug plötzlich an, ich habe eine Menge Soldaten gesehen, und da sind wir flott ausgestiegen, bevor die uns entdecken.«

Angus machte große Augen.

»Du meinst, hier fährt eine Eisenbahn unter der Erde? Unter der Festung?«

»Ja.«

Marv hatte sich neben Angus gekniet.

»Angus, das würde alles erklären. Wie sie Truppen und Material transportieren.«

Angus nickte. Er ließ das Messer wieder sinken.

»Wie seid ihr hier raufgekommen?«

»Es gibt Wartungsschächte, die an die Oberfläche führen. Ich weiß nicht, wie viele.«

»Kannst du uns zu dem bringen, aus dem ihr gekommen seid?«

Sean schüttelte den Kopf.

»Ich hab natürlich nicht daran gedacht, wieder zurückzugehen, ich hab keine Ahnung, wo wir in den Graben gestiegen sind.«

»Ich aber.«

Bren.

»Du? Wie das denn?«

»Ich hab Schritte gezählt. Um mich zu beruhigen. Es waren tausendzweihundertsechsundsiebzig Schritte von da, wo wir den Graben betreten haben, bis hierher.«

Brens Stimme klang nervös, aber fest.

»Ich kann den Schacht wiederfinden.«

Angus sah Marv an. Der zuckte mit den Schultern.

»Ist 'n Versuch wert, würde ich sagen. Wir haben nichts Besseres.«

»Wie viele Gefangene wollt ihr rausholen?«

Angus' und Marvs Köpfe flogen zu Sean herum.

»Wer hat was von Gefangenen gesagt?«

Sean lachte.

»Euer Angriff kommt seit einer Stunde kein Stück voran, die Armee schießt blindwütig in die Heide, und ihr spaziert hier durch die

Nacht auf der Suche nach einem Zugang zur Festung. Das da drüben ist nur eine Ablenkung. Und mit zehn Mann wollt ihr ganz sicher nicht Cheshunt Stronghold aufrollen. Ihr wollt etwas oder jemanden dort rausholen, dafür habt ihr genau die richtige Truppgröße.«

Angus und Marv sahen sich wieder an, dann sprach Angus mit gefährlichem Lauern in der Stimme.

»Du bist mir ein kleines bisschen zu schlau für einen simplen Städter, der einen Freund sucht. Wer bist du?«

»Ich war bei der Armee. Aber ich hab mich verpisst, schon vor Jahren. Also, was ist?«

Angus blitzte Sean noch ein paar atemlose Momente an, dann stemmte er sich hoch.

»Gut. Ihr beide«, er zeigte auf Bren und Sean, »kommt mit, dafür bleiben Watts und Fat Benny als Wachen hier.«

Marv schnitt die Fesseln der beiden durch. Sean stand auf und schüttelte erst mal Beine und Arme aus, dann baute er sich vor Angus auf.

»Eine Frage noch.«

»Ich bin ganz Ohr.«

»Sind eure Gefangenen bei erfolgreicher Befreiung unsere Freiheit, unsere Ausrüstung und etwas Unterstützung bei der Weiterreise wert?«

Angus musste lächeln, dann nickte er.

»Ja. Das sind sie allemal wert.«

Sean hielt ihm die Hand hin.

»Dann haben wir eine Vereinbarung?«

Angus nahm sie.

»Ja. Haben wir.«

Kurz darauf verschwand der Trupp in der Nacht.

Eine Weile saßen alle schweigend da. Watts und Fat Benny wechselten sich bei der Rundumbeobachtung ab, der jeweils andere glotzte die drei Gefesselten an. Polly und Carl hatten sich aneinandergelehnt. Wyck ächzte ab und zu leise. Das Sitzen musste für den alten Mann eine echte Qual sein.

Polly räusperte sich.

»Also irgendwie sind wir doch jetzt auf derselben Seite, oder?«

Fat Benny, der tatsächlich überhaupt nicht fett war, sondern ein zäher Koloss aus Muskeln, soweit man das unter seiner verwilderten Kleidung sehen konnte, zog die Augenbrauen zusammen.

»Hä?«

Juniper wusste genau, dass Polly Begriffsstutzigkeit hasste, aber angesichts der Lage hatte sie sich sehr gut im Griff und ließ nur ein winziges verächtliches Schnaufen hören. Es würde an Fat Bennys Ignoranz abperlen.

»Zwei von uns sind mit euren Kumpels unterwegs, um andere Kumpels von euch zu befreien. Da können wir ja wohl kaum eure Feinde sein, meine ich.«

Fat Benny glotzte Polly weiter an.

»Und?«

Wieder platzte eine Leuchtgranate am Himmel und tauchte den Ausdruck tiefer Verwirrung auf Bennys Gesicht in grelles Licht.

»Herrjeh, Benny, sie will, dass wir ihnen die Fesseln losmachen. Stimmt's, Lady?«

Watts war also der Schlaue von den zweien, Benny der mit den Muskeln.

»Exakt, Mister Watts. Das ist nämlich verdammt unbequem auf die Dauer, und unser guter alter Wyck hier würde es vermutlich sogar als schmerzhaft bezeichnen.«

»Oh ja, das würde er«, ließ sich Wyck hören.

»Aber Angus hat …«

Fat Benny traf sichtlich ungerne Entscheidungen, das lag in seiner Natur. Watts tat sich damit leichter.

»Angus hat andere Sachen im Kopf. Steh auf und sichere

rundum«, sagte er und schnitt nacheinander allen drei Gefangenen die Armfesseln durch.

»Außerdem haben wir Waffen und die nicht, Benny, also mach dir nicht ins Hemd.«

Watts machte jetzt mit den Fußfesseln weiter.

»Wenn sich einer von euch falsch rührt, knallt's. So gute Freunde sind wir ja nun auch nicht.«

Polly, Wyck und Juniper rieben sich die Gelenke, streckten und schüttelten Arme und Beine und machten es sich dann bequemer, saßen mit dem Rücken gegen die Grabenwand gelehnt.

Wieder schwiegen alle eine Weile. Die Artillerie wummerte, die Gewehre krachten in der Ferne.

Juniper konnte seine Neugier nicht mehr bezähmen.

»Wer seid ihr? Und um was kämpft ihr hier? In der Stadt weiß man gar nichts über das alles. Also nur Gerüchte.«

Watts trank etwas aus einer umgehängten Feldflasche. Dann schraubte er den Deckel bedächtig wieder fest.

»Hm. Das kann man gar nicht genau sagen, worum wir kämpfen. Dass sich etwas ändert, vielleicht. Ich habe keine Ahnung, wie es euch da in der Stadt geht, aber hier draußen? Mann, das ist kein Leben. Aus der Stadt weht miese Luft herüber, der Himmel ist immer grau. Auf den Feldern wächst kaum noch was, und die Wälder werden kleiner. Man braucht eine Menge Geduld, um überhaupt mal ab und zu ein Stück Wild vor die Flinte zu kriegen. Das heißt hier nur ›Das wüste Land‹. Niemand kann sagen, warum es so ist hier, aber alle glauben, dass es mit der verfluchten Stadt zu tun hat. Und dass es dort besser sein muss. Warum sonst tut die Armee alles, um uns von da fernzuhalten?«

Watts spuckte aus und schüttelte den Kopf.

»Das geht schon, solange ich denken kann. Ich kenn's nicht anders. Wir rennen gegen den Kordon an, und der Kordon jagt uns zurück ins Dunkel. Immer wieder werden Leute von uns gefangen genommen, und nie kommen sie zurück. Man munkelt, manche treten dann aus Angst in die Armee ein, andere verrotten im Gefängnis oder werden aufgehängt. Ich hab keine Ahnung. Ihr seid die ersten Menschen, die ich treffe, die die Stadt gesehen haben.«

Er hob den Blick vom Boden und grinste.

»Aber wenn ihr von da abhaut, kann das Leben in der Stadt auch nicht so prickelnd sein, aye?«

Juniper lachte.

»Vor ein paar Wochen fand ich das auch. Aber … na ja, es hat seine schönen Seiten, wenn du die richtigen Leute triffst.«

Watts nickte.

»Ja. Gute Freunde braucht man, was, Fat Benny?«

Fat Benny setzte ein Grinsen auf, das ihn nicht ein bisschen schlauer wirken ließ. Eher im Gegenteil.

»Klar, Watts. Freunde.«

Juniper dachte an Lemmy. Er legte seinen Arm um Polly.

»Und für einen guten Freund riskiert man auch mal eine Reise aufs Land. Selbst wenn es so ungemütlich ist wie das hier.«

Er hoffte, der Scherz würde nicht falsch ankommen. Aber seine Sorge war unbegründet, Polly griff nach seiner Hand und drückte sie. Dann wandte sie sich an Watts.

»Du hast gesagt, ihr habt noch nie Gefangene zurückbekommen. Habt ihr es denn schon mal versucht?«

Watts wiegte den Kopf hin und her.

»Versucht, ja. Aber noch nie so aufwendig. Na ja. Es waren auch noch nie so viele Gefangene, und es war noch nie so wichtig.«

»Warum wichtig?«

»Unter den Gefangenen ist unser Anführer. Der Colonel. Ohne ihn sind wir im Arsch. Und außerdem ist er Angus' großer Bruder.«

Polly biss sich auf die Unterlippe.

»Und der Mann, den wir suchen, ist mein großer Bruder, Watts.«

Watts zeigte auf die toten Soldaten.

»Vor vier Tagen haben wir schon mal einen von denen hopsgenommen. Der hat uns gesteckt, dass für heute Verstärkung rangekarrt wird und sie die Gefangenen wegbringen. Bevor er uns genauer sagen konnte, wie und was und so, hat er sich leider davongemacht. Also endgültig. Er war schon ziemlich lädiert, bis er überhaupt mal das Maul aufgemacht hatte. Tja.«

Es schien Watts nichts auszumachen; Folter und Mord waren hier draußen vermutlich nichts Ungewöhnliches. Juniper schauderte.

Plötzlich reckte Watts den Kopf und spähte in Richtung Schlachtfeld. Es war schon eine Weile dunkel geblieben. Und wie schon zuvor hatte daraufhin der Lärm abgenommen. Aber jetzt war er bis auf vereinzelte Schüsse nahezu verstummt. Dann heulten Sirenen aus der Festung, Trillerpfeifen schrillten, Männer brüllten Kommandos.

Und dann schrie jemand von sehr nah.

»Schnappt euern Krempel und los. Wir müssen weg.«

Es war Seans Stimme. Polly und Juniper sprangen auf, griffen die Rucksäcke, und Carl half Wyck auf die Beine. Watts und Fat Benny standen nervös da und hielten ihre Gewehre in die Richtung, aus der Sean gerufen hatte.

»Verflucht noch mal, fuchtelt nicht mit den Gewehren rum.«

Angus brach an der Spitze der zurückkehrenden Truppe in die Stellung.

»Habt ihr sie?«, fragte Watts aufgeregt.

»Ja, alle. Aber wir müssen sofort weiter, die sind hinter uns her.«

Juniper hielt dem eintreffenden Sean den dritten Rucksack hin.

»Bren?«

Sean warf den Tornister auf den Rücken und nickte.

»Kommt gleich.«

Und schon tauchte der schmale junge Mann auf.

»Bren, ich bin so froh.«

»Und ich erst.« Er schien blass um die Nase, aber er lachte. Polly warf Bren die Umhängetasche zu, und schon wurden sie von den nachdrängenden Männern fortgerissen.

Sie liefen stetig und ohne Pause durch den Graben weiter, bis dieser urplötzlich endete. Hier kletterten sie einer nach dem anderen nach oben. Die Gruppe war durch die Befreiten auf gut doppelte Stärke angewachsen. Niemand warf sich auf den Boden, um zu kriechen, sie liefen einfach weiter. Das Gelände war hier abschüssig, und Juniper meinte, ein Wäldchen erkennen zu können, am Fuß der Erhebung.

Und tatsächlich, nach wenigen Minuten des Rennens und Rutschens tauchten sie unter den Schutz dichter Bäume. Es ging über herabgefallene Äste und umgestürzte Stämme, immer wieder blieb man irgendwo hängen oder stolperte, und immer wieder riss man sich los oder wurde von einem helfenden Arm gestützt und weitergezogen.

Endlich kamen sie an einen Fahrdamm, der mitten durch den Wald führte. Angus befahl allen, sich flach hinzulegen. Dann ließ er einen eigenartigen Pfiff ertönen, offenbar ein Zeichen. Er wurde mit demselben Pfiff beantwortet.

Kurz darauf krachten Äste, und zwei sehr verbeulte Transportwagen mit offenen Ladeflächen, über die Planen gespannt waren, rumpelten aus dem Wald auf der anderen Seite auf den Damm.

»Aufsitzen«, befahl Angus, und schon rannten die ersten Männer zu den Wagen und ließen die hinteren Klappen herunter.

Die Rebellen begannen, sich auf die Fahrzeuge zu verteilen. Auf ein Zeichen von Angus schlossen sich die fünf Städter seiner Gruppe an. Auf den Ladeflächen links und rechts befanden sich Sitzbänke. Als alle saßen, zogen die beiden hinteren Männer die Klappe hoch, und dann haute einer der zuerst Eingestiegenen mit der Faust auf die Fahrerkabine. Ruckelnd fuhren die Lastwagen an und rollten dampfzischend in die Nacht.

Gejagt

Immer wieder nickte Juniper beim monotonen Ruckeln des Transportwagens ein. Sein Kopf sank nach unten, seine Nase wühlte sich in Pollys Haar. Ihr Duft versetzte ihn wieder zurück in die anfangs kühlen und knisternd weichen, später verdrehten und verschwitzten Kissen und Laken ihrer ersten Nacht. Wie glücklich waren sie gewesen. Wie voll von Lust und Liebe.

Doch die Erinnerung währte nur wenige Augenblicke, dann schreckte er wieder hoch und starrte in die langsam heller werdende Nacht.

Wie lange war es her, dass sie sich in Black Ralphs verschwiegenem Domizil geliebt hatten? Keine zehn Tage. Unfassbar.

Seitdem war Junipers Welt ein weiteres Mal in tausende Splitter zerfallen und er gezwungen, sich mühsam wieder eine neue daraus zu basteln. Doch diesmal war er nicht allein. Auch für Polly und erst recht für Wyck und Bren hatte sich das Leben in kürzester Zeit in einen wilden Strudel verwandelt. Und Sean hatte in etwas zurückgehen müssen, aus dem er sich vor Jahren unter großer Gefahr befreit hatte. Aber er war diesen Weg, ohne zu zögern, für seinen Freund Lemmy gegangen.

Es war – bei allem Schrecken – gut, hier zu sein. Was sie unternahmen, hatte eine Bedeutung. Vielleicht zum ersten Mal in Junipers Leben tat er gefährliche und mühselige Dinge nicht, um irgendwie durchzukommen oder weil sie unvermeidlich waren, sondern freiwillig und für Menschen, die er gernhatte. Liebte.

Die Nacht wich unaufhaltsam dem Tag. Es wurde heller, aber nicht freundlicher. Ganz im Gegenteil. Die Dunkelheit hatte gnädig verborgen, wie treffend die Bezeichnung war: das wüste Land.

In seiner Welt hatte Juniper nie die Gegend um London gesehen, aber die Form der Landschaft, durch die sie nun rollten, mit ihren Hügeln und sanften Einschnitten, wäre der um Bristol sehr ähnlich, wenn …

Wenn sie nicht so farblos und sumpfig, so windgepeitscht und karstig gewesen wäre. Die seltenen Wälder am Weg waren nicht grün, sondern grau in allen Schattierungen. Inmitten der Schrecken der Nacht war es Juniper nicht aufgefallen, aber die Luft hier draußen war tatsächlich noch übler als in London. Beim weiten Blick über das kahle Land war man ständig versucht, einen imaginären Schleier zur Seite zu schieben, um schärfer sehen zu können, doch man hätte nur Luft gefasst. Graue Schlieren über allem.

Hin und wieder kamen sie durch Dörfer. Wo in England, in Junipers England, sich stets Feldsteinmauern vor hübschen Cottages oder Backsteinhäusern in den sanften Wind duckten, standen hier nur armselige Hütten mit hängenden Reetdächern. Mauern waren eingestürzt, abgemagertes Vieh stand vereinzelt, von Bren und Wyck mit ungläubigem Staunen betrachtet.

Selbst Sean und Polly sahen zum ersten Mal andere Lebewesen als Menschen. Und nicht nur auf Abbildungen in Kochbüchern oder küchenfertig zerlegt.

Die auf der Ladefläche sitzenden Rebellen wiederum kamen nicht aus dem Staunen heraus, dass diese Städter noch nie Tiere gesehen hatten, ja, offenbar noch nicht mal wussten, dass es sie gab.

Nach ein paar Stunden Fahrt, in denen sie auf immer kleineren und verwinkelteren Wegen gefahren waren, hielten sie in einem winzigen Weiler vor einem halb zerfallenen Gehöft.

»Absitzen«, befahl Angus. Kaum waren alle von den Ladeflächen herunter, rollten die beiden Transporter in die frühere Scheune. Die etwas mehr als zwanzig Menschen huschten in das alte Wohnhaus.

Die fünf Städter standen bei Angus, als ein groß gewachsener Mann mit beginnendem Grau im schwarzen Haar und Bart zu ihnen trat. Er war offenbar auf dem anderen Transporter gefahren. Die Ähnlichkeit mit Angus war unübersehbar und machte die Vorstellung eigentlich überflüssig. Trotzdem zeigte Angus nicht ohne Stolz auf ihn.

»Das ist mein Bruder Colum, unser Anführer. Von allen nur ›Colonel‹ genannt.«

Colum schaute ernst, aber ein leises Lächeln stahl sich in seine Augen, als er antwortete.

»Vermutlich, weil sie sich ›Colum‹ nicht merken können. Mit der Armee hatte ich nie etwas anderes zu tun, als gegen sie zu kämpfen.«

Seine Stimme war tief und sanft. In seinem Gesicht konnte man Härte und Schmerz lesen, in dem seines Bruders Lebenslust und Zorn. Colum hielt zuerst Polly seine Hand hin, dann reihum den anderen vieren.

»Ich habe gehört, dass ihr aus der Stadt kommt. Und ohne euch beide«, er zeigte auf Sean und Bren, »säßen ich und meine Kameraden jetzt wohl in diesem vermaledeiten Zug auf dem Weg nach Harwich. Und dort hätte uns nichts als Folter und Tod erwartet, anstatt Zwieback und Käse in freundlicher Gesellschaft.«

An der Stirnwand des Raums stand ein alter Tisch, auf dem zwei der Männer gerade tatsächlich ein einfaches Mahl bereitstellten. Colum machte eine einladende Handbewegung, und alle nahmen sich etwas Brot und Käse. Die fünf setzten sich mit Angus und Colum in eine Ecke und begannen zu essen. Wyck und Bren immer noch mit Neugier, aber nicht mehr so andächtig wie noch vor wenigen Stunden im Schützengraben.

Colum kaute bedächtig und mit geschlossenen Augen. Als dächte er daran, dass er ums Haar keine so friedliche Mahlzeit mehr in seinem Leben genossen hätte. Nach einigen Bissen sah er in die Runde.

»Ich schulde euch etwas. Und ihr sucht jemanden. Vielleicht kann ich euch helfen.«

Sie sahen sich an, dann begann Polly zu erzählen. Sean und Juniper ergänzten hier und da. Bren und Wyck machten große Augen, und der Alte ließ auch immer wieder an seiner Miene erkennen, wie überrascht, fasziniert und amüsiert er von allem war. Und er sparte nicht mit Kommentaren. Wyck freute sich wie ein Kind, das zum ersten Mal eine unglaubliche Geschichte hört.

Als der Bericht zu Ende war, aß Colum langsam sein Brot und den Käse auf, trank in langen Zügen aus einer Feldflasche und schraubte sie bedächtig zu.

»Unser Großvater war Bauer. Als junger Mann hatte er noch richtige Herden. Rinder und Schafe. Er hat Tiere und Getreide an die Stadt verkauft. In Cheshunt war keine Festung, sondern ein mittelgroßer Militärposten und jede Woche Markt. Wer hier draußen wohnte, durfte auch damals nicht rein in die Stadt, aber man hat schon auch von der Stadt gelebt. Doch dann wurden die Böden immer schlechter, auf den Flüssen schwamm Schaum, und das Wasser fing an zu stinken. Die Stadt hat unser krankes Vieh nicht mehr gekauft, weil die Leute das nicht mehr essen sollten, und dann sind die Tiere verreckt. Mittlerweile findet man größere Bestände nur noch weit, weit oben im Norden. Soweit ich weiß, jedenfalls.«

Wyck mischte sich ein.

»Entschuldige, aber ich bin ja nun schon etwas älter. Ich habe mein ganzes Leben lang keine Tiere in London gesehen, sondern hier und heute zum ersten Mal. Und ich kenne auch keine Erzählungen darüber. Wir essen ja auch keine Tiere. Wir essen nur die Einheiten.«

Colum zuckte mit den Schultern.

»Keine Ahnung, Mann. Vielleicht gingen die Viecher immer an Leute wie euren Black Ralph. Also an die Reichen. Du trägst doch Schuhe aus Leder und einen Gürtel, Wyck.«

»Ja. Natürlich. Aber das hat doch damit nichts zu tun.«

Bren sah Carl an, der zog die Schultern hoch und breitete die Arme aus.

»Ich hab's dir gesagt.«

»Wyck, Leder ist aus den Häuten von Tieren gemacht. Toten Tieren. Tiere, die jemand gegessen hat.«

Wyck sah auf seine Schuhe.

»Das ist … keine schöne Vorstellung.«

Angus steckte sich sein letztes Stück Käse in den Mund.

»Na ja. Das ist das Leben. Fressen und gefressen werden. So läuft es nun mal.«

Colum hatte sich zurückgelehnt und auf die gestreckten Arme gestützt. Seine Augen waren fast völlig zusammengekniffen und sahen in eine unbestimmbare Ferne.

»Vielleicht zermahlen und quetschen sie ja das Fleisch und machen daraus eure ›Einheiten‹. Was meinen die Köche dazu?«

Juniper und Sean sahen sich an. Dann schnalzte Sean mit der Zunge.

»Wäre möglich. Die Leute aus den Fabriken, in denen die Einheiten hergestellt werden, dürfen mit niemandem über ihre Arbeit reden. Und das würde erklären, wie überhaupt Fleisch in die Stadt gelangen kann. Die Schmuggler greifen davon einfach das Zeug ab, was wir dann verarbeiten. Hm. Fantastisch, oder, Carl?«

»Ekelhaft«, antwortete statt seiner Polly.

Colum legte den Kopf schief, er ging dem Gedanken nach.

»Früher ging der Großteil des Viehs in die Stadt, heute gibt es hier kein Vieh mehr. Oben im Norden hat seit vielen Jahren niemand mehr Truppen gesehen, da trauen die sich nicht hin. Also können sie von da kein Fleisch oder sonst was mehr kriegen. Harwich ist das einzige Einfallstor, durch das irgendwas in die Stadt reingebracht werden kann. Wir wissen jetzt dank euch von dem unterirdischen Zug und dass der vermutlich bis Harwich fährt. Und um Harwich liegt ein ähnlicher Kordon wie hier. Da kommt man auch nicht rein. Vermutlich holen sie jetzt Vieh, Getreide und Gemüse von jenseits des Meeres. In Harwich ist auf jeden Fall ein Hafen.«

Juniper merkte, dass ihm der Schweiß ausbrach. Schiffe. Meer.

»Und wenn bei euch dauernd Köche und so verschwinden … Also, wenn das Essen von dort kommt, dann ist es ja vielleicht auch sinnvoll, Köche zu dem Essen hinzubringen.«

Colum zog gedankenverloren ein Messer aus dem Gürtel und warf es vor sich auf den Holzboden. Es blieb zitternd stecken. Er zog es heraus und warf noch einmal.

»Ich denke, ihr liegt da richtig. Harwich und ein Schiff rüber dürften die beste Chance sein, euren Freund wiederzufinden. Von hier aus nach Osten ist es keine Stundenhälfte zu Fuß bis zum Kordon. Aber ich hab keine Idee, wie man euch in die Stadt …«

Ein trockener Knall war von draußen zu hören, dann ein Pfeifen. Mehrere Männer, darunter Angus und Sean, brüllten laut »Mörser«, da krachte es schon unmittelbar vor dem Haus.

»Alle hinten raus«, schrie Sean und griff nach seinem Rucksack. Juniper und Polly taten es ihm nach, Bren hatte die Umhängetasche gar nicht abgelegt. Sie sprangen auf, wieder ertönten Knallen und Pfeifen. Noch während alle nach draußen drängten, krachte ein Geschoss aufs Dach und detonierte. Geborstene Ziegel und Holzsplitter stürzten herab.

»Die Nächste sitzt drin«, brüllte Angus. Panik griff um sich.

Der Hinterausgang war keine Tür, sondern schlicht ein Stück eingestürzte Wand und verdammt eng für die über zwanzig Menschen, die jetzt alle auf ein Mal hinauswollten.

Polly und Carl schafften es nach Sean und Bren, als hinter ihnen, wie vorhergesagt, die Granate mitten in den Raum einschlug. Die Druckwelle riss sie zu Boden, Carl gelang es, sich im Fallen über Polly zu werfen. Es regnete Erdbrocken und Steine.

Junipers Ohren waren wie verstopft, er hörte nur noch ein dumpfes Rauschen. Jemand riss an seiner Jacke. Er sah hoch und blickte genau in Seans weit aufgerissenen Mund, konnte aber nicht verstehen, was der brüllte. Um sie herum sprangen Männer auf und rannten. Sean zeigte auf einen grauen Wald in gut hundert Yards Entfernung. Juniper verstand, zog an Polly, die aber schon längst dabei war, sich hochzustemmen. Sie packten die Rucksäcke und rannten los. Wieder erschütterte eine Explosion die Luft und den Boden, hören konnte Juniper sie nicht. Die Welle erreichte sie, aber sie waren schon weit genug gekommen, um nicht von ihr umgerissen zu werden.

Sie rannten und rannten, ohne sich umzusehen, bis sie den Wald erreicht hatten, brachen ins Unterholz und warfen sich neben weitere ausgepumpt und schwer atmend auf dem Boden liegende Männer.

Junipers Ohren wurden langsam wieder frei, und jetzt hörte er weiter entfernt erneut Explosionen und auch Gewehrfeuer.

»Wyck? Wo ist Wyck?«, rief er erschrocken zu Sean.

»Keine Ahnung. Verdammt noch mal.«

Sean sprang auf und rannte geduckt wieder zurück in Richtung Waldrand.

»Bleib hier, Polly, ich bin gleich zurück.«

»Aber …«

»Bitte.«

Juniper gab ihr einen schnellen Kuss auf den Mund und eilte dann Sean hinterher. Am Waldrand duckten sie sich hinter dorniges Gestrüpp. Das Gehöft brannte. Ein paar Männer rannten noch über die freie Fläche, offenbar alles Verletzte, weswegen sie jetzt erst kamen.

»Da. Das ist Wyck.«

Juniper zeigte auf einen humpelnden Mann, der von einem anderen gestützt wurde. Er winkte, und jetzt sah Wyck ihn auch. Kurz darauf übernahmen Juniper und Sean den alten Mann von seinem Helfer, und alle liefen zurück zu den anderen.

Wycks Gesicht war grau von Staub, und eine dünne Blutspur lief von einer Platzwunde über dem Auge. Er humpelte, aber ansonsten ging es ihm gut.

Angus und Colum hatten den Rest der Truppe um sich geschart. Sieben Mann waren gefallen. Colum winkte die fünf Londoner zu sich.

»Die Armee muss uns von Cheshunt gefolgt sein. Sie haben gewartet, bis wir irgendwo Pause machen, um uns auf einen Schlag zu treffen. Die werden sicher gleich nachsetzen, wenn sie merken, dass sie uns nicht alle erwischt haben. Das hier ist nicht euer Kampf, und ich will auch nicht für euch verantwortlich sein. Ihr habt uns geholfen, wir sind quitt. Also haut ab, solange ihr noch könnt.«

Sean sah seine Kameraden an.

»Wir sollten das Angebot annehmen.«

Alle nickten schweren Herzens. Colum zeigte schräg hinter sich.

»Da geht es in Richtung Harwich. Habt ihr einen Kompass?«

Sean nickte, hatte gleich darauf seinen schon aus dem Mantel geholt und peilte die Marschrichtung. Colum sah Angus an.

»Hast du noch eine Münze?«

Angus nickte, kramte in einer seiner Taschen und holte ein kleines dünnes Päckchen aus Papier heraus. Gab es seinem Bruder, der übergab es Sean.

»Wenn ihr anderen Rebellengruppen begegnet, dann zeigt denen die Münze da drin. Das bedeutet, ihr steht unter meinem Schutz.«

»Danke, Colum. Und alles Gute für euch.«

Colum nickte.

»Haut ab jetzt, gleich rumst es im Wald.«

Sean drehte sich zu seiner kleinen Truppe.

»Also dann, auf geht's.«

Sie gingen los, während Colum seinen Leuten befahl, sich am Waldrand in Stellung zu legen.

Sie kamen nicht allzu schnell vorwärts, Wycks Bein machte ihm sehr zu schaffen. Ein Splitter oder Stein hatte sein Knie getroffen. Es war zwar wohl nichts gebrochen, aber er hatte starke Schmerzen. Doch der zähe alte Kerl biss die Zähne zusammen, und immer wieder fielen sie sogar über kleine Strecken in Laufschritt.

Irgendwann hörten sie weit entfernt hinter sich Gewehrfeuer, auch wieder das Rattern von AFPs. Jedem von ihnen lief ein Schauer über den Rücken, aber sie durften nicht zurückblicken.

Als sie von dem Gefecht nichts mehr hörten, machten sie eine kurze Rast. Sean besah sich Wycks Knie und legte ihm einen kühlenden Verband mit einer Salbe an. Danach ging es eine Weile schneller vorwärts.

Urplötzlich endete der Wald. Sie duckten sich an seinen Rand und spähten nach vorn.

Ein Dorf. Und zwar kein elendes, halb verfallenes, sondern ein properes mit hübschen kleinen Häuschen. Und Soldaten. Überall.

Sean ließ sich von Polly ein Fernglas geben und beobachtete lange die Szenerie.

Er zog einen kleinen Notizblock aus dem Mantel und begann, eine schematische Zeichnung anzufertigen. Immer wieder sah er durchs Glas und ergänzte dann die Skizze. Er schob sich vorsichtig weiter ins Freie und spähte nach rechts und links.

Dann zog er sich leise zurück und gab den anderen Zeichen, sich wieder etwas tiefer in den Wald zurückzuziehen. Sie sammelten sich im Schutz der Bäume.

»Also, das ist eine riesige Lichtung. Wir umgehen das Dorf

rechts herum. Ich hab von so was gehört, ich schätze, das ist ein Ruhequartier für Kordontruppen. Nach zwei Wochen Festung oder Graben kommen die für ein paar Tage dahin, um sich zu erholen. Ich werde nach einer Weile einen Beobachtungshalt einlegen und mich anhand der Zeichnung orientieren, wie weit wir sind. Verstanden?«

Alle nickten, dann liefen sie weiter. Nach zehn oder fünfzehn Minuten ließ Sean sie wie angekündigt halten und ging dann mit ihnen geduckt vor zum Waldrand, jetzt in ganz sicherer Entfernung zu den Soldaten. Sie legten sich eng nebeneinander, Sean in die Mitte. Er erklärte ihnen die Skizze und wies auf die entsprechenden Gebäude und Markierungen auf der Lichtung.

»Wir sind jetzt also hier«, sagte er und deutete auf einen Punkt auf der Zeichnung, »schon fast um das Dorf herum.«

Dann sah er wieder durch das Fernglas, schwenkte es ruhig über die Lichtung, verharrte hier und da, schwenkte weiter. Dann zurück, blieb an einem Punkt hängen, murmelte etwas Unverständliches, hob seinen Kopf noch etwas höher und schob sich flach noch ein paar Fuß nach vorn. Nahm das Glas wieder vor die Augen und schaute konzentriert. Ließ das Glas sinken und machte den anderen Zeichen, zu ihm vorzurutschen.

»Wenn ich Colum richtig verstanden habe, müssen wir übers Meer, oder?«

Die anderen stimmten leise zu.

»Juniper, wie groß ist das Meer hier?«

Carl zuckte mit den Achseln.

»Also vorausgesetzt, es ist genauso wie in meiner Welt, dann sind es bloß ein paar Meilen bis zur anderen Seite. Da ist dann Belgien oder Holland. Weiter südlich Frankreich.«

Sean grinste.

»Was auch immer. Jedenfalls – wenn ich mich nicht böse verguckt habe, weiß ich, wie wir rüberkommen.«

Er gab Polly das Glas.

»Schau mal in die Richtung.«

Er zeigte auf das Dorf, und Polly setzte das Glas vor die Augen.

»Siehst du den Turm?«

Polly nickte.

»Ein Stück rechts davon eine Scheune. Hast du sie?«

»Ja.«

»Und jetzt guck mal in die Scheune, sie ist offen.«

Polly streckte unwillkürlich den Kopf weiter vor, als könne sie so besser sehen.

»Du liebes bisschen, Sean.«

Sean lachte.

»Genau. Und völlig unbewacht. Jetzt lass mal die anderen.«

Polly gab Juniper das Glas, und nachdem der die Scheune gefunden hatte, blieb ihm beinahe das Herz stehen.

In der Scheune befand sich ein Luftboot.

Überraschungen

Sie liefen noch ein gutes Stück weiter, bis sie so nahe wie nur irgend möglich an der Scheune waren, ohne die Deckung des Waldes zu verlassen. Hier zogen sie sich ein wenig ins Dickicht zurück und machten Rast. Aßen, tranken. Und besprachen den Plan. Der einfach und doch sehr riskant war.

Sie würden, wenn es dunkel war, so schnell sie konnten zur Scheune rennen und dann unter Seans Führung versuchen, das Luftboot klarzumachen und loszufahren.

»Ich war am Anfang Bordschütze, dann Rudergänger. Wie man das Ding in die Luft kriegt, das weiß ich. Ich kann einen Kurs nach Kompass steuern und eine Karte lesen.«

Sie ruhten sich aus, aber an Schlaf war nicht zu denken. Die Nacht war mondhell, vereinzelt zogen Wolken am Himmel. Als sich eine dichte Wand ankündigte, ließ Sean sie sich bereithalten. Sobald der Mond hinter der Wolke verschwunden war, liefen sie los. Sie rannten so schnell sie konnten über die offene Fläche auf die Scheune zu. Angekommen, ließen sie sich im Schatten des Baus zu Boden sinken und versuchten, zu Atem zu kommen.

Dann schlichen sie sich, eng an die Wand gedrückt, zur Vorderseite. Nachdem Sean sich vergewissert hatte, dass keine Wachen da waren, schlüpften sie in das Innere.

Die Scheune war innen gedämpft beleuchtet.

Das Luftboot war sehr viel kleiner als die, die man über London immer sah, und doch immer noch beeindruckend. Es war auch nicht grau wie die riesigen Armeeboote, sondern glänzte messingfarben. Eine geschlossene Kabine war direkt unter der Hülle angebracht. Sie hatte die Form eines Fisches, dessen seitliche und hintere Flossen nach oben gestreckt waren und die Hülle sozusagen umarmten. Der Einstieg befand sich zwischen einem der großen, als Auge geformten vorderen Fenster und dem Ansatz der Seitenflosse. Kleinere Fenster reihten sich aneinander, sodass man auf jeder Seite der Kabine hinausschauen konnte.

»Ich kann kaum glauben, dass so etwas Riesiges fliegen kann.«

Wyck sprach aus, was vermutlich alle außer Sean dachten.

»Das ist kein Boot der Armee«, stellte jener fest, »da haben wir richtig Glück gehabt. Ein paar ganz hohe Tiere hatten immer schon eigene, und die parken sie oft in Hangars der Luftboottruppen. Wann die starten und landen, interessiert niemanden. Unsere Chancen, ungestört hier wegzukommen, stehen nicht schlecht.«

Er kicherte und ging zur Einstiegstür.

»Seht ihr? Noch nicht mal verschlossen.«

Er entriegelte die Tür, schob sie zur Seite und spähte ins Innere, dann klappte er eine kurze Treppe nach unten aus, kletterte hinein und bedeutete ihnen, ebenfalls einzusteigen.

Drinnen war die Kabine behaglich, ja, luxuriös eingerichtet. Vorne ein Steuerstand mit vielen Instrumenten und zwei Sitzen nebeneinander. An den Bordwänden entlang jeweils vier bequeme Sessel und zwei kleine Tische, alles am Boden festgeschraubt. Im hinteren Teil der Kabine ein abgeteilter Raum mit einem Schild »Engines«. Auf der in Fahrtrichtung rechten Seite eine schmale Leiter, die nach oben führte. Gegenüber der Leiter befand sich eine kleine Bar.

»So ein Boot fährt man normalerweise zu dritt«, sagte Sean nach einem Rundumblick, »aber es geht auch gut zu zweit oder sogar alleine. Fantastisch.«

Er ging zum Maschinenraum und öffnete die Tür.

»Schöne Anlage. Und einfach zu bedienen.«

Dann stieg er die Leiter hoch, und sein Oberkörper verschwand im oberen Abteil. Er pfiff durch die Zähne, dann kam er wieder herunter.

»Oben ist ein Schlafraum. Und zwei ausschwenkbare Kaliber .50 Chesterton Rapid Fire mit Rotationsläufen an Steuerbord und Backbord. Der Mann, dem das Boot gehört, lässt sich auf jeden Fall nicht gerne ans Bein pinkeln.«

Er setzte sich auf einen der Sitze im Bug und begutachtete die Instrumente. Murmelte Unverständliches, dann bückte er sich und öffnete einen kleinen Schrank. Juniper war sicher, dass Sean vor dem Kochen schon einmal eine große Liebe gehabt hatte. Luftboote.

»Sehr gut.«

Sean griff nach einem kleinen Stapel Papiere, sah ihn durch, dann fischte er eine Karte heraus, legte sie auf eine offenbar genau dafür vorgesehene kleine Ablagefläche und packte den Rest wieder weg.

»Hier Juniper, alter Seemann, schau dir das mal an.«

Er winkte Carl zu sich. Der trat hinter ihn, und beide sahen auf die Karte. An Bord war Juniper sich im Vergleich zu den Decksmännern und vor allem den Offizieren immer wie ein Trottel vorgekommen, was Navigatorisches anging, aber natürlich waren die Jahre der Seefahrt nicht spurlos an ihm vorübergegangen. Er erkannte auf den ersten Blick, dass die Karte ein Stück England, den Ärmelkanal und einen Ausschnitt der Westküste des Kontinents zeigte.

»Da ist ein Kurs eingezeichnet.«

Juniper zeigte auf eine gestrichelte Linie, die von einem Punkt westlich vor Harwich fast schnurgerade nach Süden führte. Er folgte ihr mit dem Finger bis zur französischen Stadt Dieppe.

»Deiäppi«, sagte Sean, den Namen englisch aussprechend.

»Djepp«, korrigierte Juniper, »es ist französisch.«

»Französisch?«

Juniper lachte.

»Ja, Sean. Wie in ›à la carte‹ und in ›mise en place‹ und in ›garde manger‹ und … es ist endlos.«

»Ach, das ist alles nicht englisch?«

Sean sah ihn einfach mit offenem Mund an.

»Nein. Das ist die Sprache, die sie in Frankreich sprechen.« Juniper ließ seinen Finger auf dem entsprechenden Teil der Karte kreisen. Sean war verwirrt.

»Hm. Egal. Wichtig ist, das ist wohl der am häufigsten gesteuerte Kurs dieses Bootes. Wenn er sich den so eingezeichnet hat. Und Dieppe ist auf der anderen Seite des Meeres, wie Colum sagte. Ich würde meinen, dort sollten wir die Suche nach Lemmy fortsetzen.«

Sie drehten sich zu den anderen um.

»Polly?«

Sie nickte.

»Ja. Das sollten wir.«

»Gut.«

Sean schloss zwei Klemmen, mit denen man die Karte auf dem Tisch befestigen konnte, dann zeigte er auf Bren und Polly.

»Ihr beide geht nachher hoch zu den Chestertons, ich zeig euch jetzt, wie man die bedient. Es ist wirklich einfach.«

Die drei verschwanden nach oben. Wyck sah sich in aller Ruhe in der Kabine um.

»Das ist nicht zu glauben, Carl. Meine Güte. Ich erlebe in zwei Tagen mehr als in all den vielen Jahren meines Lebens.«

Seine Wangen glühten vor Begeisterung.

»Wir werden fliegen. Übers Meer. Das ist fantastisch. Fantastisch.«

Er schüttelte wieder und wieder den Kopf.

Juniper lächelte, dann befasste er sich mit den Instrumenten an Bord. Er erkannte einiges wieder von einer Schiffsbrücke. Es gab einen Kompass, ein Ruder und eine Art Maschinentelegraf. Dazu natürlich einige Hebel, Knöpfe und Zeiger, deren Funktion er sich nicht erklären konnte, aber Sean war sich seiner Sache hier drinnen offenbar sehr sicher. Er würde schon zurechtkommen.

Ohne Sean wären sie schon längst verloren gewesen. Und ohne Colum und Angus und ihre Männer. Die beiden Tage waren wirklich voller unwahrscheinlicher Erlebnisse gewesen. Unwahrscheinlich selbst nach Monaten eigenartigster Erfahrungen. Juniper verspürte keinen Wunsch mehr, diese Welt oder diese Zeit, was immer es auch war, zu verlassen. Hier war alles, was er brauchte. Juniper wollte leben. Und Polly lieben. Und kochen. Das war's.

»Ihr seht schon, da ist nichts dabei.«

Sean, Polly und Bren kamen von oben zurück.

»Zielen und abdrücken, den Rest macht die Automatik. Nicht zu lange den Abzug gedrückt halten und die Munition im Blick behalten, das ist das Wichtigste. Aber vielleicht brauchen wir die Dinger ja auch nicht.«

Unten angekommen verschwand Sean gleich in dem kleinen Maschinenraum im Heck. Er werkelte und klapperte, dann kam er wieder in die Kabine. In der Hand hatte er einen seltsamen Rucksack mit vielen Gurten daran.

»So, die Maschine heizt vor, das ist ein feines Gerätchen. Und das hier«, er hob den Rucksack an, »ist ein Fallschirm. Davon sind tatsächlich drei Stück hintendrin.«

»Was ist ein Fallschirm?«

Wyck machte große Augen. Sean lachte.

»Ich hoffe, dass wir die ebenso wenig brauchen wie die Chestertons. Es wären ja auch sowieso zu wenige. Aber wenn das Boot abzustürzen droht, kann man damit abspringen.«

»Abspringen? Du meinst, aus diesem Luftboot herausspringen?«

Bren war entsetzt. Sean lachte wieder.

»Man springt raus, zählt eintausend, zweitausend, dreitausend, viertausend, damit man weit genug vom Luftschiff weg ist, und dann zieht man kräftig hier dran.«

Er zeigte auf eine rote Schlaufe.

»Dann öffnet sich der Rucksack, und ein großer Stoffschirm an Leinen kommt raus. Daran schwebt man gemütlich zu Boden, und nichts passiert. Das ist wie bei den Leuchtgeschossen, nur viel größer.«

»Hast du das schon mal gemacht?«

Sean nickte.

»Bei den Lufttruppen muss jeder am Beginn der Ausbildung drei Sprünge absolvieren. Es macht Spaß.«

Seine Augen funkelten.

»Wenn man nicht gerade aus einem brennenden Luftboot hüpft, vermute ich«, fügte er hinzu.

Dann brachte er den Fallschirm wieder zurück in den Maschinenraum.

»Also, die Dampfmaschine ist aufgeheizt, die brauche ich nur noch an die Rotoren zu koppeln, und los geht's. Ich schaue mich jetzt noch mal draußen um, und wenn die Luft rein ist, werden wir die Seile lösen und das Luftboot nach draußen ziehen. Ich bleibe in der Kabine, um mit Antrieb und Steuerung einzugreifen, damit uns das gute Stück nicht einfach davonschwebt. Dann wird eingestiegen. Zuerst Wyck, dann Polly, dann Bren und zum Schluss Carl. Du bist der Stärkste und kannst das Boot, wenn die Maschine schon läuft, gut alleine unten halten. Für den letzten Mann gibt es ein Seil, an dem du zur Not ins Boot klettern kannst, das zeige ich dir. Alles klar?«

Juniper nickte.

»In Ordnung. Da hinter der Bar ist eine kleine Klappe im Boden, schaut mal nach, ob darunter Platz fürs Gepäck ist. Ich gehe. Bis gleich.«

Und schon war Sean mit dem Revolver in der Hand aus der Kabine gesprungen.

Tatsächlich fanden ihre Taschen und Mäntel in dem Gepäckabteil Platz, obwohl darin schon ein Schrankkoffer lag. Dann setzten sie sich in die weichen Sessel und starrten nach draußen. Sean war nicht mehr zu sehen. Wahrscheinlich suchte er außerhalb der Scheune die nähere Umgebung ab. Ab und zu huschten Lichtfinger über den Ausschnitt, den sie durch die offene Scheune sehen konnten.

Keiner sprach, jeder war mit seinen Gedanken beschäftigt und hoffte, dass sie schon bald hier weg wären, und zwar ohne Schwierigkeiten.

Ein Licht erfasste die Scheune, und diesmal blieb es. Huschte nicht, wurde heller. Unwillkürlich duckte Juniper sich ein wenig, als es die Hülle des Luftbootes erreichte. Und dann wurde es auf einen Schlag hell. Ein Wagen rollte in die Scheune.

»Achtung«, zischten Juniper und Polly gleichzeitig, und alle vier warfen sich zu Boden. Der Wagen hielt, und das Licht wurde schwächer. Blieb jedoch eingeschaltet. Sie konnten hören, dass eine Tür geöffnet wurde. Schritte.

Polly stieß Carl an und hielt ihm ihren Revolver vor die Nase. Er tastete schnell nach seinem.

Junipers Gedanken überschlugen sich. Sollten sie einfach schießen, wenn derjenige in der Luke auftauchte? Das würde vermutlich einen Höllenlärm machen hier drinnen. Außerdem waren vielleicht noch mehr Leute in dem Wagen. Und die wären dann gewarnt.

Die Schritte kamen näher.

Junipers Hand wurde schweißnass, er fürchtete, der Revolver würde aus ihr herausrutschen. Polly streckte ihre Schusshand schon in Richtung Einstieg.

Dann blieben die Schritte ganz nah beim Luftboot stehen. Juniper hielt die Luft an.

»Ah, da hat schon jemand vorgeheizt, angenehm«, freute sich eine kantige Stimme, und gleich darauf erschien ein hohlwangiges Gesicht mit militärisch kurz getrimmtem Schnurr- und Backenbart in der Türöffnung.

Pollys Revolver schob sich direkt vor seine Nase.

»Kein Mucks, keine Bewegung«, zischte Polly. »Heb nicht die Arme, und guck nicht erschrocken. Steig einfach ein, und tu, als wenn gar nichts wäre.«

Der Mann musste sich kurz zusammenreißen, dann stieg er ein. Polly und Juniper stemmten sich gerade so weit hoch, dass sie von draußen nicht zu sehen waren, und auch Juniper richtete seinen Revolver auf den Mann. Der trug einen eleganten Anzug, einen weichen Hut und hatte eine große samtene Reisetasche in der Hand. Er sah sich in aller Ruhe die vier Passagiere an.

»Ihr steckt bis zum Hals im Dreck, wenn ich das mal so sagen darf.«

»Im Moment hast eher du ein paar Sorgen, würde ich sagen«, knurrte Juniper, fragte sich aber im Stillen bang, was sie denn nun tun sollten.

Der Mann schüttelte den Kopf, als könne er nicht glauben, wie blöde sie waren.

»Ihr habt keine Ahnung, wem dieses Boot gehört. Er sitzt draußen im Wagen und wartet, dass er einsteigen und nach Hause reisen kann. Und er ist nicht von der allergeduldigsten Sorte. Ihr könnt mich umpusten, aber binnen kürzester Zeit habt ihr den gesamten Stützpunkt an der Backe. Ihr kommt hier nicht raus.«

»Lass das mal unsere Sorge sein, Freundchen.«

Polly war wütend, aber eiskalt.

»Was sollst du jetzt hier erledigen?«

Der Kerl zuckte gelangweilt mit den Schultern.

»Die Maschine hochfahren, was ihr ja netterweise schon erledigt habt. Das Licht einschalten, die Reisetasche verstauen, einen Whisky eingießen und dann meinen Arbeitgeber und seinen Gast holen.«

»Seinen Gast? Ihr seid zu dritt?«

Der Kerl nickte.

»Dann los.«

Der Mann ging zum Steuerstand und schaltete das Licht in der Kabine ein. Dann brachte er die Tasche zur Bar und öffnete die Bodenklappe. Keine Sekunde ließen ihn Polly und Juniper aus den Augen. Bren und Wyck waren reichlich blass um die Nase. Juniper kam, seit der Wagen in die Scheune gefahren war, zum ersten Mal der Gedanke an Sean. Wo war er? Beobachtete er die Situation? Hatte er sich versteckt?

Der Kerl kam wieder nach vorn.

»Was ist denn der Plan, Ma'am?«

Das »Ma'am« sagte er mit einem Unterton, der Juniper sofort das Blut ins Gesicht schießen ließ.

»Zeig Respekt vor der Lady, sonst schieß ich dir die Klöten zu Matsch.«

Der Mann zog lediglich eine Augenbraue hoch. Polly schenkte Juniper einen sekundenkurzen weichen Blick, dann schaute sie wieder den Kerl an.

»Du wirst jetzt dafür sorgen, dass dein Boss in aller Ruhe einsteigt. Dann machst du ihm klar, dass es besser für alle ist, wenn ihr uns dahin fliegt, wo wir hinwollen. Haben wir uns verstanden?«

»Aber natürlich.«

Der Mann nahm in aller Seelenruhe seinen Hut ab, drehte sich zum Steuerstand und winkte durch das Fenster. Kurz darauf öffnete sich eine Tür des Wagens, dann eine zweite. Männer redeten, aber es war nichts zu verstehen.

Der Kerl war drauf und dran, aus dem Luftboot auszusteigen, aber Polly machte ihm mit einer Bewegung des Revolvers klar, dass das nicht in Frage kam.

»Hören Sie, wenn ich nicht draußen stehe, wird er sich wundern. So ist das Protokoll.«

Polly überlegte einen Moment. Draußen hörten sie Schritte.

»Gut, raus mit dir. Aber wir haben dich im Visier.«

Der Kerl stieg aus, und Juniper musste sich nur ein bisschen verschieben, um ihn im Blick und im Ziel zu haben.

Polly nickte ihm zu.

Der Schiffskoch spitzte die Ohren. Schritte von zwei Personen. Die Türen des Wagens wurden geschlossen. Der Lichtkegel wanderte aus, das Fahrzeug wendete.

»Sir«, sagte der Typ, und Junipers Herz schlug ihm bis in den Hals, »es ist alles bereit.«

»Sehr gut, Mathews.«

Eine sonore, alte Stimme. Gewohnt zu befehlen. Im Türausschnitt erschien ein hochgewachsener Mann mit feinem silbrigen Haar, das er recht lang trug. Kein Bart. Stechende graue Augen, markante Züge. Gehrock, Weste, Brokatbinder, Zylinder. Er starrte in Junipers Revolver.

»Was zum Henker …«

»Einsteigen. Zuerst Sie, erst auf mein Zeichen die anderen.«

Polly schob sich von der Seite ins Blickfeld.

Der Alte drehte sich zu Mathews.

»Das ist ein Scherz, oder?«

»Sir, ich fürchte, nein. Aber wir werden das in den Griff bekommen. Bitte steigen Sie einstweilen ein.«

Mathews' Arroganz machte Juniper rasend. Wer hatte denn hier die Revolver?

Der offenkundige Besitzer des Luftbootes stieg die Treppe hinauf.

»Da rüber. Und Hände hoch.«

Polly zeigte in Richtung Steuerstand, und der alte Mann folgte widerwillig. Er sah sie alle an, als wären sie ein Haufen Küchenschaben. Polly erwiderte seinen Blick kalt und sagte zu Mathews: »Jetzt der Nächste.«

Juniper fiel fast der Revolver aus der Hand, als er den Gast im Türrahmen sah. Und zwar nicht, weil der ein blaues Auge hatte und überhaupt äußerst zerschlagen und elend aussah.

Sondern weil er ihn kannte.

Es war Lemmy.

In der Luft

Kaum hatte sich der dicke Koch ächzend in die Kabine gehoben, schrie Polly »Lemmy« und fiel ihrem Bruder weinend um den Hals. Was leider ein Fehler war.

Mathews erkannte in Sekundenschnelle die Gelegenheit, die sich dadurch ergab. Verdeckt durch die Geschwister, konnte Juniper ihn nicht mehr im Auge behalten. Also sprang der Bedienstete des Luftbooteigners in zwei Sätzen die Stufen hoch und riss Polly den Revolver aus der Hand. Gleichzeitig gab er den Geschwistern einen harten Stoß, und sie stürzten zu Boden. Mit vorgehaltenem Revolver machte Mathews einen Satz auf den völlig verdatterten Juniper zu und trat mit spitzem Schuh unter dessen Faust. Carls Revolver flog durch die Luft und fiel scheppernd zu Boden.

Bren versuchte geistesgegenwärtig, danach zu greifen, aber Mathews drückte einfach dem hilflos dasitzenden Schiffskoch die Mündung gegen die Stirn und sagte in aller Ruhe und ohne das geringste Keuchen: »Das würde ich lassen, sonst hat Ihr Freund hier ein Loch im Schädel.«

Bren erstarrte in der Bewegung. Mathews nahm die Waffe von Junipers Stirn und hielt sie locker in Hüfthöhe.

»Hände hoch und alle nach hinten.«

Polly und Lemmy rappelten sich hoch, Juniper stand langsam auf, Bren und Wyck hatten schon die Arme gestreckt und zogen sich vorsichtig, Mathews dabei nicht aus den Augen lassend, nach hinten zurück.

»Sir, ich sagte doch, wir kriegen das in den Griff. Amateure.«

»Gut, Mathews, nichts anderes habe ich von Ihnen erwartet.«

Der alte Herr hatte das Ganze äußerst gelassen, eher interessiert beobachtet. Seine Hände hatte er nicht höher als bis zu seinen Schultern gehoben, mehr um der Form Genüge zu tun, als um tatsächlich dem Befehl Pollys nachzukommen. Jetzt hakte er seine Daumen in die Westentaschen und ließ ein gewisses Amüsement in seinen Zügen erkennen.

»Ich dachte doch gleich, diese große und stattliche Lady kann nur die berühmte Maître d' Polyandra McFay sein. Wie überaus unterhaltsam, nicht wahr?«

Die fassungslosen Blicke der vier neuen Gefangenen brachten jetzt ein helles Lächeln in das strenge Gesicht des alten Herrn.

»Nun ja, Master Lemuel ist ja nicht zufällig mein Gast. Ich habe mich stets auf dem Laufenden über ihn gehalten. Ich darf mich vielleicht vorstellen? Right Honourable Ezechiel Brydon-Leigh, gewesener Präsident des High Council der Republic of London. Als Anrede genügt mir ›Senator‹ oder schlicht ›Sir‹. Die Eitelkeiten des Amtes habe ich mit diesem abgelegt. Und mit wem habe ich außer den Geschwistern McFay hier noch die Ehre?«

»S-S-Se-Senator Brydon-Leigh?«

Der alte Wyck stammelte ehrfurchtsvoll den Namen.

»Sie haben mal die Glockengießerei besucht, in der ich früher gearbeitet habe. In Whitechapel. Sir.«

Er riss sich die Mütze vom Kopf.

»Wyck mein Name, Sir. Wyck Mulligan.«

»Angenehm, Master Mulligan.«

Sein Blick wanderte zu Bren, der sich als »Bren Roach« vorstellte, und dann zu Juniper.

»Wacholder?«

Der Senator zog eine Augenbraue hoch.

»Interessant. Wie kommt man in einer Stadt, in der offiziell niemand weiß, was das ist, zu solch einem Namen?«

Juniper tippelte nervös von einem Fuß auf den anderen.

»Das ist eine lange Geschichte, Sir. Jedenfalls stamme ich nicht aus der Stadt.«

»Und wie kommen Sie in diese Gesellschaft?«

Der Senator machte eine Geste über die Gruppe hinweg.

»Ich bin Koch.«

»Aha. Sehr schön.«

»Ach Sir, wenn ich noch etwas sagen darf?«

»Bitte.«

»Die Masters Roach und Mulligan hatten sozusagen keine Wahl, mit uns zu kommen. Wir ... also ich habe sie gezwungen.«

Der Senator lächelte. Sein eisigmüder Blick erwärmte sich für einen Moment.

»Das spielt nun alles keine Rolle mehr. Darf ich raten? Sie sind hier gelandet auf der Suche nach Master Lemuel?«

»Ja«, sagte Juniper.

»Sir«, meldete sich Mathews zu Wort, »ich denke wir sollten aufbrechen.«

Der Senator straffte sich plötzlich, als habe Mathews ihn aus Gedanken hochgeschreckt.

»Natürlich, Mathews, Sie haben recht.«

Mathews zog seinen eigenen Revolver aus einem Schulterholster und reichte dem Senator den von Polly.

»Ich werde bloß noch rasch die Waffe von Master Juniper aufheben und dann mit ihm und Master Bren die Seile lösen.«

Juniper dachte an Sean. Wenn sie jetzt losflogen, war Sean hier auf sich gestellt. Sollte man dafür sorgen, dass er noch gesucht wurde? Andererseits war Sean zäh und schlau. Vielleicht wollte er gar nicht gefunden werden.

Mathews hatte den am Boden liegenden Revolver aufgesammelt und in den Hosenbund gesteckt. Dann forderte er Juniper und Bren auf, auszusteigen.

»Sir, was Sie wissen sollten: Miss McFay steht Master Juniper nahe.«

»Ich verstehe, Mathews. Nun, Master Juniper, während Sie draußen Mathews assistieren, werde ich die Dame Ihres Herzens nicht aus den Augen lassen, versprochen.«

Dass er dabei den Revolver kurz hob, durfte als unmissverständliche Drohung verstanden werden.

Draußen wies Mathews die beiden an, jeweils ein Seil am Bug und am Heck des Luftboots von den im Boden eingelassenen Pollern zu lösen und gut festzuhalten.

»Ich werde die restlichen Leinen losmachen und Ihnen dann vom Boot aus ein Zeichen geben, woraufhin Sie beide es langsam aus der Scheune ziehen. Und immer auf das Tor achten, Master Juniper, schön niedrig bleiben. Draußen wird der Senator das Boot mit Hilfe der Rotoren halten, und Sie können auch einsteigen. Fragen?«

Bren und Juniper schüttelten die Köpfe, und dann machten sie sich ans Werk. Wenige Minuten danach sprang Mathews an Bord, und wiederum kurze Zeit danach winkte er ihnen aus der Tür zu.

Juniper zog und war erstaunt, wie leicht es ging. Natürlich musste er sich ordentlich ins Zeug legen, aber gemessen an der Größe des Flugapparates, war es ein Klacks.

Die sechs Rotoren, die zu je dreien an den Seiten des Bootes angebracht waren, sprangen an und wurden dann so geschwenkt, dass sie offenbar das Boot gegen den Auftrieb unten hielten.

Mathews lehnte sich weit aus der Tür und brüllte Juniper und Bren zu einzusteigen.

Beide liefen so schnell sie konnten zur Kabine. Dort stand Lemmy bereit, von Mathews bewacht, und streckte seine Hand aus. Zuerst half er Bren, dann mit Bren gemeinsam dem deutlich schwereren Juniper, in die Gondel zu steigen. Juniper wurde angewiesen, die Treppe einzuklappen.

Mathews schickte sie ans Heck zu Polly und Wyck, schloss die Tür und nahm auf einem der Sessel Platz. Seine Waffe hielt er auf die Gefangenen gerichtet.

»Bereit für den Start, Sir.«

Nach dem Schließen der Tür war der Lärm der Rotoren in der Kabine kaum mehr zu hören. Der Senator zog Hebel, bewegte Pedale, drückte Knöpfe und ließ das Steuerrad rotieren. Das Luftboot drehte sich auf der Stelle, dann stieg es langsam nach oben. Schon sahen sie auf die Dächer der niedrigen Dorfhäuser und Soldaten, die ihre Mützen festhielten und in den Nachthimmel starrten, um das Luftboot wegfliegen zu sehen. Irgendwo da unten blickte jetzt vielleicht auch Sean aus seinem Versteck nach oben, dachte Juniper.

Sie gewannen schnell an Höhe. Der volle Mond stand an einem jetzt wolkenlosen Himmel und goss sein silberweißes Licht übers Land. Das Boot drehte wieder, offenbar auf den Südkurs, den Juniper auf der Karte eingezeichnet gefunden hatte. In der Drehung sahen sie Lichter und Schiffe, umrandet von Häusern. Das musste Harwich sein.

Und dahinter …

Polly, Lemmy, Bren und Wyck starrten staunend nach draußen.

»Meine Güte, ist das alles Wasser?«

Wyck schnappte nach Luft.

»Ja«, sagte Juniper selig lächelnd, »das ist nach Polly und dem Kochen meine dritte große Liebe. Das ist die See.«

Das Licht des Mondes tanzte auf den sanften Wellen des Ärmelkanals. Junipers Herz blähte sich vor Glück.

Und dann sah er etwas. Etwas Unglaubliches.

Er gab sich größte Mühe, sich nichts anmerken zu lassen. Aber an einem leisen Nach-Luft-Schnappen konnte er hören, dass auch Polly es gesehen hatte.

Vielmehr – ihn gesehen hatte. Mit vor Anstrengung verzerrtem Gesicht und windgepeitschtem Haar.

Und schon riss Sean die Tür der Kabine von außen auf und schoss. Mathews erschrak, warf sich mit panischem Schwung zur Seite und fiel aus dem Sessel.

»Was zum …«, brüllte der Senator und drehte sich um, aber das Boot war ins Schaukeln geraten, und er musste sich aufs Steuern konzentrieren.

Polly und Bren waren gleich schnell und stürzten sich auf den am Boden Liegenden. Bren griff die Waffe und nahm sie an sich, Polly trat Mathews so heftig in die Flanke, dass der sich am Boden krümmte, worauf sie blitzschnell Junipers Revolver aus Mathews' Hosenbund zog.

Sean kämpfte derweil wie wild gegen den Wind und bekam mit dem Fuß nicht ausreichend Halt, da sprang Juniper ihm bei und zog den Freund ins Innere des Bootes.

Sean keuchte und japste und hielt Juniper seinen Revolver hin.

»Dem … Alten … Waffe … Los …«

Juniper verstand.

Er nahm Seans Revolver und trat neben den Senator.

»Sir, wir übernehmen das Kommando.«

Der Senator lachte kurz und bitter auf, als Juniper Pollys Waffe vom Kartentisch nahm.

»Und welchen Kurs darf ich steuern, Kapitän?«

Juniper sah Sean an, der langsam wieder zu Atem kam.

»Erst mal weiter … Südkurs, würde ich sagen. Ach ja, im Maschinenraum ist eine Seilrolle. Wir sollten den Kerl da fesseln, bevor er sich erholt.«

Sean zeigte auf Mathews. Bren kam der Aufforderung sofort nach, und wenige Minuten später saß Mathews zwar einigermaßen bequem, aber gut verschnürt in einem der Sessel. Sean zog die Tür der Kabine zu und verriegelte sie.

Und dann fielen all die Angst und all der Druck der letzten Tage von ihnen ab. Juniper umarmte endlich Lemmy, und Polly umarmte Sean. Dann stellte Juniper Lemmy Bren und Wyck vor, die der übel verprügelte Koch auch sofort umarmte. Währenddessen fielen sich Juniper und Sean um den Hals, wonach sich Polly und Juniper zum ersten Mal seit Tagen richtig küssten. Der Senator schaute stur geradeaus und fuhr das Boot.

Dann enterte Polly die Bar, durchsuchte das Schnapsregal und goss sechs gut bemessene Whisky in Gläser.

»Auf die Freundschaft«, rief sie und hob ihr Glas.

»Auf die Freundschaft«, antworteten alle feierlich und tranken.

Sie hätten Bren und Wyck warnen sollen, dachte Juniper noch, aber es war zu spät. Für einen Moment blieb beiden die Luft weg, dann strahlten sie glücklich.

»Würde es zu viel verlangt sein, wenn ich von meinem dreißig Jahre alten Single Malt auch etwas trinken wollte? Oder betrachten Sie das gute Zeug als Kriegsbeute?«

Der Senator hatte offensichtlich wieder zu seinem überlegenen Amüsement zurückgefunden.

Kurz entschlossen schenkte Polly ihm ein und wollte gerade das Glas nach vorn bringen, als Sean danach griff.

»Ich mach das.«

Er nahm seinen Whisky und den des Senators und ging zur Kanzel.

»Sir, ich übernehme das Ruder.«

Der Senator sah ihn interessiert an.

»Sind Sie dazu fähig?«

»Ich war bei den Lufttruppen, Sir. Eine Weile her, aber das verlernt man nicht.«

Der Senator lachte und stand auf.

»Das erklärt Ihre mutige Einlage. Sie haben sich an die Letzter-Mann-Leine gehängt, richtig?«

Sean übergab ihm das Glas, stellte seines auf die Karte und nahm dann Platz.

»Richtig, Sir. Ich hatte mich draußen versteckt, als Ihr Wagen kam, und verdammt noch mal Blut und Wasser geschwitzt, ob ich meine Kameraden verliere und stundenlang in diesem verfluchten Wald herumirren muss.«

Sean ergriff nach kurzem Orientieren routiniert das Ruder und stellte die Füße auf die Pedale.

»Die Leine schleifte nur wenige Yards von meinem Busch entfernt vorbei. Ich hab das als Angebot betrachtet und bin losgerannt.«

»Wir waren gute neunzig Fuß hoch, als Sie eingestiegen sind. Respekt.«

»Na ja, Sir. Der Trick ist, nicht nach unten zu sehen. Ich bin nach dem Aufspringen sofort hochgeklettert und hing die ganze Zeit direkt unter der Tür. Da ist eine Holzscheibe um die Leine, man sitzt recht bequem und kann sich mit dem Arm in einer Schlaufe sichern. Von da aus einzusteigen, ist nicht so schwierig.«

Der Senator lachte.

»Sie sind eine erstaunliche Truppe, das muss ich Ihnen allen lassen. Dann gute Fahrt, Master O'Reilly.«

Sean drehte sich erstaunt um.

»Woher kennen Sie meinen Namen?«

»Ja«, meldete sich Polly zu Wort, »das hätte ich jetzt endlich auch gerne gewusst.«

»Darf ich Platz nehmen? Ich bin nicht mehr der Jüngste. Und könnten Sie es Mathews nicht etwas bequemer machen?«

Juniper machte eine einladende Geste zu einem freien Sessel.

»Aber dass wir Mathews losbinden, halte ich nicht für eine gute Idee.«

Der Senator legte den Kopf schräg.

»Und wenn ich Ihnen mein Wort gebe, dass er nichts unternimmt? Außerdem haben Sie ja die Waffen.«

Juniper schaute Polly an, die nickte.

»Mathews«, sagte der Senator, »ich weise Sie ausdrücklich an, nichts zu unternehmen, um die Absichten der Herrschaften zu durchkreuzen. Ist das klar?«

»Selbstverständlich, Sir.«

Der Senator sah Juniper an, dann Polly, dann Lemmy.

»Wenn er was versucht, schmeiß ich den Mistkerl durchs geschlossene Fenster«, spuckte Lemmy hasserfüllt aus. Er war offenbar wieder ganz der Alte, so verbeult er auch aussah.

»Ich weiß, er hat Sie nicht pfleglich behandelt, das liegt in der Natur der Sache einer Entführung. Entschuldigen Sie das bitte.«

»Entführung? Senator, jetzt lassen Sie endlich das hochfahrende Geplauder, und erklären Sie uns, was hier abläuft.«

Polly strubbelte durch die verklebte Mähne ihres Bruders. Der stürzte seinen restlichen Whisky herunter. Juniper zog sein Messer und schnitt Mathews' Fesseln durch.

»Danke«, sagte der trocken und streckte sich.

»Nun, wo fange ich an?«

Der Senator schlürfte genüsslich seinen Whisky und rekelte sich bequem in den Sessel. Das sanfte Brummen der Rotoren wirkte beruhigend. Unter dem Luftboot glitzerte jetzt das Wasser des Kanals im Mondlicht.

»Die Republik London ist sehr alt. Es ist mehr als dreihundert Jahre her, dass Cromwell dem letzten König den Kopf hat abschlagen lassen. Ich will Sie alle nicht mit Einzelheiten langweilen, zumal die reizende Miss McFay mich ja um weniger Geplauder gebeten hat.«

Er neigte seinen Kopf in Pollys Richtung, die hob ihr Glas.

»Das große Übel der Könige war Gier. Lasterhaftigkeit. Kurz, sie bekamen den Hals nicht voll und der Adel genauso. Cromwell hat das erkannt, und seine Nachfolger sind dem rechten Weg gefolgt, ja, sie haben ihn verbreitert. Ruhm, Ehre, Glaube. Das alles bringt Menschen dazu, völlig unvernünftige Dinge zu tun. Die Häupter der Republik, also der High Council und seine Präsidenten, setzen von jeher auf Vernunft, auf das Machbare, Praktische. Das Leben beginnt mit der Geburt und endet mit dem Tod. Dazwischen soll der Mensch sich ernähren und arbeiten und Nachwuchs zeugen. An seinem Platz der Gemeinschaft nutzen. Das ist alles. Der Mensch darf nichts wollen oder wünschen. Das führt nur zu Unglück. Und als Köche wissen Sie, dass Essen mächtige Lüste und Wünsche wecken kann. Aber es befriedigt immer nur für eine kurze Weile, dann möchte man wieder mehr davon, etwas anderes. Etwas Neues. Dabei braucht man nur eine bestimmte Menge an Essen, um satt zu werden. Und dieses Essen muss gewisse Stoffe enthalten, dass der Mensch kräftig bleibt und gesund. Vor etwa achtzig Jahren hat ein herausragender Wissenschaftler der Republik eine Methode entwickelt, Essen in Pulver zu verwandeln, das man mit Wasser zu Brei anrührt. Das waren die ersten Einheiten. Allerdings wurde nach ihrer Einführung die Zahngesundheit schlechter. Man fand heraus, dass der Mensch etwas zu kauen braucht, also wurden die roten Trockenstreifen entwickelt. So kam eins zum anderen. Seit mehr als sechzig Jahren sind die Einheiten perfekt. Der menschliche Organismus braucht nichts anderes. Und weil niemand je andere Nahrung sieht, fühlt sich auch niemand benachteiligt. Alle sind zufrieden.«

»Na ja, einige kriegen ja nun schon was anderes zwischen die Zähne«, wandte Juniper ein.

Der Senator lächelte.

»Privilegien in der Führungsschicht sind wichtig. Sonst will niemand führen. Führen ist eine Menge Arbeit. Ohne Führung aber bricht ein Gemeinwesen zusammen. Es gab Versuche, alle Fabriken in den Besitz der Republik zu überführen und sie von gewählten Vertretern leiten zu lassen. Sie sind gescheitert. Misswirtschaft brach sich Bahn. Ganz oben braucht es eben doch etwas Ehrgeiz. Ein gewisses Maß an Gier. Die Möglichkeit, mehr zu haben als die anderen. So ist der Mensch. Aber die Masse braucht das nicht. Die Masse braucht ein Dach über dem Kopf, Nahrung, eine Beschäftigung. Ärzte. Es soll für alles gesorgt sein. Und das tut die Republik. Deswegen sind die Gefängnisse auch nicht so voll, wie alle meinen. Wo jemand aus der Bahn treibt, greift die Republik hart und schnell zu. Das genügt zur Abschreckung.«

Der Senator leerte seinen Whisky.

»Soll das heißen, die Republik will, dass es Leute wie uns gibt? Unser Gewerbe?«

»Miss McFay, Sie werden Ihrem Ruf wirklich mehr als gerecht. Sie sind eine äußerst scharfsinnige Frau.«

»Und die Ware? Die Gerätschaften? Die Schmuggler?«

»Sind nicht wirklich Schmuggler, Miss McFay, auch wenn sie selbst es glauben. Sie zweigen zugeteilte Mengen aus regulären Transporten ab. Fleisch und Gemüse und Getreide, das in die Nahrungsfabriken geht. Und natürlich ein bisschen edlere Ware extra. Wir sorgen dafür, dass es genug gibt, und die Schmuggler verkaufen es an Ihre Bosse.«

»Wissen unsere Bosse das?«

Der Senator lachte laut auf.

»Ihre Bosse sind sehr gerissen und wendig. Aber da tappen sie völlig im Dunkeln. Ich will Sie alle nicht langweilen, wir kommen jetzt zu einem Punkt der Erzählung, an dem ich Ihnen ein Angebot mache. Sagt Ihnen allen der Begriff ›Green‹ etwas?«

Die fünf nickten.

»Dann darf ich Ihnen sagen, dass es das ›Green‹ gibt. Wir sind jetzt auf dem Weg dorthin. Die intensive Bewirtschaftung und Industrialisierung blieb nicht ohne Folgen für das Londoner Umland. Und das zeitigte Unruhen, wie Sie wohl wissen. Jedenfalls war die Republik schon vor längerer Zeit nicht mehr in der Lage, Nahrung aus eigener Landwirtschaft herzustellen. Wir erzeugen einiges in den Kolonien, aber das meiste kommt aus Frankreich. Wir beschützen Frankreich dafür vor den Preußen, es ist ein gutes Geschäft. Und der gesamte französische Nordwesten ist mittlerweile auch eine Art Kolonie für sehr, sehr wohlhabende und zurückgezogen lebende Londoner geworden. Unter anderem mich. Wir pflegen dort den traditionellen Lebensstil der englischen Oberschicht. Jagen, Fischen, Gesellschaften, Feste. Und dafür brauchen wir Köche. Und Dienerschaft. Durch Ihre Gäste in der Stadt, die sozusagen eine Stufe unter uns stehen, sind wir immer auf dem Laufenden, wer die besten Leute hat. Wenn jemand über genug Erfahrung und Können verfügt, bei uns drüben zu arbeiten, dann … nun ja, sprechen wir eine deutliche Einladung aus. So wie bei Ihrem Bruder vor nicht ganz zwei Wochen. Es gibt zwar ausgezeichnete französische Köche und Kellner, aber es ist doch angenehmer, von Landsleuten umsorgt zu werden.«

»Die Jungs verschwinden ins Green? Alle?«

Sean hatte sich umgedreht.

»In der Tat. Sie, Master O'Reilly, standen auch schon auf der Liste. In etwa einem Jahr hätten wir Sie zu uns gebeten.«

Sean schüttelte den Kopf und sah wieder nach vorn.

»Und warum, verdammt noch mal, hat man mich in dem verdammten Rattenloch festgehalten?«

Lemmy gestikulierte unbestimmt nach unten.

»Es tut mir leid, Master McFay. Wegen der Rebellen konnte ich nicht früher anreisen, es war zu viel Unruhe um Harwich und um Cheshunt Stronghold. Aber ich bin recht froh, weil mir dieser Umstand doch die Bekanntschaft Ihrer Schwester und dieser Gentlemen verschafft hat. Der Zug, den die Rebellen dann überfallen haben, hätte eigentlich nicht unter der Festung gehalten, sondern wäre nach Harwich durchgefahren. Aber weil man diesen Colum und seine Leute so schnell wie möglich wegbringen wollte, ordnete die Armee den Halt an. Und nur weil wir mit diesem Zug reisen konnten, trafen wir ein, als Ihre Befreier gerade mein Luftboot stehlen wollten. Tja. Das ist doch Schicksal, oder?«

Der Senator strahlte in die Runde.

»Und hier mein Angebot: Kommen Sie mit mir nach Dieppe. Es gibt dort am Fuße der Burg ein kleines Viertel, in dem nur Köche und ihre Familien leben, die Cité des Cuisiniers. Dort quartieren wir Sie alle ein, und ich garantiere Ihnen, Sie haben eine glänzende Zukunft in einem wunderschönen Landstrich vor sich. Sie werden nur mit besten Zutaten kochen, aufs Angenehmste wohnen und neben der Arbeit alle Freiheit genießen. Was meinen Sie?«

Sie sahen sich an. Keiner sagte etwas. Nur die Rotoren brummten, und der Wind strich an der Außenhülle entlang. Der Senator saß auf demselben Sessel, auf dem Mathews vorhin gesessen hatte, und Juniper sah über seiner Schulter die Kugel in der Holzvertäfelung, die Sean, am Luftboot hängend, abgefeuert hatte.

Carl dachte an den Wachtraum, den er gestern gehabt hatte. Gestern? Ja, es war in Hashs Schmuggelbahn gewesen, auf dem Weg zum Untergrundzug. Er hatte von einem Wirtshaus geträumt, einem echten englischen Inn, das er mit seinen Freunden betrieb. Dieser mächtige alte Mann bot ihnen genau das gerade an. Wenn er sie nicht nach Strich und Faden belog.

Juniper schaute Polly an, dann Lemmy, Bren, Wyck. Und sah zu Sean, dem Unermüdlichen, dem Kämpfer und Flieger. Es könnte ein friedliches, einfaches Leben voller kleiner und großer Freuden sein. Vielleicht würden Polly und er Kinder haben. Wyck könnte seine alten Knochen ausruhen bei leichter Gartenarbeit.

Und sie würden kochen.

Und dann sah er den Senator an. Seinen edlen Anzug, die Selbstgefälligkeit. Dieses Luftboot, das ihm tatsächlich alleine gehörte. Seine Erzählungen über die Republik, wie er über all die vielen Menschen sprach, die in London Tag für Tag und Nacht für Nacht schufteten ohne rechtes Ziel. Familien, die nicht zusammenleben durften. Ein jeder für sich und alle für das Wohl der Republik. Und Leute wie der Senator taten einfach, was sie wollten. Lebten in Saus und Braus und redeten von Gleichheit.

Black Ralph Qualtringham war natürlich auch reicher als jeder Koch oder Kellner, der für ihn arbeitete, aber er war für seine Leute da. Er gab ihnen Arbeit und Lohn und Schutz. Er hatte ihm und Polly eine Nacht voll Freude geschenkt. Einfach so. Er hatte die Hölle über Hash losbrechen lassen, um Lemmy zu befreien. Er hatte eine Menge Geld ausgegeben und zwei seiner besten Köche und seine beste Maître d' ziehen lassen, um den fetten Drecksack irgendwo hier draußen zu finden. Er würde ihnen jetzt vielleicht sogar raten, das Angebot anzunehmen, weil er ihrem Glück nicht im Weg stehen wollte.

Und was hatte der Senator Lemmy, der ja wohl sein Leibkoch werden sollte, bisher gegeben? Eine zerschlagene Fresse und das Loch von Cheshunt Stronghold.

Sie brauchten sich nicht abzusprechen, das sah er in Pollys und Lemmys Augen. Bren hatte die Arme übereinandergeschlagen und die Kinnbacken angespannt. Wyck schüttelte den Kopf.

Juniper drehte sich zu Sean um.

»Was denkst du?«

Sean lachte.

»Ich denke, wir haben Lemmy, und wir haben ein Luftboot. Wir können verdammt noch mal machen, was wir wollen.«

»Und was wollen wir, Sean?«

»Ja«, röhrte Lemmy, »was verdammicht noch mal wollen wir, du Mistsau?«

»Es ist nicht die Frage, was wir wollen. Es ist die Frage, was wir sind.«

Sean hob seinen Arm und ballte die Faust.

»Wir sind Colonial Spicers, oder?«

»Ja«, brüllten Juniper und Lemuel.

»Ja«, gellte Pollys Stimme.

»Was auch immer das ist, wir sind es auch«, rief Wyck, und Bren musste lachen.

»Neuer Kurs zwo-vier-null Grad«, sagte Sean und wirbelte das Steuerrad rechts herum. Das Luftboot drehte sich nach Westen.

Der Senator schlug sich resigniert auf die Schenkel.

»Sie kommen niemals heil in London an. Master O'Reilly, als ehemaliger Angehöriger der Lufttruppen ist Ihnen bekannt, dass zivile Luftboote nachts über London abgeschossen werden. Ohne Ausnahme.«

»Möchten Sie aussteigen, Sir?«

»Selbstverständlich möchte ich das. Ich mache Ihnen ein Angebot. Sie landen das Boot wieder in Great Oakley, wo wir herkommen. Ich lasse Sie alle von der Armee zurück nach Cheshunt bringen und von dort mit dem nächsten Zug in die Stadt. Und ich vergesse das alles.«

»Das ist großzügig, Sir. Aber wir haben jetzt wohl alle ein wenig Heimweh und auch Eile. Ich schlage vor, Sie und Mathews schnappen sich jeder einen Fallschirm, und wenn wir gleich wieder über Land sind, hüpfen Sie beide raus.«

»Sind Sie wahnsinnig? Was glauben Sie, was passiert, wenn wir diesen Rebellen in die Hände fallen? Das ist inakzeptabel.«

Doch Bren war schon im Maschinenraum verschwunden und kam mit zwei Fallschirmen zurück.

»Geben Sie uns zumindest eine Waffe«, bat Mathews.

»Wenn Sie fertig zum Sprung sind, bekommen Sie die Waffe, der Senator die Munition.«

Polly grinste. Der Senator schüttelte wieder und wieder den Kopf. Mathews schnallte einen Schirm um, verschloss sorgfältig die Gurte und hielt dann den anderen für den Senator bereit.

»Sir.«

Der alte Mann sah ihn an, dann winkte er ab.

»Was soll's. Ich wollte schon länger in ein neues Boot investieren. Da ist eine Werft in Dieppe, die bauen wunderschöne Geräte.«

Er schlüpfte in die Gurte, und Mathews schloss sie sorgfältig.

»Wie sieht's aus, Sean?«

Polly hatte endlich wieder rote Wangen.

Sean beugte sich vor und spähte nach unten. Dann hob er die Faust und streckte den Daumen nach oben. Juniper ging zur Tür und öffnete sie. Lehnte sich vorsichtig nach draußen.

Es war eine herrliche Luft hier oben. So gute Luft hatte er seit Monaten nicht mehr gerochen. In Frankreich war sie vermutlich immer so, aber dort gab es keinen Black Ralph und keinen Hash und keine wilden Küchen.

Sie waren über Land, der Kanal glitt aus Junipers Sichtfeld. Er hatte keine Vorstellung, wie hoch sie flogen. Er sah zu Sean.

»Ich denke, sie können.«

»Das sehe ich auch so. Raus mit den Vögeln.«

Mathews trat an die Tür. Der Senator erstarrte, aber Polly stupste ihn mit ihrem Revolver. Lemmy hatte Mathews' Revolver entladen, der verstaute ihn im Schulterholster und zog die Gurte des Schirms fest. Dann stopfte der dicke Küchenchef dem Senator eine Handvoll Patronen in die Jackentasche.

»Sir?«

Mathews dreht sich zu seinem Boss um.

»Wollen Sie zuerst springen?«

Der Senator ging wortlos vor, stellte sich in die Tür und hielt sich mit beiden Händen am Rahmen. Sah hinunter. Der Wind zerrte an seinen Kleidern. Er ging leicht in die Knie, und dann ließ er sich hinausfallen. Sein Zylinder wirbelte in den Himmel.

Mathews trat sofort danach in die Tür, sah dem alten Mann kurz nach, und dann stürzte auch er sich in die silbrige Nacht.

Juniper hatte den beiden fallenden Körpern nachgesehen. Zuerst hatte sich ein Schirm geöffnet, dann der zweite. Und schon waren die weißen Seidenpilze in der Dunkelheit verschwunden.

Er hatte die Tür geschlossen, sie waren weitergeflogen. Oder gefahren, wie laut Sean die Lufttruppen sagten. Sean hatte die nächtliche Luftsperre bestätigt, aber er glaubte, wenn sie von Osten her kämen, hätten sie gute Chancen, in einem der Parks südlich der Themse zu landen, das Boot einfach sich selbst zu überlassen und in die Nacht zu huschen. Sie hatten Gepäck und Mäntel angelegt, Bren trug Seans Rucksack und Wyck die Umhängetasche. Sie hatten jeder noch einen kleinen Whisky getrunken und etwas von ihrem Proviant gegessen. Dann hatte Sean das Licht gelöscht, weil sie sich langsam dem Kordon näherten.

Den hatten sie in großer Höhe und ohne bemerkt zu werden überflogen. Im ganzen Norden, nicht nur um Cheshunt Stronghold, hatten sie Artilleriefeuer am Himmel gesehen und am Boden große Brände. Anscheinend hatten sich die Rebellen zu einem großen Angriff entschlossen. Sie alle dachten an ihre neuen Freunde und hofften, dass sie die Nacht überstehen würden.

Sean hatte die Hoffnung ausgedrückt, dass die Truppen ihre Aufmerksamkeit dorthin richten mussten, dass ihnen so das Eindringen leichter würde.

Jetzt befanden sie sich im Sinkflug, weil Sean es für besser hielt, schneller landen zu können, wenn etwas passierte.

»Die Patrouillenboote fahren nachts eher in großer Höhe. Sobald wir über der Stadt sind, machen wir die Tür wieder auf.«

»Sollen wir die Chesterton Guns oben besetzen?«

Polly war eine so mutige Kämpferin, das machte Juniper zutiefst stolz.

»Nein, bloß nicht«, winkte Sean ab, »gegen die Patrouillenboote kommen wir damit sowieso nicht an. Und wenn wir schießen, wird alles nur noch schlimmer. Die Dinger eignen sich eher gegen Infanterie. Der feine Senator wollte sich damit sicher Kerle wie Colum und Angus vom Hals halten.«

Sean sah konzentriert nach vorn.

»Die Themse. Da sind die Tilbury Docks. Tür auf.«

Lemmy kam Seans Anweisung nach. Wieder die Rotoren und kühle Nachtluft. Sean schwenkte das Boot etwas nach Steuerbord ein und ging noch tiefer.

Junipers Herz klopfte. Vor Nervosität, aber auch vor Freude, dass sie wieder in London waren. In diesem so seltsamen London, das jetzt sein Zuhause war. Er spürte, wie sich Pollys Hand in seine schob. Träge lag der Strom im Mondlicht.

»Ich bleibe lieber in der Nähe des Flusses. Je weiter wir reinkommen in die Stadt, umso besser.«

Seans Augen flitzten jetzt hin und her, er arbeitete konzentriert und präzise mit den Steueranlagen des Bootes.

»Da drüben ist Dartford Heath, ein Stück weiter die Hall Place Gardens. Spätestens in Greenwich Park gehe ich runter.«

Carl sah zu Bren und lächelte. Bren lächelte zurück. Es war alles wieder gut zwischen ihnen. Wie schön.

Es kam ohne Vorwarnung.

Ein wild ratterndes Knallen und gleichzeitig metallische Schläge aufs Boot in hoher Geschwindigkeit. Sean brüllte »Treffer« und warf das Ruder nach Steuerbord, schwenkte das Boot noch näher zur Themse. Wieder das Rattern und die Schläge, alle duckten sich, obwohl keiner wusste, woher die Schüsse kamen. Die nächste Salve erwischte die Fenster. Splitter regneten ins Kabineninnere, und alle schrien wild durcheinander.

»Sobald ich über dem Fluss bin, springt ihr raus, ist das klar? Alle in den Fluss.«

Sie robbten in Richtung Tür, während Sean den Schub der Rotoren erhöhte und das Boot immer weiter runterbrachte. Die nächste Salve ließ auf sich warten. Warum schossen die nicht mehr?

»Feuer«, brüllte Bren plötzlich, »Das Boot brennt.«

Tatsächlich. Zwei Rotoren auf Steuerbordseite standen in Flammen.

Juniper kroch in den Türrahmen und sah nach unten. Sie schwebten gerade übers Ufer hinweg. Die Themse hatte hier eine gute Breite, und sie sanken jetzt schnell. Es konnte gut gehen. Es musste gutgehen. Juniper sah zu Polly. Dann zu den anderen. Zu Sean.

Der machte sich bereit, den Führersitz zu verlassen, Juniper stand auf. Polly folgte, dann Bren, Lemmy und Wyck. Geduckt standen sie alle nahe der Tür.

Und dann knallte wieder eine Salve in die Hülle des Bootes. Jetzt erkannten sie, dass sie von unten beschossen wurden, vom Boden aus.

Sean brüllte »Jeeeeeeetzt« und sprang vom Sitz auf. Lemmy zog Wyck nach vorne, und der sprang, ohne zu zögern, direkt gefolgt von Bren. Juniper wollte Platz machen, doch Lemmy schob ihm Polly zu und machte eine Handbewegung, als wolle er Hühner scheuchen. Sein Gesicht war verzerrt.

Juniper nahm Pollys Hand, und beide sprangen ins Bodenlose. Fielen schier endlos. Hofften, dass Lemmy und Sean auch heil herauskamen. Schrien laut. Ein Wind kam auf, zerrte an Juniper.

Und dann krachten sie im selben Augenblick aufs Wasser, in dem über ihnen das Luftboot explodierte. Der Aufprall schlug Juniper die Luft aus den Lungen, und schon wirbelte und tobte um ihn der Fluss. Drang in seine Nase, in seine Ohren und gurgelte und blubberte. Er hatte Pollys Hand losgelassen und wehrte sich gegen das Eindringen des Wassers in seine Atemwege. Fing an zu strampeln und mit den Armen zu schlagen, wandte den Blick nach oben. Sah Feuer in der Luft über dem Fluss. Endlich stoppte sein Sinken. Juniper warf den Rucksack ab, wand sich aus dem Mantel und schwamm der Oberfläche entgegen. Polly. Polly. Und Lemmy, Sean, Bren, Wyck.

Aber vor allem Polly.

Trümmerteile fielen ins Wasser und sanken an Juniper vorbei, während er nach oben stieg. Die Luft wurde knapp, Panik machte sich in ihm breit.

Polly. Polly.

Und dann, endlich, durchbrach er die Oberfläche. Riss die Augen auf, aber es dauerte, bis er etwas sehen konnte.

Es war Tag. Ein grauer Tag, der seinem Ende zuging. Das Wasser war eisig kalt, und über seinem Kopf schlugen Wellen zusammen.

Das war nicht die Themse.

Da war nicht London.

Da war nichts als Wasser. Salziges Wasser.

Heillose Furcht stieg in ihm auf.

Er tauchte wieder unter, blieb knapp unter der wabernden Oberfläche, solange er nur die Luft anhalten konnte. Dann tauchte er wieder auf.

Es hatte sich nichts geändert.

Carl Juniper schwamm einsam im Ozean.

Bald würde die Nacht kommen.

Er schrie.

Schrie nach seiner verlorenen Liebe.

Skagerrak 1916

Die Erinnerung an das Auftauchen im Pazifischen Ozean machte Juniper jetzt nicht mehr so viel aus. Sie war wie ein vor langem verlorenes Bein.

In der ersten Stunde danach hatte er sich den Tod gewünscht, damit der alles verbrennende Schmerz in seiner Seele endlich aufhörte. Er hatte nach Polly gebrüllt, bis er nahezu keine Stimme mehr hatte, dann geweint, dann heiser geflüstert, unhörbar sogar für ihn selbst. Er wollte aufgeben, einfach nicht mehr schwimmen, aber das gelang nicht. Etwas in ihm wollte weiterleben, obwohl da doch nichts mehr war, wofür es sich lohnte.

Sein Körper war taub gewesen, hatte keinen Schmerz gespürt, keine Kälte. Und dann hatten ihn Hände gepackt. Männer redeten in Spanisch auf ihn ein. Zogen ihn aus, rieben ihn mit rauen Tüchern trocken und wickelten ihn in kratzende Decken. Flößten ihm Tee ein. Und er fiel in tiefen Schlaf, aus dem er erst wieder im Hospital erwachte. Jemand vom britischen Konsulat war gekommen.

Und als es Juniper besser ging, hatte ihn ein Marineattaché besucht und angefangen, nach der Schlacht zu fragen. Und er hatte gedacht, der Offizier meine die Schlacht bei Cheshunt Stronghold. Er hatte angefangen zu erzählen, bis der Attaché ihm die Hand auf den Arm gelegt und gesagt hatte, er solle sich noch ausruhen. Er käme an einem anderen Tag wieder.

Dann hatte Juniper erfahren, dass es eine Seeschlacht gegeben hatte, dass England und Deutschland im Krieg waren. Dass England die Schlacht verloren hatte. Und man ihn abends genau am Ort dieser Schlacht aus dem Wasser gezogen hatte.

Als der Attaché wiederkam, sagte Juniper ihm, dass er nichts von dieser Schlacht wüsste.

Und so war er nach ein paar Wochen in Yorkshire gelandet. Bei Doktor Blakesley.

Und jetzt war er Chief Petty Officer Harold Porter Mulrooney, einziger Überlebender des Seegefechts bei Coronel. Seit Anfang Januar eingeschifft als Chief of Galley auf HMS »Black Prince«, einem zwölf Jahre alten Panzerkreuzer.

Er hatte sich gut in den Bordalltag eingefunden. Die militärische Hierarchie und die Rituale machten ihm manchmal noch zu schaffen, weil sie ihm fremd waren, aber man zeigte Rücksicht. Immerhin war er ein Veteran. Und ein Held. Man trug mit Rücksicht dem Umstand Rechnung, dass er wohl so einiges vergessen hatte durch die haarsträubenden Erlebnisse bei Coronel. Denn eines konnte niemand bestreiten, nämlich dass Mulrooney der beste Proviantmeister war, den dieses Schiff je gesehen hatte. Ja, einige der älteren Offiziere und Deckoffiziere sagten, dass es in der ganzen verdammten Geschichte der Royal Navy noch keinen so hervorragenden Koch auf einem Kriegsschiff Seiner Majestät gegeben habe.

Außerdem war dieser Mulrooney seefest und von freundlichem Gemüt. Ein guter Vorgesetzter für seine Köche und Bäcker, dazu ein feiner Kamerad im Deck.

Es war die letzte Stunde des 31. Mai 1916, die »Black Prince« gehörte zum Geschwader von Admiral Beatty und hatte an diesem Tag mithelfen sollen, der Kaiserlichen Deutschen Marine einen tödlichen Schlag zu versetzen.

Ob das den restlichen Schiffen des Geschwaders gelang, konnte auf der »Black Prince« zurzeit niemand sagen, denn das Schiff dampfte ziellos durch die nächtliche Nordsee. Sie waren in der Vorhut gefahren und hatten vor fünf oder sechs Stunden deutsche Schiffe gesichtet. Im nachfolgenden Manövrieren hatte die »Black Prince« dann Fühlung sowohl mit den Deutschen als auch mit den eigenen Kräften verloren. Gegen halb neun hatte es U-Boot-Alarm gegeben, aber nichts war geschehen.

Juniper, also Mulrooney, war als Sanitäter in der Offiziersmesse eingeteilt. Bisher saßen sie hier nur zwischen dem Verbandsmaterial, fast alle kauten Tabak, Juniper schlürfte Tee.

Doch dann schrillte wieder der Alarm. Bootsmannsmaatenpfeifen gaben Signale, Trillerpfeifen und gebrüllte Kommandos. Schwere Seestiefel auf den Längsgängen.

Das Schiff ging in Hart-Backbord-Lage, und gerade, nachdem es sich wieder aufgerichtet hatte, belferten die 6-Inch-Geschütze los.

Eine zweite Salve wurde abgegeben, dann ging ein Zittern durch das Schlachtschiff, als die Schrauben schlagartig schneller drehten.

»Jetzt renn'n wa, Chief«, knurrte Able Seaman Pinewood mit starrem Blick, »ham wa nicht richtig getroff'n un' jetzt renn'n wa.«

Offenbar liefen sie mit Volldampf genau gegen die kabbelige See, das ließ das Schiff in unangenehm kurzen Stößen stampfen.

Juniper wartete auf Gegenfeuer oder eine erneute Salve ihrer eigenen Artillerie, aber es blieb ruhig. Nach etwa zehn Minuten verlangsamte die »Black Prince« wieder die Fahrt, änderte den Kurs, um aus der vorlichen See zu kommen, und lief dann wieder ruhigen Kurs. Nichts geschah, es war, als wäre ihr Schiff aus der Zeit gefallen. Vor dem Auslaufen hatte es geheißen, sie führen in die gewaltigste Begegnung der Seekriegsgeschichte, und jetzt dümpelten sie seit vielen Stunden alleine durch die See und hatten nichts getan, als ein paar Salven ohne Wirkung abzufeuern.

»Ich guck mal raus, Jungs.«

Da Juniper zu dem Zeitpunkt der höchste Dienstgrad in der Offiziersmesse war, erhob niemand Einwände.

Er musste sich erst etwas strecken, seine Glieder waren steif. Dann stieg er durch das Schott, überprüfte, ob es gut verriegelt war und nicht plötzlich zuschlagen konnte, dann stapfte er zum nächsten Niedergang. Stieg nach oben, schwenkte rechts in den Längsgang und war nach wenigen Schritten an einem Schott, das raus aufs B-Deck führte.

Juniper öffnete es, schlüpfte nach draußen und schloss es sofort wieder hinter sich.

Schlechte Sicht, kein Mond. Aber angenehme Temperaturen. Die frische Luft tat Juniper gut. Er sog sie mit tiefen Zügen ein, seit Stunden hatte er drinnen gesessen. Schloss die Augen, gab sich den sanften Bewegungen des Schiffes hin.

In der Ferne hörte er Artillerie. Die Schlacht. Irgendwo war die Schlacht, aber nicht hier.

Er war müde. Unendlich müde.

Dann zerschnitt grelles Licht die Nacht. Juniper riss seinen Arm vor die geschlossenen Augen, so gleißte es. Dann wanderte das Licht aus, und er öffnete die Augen.

Es war der Suchscheinwerfer eines Kriegsschiffes. Er hatte sie gefunden und hielt sie fest. Junipers Herz schlug ihm bis zum Hals. Er musste ins Schiff, auf seine Station. Wenn das der Feind war, hatten sie dort bald zu tun.

Feuer in der Nacht. Versetzt von vorn nach achtern schoss das feindliche Schiff eine Breitseite. Gellendes Pfeifen in der Luft. Dann erst der Abschussknall. Juniper ging in die Knie und riss den Mund auf, die Gewalt des Einschlags haute ihn um.

Nur wenige Meter über ihm stand eines der 6-Inch-Geschütze und eröffnete seinerseits das Feuer. Juniper kroch auf das Schott zu, er musste hinein. Mehr Scheinwerferfinger griffen nach der »Black Prince«, mehr Feuersäulen schossen in die Nacht. Nicht nur ein

Schiff, da waren vier oder fünf. Und alle warfen Feuer und Tod nach der armen einsamen »Black Prince«, die sich so tapfer wehrte.

Hier war Carl Juniper schon gewesen. Hier, an der Schwelle des Todes. Er wusste, dass er sich fürchten sollte, dass er sich schon gefürchtet hatte.

Aber es war keine Furcht da.

Nur der Wind.

Der Wind, der ihn in den Strudel gezogen hatte.

Der Wind, der über die Themse gefegt war, kurz bevor Juniper in ihr grünes Wasser stürzte.

Er erinnerte sich an den Wind.

Juniper wurde leicht. Ganz leicht.

Um ihn krachten Explosionen. Männer kreischten.

Juniper lag auf dem Rücken und riss die Augen weit auf. Atmete tief ein und wieder aus. Ließ das Feuer und den Rauch und den Tod ganz durch sich hindurchfauchen, und dann stand er auf.

Kletterte über die Reling und sah in den blitzdurchzuckten Himmel.

Holte Polly aus der Tiefe seines Herzens, die Tränen wischte der Wind freundlich aus seinem Gesicht.

Dieser Wind.

Carl Juniper ließ die Reling los und sprang. Der Himmel ein Tag, erleuchtet von Scheinwerfern und Granaten.

Noch bevor Carl Juniper in die Nordsee tauchte, riss ihn der Wind davon.